아파트먼트

THE APARTMENT by S. L. Grey

아파트먼트

S. L. 그레이 지음 ㅣ 배지은 옮김

검은숲

마크

와인을 한 병 더 가지러 비틀거리며 부엌으로 향하는데 술기운이 머리 위로 치솟는 게 느껴진다. 횡설수설하고 몸이 후끈후끈하고 자꾸 뭘 까먹는 걸 보면 제대로 취한 것 같다. 칼라는 전매특허인 커다란 웃음소리를 내뱉고 있다. 유령들도 겁을 먹고 구석에 처박힐 만큼 큰 소리로 킬킬대는 주술사의 웃음소리. 그리고 어디선가 칼라의 활력 넘치는 웃음소리에 파묻혀, 부드럽지만 머뭇거리는 스테프의 웃음소리가 들린다. 지난 몇 주 동안, 그날 이후로 듣지 못했던 웃음소리다.

좁은 식품보관실 맨 아래 선반 밑으로 굴러다니는 먼지 덩어리를 애써 무시하며 칩 봉지를 집어 들고는 다시 부엌으로 향한다. 칼라의 남자 친구가 비싼 레드 와인을 가져와서 오늘 밤에는 따지 말고 좋은 때를 위해 아껴두라며 손에 쥐어주었다. 하지만 오늘 밤도 충분히 좋은 때라는 확신이 든다. 나는 칩을 한 주먹 집어 입에 밀어 넣고 잡동사니가 가득 들어찬 조리대 위에 놓인 와인 병으로 손을 뻗었다. 바로 그때 최근에 뒷마당에 새로 단 동작 감지등이 환하게 켜졌다. 불빛에 놀라 고개를 들다가 손이 미끄러졌고 와인 병이 볼링 핀처럼 쓰러지면서 더러운 유리잔 더미를 정통으로 강타하더니, 접시 위에 쌓인 칼과 포크들이 사방으로 날아갔다.

어마어마한 소음이 1초쯤 울렸을까. 시끄러운 소리가 울리다가 다시 잠잠해지고 유리 파편과 식기류가 발 옆으로 내동댕이쳐지는 동안에도, 나는 정원의 조명등 불빛을 바라보느라 창에서 눈을 뗄 수가 없다. 마치 그 불빛이 괴물로부터 나를 막아주기라도 할 것처럼.

실제로는 1초보다 긴 시간이었다. 훨씬 더 길었다. 조명등이 아무것도 보여주지 못하고 마침내 꺼지자, 주위에 정적이 흐르고 누군가 부엌 문 쪽에서 다가오는 소리가 들린다.

"마크?" 스테프의 목소리다. "괜찮아?"

나는 진저리를 치며 정신을 수습한다.

"응. 미안해, 그게…… 뭘 떨어뜨렸네."

스테프는 유리 조각이 덮인 바닥 위를 맨발로 걸어 나에게 다가온다.

"오지 마. 그러다 베이겠어."

그녀는 내 말을 무시하고 발끝으로 걸어온다. 그러고는 내 옆에 서서 아무것도 없는 어두운 마당을 내다본다.

"뭘 봤어? 누가 왔나?"

그녀가 부드럽게 묻는다.

"고양이였을 거야."

"당신 정말 괜찮은 거 맞아?"

그녀는 내 팔을 잡으며 묻는다.

"괜찮아."

대답은 했지만 사실 불빛을 보고 그렇게 놀란 데 스스로 적잖이 당황스러웠다. 나는 와인 병을 들고 유리 파편 사이로 스테프를 조심스럽게 이끌며 식당으로 돌아온다. 스테프를 이끌어줘야 하는 척했지만, 솔직히 지금 이 순간 강인하고 단단하고 젊은 여인 옆에 선 내가 오히려 한없이 약한 눈먼 존재처럼 느

꺼진다.

"마실 수 있을 때 마시자고."

이 말에 스테프가 나를 힐끔 바라본다.

"어쩐지 좀 불길하게 들리는데."

"내 말은, 즐길 수 있을 때 즐기자는 거지."

"그래요. 그건 좋은 때를 위해서 남겨놔야 한다니까요."

칼라가 최근 만나기 시작한 '친구'의 이름이 생각나지 않는다. 그는 뮤직 도크에 휴대폰을 꽂고는 부드럽고 시니컬한 음악을 고르고 있다.

"입안에 감도는 초콜릿 향이 계속 생각날 겁니다."

"입안에 감도는 초콜릿 향?"

칼라가 말했다. 테이블에 앉아 있는 칼라는 부엌에서 일어난 재난은 애써 외면하고 있다.

"악명 높은 초콜릿 향이라고 말하려던 거 아냐? 그 듀이벨스 폰테인은 최신 유행이나 좇는 호사가들을 위한 교묘한 와인이라고. 아, 기분 나빠하진 마, 데이먼, 달링."

"기분 안 나빠요, 귀염둥이 씨."

나는 자리에 앉아 데이먼이 옆 걸음으로 테이블로 돌아오는 것을 바라본다. 그와 칼라는 어떤 사이인지 궁금해진다. 저 사람은 자신이 칼라가 그동안 노리개처럼 만나온 어린 남자 친구들 중 가장 신상품이라는 걸 알까? 칼라는 그에게서 뭘 얻는 걸까? 그는 그녀에게서 뭘 얻는 걸까? 아무리 봐도 칼라보다 스물다섯 살은 어려 보이는데. 하지만…… 나는 허리를 펴고 기억해낸다. 내가 스테프보다 스물세 살 더 많다는 사실을. 그걸 매일 잊어버린다. 나 자신은 마흔일곱처럼 느껴지지 않고, 중년이라는 기분도 전혀 들지 않는다. 그러나 스테프의 관점에서 보는 내 모습은 감히 상상하지 않는다. 배 나오고, 여기저기 늘어지고, 애처롭고, 상처 입은, 실패한, 볼 장 다 본, 다소 기이한 도착 증세가 있는 중년 남자.

스테프가 뒤에서 내 어깨를 쓰다듬다가 머리 위쪽으로 몸을 숙인다. 그녀의 머리카락이, 풀 향기 같은 샴푸 냄새와 저녁 식사의 향신료 냄새를 풍기는 부드러운 머리카락이 얼굴 위로 흘러내리며 꼬리를 물고 이어지는 생각들로부터 나를 구해낸다.

"위층에 가서 헤이든 좀 보고 올게."

"괜찮아. 베이비 모니터가 있잖아. 계속 듣고 있는데 뭐."

"그냥 확인만 하려고."

"그래, 그럼. 그렇게 해. 고마워."

"칼라의 웃음소리에도 아이가 안 깼다면 아무 일도 없을 겁니다."

계단으로 올라가는 스테프의 뒷모습을 향해 데이먼이 말했다. 우리 딸을 본 적도 없으면서 잘 아는 것처럼 군다. 칼라는 미소를 지으며 눈동자를 굴린다. 저건 또 무슨 의미일까.

나는 와인을 한 모금 꿀꺽 마신다. 초콜릿 향 같은 건 나지 않는다. 느릿느릿 이어지는 가수의 노래를 들으며 베이비 모니터의 부드러운 잡음에 다시 집중한다.

"요즘 어때? 진짜로."

칼라가 나에게 묻는다.

나는 한숨을 쉬고는 어깨를 으쓱하며 데이먼을 바라본다.

"괜찮아요. 나도 아니까." 데이먼이 말한다. "정말이지 안타까운 일이에요. 내 동생도 같은 일을 겪었거든요."

스테프가 돌아와서 내게 헤이든은 괜찮다는 눈빛을 보낸다.

"그쯤 해둬, 데이먼."

스테프가 돌아와 앉자 칼라가 데이먼을 말렸다. 그러나 데이먼은 계속 주절거린다.

"정말이지 이 나라는 엉망진창이에요. 다른 나라는 이렇지 않다고요. 뭘 훔치고 싶어서 남의 집에 쳐들어가도 꼭 고문까지 하지는 않거든요. 그리고……."

"저기요. 이 얘기는 그만하죠."

결국 내가 나선다.

"나 때문에 그렇게 쉬쉬할 필요 없어요, 칼라. 나도 성인이에요."

스테프가 말한다.

"그래. 사실 스테프는 잘해나가고 있어."

나는 칼라에게 말했다. '확실히 나보단 낫지'라는 말을 입 밖으로 끄집어내지는 못하고, 테이블 밑으로 스테프의 허벅지 위에 가만히 손을 올려놓는다. 스테프가 내 손가락을 잡는다.

"아, 미안해요. 내가 참견할 일이 아닌데."

데이먼이 불쾌해하며 말한다.

"괜찮아요. 뭐 그런 거죠……."

"난 그냥 내가 다 이해한다고 말하려던 거였어요. 이 나라에는 그런 일이 많이 일어나요. 정말이지 문제가 많죠."

"맞아요. 정말 그래요."

"자, 데이먼, 달링. 당신 공감 능력이 좋은 건 잘 알지만 잠깐만 그 입 좀 다물어주겠어? 내 친구 얘기 좀 듣게."

"그럼 난 밖에 나가서 담배 피우고 있을게. 담배를 물고 있으면 입 다무는 데 도움이 되겠지."

그는 일어서서 현관문으로 향한다. 나는 그에게 나가지 말라고, 그냥 잠긴 문 안에 우리 다 같이 안전하게 앉아 있자고 말하

고 싶은 충동을 간신히 억누른다. 테이블의 상석에 앉은 칼라가
발가락으로 내 정강이를 쿡 찌르더니 그대로 발목까지 훑어 내
려간다. 이건 또 무슨 의미일까. 일어서기가 귀찮아서 하는 가
벼운 포옹이나 어깨를 토닥거리는 행위 대신이라고 생각해야
겠지. 칼라와는 육체적인 관계를 갖지 않기 때문에 이런 식으로
표현하는 거라고 생각해야겠지. 내 쪽에 앉은 스테프는 아무것
도 눈치채지 못한다.

"그렇게 말하면 저 친구가 기분 나빠하지 않나?"

칼라에게 묻자 그녀는 어깨를 으쓱한다.

"결국엔 견뎌야지. 쟤도 매너를 좀 배워야 해."

"난 네가 이해가 안 가."

그녀는 내 말을 무시한다.

"적어도 심리 치료사는 만나고 있는 거지?"

"나?"

"당신들 둘 다. 전부 다. 이런 식의 트라우마는 꼬맹이한테도
남을 수 있는 거라고. 헤이든도 미술 치료 같은 데 보낼 수 있잖
아."

"그게 도움이 된다고 해도 그럴 돈이 없어요."

스테프가 말했다.

"하지만 경찰이 피해자 상담 치료 같은 거 해주지 않았어?"

"그랬지."

그랬다. 강도가 든 다음 날 우리는 의무적으로 샤워를 하고
슈퍼마켓에서 급하게 사 온 싸구려 새 옷을 입고 우드스톡 경찰
서로 향했다. 머리가 깨진 남자들과 술에 취해 인사불성인 여자
들 틈에 비참하게 서서 담당자가 오기를 기다리는 동안, 경찰은
놀랄 만큼 공손했고 동정심을 보여주었다. 우리는 긴 복도 끝의

작은 방으로 안내되었다. 창밖으로 마당 건너 유치장이 보였다. 블라인드가 내려진 창문에는 찢어진 천 조각들이 걸려 있고, 누군가 앙심을 품고 건물을 통째로 삶고 있는 것처럼 벽의 페인트가 벗겨져 갈라지면서 안쪽에서부터 서서히 독성 물질로 변해가고 있었다. 경찰서의 범죄 피해자 상담사는 사랑스럽고 따뜻하고 열정적이었다. 끔찍한 현실의 공격에도 여간해서는 나가떨어지지 않을 사람이었고, 우리가 원하는 것을 항상 내어주는 사람이었다. 헤이든이 카펫 위에서 블록을 쌓으며 노는 걸 보며 손 소독제를 안 가져온 걸 후회하는 동안, 그리고 상담사가 스테프에게 명상 에너지를 시각화하는 기술에 관해 얘기하고 있는 동안 나는 우중충한 간이 샤워 부스와 플라스틱 장난감 상자와 그 옆에 인형들이 담긴 케이스를 계속 바라보았다. 그 안에서 풍기는 기묘한 인상에 이마에서 식은땀이 흐르는데도 도저히 눈을 뗄 수 없었다.

"거기서는 강도 피해를 당한 중산층 가정보다 더 심각한 트라우마를 겪는 사람들을 우선적으로 염려하는 것 같더라고."

"어휴, 마크. 스스로를 좀 더 소중히 여겨야지."

"날 소중히 여겨? 왜?"

스테프는 아무 말 없이 안절부절못하는 손가락으로 와인 잔의 다리를 돌리고 있다. 칼라는 아예 내 쪽으로 몸을 기울이고 눈에 띄게 거슬리는 소리를 내며 스테프의 팔에 손을 올려놓았다.

"당신들은 떠나야 해. 어디 잠깐 쉬러 가. 그럼 나아질 거야. 내 말 믿어."

"어디로요?"

스테프가 묻는다.

"어딘가 이국적인 곳으로요. 발리나 태국, 아니면 로맨틱한 곳도 좋겠죠. 바르셀로나, 그리스의 섬들…… 파리 같은."

"어머, 파리!"

스테프는 거의 비명을 질렀다.

"아, 정말이지 마크, 근사할 것 같은데?"

"두 살짜리 아가랑? 참도 로맨틱하겠네."

칼라는 테이블을 내려다본다.

"어쩌면 내가 헤이든을……. 아니, 아니다. 난 못 할 거야. 있지도 않은 모성 본능을 억지로 짜내면서 괴로워하고 싶지는 않아."

"어차피 여행 같은 거 갈 여유도 없어. 젠장, 지금 스테프의 차를 수리할 돈도 없는데."

스테프는 한숨을 쉬며 고개를 끄덕인다.

"그래도 어쩌면……."

그녀가 혼잣말처럼 말한다. 잠깐 동안 그녀의 눈빛에 돌던 생기가 순식간에 꺼졌고, 그 모습을 보는 내 마음이 찌르듯 아파 온다. 그녀는 원하는 걸 얻을 자격이 있다. 그녀는 나보다 더 나은 걸 가질 자격이 있다. 내가 그녀에게 줄 수 있는 것보다 더 나은 걸 가질 자격이. 나는 말 그대로 아무것도 주지 못하니까. 내가 가진 건 이미 모두 다 써버렸으니까.

"계획을 세워봐요." 칼라가 계속 설득한다. "꼭 그래야만 해. 두 사람에게 필요한 건……."

그때 비명 소리가 울렸다. 나는 벌떡 일어나서 내가 들은 게 뭔지 파악하기도 전에 방을 반쯤 달려 나갔다. 밖에서 울린 자동차 경보기 소리였는데, 그냥 자동차 경보기 소리일 뿐이었는데 뇌의 지시와는 상관없이 몸이 제멋대로 움직였다. 생각을 가

다듬기도 전에 현관문을 벌컥 열어젖히고 부릅뜬 눈으로 어둑어둑한 거리를 훑어보면서 싸우는 소리가 들리지 않는지 귀를 쫑긋 세웠다. 그러다 마침내, 데이먼의 담배 연기에 정신을 차린다.

"세상에, 마크. 괜찮아요?"

"난…… 괜찮아요. 그냥 경보기 소리를 확인하려고 나왔어요."

소리는 이미 멎어 있었다. 17번지에 사는 남자가 차의 시동을 걸더니 차를 몰고 가버렸다. 나는 스테프에게 뭔가 안심시키는 말을 소리쳤다.

"신경이 좀 날카로운가 보네요."

데이먼이 담뱃갑을 내민다.

나는 한 개비를 받아 들었다. 그걸 피우면 더 조마조마해질 것을 알면서도. 나는 담배를 피우지 않는다. 담배를 피우면 구역질이 난다. 하지만 이 빌어먹을 눈에 보이지 않는 괴물로부터 주의를 돌릴 수 있게 도와줄지도 모른다.

그가 내민 라이터 불에 담뱃불을 붙이고 연기를 공기 중으로 뿜어낸다. 산에서 내려온 뜨거운 바람이 머리카락과 귀 뒤를 스친다.

"당신도 그런 일을 당한 적 있습니까?"

"아뇨, 고맙게도. 하지만 꼭 다음은 내 차례인 것 같은 기분이 들어요. 지인 중에 그런 일을 당한 사람들이 꽤 많거든요. 그 사건 때문에 완전히 뒤죽박죽됐나 보죠?"

나는 천천히 연기를 내뿜으며 고개를 끄덕인다. 경찰서의 상담사는 내 안에 갇혀 있는 부정적인 에너지를 치유의 기운으로 바꾸고, 독성을 띤 공포를 숨으로 내뿜으라고 조언했다. 그러나 나는 내 공포를 떠나보내는 게 두렵다. 공포는 나름의 용도가 있다. 공포는 언제나 나를 각성시킨다.

죽은 화초가 담긴 화분에 담배를 비벼 끄고 우리는 안으로 들어간다. 스테프의 목소리가 들린다.

"……오르세 미술관에 꼭 한번 가보고 싶었어요. 하지만 돈이 없는걸요. 간단한 문제예요."

"뭐가 간단해요?"

데이먼이 물었다.

"칼라가 우리더러 외국에서 휴가를 보내라고 하는 겁니다. 여행이 트라우마를 치유해줄 거라고." 내가 말한다. "하지만 당장 돈이 없어서."

"그럼 집 교환은 어때요?" 데이먼이 말했다. "친구들이랑 작년에 한 번 한 적이 있어요. 중개해주는 웹 사이트가 있어요. 당신들이 그쪽 사람들 집에 가고 그 사람들은 당신 집에 오는 거예요. 우리는 보스턴 사람들하고 집을 바꿨는데 그 사람들도 좋아하더라고요. 숙박비는 한 푼도 낼 필요 없고, 조금만 신경 쓰면 식비도 싸게 드니까 경비를 절약할 수 있죠."

"낯선 사람을 집에 들여요? 그 사람들이 집을 엉망으로 만들거나, 물건을 훔치면 어쩌라고요?"

내가 물었다.

"웹 사이트에 등록된 사람들이고 추천 글도 있어요. 지난번 우리 집에 왔던 미국인 커플은 그동안 집 교환을 여덟 번 했는데, 이전에 다녔던 집 주인들이 손님으로서 어땠는지 등급을 매겨놓은 게 있어요. 그 기록들이 사이트에 전부 남아요. 그러니까 믿으셔도 됩니다."

스테프가 미소를 짓는다.

"흥미롭네요. 어때, 마크?"

남자의 말을 들은 스테프의 얼굴에 희망이 피어오르는 것이 보였다. 내가 그녀에게 해줄 수 있는 최선은 희망의 싹을 일찍 잘라버리는 것이다.

"아, 그렇죠. 돈은 한 푼도 안 들겠죠. 항공권, 비자, 교통비, 입장료, 백 랜드*짜리 커피, 그밖에 이런저런 사소한 비용 같은 걸 예외로 치면."

스테프의 얼굴에서 김이 빠지듯 희망이 사라지는 것을 절망적인 마음으로 바라본다. 이게 내 장기다. 젊은이들의 열망을 꺾는 것. 나는 매일같이 대학에서 그런 일을 한다. 내가 보유한 몇 안 되는 시장성 있는 기술 중 하나다. 그녀는 의기소침하게 고개를 끄덕였고 나는 그런 말을 한 것을 이내 후회한다. 나는 늘 내 우울한 냉소주의가 얼마나 힘이 센지 과소평가하곤 한다. 스테프는 젊고 내면에 활기를 지니고 있다는 걸 늘 잊는다. 그녀를 좀 더 조심스럽게 대해야 하는데.

"하지만 흥미로운 얘기이긴 하군. 지금까지 들어본 아이디어 중 가장 실현 가능성이 높아."

나는 자신 없는 목소리로 덧붙인다. 스테프의 미소를 다시 보고 싶지만, 모든 게 너무 늦어버렸다.

그날 밤 늦게, 나는 잠이 깨서 복도에 서 있다. 심장이 목으로 튀어나올 것처럼 거세게 뛰고 왼쪽 다리에는 경련이 인다. 손은 휴대폰을 꼭 붙들고 있다. 알람 시계의 빨간색 화면이 2시 18분을 표시하고 있다. 옆집 독일 셰퍼드가 짖어댄다. 분명 뭔가 쿵

*남아프리카공화국의 화폐 단위.

하는 소리가 들렸다. 한 번, 아니 두 번인가? 확실하다. 담장을 기준으로 우리 집 쪽에서 울린 소리였다.

서재 창문으로 바깥 골목에 뭐가 있는지, 누가 있는지 확인해야 한다. 서재 안에는 경보기가 작동 중이고 수동식 트랜스폰더가 방 안을 스캐닝하고 있다. 경보 시스템을 끄고 싶지 않다. 누군가 이 시스템이 꺼지기를 기다리고 있을지도 모른다. 그래서 나는 집 한복판 복도에 이렇게 서 있다가, 마룻널이 큰 소리로 삐걱대지 않도록 천천히 돌아선다. 소리가 나면 헤이든이 잠에서 깨서 자기 아빠가 초음파를 듣는 귀와 엑스레이 눈을 가진 슈퍼맨이라도 되는 양 날 지켜볼지도 모른다. 하지만 난 그런 사람이 아니다. 움직이지도 못한 채 무기력하게 그냥 서 있을 뿐이다.

골목에 누군가 있어서 자동차 불빛 때문에 경보기가 켜진 거겠지. 우린 괜찮아, 하고 혼잣말을 한다.

개도 잠잠해졌다. 다른 소리는 들리지 않는다. 바깥의 불빛도 움직이지 않는다. 나는 결국 침실로 돌아왔다. 스테프는 등을 바닥에 대고 반듯이 누워 체념한 자세로 천장을 바라보고 있다.

나는 침대 옆에 계속 서 있다.

"아무래도 서재는 경보 장치를 우회시켜야 할 것 같은데. 하지만 그랬다가 놈들이 창문을 통해 들어오기가 더 쉬울 것 같기도 하고."

"맞아. 그냥 지금 상태로 두는 게 나아."

"그러면 바깥을 볼 수가 없어서."

"수상한 게 있으면 경보기가 잡아내겠지."

"그렇긴 해."

나는 휴대폰을 침대 옆 탁자 위에 올려놓았다.

"당신, 앞으로 이런 식의 밤중 대화를 좋아하게 될 거야. 달콤하고 쓸데없는 얘기들."

그녀는 아무 말도 하지 않고 웃지도 않는다. 하긴 왜 그래야 하는가? 나는 침대 옆에 놓인 시계 문자판의 붉은 숫자를 힐끔 보았다.

"좀 자도록 해봐. 포기하긴 아직 일러."

"당신은?"

나는 놈들이 돌아올 경우에 대비해 우리 중 한 사람은 항상 깨어 있어야 하며, 게다가 애초에 잠들지도 않았었다는 얘기는 하지 않는다. 그래봤자 도움 될 건 없다.

"아직 긴장이 안 풀려서. 조금 있다 잘게."

"가끔은 이 집이 싫어."

"알아."

"여행 가는 거 고려만이라도 해볼 수 없을까? 근사할 것 같지 않아?"

"가능할 리가 없어서 그래. 지금 우리한테는 감당할 수 없는 사치야."

스테프가 일어나 앉는다. 베개가 침대 머리판과 마찰하며 낮은 신음 소리를 낸다.

"난 사치라고 생각하지 않아, 필요한 거지. 특히 당신한테 도움이 될 거야."

"나?"

"그래요, 당신."

이제야 그녀가 웃는다. 그러나 메마른 웃음이다.

"이 집에서 벗어나면 당신도 균형 잡힌 시각과 마음의 평화를 얻게 될 거야. 혹시 알아? 어쩌면 행복해질지도 모르잖아."

내가 무슨 높은 사람인 양 그녀를 위에서 내려다보며 이런 식의 대화를 나누는 것이 영 편치 않다. 그래서 침대 발치에 앉아 그녀에게서 고개를 돌리고, 옷장 거울에 비친 그녀의 조각을 바라본다.

"설령 우리한테 돈이 있다고 해도 난 원치 않아. 당신이 내가 병들어 있다고 생각하는 게 싫어서. 내가 무슨 병원의 연구 대상처럼 되는 것도 원치 않고, 신경쇠약을 떨치고 내 기분이 더 좋아지자고 있지도 않은 돈을 쓰고 당신한테 희생을 요구하는 것도 싫어. 난 안 갈 거야. 난 괜찮아. 잘해내고 있다고."

스테프는 내 자가 진단에 동의도 부정도 하지 않는다. 그녀는 나를 너무나 잘 안다.

"내가 많이 생각해봤는데 헤이든은 괜찮을 거야. 요즘은 전보다 훨씬 더 잘 자니까. 칼라가 그러는데 거기서 유모차도 빌릴 수 있고 필요한 건 뭐든 다 빌릴 수 있대. 파리에서는 유모차를 끌고도 어디든 다 갈 수 있어. 단란한 프랑스 가족처럼 공원을 거니는 상상 좀 해봐."

어차피 소용없는 짓이다. 나는 거울에 비친 그녀의 꿈꾸는 듯한 무방비 상태의 미소를 바라보며 이번에는 환상을 깨뜨리지 않기로 했다. 어차피 여행은 못 갈 것이다. 그건 그냥 환상일 뿐이다. 그녀에게 미소를 되돌려준 환상. 그러니 그녀가 마음껏 꿈꾸도록 내버려두자.

그날 저녁 칼라가 식사를 하러 올 거라고 마크가 말했을 때 좀 더 난리를 부릴걸. 그는 그냥 약속을 취소하겠다고 했지만 (그 사건 이후 내가 부모님밖에 만나지 못한다는 걸 그도 잘 알고 있었다), 나는 우리 두 사람이 잘 극복해서 넘기는 게 낫겠다고 생각했다. 게다가 이제는 바깥세상과 만날 때도 되었다. 친구들은 날 돕겠다며 발 벗고 나섰지만, "그래도 헤이든은 한 번도 안 깨고 잘 자고 있었고, 너도 강간을 당한 건 아니잖아"라는 식의 진부한 위로의 말이 너무 지겨웠다. 마크는 호들갑 떨지 말라고 애원했고 나는 늘 그렇듯 식사 준비를 하는 데 꽤 오랜 시간을 보냈다. 마치 1950년대의 신경과민에 걸린 주부처럼 집 전체를 문질러 닦고, 울워스에 가서 감당도 못 할 식재료를 사느라 돈을 펑펑 쓰고. 칼라가 올 때마다 항상 그랬다.

나는 칼라가 무서웠다. 그래, 인정한다. 그녀는 시집을 낸 시인이자 학자였고 내가 갖지 못한 걸 모두 가진 사람이었다. 자신감 넘치고 세련되고, 카리스마 있고 놀랄 만큼 날씬했다. 개인적으로는 그녀의 글이 자기 멋대로이고 읽을거리로는 꽝이라고 생각했지만, 그런 글로 국내외에서 몇 가지 상을 받았다. 반면 내 출간 이력은 보잘것없는 문학 웹 사이트에 무보수로 쓴 서평 두어 편이 전부였다. 칼라가 속한 세대의 수많은 진보주의자들처럼, 그녀 역시 흠잡을 데 없는 투쟁 이력을 소매 끝에 가지고 다니다가 기회만 생기면 말끝마다 보안경찰에게 체포되었던 일화를 늘어놓았다(하긴 요즘은 아파르트헤이트 때 아무것도 안 했다고 인정하는 중년의 백인들은 찾아보기 힘들다. 우리 부모님만 빼고). 그리고 물론 그녀와 마크 사이에는 오랜 사연이 있었다. 나보다 훨씬 이전에 있었던 사연. 내가 포함되지 않은 사연. 마크는 두 사람이 심각한 관계였던 적은 없었다고 했지만, 난 이제 더 이상 뭘 믿어야 할지 모르겠다.

내가 그녀를 공정하게 대하지 않았을지도 모른다. 칼라를 좋아하지 않았던 건 맞지만 나쁜 사람은 아니었다. 헤이든이 갓난아기였을 때, 마크와 내가 몇 달 동안이나 잠을 못 자서 신경이 온통 날카로워져 있을 때에도 우리에게 친절히 대해주었고, 우리 상태를 확인하러 가끔 집에 들르기도 했다. 일주일에 한 번 정도는 렌틸콩이 든 무사카를 들고 왔다. 비록 한 번도 먹은 적은 없었지만. 그것들은 고스란히 냉장고로 직행했고 모르긴 해도 아마 지금도 그 자리에 그대로 있을 것이다.

그날 밤 나는 울워스에서 사 온 조리된 닭고기와 구운 감자로 의무적으로 상을 차렸고, 비싼 초콜릿 무스를 볼에 담아 내놓았다. 그러고는 게이샤처럼 미소를 지으며 앉아 있다가 가끔씩 헤이든을 보러 간다는 핑계로 슬쩍 빠져나와 나만의 평화를 누렸다. 나는 사람들의 동작을 관찰하고, 대화를 듣는 척하면서 딴 생각을 했다. 대화를 주도하는 쪽은 주로 칼라와 그녀가 데려온 남자였다. (웃기는 일이다. 그날 밤을 그렇게 상세히 기억하고 있는데 그 남자 이름은 기억이 안 나다니.) 그러나 내 생각은 온통 외국 여행에 꽂혀 있었다. 잠시 외국으로 여행을 떠나라는 칼라의 유쾌한 제안. 마크가 평소에 칼라의 기분을 맞춰주기 위해 그녀의 말에 늘 동의하는 것이 싫어서, 대뜸 그 제안을 무시했을 때는 속으로 좋아했는데…… 하지만 파리라니. 아, 파리.

마크와 내가 나란히 샹젤리제 거리를 걷고, 헤이든은 마크의 품 안에서 잠들어 있고, 곁을 스쳐 지나가는 세련된 파리지앵들이 친근하게 미소 짓는 모습이 머릿속에 그려졌다. 아름다운 모퉁이 카페에 잠시 들러 파라솔 아래 앉아 커피와 크루아상을 주문하는 모습이 떠올랐다. 저녁에는 예스러운 비스트로에서 프렌치 어니언 수프와 크레이프를 먹어야지. 내 생각은 클리셰로 계속 채워졌다. 그러나 단순히 장소의 유혹만은 아니었다. 사실 내가 끌린 건 집 교환이라는 아이디어였다. 강도 사건 이후 집의 분위기는 완전히 바뀌었다. 그날 이후로 집 안은 어두침침해졌다. 마치 햇빛이 어떻게 집 안으로 스며들어야 할지 갈피를 못 찾는 것 같았다. 급하게 설치한 보안 장치들도 도움이 되지 못했다. 방범창은 마룻바닥에 음울한 손가락 같은 그림자를 드리웠고, 경보기는 문이 열릴 때마다 요란하게 울려서 쉽사리 가시지 않는 불쾌한 여운을 남겼다. 나는 누군가 다른 사람이, 우리 아닌 다른 사람이 이 집에서 지낸다면 나쁜 기운이 깨질 것이라고 생각했던 것 같다.

마크와 칼라의 어린 애인이 제이콥 주마*에 대해 격하게 의견을 주고받는 동안, 커피를 만들러 살짝 자리를 빠져나왔다. 내 뒤를 따라 칼라가 부엌까지 온 것을 보고 놀람과 동시에 실망스런 마음이 들었다. 나한테 뭔가 할 말이 있는가 보다고 생각했는데, 그 생각이 맞았다.

"마크는 도움이 필요해요."

다른 사람들에게 들리지 않을 만큼 거리가 멀어지자 칼라가

*남아프리카공화국의 대통령.

21

입을 열었다.

"지금 당장이라도 나가서 도와줄 사람을 만나야 해요. 상담 치료사 말이에요."

그녀의 말투는 힐난조였다. 내가 그이를 못 가게 막은 것처럼. 모든 것이 내 잘못인 것처럼. 그날 밤 내가 그보다 피해를 덜 입은 것처럼. 객관적으로 보면 그 반대가 맞는데. 나는 그녀에게서 얼굴을 돌리고 싱크대로 가서 괜스레 커피 프레스를 헹궜다.

"당신은 강한 사람이에요, 스테프." 칼라가 말을 이었다. "당신은 잘해내고 있어요. 하지만 마크는 외상 후 스트레스 장애에 취약해요. 조이가 그렇게 되고 오랫동안…… 아무튼, 당신도 알죠. 이런 일을 겪으면 그동안 잠재해 있던 트라우마가 다시 발현될 수 있고……." 어쩌고저쩌고.

나는 말없이 커피 가루를 한 숟갈 떴다. 그녀에게 떨리는 손을 보이지 않도록 집중하면서.

칼라 일행이 떠나고 나서 한참을 뒤척이다 간신히 잠들었는데, 2시 반에 마크가 침대에서 뛰쳐나가는 바람에 잠을 깼다. 특별한 일은 아니었다. 그 사건 이후로 아주 희미한 소리도, 나방이 욕실 조명에 부딪히거나 이웃집 개가 멀리서 짖는 소리에도 우리는 벌컥 잠이 깨곤 했다. 나는 멍하니 침대에 누워 그가 순찰을 마칠 때까지 기다렸다. 입은 바짝바짝 마르고, 자꾸 최악의 경우가 상상됐다. 총소리가 울리고, 머리가 날아가고, 침실 문을 향해 발소리가 다가오고……. 경험상 날이 밝을 때까지 다시 잠들 수 없다는 걸 알았기 때문에 마크가 꾸벅꾸벅 졸 때까지 기다렸다가 싸구려 노트북을 들고 헤이든의 방으로 향했다. 집에서 유일하게 안전하다고 느껴지던 곳. 뜨거운 하루를 보내고 식어가는 집은 여느 때처럼 끙끙대는 신음 소리와 삐걱대는 소리를 냈다. 꼭 바위에 드라이버를 대고 긁는 것 같은 소리. 아니면 복도를 따라 살금살금 걷는 듯한 발소리. 마크가 이중 삼중으로 자물쇠를 확인했고 무슨 일이 있으면 경보기가 울릴 거라는 사실도 나를 안심시키지는 못했다. 우리 집에 침입했던 남자들은 그들의 그림자로 집을 더럽혔다. 욕실 앞을 지날 때마다 열린 문 위로 걸쳐놓은 수건이 잔인한 칼 모양으로 보였다. 계단 위에 깜박 잊고 놓은 세탁물 바구니는 잔뜩 부풀어 올라 언제라도 폭발할 것 같았다. 무사히 헤이든의 방에 도착했을 때 내 심장은 두근두근 뛰고 있었다.

아이는 언제나 비스듬히 누워서 잤다. 다리는 침대 가로 방향으로 한껏 뒤틀고, 이불은 걷어차서 발치에 뭉쳐져 있었다. 나는 살며시 담요를 덮어주고 아이 옆에 쪼그리고 앉아 무릎 위에 노트북을 올려놓았다. 마크는 떠나는 것이 내키지 않는 것 같았지만, 나는 이 상태를 그대로 내버려두고 싶지 않았다. 사실 그의 말이 옳았다. 우리에겐 돈이 없었다. 하지만 꿈꾸는 건 해롭지 않으니까. 숙박 교환 사이트는 스무 개도 넘었다. 적어도 그점만큼은 칼라의 남자 친구 말이 맞았다. 나는 알프스산맥의 샬레* 사진이 올라온 홈페이지를 선택해 30일 무료 체험을 위한 정보를 입력했다. 그다음으로 원하는 순서대로 장소 세 군데를 입력해야 했다. '마음껏 골라보세요!'라는 FAQ 코너의 문구가 용기를 북돋워줬다. 나는 파리를 먼저 입력하고, 그다음엔 아일랜드(비자가 필요 없다), 미국 순서로 입력했다. 유럽 대부분의 국가는 관광 비자가 필요하지만 내가 꽂힌 곳은 파리였다. 씨앗

*지붕이 뾰족한 목조 주택.

은 이미 뿌려졌다. 우리 집 사진 중에서 가장 돋보이는 걸 골라 전송했는데, 일 년 전쯤 집을 내놨을 때 찍었던 사진이었다. 그러자 불법적인 일을 저지르는 것 같은 기분이 들었다. 이를테면 애인에게 몰래 이메일을 보내는 것 같은.

업로드가 끝나고 나는 파리에 살고 있는 미래의 집 교환 파트너를 홀릴 만한 설명을 써넣기 시작했다. '햇살이 따사로운 케이프타운의 안락하고 유서 깊은 집이에요!' 동네 집들이 대부분 빅토리아 스타일의 테라스하우스이긴 하지만, 그래도 유서 깊다는 말은 좀 과장이 심한 것 같았다. 그다음에 '안전하고요'라고 썼다가 죄책감이 들어 지웠다. 하지만 완전히 거짓말은 아니었다. 아빠는 그 사건이 있던 다음날 아침, 용접토치와 콘크리트 보강용 철근을 픽업트럭 한 가득 싣고 몬터규에서 곧장 달려오셨다. 그 덕에 우리 집 창문들은 모두 묵직한 쇠 방범창으로 막혀 있다. 마크는 미학적 관점이 어쩌고 하면서 중얼거렸지만 아빠가 우리 집을 앨커트래즈로 만드는 것을 막지는 못했다. 감히 막을 수 없었다. 마크는 그날 공기 중에 배어 있는 말없는 비난('자기 가족은 자기가 잘 지켰어야지, 등신 같은 놈')을 피하기 위해 아빠에게서 멀찍이 물러나 있었다.

다음으로 항공권을 검색했다. 마침 에어프랑스에서 하는 2월 초특가 행사가 사흘 남아 있었다. 모든 조각들이 맞아 들어가고 있었다. 나는 모든 것을 운명에 맡기고 상대편에서 먼저 연락이 오기를 기다리기로 했다. 그러고 나서 여섯 시에 헤이든이 깨울 때까지 한 시간 동안 더없이 만족스럽게 푹 잤다.

굳이 싸움을 일으키고 싶지 않아서, 그날 아침 마크에게 웹사이트에 가입했다는 사실을 말하지 않았다. 또 힘든 하룻밤을 보낸 그는 온통 신경이 곤두서 있었고, "나 가고 난 다음에 문 잘 잠가"라는 말 외에는 별다른 말 없이 출근했다. 나는 헤이든에게 시리얼을 먹이고 씨비비즈* 앞에 앉혔다. 특별히 배가 고프진 않은데 무심결에 냉장고에서 반쯤 빈 초콜릿 무스 통을 꺼내 떠먹으면서 이메일을 확인했다. 은행에서 신용 한도 초과를 경고하는 메일 한 통, 숙박 교환 사이트에 가입해줘서 고맙다는 메시지가 한 통 와 있고 다른 건 없었다.

엄마가 전화를 해서 아침마다 나누는 안부 인사를 교환했다. 며칠만이라도 헤이든 좀 데려오라는 엄마의 애원이 끝난 후 집 교환 아이디어에 대해 얘기를 꺼냈다. 엄마는 이야기를 듣자마자 열렬히 찬성했다. 엄마는 늘 우리가 케이프타운을 떠나기를 간절히 원했다. 게다가 그 사건 이후로 이곳이 거칠고 위험한 도시라고 생각했다.

"그래서 마크 생각은 어때?"

"썩 내켜하진 않아요. 그리고 사실 돈도 없고요."

내가 일자리를 구하면 돈이 생길 거라는 생각은 애써 외면했다.

"마크랑 같이 가. 비행기 푯값은 우리가 빌려줄 수도 있어. 안 그래요, 여보?"

뒤쪽에서 아빠가 쉰 목소리로 중얼거리는 소리가 들렸다.

"그렇게는 못 해요, 엄마."

부모님의 민박집은 힘들게 운영되고 있었다. 두 분이 2년 전 그 집을 산 이후로 계속 그랬다.

"돈은 구하면 돼. 이제 마크도 네 의견을 좀 존중해야지."

"우리 둘 다 힘든 시간을 보냈잖아요, 엄마. 그이도 최선을

---

*BBC의 유아 채널.

다하고 있는 거예요."

엄마는 내가 알아들을 수 없는 말을 중얼거렸다. 그러다가 갑자기 화제를 돌렸다. 엄마는 말다툼을 싫어하셨다.

"민박은 좀 어때요, 엄마? 예약은 들어와요?"

"일주일 동안 네덜란드 사람 두 명이 와 있어. 게이 커플이야."

"아빠도 그 사람들이 게이인 거 알아요?"

"아유, 스테피. 아빠도 완전히 중세 시대 사람은 아니야. 그리고 그다음엔 3월까지 공실인걸."

엄마는 잠시 말을 멈췄다.

"네가 여행을 가면 우리가 헤이든을 봐줄 수도 있는데."

"헤이든은 데려갈 거예요, 엄마."

"헤이든이 보고 싶어서 그래. 너도 알잖니."

나는 엄마의 설득을 한 귀로 흘리면서 구글에서 '2월에 파리에서 할 수 있는 10가지' 같은 기사를 훑어보다가 간간이 메일을 확인했다. 그때 숙박 교환 사이트에서 이메일이 도착했다. '안녕하세요, Stef198님. Petit08님이 메시지를 보냈습니다. 확인하시려면 여기를 클릭⋯⋯.'

나는 통화를 마무리하고 이메일을 열었다.

봉주르, 스테퍼니와 마크! 당신의 집은 아주 근사하게 보입니다! 우리 집도 한번 보세요. 우리는 당신이 선택한 어느 때에라도 갈 수 있습니다. ;) 안녕히 계세요!!!!

맬과 주니 프티가.

링크를 클릭하자 프티의 집 사진과 30대로 보이는 커플 사진이 열렸다. 화면에는 사진들이 가득했다. 셀프 카메라 스타일의, 머리 위로 선글라스를 올리고 하얀 이를 가득 드러내며 미소를 짓고 있는 사진들. 광고업자들이 꿈꿀 만한 행복한 금발 커플이었다. 아파트 사진은 여섯 장이 있었는데 대부분은 밖에서 찍은 것이었고 내부 사진은 한 장뿐이었다. 단독으로 놓인 빅토리아 스타일의 욕조 사진이었는데 욕조 벽에는 자주색 타월이 걸쳐져 있었다. 사진 아래에 간단한 설명이 붙어 있었다. '사랑의 도시 파리의 환상적인 위치에 있는 세련되고 호화로운 장소!!! 2~3인 숙박 가능.' 건물은 색이 좀 바랬지만 우아하고 전형적인 프랑스식 건물처럼 보였고, 거대하고 견고한 나무문과 좁은 창문에는 소용돌이 모양의 금속 난간이 달려 있었다. 추천 글은 없었다. 하지만 뭐 어때? 우리 집에도 아무 추천이 없는데. 아마 그들도 처음으로 웹 사이트에 올린 것이겠지.

나는 망설이지 않고 곧장 메시지를 입력했다.

봉주르! 만나게 돼서 반가워요!

3
마크

신호가 바뀌자마자 뒤차가 경적을 울려댄다. 그 소리에 나에게 고함을 질러대는 복면 쓴 남자들의 환상에서 깨어날 수 있었다. 나는 공을 들여 핸드브레이크를 풀고 천천히 차를 움직인다. 아무리 많아봤자 스물다섯 살 이상은 안 될 것 같은 남자가 지붕 없는 포르셰를 타고 분에 못 이겨 주먹을 휘둘러대고 있다. 그의 눈에 나는 그저 몸이 둔한 늙은이로 비쳤겠지. 원래 케이프타운은 부드럽고 차분한 도시로 유명했는데 이제는 LA를 동경하는 긴장한 회사원 같은 사람들이 넘쳐나는 것 같다.

내 뒤의 남자는 뷔텐그라흐트 거리의 신호등까지 내내 나를 쫓아왔다. 백미러를 통해 그의 따가운 시선이 느껴진다. 얼마 전이었다면 그 시선을 되받아 쏘아봤겠지만 오늘의 나는 고개를 돌릴 수조차 없다. 지금 내 삶에 더 이상의 불상사가 생긴다면 난 그냥 무너져 내릴 것이다.

정말이지 피곤하다. 헤이든이 지난 몇 주 동안 그 어느 때보다도 잘 자는 건 어찌 보면 아이러니다. 아이는 밤새 깨봤자 한 번, 아니면 아침까지 푹 자지만 나는 여전히 잠을 못 이룬다. 아니, 잠드는 걸 스스로 허용하지 않는다. 밤새 깨어 있다 한들 우리가 더 안전하게 지낼 수 있는 게 아니라는 걸 머리로는 알고 있다. 도리어 스테프와 헤이든에게 무슨 일이 생겨 집중해서 생각하거나 행동을 취해야 할 때 이렇게 지쳐 있다면 도움이 안 될 테니, 수면 부족이 좋을 리 없다는 것도 잘 안다. 요즘 들어 짜증을 부쩍 잘 내는데 그러면 안 된다는 것도 알고 있다. 그러나 여전히 잠을 잘 수가 없다. 그자들이 또 오면 어쩌지? 행여 오더라도 내가 깨어 있으면 스테프를 해치지 못할 것이다.

생각에서 벗어나기 위해 아이팟 플레이어를 켜고 임의 재생을 선택하자 〈나는 재미난 늙은 곰〉이 흘러나온다. 노래를 들으니 7년 전 조이의 1학년 수료식이 생각난다. 학교 강당 안은 엄마들과 넋 나간 표정의 아빠들로 가득 차 있었다. 아마 그들의 아버지들은 이런 쓰잘머리 없는 행사에 불려 나오는 곤욕을 치르지 않았을 것이다. 아이들은 곰돌이 푸에 관한 노래를 불렀고, 지켜보고 있던 나는 갑자기 아이들이 행복해 보인다는 생각이 들었다. 내 딸은 나처럼 따분하고 버림받은 시무룩한 어린 시절을 겪고 있지 않다는 생각. 그 단순한 사실이 묘하게 내 속을 뒤틀었다. 나는 아이들의 해맑은 합창을 들으며 울기 시작했다. 그것이 조이의 마지막 수료식이었다.

마음이 편안하다. 정말이다. 갓 생긴 트라우마보다 이 오래되고 익숙한 고통의 딱지를 뜯는 것이 더 편하다. 나는 다시 백미러를 보며 뒷자리에 안전벨트를 매고 앉아 있는 조이를 상상한다. 물론 조이가 저 자리에 앉을 일은 없을 것이다. 지금도 살아 있다면 열네 살일 테고, 조수석에 앉았겠지. 맙소사.

조이의 카시트를 차에서 꺼낸 게 불과 몇 달 전이었다. 카시트가 있던 자리에는 구멍이 두 개 나 있고 아이가 흘린 음식물 얼룩들도 고스란히 남아 있다.

"왜 그렇게 슬퍼, 아빠?"

조이가 말하는 걸 상상해본다.

"아냐, 아가. 그냥…… 지쳐서 그래."

"쟤가 그 애야? 아빠의 새 딸?"

뒤의 남자가 또 경적을 울리며 내 상상을 무너뜨린다. 그뿐만 아니라 내 뒤로 차량 행렬이 길게 늘어서 있다. 이번에는 사과의 뜻으로 손을 들어 올리고 차를 곧바로 출발시켰다. 나는 다시 거울을 확인한다. 뒷좌석은 여전히 비어 있다. 머릿속의 목소리를 흘려보내기 위해 라디오를 튼다.

좁은 지하 주차장 주차 공간에 차를 밀어 넣고, 멜번 시티 캠퍼스 엘리베이터를 멍하니 쳐다본다. 케이프타운 대학교에서 해고당했을 때("우리 과는 좀 더 합리적이고 생산적인 연구 중심 학과로 재편성될 거예요, 마크. 우리한테는 빅토리아시대 영문학 전문가가 두 명씩이나 필요하지 않아요. 매브가 이 자리에 계속 남을 수 있는 건 운 좋게도 당신보다 직급이 높기 때문이지 다른 이유는 없어요.") 나는 두 곳에서 이직을 제안받았다. 멜번 시티 캠퍼스를 선택한 이유는 일반 대학교와 비슷한 형식의 강의를 할 수 있기 때문이었다. 당시에는 그게 중요하다고 생각했지만, 현실을 생각하면 사이버 강의 쪽을 택했어야 했다. 그랬으면 안락한 내 서재에서 결과 기반 온라인 강의를 진행하며 이메일을 확인하는 틈틈이 낮잠도 잘 수 있었을 텐데.

리셉션 데스크의 린디에게 가볍게 인사를 하고 6층 복도의 '커뮤니케이션, 네트워크와 통신' 간판을 따라 사무실로 향한다. 이 '캠퍼스'는 실은 이름 없는 사무실과 회의실을 모아놓은 곳으로, 생긴 지 3년도 안 되었지만 이미 사무실 문짝이 뒤틀리고 카펫 타일들은 들떠서 아침마다 어깨로 문을 밀어 열어야 했다. 사무실의 한쪽 벽에는 세 칸짜리 선반이 고정되어 있는데, 선반 위에는 파일 뭉치와 종이 들만 듬성듬성 흩어져 있다. 아직 여기에 책들을 옮겨 놓지 않았는데 그것만 봐도 내가 이곳에 가지고 있는 충성심이 어느 정도인지 알 수 있을 것이다. 지난 25년간 쌓아온 신비로운 빅토리아시대(엘리자베스 시대와 근대 초기는 말할 것도 없고)에 관한 전문 지식은 아직도 먼지가 켜켜이 쌓인 상자에 담겨 집에 방치되어 있다.

주방으로 가서 물병을 채웠다. 커피 생각이 간절했지만, 여기엔 싸구려 인스턴트커피밖에 없고 사무실에는 아직 보덤 커피 프레스를 갖다 놓지 않았다. 물이 졸졸 흐르는 수도꼭지 위로 몸을 굽히고 있는데 누군가 내 뒤의 좁은 공간으로 들어서는 것이 느껴졌다. 주방이 너무 좁아서 한 번에 한 사람만 들어오는 것이 암묵적인 에티켓인데. 그러나 그 사람은 슬며시 뒤에서 내 팔을 잡는다.

"요즘 어떻게 지내요?"

나는 어색하게 뒤를 돌아본다. 린디가 출구를 완전히 막아서고 있다.

"괜찮아요, 고마워요. 린디는 어때요?"

이쯤에서 그만두면 좋겠는데. 그러나 그녀는 멈추지 않는다.

"아니, 정말로요. 정말 끔찍한 일이에요. 선생님과 선생님의 멋진 가족이 그런 일을 당하다니요."

린디는 스테프나 헤이든을 만난 적이 없다. 내가 두 사람을 여기에 데려온 적도 물론 없었다.

"염려해줘서 고마워요. 우린 괜찮아요."

이런 식의 대화는 달갑지 않다. 나의 멋진 가족은 언제나 끔찍한 사건과 잘 어울리는 단짝인 것 같다. 린디가 내 '첫 번째' 가족에 대해 알면 어떤 반응을 보일까. 그녀는 그저 친절하게 대하는 것뿐이지만 계속 캐묻는다면 궁지에 몰려 통명스럽게 대꾸하게 될 것이고, 나로서는 이곳에 있는 몇 안 되는 친구 중

하나에게 무례하게 굴고 싶지 않다.

"아무튼 괜찮으면 좋겠어요."

"음, 고마워요."

그렇게 대답하고 싱크대 쪽으로 몸을 휙 돌리자, 물병에 물이 가득 차 넘치고 있다. 물이 주르륵 수챗구멍으로 흘러 들어간다.

마침내 린디는 분위기를 알아채고 사라진다.

물병을 들고 발을 질질 끌며 강의실 C12호로 향해 걷는 동안 등이 많이 굽었다는 것을 느낀다. 나는 등과 어깨를 펴고, 일반 문학 초급 강의실에서 펼쳐질 끔찍스럽게 지루한 강의에 대비한다. 나는 슬프고 억지스러운 인사와 함께 있는 힘껏 쾌활한 척하며 강의실 안으로 성큼 들어선다. 프로젝터로 키워드를 몇 개 띄우는 동안에도 잡담 소리가 약간 줄었을 뿐 달라지는 것은 없다. 강의가 시작되자 학생들 대부분은 마치 내가 바셀린 병에 들어간 모래알인 것처럼 혐오와 불쾌감을 노골적으로 드러내며 나를 노려본다. 오늘의 강의 주제는 전쟁 시(詩)지만, 사실 그딴 건 상관없다. 내가 젊었을 때는 흥미를 느꼈던 주제였는데 (아마 내가 만났던 선생님은 지금 이 학생들의 선생님보다 더 훌륭했던 모양이다), 이제는 나를 노려보는 이 학생들의 흥미를 어떻게 이끌어낼 수 있을지 도무지 모르겠다. 아이들은 자기가 낸 돈만큼의 가치 있는 것을 돌려받지 못해 화가 난 고객처럼 분노를 내뿜고 있다. 내 목소리는 점점 더 기어들어가고, 말을 많이 할수록 근심은 점점 더 깊어진다.

간신히 열 시가 되었다. 사무실로 돌아와서 이메일 제목들을 확인하고, 학부 회람은 무시한 채 스테프가 보낸 메일을 클릭해 연다. 괴로운 강의 시간을 보내고 돌아와 받은 편지함에 그녀의 이름이 떠 있는 걸 보면 기분이 좋아진다.

　안녕, 마크.
　놀래주고 싶어서 아침에는 말하지 않았는데, 숙박 교환 사이트
에서 교환 제의를 받았어. 여기 그쪽 집에 관한 세부 내용을 같이
보낼게. 굉장히 세련돼 보이는 프랑스 사람들이야! 엄마 아빠가
기꺼이 항공권 비용을 빌려주시겠대. 그러니 핑계 대지 마시고!
　당신도 사실은 속으로 솔깃한 거 잘 알아. 분명히 마음에 들 거
야. 우리 거기서 즐거운 시간 보내요. 우리한테도 좋은 기회가 될
거라 믿어.
　사랑해요.
　S.

속에서 무서운 속도로 분노가 치밀어 올라 깜짝 놀랐다. 분명
히 안 된다고 말했는데 어떻게 이럴 수가 있지? 하지만 빌어먹
을 강도 사건 때문에 우리 결혼 생활에 문제가 생긴 건 확실했
고, 문제를 해결하기 위해 긍정적인 마음으로 더 노력을 기울여
야 한다는 것도 잘 알고 있다. 스테프는 정말 열심히 노력하고
있다. 그뿐만 아니라 그녀는 사랑한다는 말 한 마디로 날 이길
수 있다는 것도 잘 안다.
　의자를 돌려 창밖으로 시선을 돌렸다. 뜨겁고 맑은 하늘 아래
웅장하게 서 있는 은색 산들을 배경으로 건물 지붕 위에 촘촘히
늘어선 에어컨 실외기들이 시야에 들어온다. 파리……. 그녀는
날 잘 안다. 난 언제나 떠나고 싶었다. 우리 경제 사정이 이렇게
혹독한 것은 스테프의 잘못이 아니다.
　다시 화면으로 고개를 돌려 스테프가 메일에 첨부한 링크를

클릭했다. 고전적인 파리의 건물이 좁은 길 위에 서 있고, 길 끝으로는 가로수가 줄지어 서 있는 작은 광장이 보인다. 관광 명소들과 가까운 곳에 위치해 있지만 조용하고 쾌적한 교외 지역 같다. 주소는 몽마르트르 근처였다. 예술가들이 많이 살고 거대한 흰색 성당이 있는 곳.

다른 인생에서였다면 멋진 아이디어였겠지. 하지만 지금 내인생에선 아니다. 염치불구하고 스테프의 부모님이 주시는 여행 경비를 받는다고 해도, 낯선 도시에 헤이든을 끌고 가는 것이 생각처럼 로맨틱할 리 없다. 유순한 프랑스 여자 아기를 유모차에 태워 파리의 공원을 산책한다면야 근사하겠지만 헤이든이 쉬가 마려울 때, 배고플 때, 지칠 때, 더울 때, 추울 때 어떻게 구는지 우리 둘 다 너무나도 잘 알고 있다. 헤이든만 그런 게아니다. 아이라면 당연한 일이다. 스테프는 의도적으로 현실을 외면하고 있다.

집 교환을 제안한 사람들의 프로필을 클릭하니 프티라는 매력적인 젊은 커플의 사진이 뜬다. 집을 설명하는 자리에는 관광 자료 링크를 올려놓았다. 링크를 통해 파리의 문학 산책로 목록을 정신없이 읽다가 고개를 드니 20분이 후딱 지나가 있다. 헤밍웨이와 고갱과 모네와 발자크와 푸코, 그리고 우디 앨런이 걸었던 길을 걷는다니. 2008년에 지은 커널워크 쇼핑몰의 인조 실내 자갈길은 감히 비교도 안 되겠지. 스테프가 잘 골랐어……. 나는 늘 떠나고 싶었고 어쩌면 이 여행을 갈 수 있을지도 모른다는 생각이 고개를 들기 시작했다.

곧바로 스테프의 부모님께 전화를 걸었다. 다행히 장모님이 받으셔서 마음이 놓였다. 장인어른과는 아무래도 좀 껄끄럽다. 스테프의 아버지는 나와 다섯 살 차이밖에 나지 않는 데다가,

내가 당신 딸을 사랑과 존중의 마음으로 대한다는 사실을 믿지 않으신다. 나도 딸을 둔 아버지로서 그분의 마음은 이해한다. 아마 나라도 나 같은 사위는 싫어했을 것이다.

"어떻게 그럴 수가 있어, 마크?"

이건 너무 빠른데. 아래층 커피숍에서 매일 마시는 그란데 사이즈의 커피를 들고 막 돌아온 참이었다. 장모님이 스테프에게 곧장 전화를 하신 모양이다.

"나도 당신을 놀래주고 싶었어. 당신이 좋아할 줄 알았는데……."

"지금 바로 엄마한테 전화해야겠어. 그래서……."

"잠깐만, 스테프. 잠깐만 생각해봐."

나는 자리에서 일어나 사무실 문을 닫는다. 그래도 판지 벽을 통해 밖으로 소리가 들릴까 봐 목소리를 한껏 낮춰야 했다.

"잠깐만 생각해보면 당신도 헤이든을 파리에 데려가는 게 좋은 생각이 아니라는 걸 알게 될 거야. 아이가 싫어할 거라고."

"가끔 보면 당신은 헤이든을 너무 멀리하는 것 같아, 마크. 가끔은 난 그런 생각도……."

"그만해. 제발, 스테프. 당신도 잘 알잖아."

나는 헤이든을 사랑하고, 아이가 내게 보여주는 모든 모습을 사랑한다. 비록 사고였지만(나는 스테프가 피임약을 먹고 있을 거라 생각했고 그녀는 내가 정관수술을 했을 거라 생각했다), 스테프가 나에게 다가와 임신했다고 말했을 때의 기분은 영원히 잊지 못할 것이다. 나는 스테프만큼이나 순수한 기쁨을 느꼈고, 그것은 정말이지 뜻밖의 감정이었다. 가끔씩 감정이 의심을 거치지 않고 불쑥 찾아올 때가 있었고, 내가 왜 그렇게 행복한지 이해하는 데 한참이 걸렸다. 나는 스테프를 정말로 사랑했고, 그녀의 주위에서 세상은 빛나 보였다. 그녀는 나에게 찾아온 두 번째 기회였다. 내가 영영 얻을 수 없을 거라 생각했던 기회이자 내가 차지할 자격이 없는 기회. 그리고 아기라는 선물은 나에게 주어진 구원의 일부인 것 같았다. 물론 새로 태어날 아기를 생각하면 죄책감과 슬픔이 밀려왔지만 조이가 여동생을 얼마나 끔찍이 아꼈을지를 생각하면 마음이 풀렸다.

"당신은 그 말을 입 밖으로 꺼내기가 그렇게 어려워? 헤이든을 사랑한다고 말하는 게?"

나는 두 아이가 얼마나 다른지 생각한다. 조이는 금발이었고 언제나 반짝반짝 빛나며 도전을 즐기는 아이였다. 꼭 제 엄마처럼. 짙은 색 머리카락의 헤이든은 칭얼대고 조르고, 늘 악몽을 꿨다. 내가 그 아이의 내면에 얼마나 많은 어둠을 심어놓은 걸까. 조이가 태어났을 때 나는 지금의 나와는 다른 사람이었고, 어린 딸에게 세상을 탐험할 힘과 즐거운 확신을 주는 존재였다. 그러나 헤이든에게는……. 물론 헤이든이 성장하면서 마법 같은 순간이 찾아오면 그런 것 따위 칼로 베듯 베어버릴 수 있겠지. 나는 헤이든을 사랑하지만 스테프의 조롱에 넘어가지는 않을 것이다. 그래서 하던 이야기를 계속 이어갔다.

"당신 부모님도 헤이든을 보고 싶어 하시잖아. 헤이든도 외할아버지 외할머니 집을 좋아하고. 모두에게 완벽한 계획이야. 게다가 헤이든도 이제 만 두 살이 넘었으니 프랑스에 데려가려면 비행기 표를 끊어야 해. 당신 부모님에게 그만큼의 비용을 아껴드리는 거라고."

그녀는 말이 없다. 이제 내 말을 듣기 시작했군.

"그래도 나하고 먼저 상의했어야지."

"동의하지도 않았을 거면서."

"딸을 내팽개치고 휴가를 가자고? 당신 말이 맞아. 동의 안 했을 거야."

"맞아."

"아, 그냥 다 그만두자. 이제 가고 싶은 마음이 없어졌어. 당신도 처음엔 바보 같은 아이디어라고 그랬잖아. 난 당신이 왜 갑자기 이러는지……."

"환불이 안 되는 표야."

"벌써 비행기 표도 샀다고? 도대체……."

"당신 어머니가 사셨어. 장모님은 우리가 떠나길 바라서. 이번 여행이 모두에게 좋은 기회가 될 거라고 생각하신다고. 우리 모두에게 말이야. 나도 장모님 의견에 동의해. 헤이든도 우리만큼이나 휴가를 좋아할 거야."

"헤이든 없이는 가기 싫어, 마크."

"당신도 이 여행을 원했잖아, 스테프. 이번 기회에 꼭 다녀오라고 날 설득하신 건 장모님이라고."

장모님 핑계를 대는 게 공정하지 않다는 건 알지만 장모님은 훌륭한 후원자였다.

"이렇게 생각해봐. 이번 여행이 우리가 아직 가지 못한 신혼여행이 될 거라고."

"이런 개자식."

화가 많이 난 말투가 아니다. 그녀도 이제 곧 기분이 풀릴 것이다.

스테프

 돌이켜 보면 지금도 죄책감이 느껴지고 화가 난다. 마크의 말 몇 마디에 흔들려 헤이든을 두고 떠나자는 결정을 그렇게 쉽게 내리다니.

 그래, 인정해야겠다. 내 안의 또 다른 나는 틀에 박힌 일상을 벗어나 늦잠을 자고, 아이를 태운 유모차 없이 레스토랑과 박물관에 갈 수 있다는 게 기뻤다. 그러나 한 가지 생각이 집요하게 머릿속에서 떠나지 않았다. 당신은 왜 우리 딸을 데리고 가는 걸 진심으로 원하지 않는 거지? 왜? 마크가 헤이든에게 냉랭하게 군 것은 아니었지만 강도가 침입한 후로 그가 헤이든과 거리를 두고 있다는 느낌을 지울 수가 없었다.

 마크가 여행에 대한 생각을 갑자기 바꾼 것에 나도 영향을 받았던 것 같다. 여행에 대한 기대가 그이 안에 있던 뭔가를 깨운 것 같았다. 그 개새끼들이 우리 집에 쳐들어왔던 그날 밤 이후로 잠들어 있던 뭔가를. 나는 그에게 여행 준비를 맡기고 프티 부부와 계속 연락을 주고받았다. 마크는 매일 밤 침대에서 구글 번역기로 번역한 프티 부부의 메시지 중에 제일 웃긴 것을 소리 내어 읽어주었다. 그는 헌신적으로 여행 계획을 짰다. 비자 발급 일정을 잡고, 지도를 다운로드하고, 트립어드바이저에서 저렴한 레스토랑들을 검색하고. 나는 그의 기분을 망치지 않도록 조심스럽게 행동했다. 곧 유쾌한 새 손님이 찾아오는 걸 아는지 집 안의 분위기도 좀 더 밝아진 것 같았다. 모든 것이 착착 제자리에 이음매 없이 맞아 들어갔다. 비자 발급 인터뷰는 별문제 없이 진행됐고, 마크는 2월 중순 학기가 시작되기 전에 일주일 정도 휴가를 받을 수 있었다.

내키지는 않았지만 칼라도 우리를 돕기 위해 발 벗고 나섰다. 그녀는 프티 부부가 도착하면 집 열쇠를 전달해주겠다고 제안했다. 파리로 떠나기 이틀 전, 그녀는 우리 집에 들러 옷 커버를 내 팔에 안겨주었다. 안에는 초콜릿색 캐시미어 코트가 들어 있었다.

"빌려줄게요. 당신한테 잘 맞을 거예요. 나한테는 한두 사이즈 크거든요."

마지막 말이 불쾌했거나 말거나 그녀의 배려가 고마웠다. 코트는 예뻤다.

그 코트는 지금도 가지고 있다.

하루하루 시간이 흐르고 출발 날짜가 가까워지자 슬슬 걱정이 되기 시작했다. 나는 꼬박 이틀 동안 집 안을 미친 듯이 돌아다니며 경보 시스템부터 식기세척기까지 전자 제품들의 사용법을 인쇄해 붙였다. 떠나기 전날 밤에는 프티 부부를 위해 우유, 버터, 빵, 베이컨, 신선한 커피를 사다 채워 넣었다. 평소에는 꿈도 못 꿀 값비싼 공정무역 제품이었다. 그뿐만 아니라 새 시트와 베갯잇과 수건을 사는 데에도 돈을 펑펑 썼다. 벽을 문지르고, 욕실을 청소하고, 서랍들을 정리했다. 그러면서 강도들의 장갑 낀 손가락이 그 안의 내용물을 스쳐 갔었다는 사실을 기억에서 지우려 애썼다. 마루는 반짝였고 방에서는 세다 오일 향이 풍겼다. 그것은 내 나름의 벌충이었다. 티끌 한 점 없이 말끔한 실내가 소란스러운 이웃 학생들과 고속도로 교각 아래 사는 부랑자 무리들과, 사이트에 올린 사진에는 보이지 않는 창문에 용접한 방범창살들을 벌충해주기를 바랐던 것이다. 이제 생각해보면 아이러니하지만, 아니 비극적이라고 해야 할까. 그때 내 머릿속은 오로지 '혹시라도 우리 집을 과대광고했다고 프티 부부가 불평하면 어쩌지?' 하는 생각뿐이었다.

떠나는 날 아침에 부모님이 헤이든을 데려가셨다. 헤이든을 카시트에 앉히고 벨트를 채우자, 앞으로 아이를 다시 보지 못할 것이라는 불길한 생각이 확신처럼 들었다. 나는 멀어지는 차를 향해 지금 당장 차를 세우라고 외치고 싶은 마음을 꾹꾹 눌렀다.

차가 모퉁이를 돌자마자 마크는 내 어깨에 팔을 둘렀다.

"아이는 괜찮을 거야, 스테프."

"응."

그때의 감정은 비논리적인 것이었다. 나 스스로도 잘 알았다. 헤이든에게는 아무 일도 일어나지 않을 것이다. 전반적으로 볼 때 우리는 다른 평범한 사람들보다 곤란한 일을 훨씬 더 많이 겪었다. 조이의 죽음, 헤이든의 만성적인 배앓이, 강도……. 그렇다면 이젠 우리에게 행운이 줄지어 찾아와야 하지 않을까? 기분을 달래기 위해 의사가 신경이 날카로워질 때마다 먹으라고 처방해준 어바놀을 두 알 삼켰다. 병원에 다니는 것과 신경 안정제는 나만의 작은 비밀이었다. 마크가 알면 속상하기만 할 테니. 약 기운에 둔해진 손놀림으로 마크와 함께 짐을 쌌다. 이 여행은 그를 위한 것이기도 했다. 그걸 꼭 기억해야 했다. '우리가 가지 못한 신혼여행이 될 거야.' 우리가 만난 후 많은 일이 있었고, 그러는 동안 로맨틱한 시간을 만들 여유는 없었다.

마크를 처음 만난 건 내가 UCT 영문학과 사무실에서 시간제로 일한 지 이틀째 되던 날이었다. 나는 영문학 학사 학위를 따기 위해 케이프타운으로 이사를 왔고, 방세를 감당하려 안간힘을 쓰는 와중에 룸메이트가 자리를 소개해줘서 일하게 된 참이었다. 그날 학과 비서였던 콜리스와와 함께 막 점심을 먹으러 나가려던 순간, 구깃구깃한 바지를 입은 후줄근한 로버트 다우니 주니어 같은 남자가 프린터를 쓰려고 사무실로 들어왔다. 나는 그를 도와주었고 그는 나에게 미소를 지어주었다. 오직 '당신만을 위한' 따뜻한 미소였다.

"누구야?"

남자가 사무실에서 나가자마자 콜리스와에게 물었다.

"마크. 영문과 교수야. 멋진 남자지."

"그리고?"

나는 콜리스와의 설명을 기다렸다. 우리의 레이더망에 걸린 교수들 중에서 소문의 꼬리표를 붙이지 않고 벗어난 사람은 아무도 없었다. 어떤 부교수는 방에 여학생을 들이려면 항상 문을 열어두어야만 했다. 어느 강사는 기혼자인 언어학 교수와 잤고, 어떤 교수는 아직도 엄마랑 같이 살고 있었다. 학과 사람들 누구든 저마다 사연 하나씩은 가지고 있었고 콜리스와는 그런 얘기들을 전부 알고 있었다.

"그리고 뭐?"

"얼른, 콜리스와. 털어봐."

그녀는 한숨을 쉬었다.

"딸이 죽었다는 얘기를 들었어."

"어머, 세상에!"

"그래. 진짜 슬프지. 일곱 살인가 그랬다던데. 그래서 결혼이 파탄 났대."

"어떻게 죽었대?"

"그건 몰라."

콜리스와는 혀를 끌끌 찼다. 자세한 내용을 모르는 게 괴로운 건지 아니면 마크가 안됐다고 느껴져서 그런 건지는 모르겠다.

그 후 며칠 동안 나는 그 남자를 계속 주시했다. 카페테리아에 줄을 설 때도, 학과 건물의 복도를 서성일 때도 그와 우연히 부딪칠 갖가지 핑곗거리를 짜냈다(꼭대기 층에 그 사람의 임시 사무실이 있다는 것도 알아냈다). 그리고 그를 상대로 상상의 나래를 폈다. 그가 사무실로 들어오면 같이 몇 마디 대화를 나누기 시작하고 그러다 술을 한잔할 수도, 어쩌면 저녁 식사를 할 수도 있겠지. 지금 들으면 스토커처럼 들리겠지만 나는 구글에서 그의 이름을 검색했고, 그의 연구 성과에 관한 리뷰가 올라온 사이트들을 샅샅이 뒤졌으며, 페이스북에서도 그를 찾아봤다. 그 사람이 왜 그토록 내 마음을 울렸는지 이유가 궁금했다. 그가 품고 있는 슬픔 때문일까? 하지만 나는 멜랑콜리한 사람이 아니었다. 비극적인 사연도, 거대한 열정도, 애끓는 비통의 감정도 느껴본 적이 없었다. 이전의 두 번의 연애는 원만하게 흘러가다 마무리되었다. 나는 나 스스로를 지루하고 신중하며 언제나 통제할 수 있는 사람이라고 생각했다. 파티에 가서도 운전을 하기 위해 술을 마시지 않고, 언제나 주위 사람들을 챙기는 믿을 만한 친구였다.

다음으로 그를 만난 것은 시내 어느 서점에서 열린 출간 기념회에서였다. 우리 과에서 높은 지위에 있는 교수님 하나가 자크 데리다인지 뭔지에 관한 두꺼운 책을 출간했는데, 직원들은 반드시 참석해야 했다. 서점의 지하실에 임시로 차려놓은 바에서 레드 와인이 담긴 잔을 집어 드는 그를 발견하자 심장이 갑자기

빠르게 뛰었다. 그는 수다를 떨며 시끄럽게 웃어대는 사람들을 무시하고 시집이 꽂힌 서가를 맴돌며 조금 빠른 속도로 와인을 마시고 있었다.

아주 잠깐 망설이다가 나는 콜리스와에게 미안하다고 말했고, 그녀도 나에게 알겠다는 눈짓을 보냈다. 나는 그에게 다가갔다. 태어나서 그렇게 뻔뻔하게 굴어본 것은 처음이었다.

"안녕하세요."

내가 누구인지 알아내려고 고민하는 게 눈에 뻔히 보였기에 애써 실망감을 감춰야 했다. 상상 속의 그는 내가 그랬던 것처럼 온통 내 생각만 하는 남자였는데. 그는 나에게 미안해하는 미소를 지었다.

"혹시 내 학생 중 하나인가요?"

"아뇨. 저는 과사무실에서 일해요."

"아, 그렇지. 미안해요."

그는 당황스러운 웃음을 터뜨렸다.

기모노 비슷한 옷에 보석을 주렁주렁 매단 여자가(물론 칼라였다) 미끄러지듯 우리 옆으로 다가왔다.

"마크, 여기 있었네. 와서 압둘 좀 만나봐. 네 팬이래."

마크는 칼라에게 나를 소개하려 했지만 아직 내 이름을 몰라 순간 어색한 기류가 흘렀다. 칼라는 그가 말을 채 끝맺기도 전에 그를 끌고 가버렸다. 나는 칼라가 무례하게 굴려던 것은 아니었다고 생각한다. 그녀는 직관력이 있었다. 분명 그녀는 그 순간 우리 사이에 뭔가 불꽃 같은 것이 인 것을 느꼈을 것이다.

질의응답 시간이 되자 나는 방 뒤쪽의 빈자리를 찾아 앉았다. 몇 줄 앞에 그가 있었다. 그는 등에 꽂힌 내 시선을 느끼기라도 한 듯 뒤를 둘러보다가 나와 눈이 마주쳤고, 나에게 희미한 미소를 보냈다. 콜리스와와 친구들은 롱 스트리트에서 한잔하겠다며 나갔지만 나는 핑계를 대고 뒤에 남았다. 그러나 가망은 없었다. 마크는 칼라 일행과 함께 있었고, 나는 그 사람들 사이에 끼어들 만한 배짱이 없었다. 필요도 없고 원치도 않는 책들을 사느라 쓸데없는 돈을 잔뜩 쓴 후에야 그곳을 나왔다. 그러나 주차장에 세워뒀던 내 차가, 엄마에게 물려받은 낡은 피아트가 보이지 않았다. 배 속이 텅 비는 느낌이었다. 희망이 없다는 걸 알면서도 차를 주차한 자리를 기억 못 하는 것뿐이라고 되뇌었다. 주차장을 샅샅이 뒤지고 길을 따라 위아래로 뛰어다녔지만 차는 없었다. 나는 서점 밖에서 담배를 피우는 낯선 사람들 틈에 끼어 망연자실 서 있었다.

그 자리에 한참을 서 있었던 것 같다. 쓸모도 없는 자동차 열쇠가 내 손에서 달랑거렸다.

그때 누군가 내 팔을 건드렸다.

"또 보네요."

마크였다. 나는 그를 보고 울음을 터뜨렸다.

그는 나를 경찰서에 데려가서 진술을 하는 동안 옆에 있어주었고, 집까지 태워다 주었다. 우리는 집 밖에 차를 세우고 앉아서 오랫동안 이야기를 나눴다. 그날 밤 대화에 금기는 없었다. 나는 그에게 어린 시절에 대해 이야기했고, 작가가 되기를 간절히 바라지만 재능이 없다는 것이 두렵다고 얘기했다. 그는 나에게 아내의 오랜 투병 생활과 이혼에 관해 얘기했다. 그때 처음이자 마지막으로 조이에 대한 솔직한 얘기를 들었다. 그의 죄책감, 고통, 상실감을 안고 살아가기 위한 몸부림, 그리고 아무 일도 없었던 것처럼 무심히 흘러가는 세상에 대한 분노까지. 지금와서 생각해보면 그가 나에게 그런 얘기를 했던 이유는 우리 사이가 완전한 남남보다 조금 더 가까운 정도였기 때문이었다. 그후 마크는 조이에 관한 얘기는 거의 하지 않았지만 그 아이는 언제나 거기에 있었다. 우리들 눈에 띄지 않은 채 말없이, 매일 매 순간 그곳에 있었다.

이틀 후 우리는 처음으로 같이 잤다. 3주 후에는 그의 집으로 들어갔고 그로부터 두 달 후 나는 임신을 했다.

비행기에 오르는 순간 우리는 둘 다 마음이 가벼워졌다. 내 머릿속에는 오직 한 가지 생각뿐이었다. '우린 안전해. 놈들도 여기까지는 쫓아오지 못해.' 마크도 나도 한잠도 자지 않고 진 토닉을 연거푸 들이켜며 가서 뭘 볼지, 어디를 갈지 계속 수다를 떨었다. 나는 샹젤리제를 산책하고 헤이든에게 입힐 세련된 프랑스 아기 옷을 사고 싶었다. 또 아침엔 늦잠을 자고 근사한 곳에서 외식을 하고 싶었다. 샤를 드골 공항 기차역에 도착했을 때는 무척이나 지쳐 있었지만 기분은 좋았다. 차가운 겨울 공기의 짜릿한 첫 느낌도 그저 상쾌했고, 기차 창밖으로 보이는 우중충한 오두막들과 조악한 벽화와 밋밋한 건물들이 우울한 풍경을 자아냈지만 그마저도 들뜬 내 기분을 가라앉히지는 못했다. 첫 번째 정차한 역에서 웬 남자가 마이크와 스피커를 수레에 싣고 기차에 올랐다. 그는 프랑스어로 뭐라 뭐라 떠들더니 스피커 버튼을 눌렀고, 그러자 엘튼 존의 〈미안하다는 말은 하기 힘들어(Sorry Seems to Be the Hardest Word)〉가 요란하게 울려 퍼졌다. 남자가 노래를 부르기 시작하자 나는 마크에게 곁눈질했다. 목소리는 나쁘지 않은데 단어를 이상하게 발음했고, 특히 '미안'을 발음할 때는 너무 우스꽝스러웠다. 게다가 뒤로 갈수록 가사를 마음대로 지어 부르는 것 같았다. 마크는 나에게 슬며시 기대어 씩 웃으며 속삭였다.

"뭐야해, 스테프."

우리는 서로를 붙들고 걷잡을 수 없이 웃음을 터뜨렸다. 뺨으로 눈물이 흘러내렸다. 시작이 좋았다. 행복한 시작이었다. 지하철에서 내려 지상으로 올라오니 인파가 북적이는 피갈 광장이 눈앞에 펼쳐졌다. 우리는 건물들로 이루어진 미로 안으로 들어가 내리막길을 따라 걸었다. 아기자기한 카페들이 늘어선 광장에 오토바이들이 지나다녔다. 우리는 광장을 지나 왼쪽으로 방향을 틀어 더 좁은 거리로 들어갔는데 그 길이 오히려 주 도로 같아 보였다. 건물들은 대부분 외벽이 흰색이었고 묵직한 문도 밝은 색으로 칠해져 있었다. 창문들은 셔터가 내려져 있었지만 환한 창가의 화단과 특이하게 광을 낸 황동 난간, 창틈으로 새어 나오는 황금색 불빛 같은 것들이 거리에 특색과 매력을 더하고 있었다.

뭔가 잘못된 것 같다는 느낌이 처음으로 든 것은 우리가 머물 아파트를 발견했을 때였다.

"16번지를 찾아야 하는데."

마크가 대문 옆에 붙은 인터콤의 숫자들을 노려보며 말했다.

15번지, 17번지, 18번지는 찾았지만 16번지는 없었다. 여태 온 길을 되짚어 돌아본 후에야 프랑스어로 '임대'라고 쓰인 색 바랜 팻말이 박힌 거대한 초록색 문의 건물 말고 다른 가능성은 없다는 결론을 내렸다. 어차피 잠겨 있을 거라 생각하고 별 기대 없이 문을 밀었는데, 삐걱 소리를 내며 문이 열렸고 그 너머로 음침한 정원과 이끼 긴 지저분한 벽돌 길이 보였다. 문 옆 벽에는 이름표가 줄지어 붙어 있는 나무 우편함이 걸려 있었다. 우리는 프티라고 적힌 이름표를 찾았다. 그 사람들이 마지막으로 보낸 이메일에서 열쇠를 우편함에 넣어두겠다고 했었다. 찾는 게 어렵지는 않았다. 다른 이름들은 전부 다 희미해져서 읽을 수가 없었던 것이다. 열쇠를 꺼내고 우리는 정원 끝 쪽에 있는 얼룩덜룩한 유리문으로 향했다. 마크가 인터콤에 프티가 알려준 비밀번호를 입력했다. 문이 딸깍 소리를 내며 열렸고 우리는 좁은 복도로 들어섰다. 접힌 유모차가 먼지를 뒤집어쓰고 벽에 기대어 서 있었다. 더러운 베이지색 타일이 깔린 계단을 두어 층 올라가자 좁은 나선형 계단이 나왔다. 복도에서는 오래된 음식 냄새와 곰팡이 냄새가 났다.

"3층이야."

마크가 여행가방 두 개를 단단히 붙들고 말했다.

스위치를 눌렀지만 머리 위 계단은 여전히 칠흑같이 어두웠다. 마크는 휴대폰의 조명을 켰다. 들리는 소리라고는 나무 계단 위로 울리는 우리의 발소리뿐이었다. 나는 나도 모르게 속삭이고 있었다.

"좀 음침한데?"

"공동 구역은 항상 이런 분위기야."

마크는 묵직한 가방을 들고 계단을 오르느라 숨이 턱까지 차서 헐떡거렸다. 우리는 계속 위로 올라가고 있었지만 꼭 지하로 내려가는 것 같은 기분이 들었다. 한 걸음 한 걸음 올라갈수록 공기는 점점 더 무거워지는 것 같았다. 3층 B호에 도착해서 내가 휴대폰으로 불빛을 비추는 동안 마크는 문을 열기 위해 자물쇠와 씨름을 했다. 몇 분 동안의 짜증스러운 시도 끝에 드디어 문이 열렸다.

안으로 들어서자마자 뭔가 잘못됐음을 느꼈다고 말하고 싶지만 사실, 처음에는 아무것도 보이지 않았다. 창문은 모두 굳게 닫혀 있었고 실내에는 자연광이 전혀 흘러 들어오지 않았다. 벽을 더듬어 조명 스위치를 찾아 켠 후 제일 먼저 든 감정은 엄청난 실망감이었다. 프티 부부는 젊고 생기 넘치는 부부일 거라 생각했고, 그들이 사는 아파트는 흰 벽에 우아한 프린트와 최신 유행의 미니멀한 가구들을 배치해 수리한 세련된 아파트일 거라고 기대했었다. 그러나 내부는 70년대에 실내 공사를 마치고 한 번도 손을 안 댄 것 같았다. 소파는 갈색 코듀로이 천에 더러운 오렌지색 팔걸이가 걸쳐져 있고, 텔레비전은 90년대 초에나 쓰던 골동품이었다. 갈색 테이프로 봉한 판지 상자가 두어 개 벽에 쌓여 있었고, 더러운 양말이 커피 테이블 아래 뭉쳐져 굴러다녔다. 프티 부부가 허둥지둥 급하게 떠났던 것일까. 적어도 따뜻하기는 했다. 너무 더울 정도로. 나는 칼라의 코트를 벗었다.

"여기일 리가 없어. 이건 그냥 쓰레기장인데."

나는 아직도 속삭이고 있었다.

"열쇠가 맞잖아. 그리고 3B호라고 했고."

"혹시 이 아파트 전체가 전부 똑같은 자물쇠인 건 아닐까?"

"잠깐, 내가 확인해볼게."

내가 방 한가운데 서 있는 동안 마크는 다시 복도로 나갔다. 소파 위 벽에 걸려 있는 액자가 눈에 들어왔다. 젊은 여자의 사진이었는데 주근깨 난 얼굴에 검은 머리카락이 뺨을 가로질러 휘날리고 있었다. 여자는 미소를 짓고 있었지만 눈빛은 공허했다. 가까이에서 들여다보니 인쇄기에서 대량으로 찍어낸 사진이었다.

"여기가 맞아." 돌아온 마크가 억지 미소를 지었다. "뭐, 아주 나쁘진 않네."

"진담이야?"

그는 유쾌한 분위기를 되살리기 위해 노력하고 있었다. 나는 그의 마음을 알고 있다는 걸 보여주기 위해 환하게 웃음을 지어 보였다.

"그래도 넓긴 하잖아. 파리의 아파트들 대부분은 구두 상자보다 조금 넓은 정도인데."

나는 마룻바닥 위로 발을 문질렀다.

"걸레질이라도 좀 하지."

"그러게. 오래 걸리지도 않았을 텐데."

그는 소파에 앉아 아이패드를 꺼냈다.

"뭐 하려고?"

"와이파이 설정하려고. 괜찮지? 내가 뭐 도와줄 일 있어?"

"소변이 마려운데."

"그건 당신이 직접 해결하는 게 어때?"

"하하."

화장실에는 사진에서 봤던 네 발 달린 욕조가 있었다. 게다가 사진 속 자주색 수건이 똑같은 자리에 걸려 있고, 배수구 바로 옆에는 회색 음모 한 가닥이 나뒹굴고 있었다. 화장실도 거실만큼이나 실망스러웠다. 벽은 공공시설에서나 사용할 법한 흰색 타일로 발랐고, 세면대는 금이 간 데다가 녹 얼룩도 묻어 있었다. 천장 부분에는 검은 곰팡이가 점점이 번져 있었다. 변기는 석회 자국이 남아 있었고, 변기 시트는 그럭저럭 깨끗해 보였지만 내 손으로 직접 소독하기 전에는 그 위에 앉고 싶지 않았다. 그래서 시트에 걸터앉지 않고 허공에 앉은 자세로 균형을 잡았다. 허벅지가 무척이나 아팠다. 벽에는 학교에서 쓰는 바삭바삭한 싸구려 두루마리 휴지가 걸려 있었는데, 거의 다 쓰고 얼마

49

남지 않았다. 프티 부부를 위해 울워스에서 사다 놓은 3겹짜리 화장지 열두 개들이 팩이 생각나 순간적으로 분노가 치솟았다.

시차 때문에 피로가 몰려들기 시작했다. 현기증에 시야가 흐려졌고 바닥이 기울어진 것처럼 보였다. 나는 비틀거리며 거실로 돌아왔다. 마크는 미간을 찌푸리며 아이패드를 노려보고 있었다. 나는 엄마에게 문자를 보내려고 두 번째로 시도해봤지만 메시지가 보내지지 않았다.

"이상하네. 비행기 타기 전에 로밍 신청을 해놨는데. 신호가 안 잡히는 건가."

마크는 고개를 들지 않았다.

"여긴 파리 한복판이라고. 어떻게 신호가 안 잡힐 수가 있어?"

"적어도 와이파이는 되겠지?"

"아니."

"뭐? 그럴 리가! 프티 부부가 패스워드 안 알려줬어?"

"목록을 전부 살펴봤는데 그 사람들 네트워크 사용자 이름이 안 떠. 제일 강한 신호는 보안 잠금이 되어 있고. 다른 집 신호인가 봐."

"맙소사."

"모뎀을 리부팅해야 할 것 같아."

"어딨는데?"

"여기 어디 있겠지."

골동품 TV 주위의 선반에는 아무것도 없어서 침실을 찾아보았다. 옷장은 잠겨 있었다. 그다음으로 부엌을 뒤져봤지만 화장실만큼이나 허름하게 방치되어 있었다. 리놀륨 장판은 여기저기 들떠 있고, 낡은 냉장고는 웅웅거리고, 찬장은 짙은 색깔의 나무로 만들어 음침했다. 부엌에서 찾을 수 있는 가전제품이라고는 깨진 전기 주전자와 다리미, 그리고 이 빠진 유리 주전자가 있는 커피 머신뿐이었다.

"모뎀이 안 보이네. 어딘가에 넣고 잠근 건가. 가족들한테는 어떻게 연락하지?"

"일단 여길 좀 정리하고 한숨 잔 다음에 계획을 세우자고. 괜찮지?"

내 대답은 기다리지도 않고 그는 신발을 벗어 던지고는 터덜터덜 침실로 들어갔다. 나는 그 뒤를 따랐다.

"하지만 응급 상황이 생기면? 헤이든이 아프면? 부모님이 우리랑 급하게 연락해야 할 일이 생기면 어떡해?"

공포가 다시 몰려왔다.

"애는 괜찮아, 스테프. 지금쯤 할아버지 할머니가 버릇을 망쳐놓고 계실걸. 당신도 잘 알잖아."

마크는 침대에 길게 누워 매트리스를 두드렸다.

"아주 나쁘진 않네. 시트는 깨끗해."

그는 베개 하나를 들고 냄새를 맡았다.

"퀴퀴하군."

그러더니 그는 크게 하품을 했다. 그 모습에 나는 화가 머리끝까지 치밀었다.

"마크, 내 말 좀 진지하게 들어줄 수 없어? 난 헤이든한테 전화해야 한단 말이야!"

나도 내가 비이성적으로 짜증을 부리고 있다는 걸 알았지만 멈출 수가 없었다. 그때는 몰랐지만 나는 여행 때문에 많이 지쳐 있었고, 그런 상태에서 마크가 헤이든에 대해 무심히 말하자 마지막 지푸라기가 더해진 꼴이 되었다. 그때까지의 즐거웠던 여행은 전부 다 환상이고 히스테리를 부리는 성질 사나운 이 여자가 진짜 나인 것 같았다.

마크는 나에게 쏘아붙이지 않고 천천히 눈을 깜박이며 침대에서 일어나 나를 품에 안았다.

"스테프……."

우리가 처음 만났을 때처럼 그는 내 목덜미를 쓰다듬었다. 그의 셔츠에서 땀 냄새와 기내식 냄새가 났지만 상관없었다.

"헤이든은 괜찮아. 일단 샤워하고 잠을 좀 잔 다음에 와이파이가 있는 카페를 찾아보자. 응? 그렇게 하자. 프티 부부한테도 연락해서 도대체 이게 무슨 영문인지 좀 물어보고. 그러면 당신도 부모님한테 전화할 수 있을 거야."

나는 그의 품에서 벗어났다.

"모르겠어, 마크. 여기는…… 우리 진짜 이런 데서 일주일을 보내는 거야?"

나는 옷장에 붙은 전신거울에 비친 내 모습을 힐금 보았다. 평소보다 더 뚱뚱하고 키도 작아 보였다. 머리카락은 기름이 돌아 달라붙어 있고, 얼굴은 부어서 창백했다. 꼭 트롤 같았다.

"이 아파트 건물의 현관문도…… 여긴 아무나 들어올 수 있어. 잠겨 있지도 않았잖아."

이 말에 그는 움찔 놀랐다.

"스테프, 일단 조금 쉬고, 그런 다음에 기분이 나아지는지 어떤지 보자고. 원한다면 언제라도 호텔로 옮길 수 있어."

그러나 우리가 호텔비를 감당할 수 없다는 사실은 그도 나만큼이나 잘 알고 있었다.

그는 다시 침대에 길게 눕고는 옆자리를 톡톡 두드렸다.

"이리 와요."

나는 망설이다가, 그의 말을 따랐다. 적어도 매트리스는 편안했다. 마크는 내 손을 더듬어 찾아 쥐었다. 몇 초 만에 그는 부드럽게 코를 골았고 혼자 남겨진 나는 얼룩진 천장을 멍하니 바라보았다.

잠이 든 건 기억나지 않는데 깼을 때는 기억한다. 누군가 현관문을 주먹으로 쾅 내리치는 소리에 잠을 깬 것이었다.

⨍
마
크

"괜찮아. 괜찮아."

나는 스테프에게 속삭인다. 행여 스테프가 벌떡 일어나 복도에서 기다리는 놈들에게로 달려 나가지 않을까 싶어 손으로는 그녀의 입술을 누른 채로.

"내가 헤이든을 보고 올게."

마루를 반 정도 가로질러 가다가 커피 테이블의 모서리에 정강이를 세게 부딪쳤다. 이 자리에 이런 게 있을 리가 없는데. 그제야 나는 우리가 케이프타운의 집에 있는 게 아니란 걸 기억해냈다. 여전히 아무것도 보이지 않고 지금 어디 있는지도 기억이 나지 않는다.

"헤이든 어딨어?"

내 뒤쪽 깊은 어둠 속에서 스테프의 목소리가 들린다. 스테프가 손으로 더듬는 소리, 그러다 뭔가 바닥에 떨어지는 소리가 났고 그와 동시에 나를 둘러싼 낯선 벽이 느껴진다. 끈적한 벽에는 찬 물기가 맺혀 있다. 가까스로 조명 스위치를 찾았지만 아무리 눌러봐도 불은 켜지지 않는다. 내 손이 그림 액자와 벽난로에 부딪친다. 그러다 마침내 스테프가 휴대폰을 찾아 조명을 켰다. 불빛이 눈부시게 선명했다.

그제서야 우리 둘 다 여기가 어딘지 기억해냈다. 스테프는 참고 있던 숨을 크게 내쉰다.

"왜 이렇게 어둡지?" 그녀가 말한다.

"전기가 나갔나 봐."

나는 강도가 침입했을 때처럼 무의식중에 휴대폰을 꼭 쥐고 있었던 것을 뒤늦게 깨달았다. 이건 내 비상용 무기다. 날 구해 줄 무기. 지금은 오전 11시 8분이고 칠흑같이 어둡다. 묵직한 커튼을 들춰봤지만 단단한 금속제 창문은 굳게 닫혀 빛을 한 줄기도 들여보내지 않았다.

"무슨 소리였지?"

"나도 몰라. 바람 때문에 문이 닫혔거나 뭐 그런 거겠지."

나는 휴대폰 조명을 켜고 현관문으로 다가가 귀를 기울였다. 들리는 소리라고는 내 숨소리와 귀 안에서 피가 머리로 치솟아 오르는 소리뿐이다. 나는 돌아섰다.

"아니면 또 다른 원인이 있을 수도 있어. 이 건물 안에는 많은……."

묵직한 쿵 소리에 나는 순간 얼어붙었다. 그리고 또 한 번 쿵. 노크 소리가 아니었다. 짐승이 문을 향해 돌진하며 내는 소리 같았다. 나는 커피 테이블까지 뒤로 세 걸음 천천히 물러서다가 우뚝 서서 희미한 휴대폰 불빛을 문에 비췄다.

스테프가 바로 뒤로 다가와 섰을 때 순간적으로 당당함과 용기가 솟아났지만, 그녀가 크게 숨을 들이마시고 문을 향해 성큼 다가가 내게 시범을 보이려는 듯 자물쇠를 풀기 시작하자 잠깐의 용기는 사라졌다. 그러나 스테프가 문 위쪽에 붙은 두 번째 자물쇠를 푸는 걸 잊어서 내가 잽싸게 다가가 자물쇠를 풀고 손잡이를 돌려 문을 열어주었다. 중년 남자의 작은 승리랄까. 우리는 함께 좁은 층계참을 내다보았고 내가 스테프보다 먼저 슬며시 문틈으로 나갔다. 누군가가 방패가 되어야 한다면 내가 되어야 한다. 계단실 역시 창문도 불빛도 없었고, 휴대폰이 그리는 희미한 원형 불빛만이 우리 발 앞을 조금 비춰줄 뿐이었다. 잠깐 동안은 아무런 움직임도 소리도 없었다. 그러다 위쪽 계단에서 발소리가 나더니 누군가 서둘러 계단을 올라가는 소리가 들렸다. 발소리가 우리 쪽으로 다가오지 않고 멀어지고 있다는 사실에 한껏 대담해졌고 공포와 충격의 감정은 점점 분노로 바뀌었다. 이런 사소한 장난에 시달리자고 파리까지 먼 길을 온건 아니다.

"잠깐 여기서 기다려."

나는 스테프에게 말했다. 겁에 질리지 않은 내 말투를 그녀는 용기로 이해했는지 살짝 망설인다.

"그런 차림으로 돌아다니긴 좀 그렇잖아."

그녀는 고개를 숙여 자신이 비행기에서부터 내내 입고 있는 스웨터와 속옷에 양말을 보고는 한 걸음 뒤로 물러섰다. 그녀의 얼굴에는 '난 내가 입고 싶은 걸 입을 권리가 있어'라는 반항의 표정이 떠올랐지만 문설주에서 더 이상 움직이지 않았다. 그녀도 나와 같은 생각을 한 것이다. 희미한 발자국은 우리에게서 멀어지는 방향으로 찍혀 있었다. 이 발자국의 주인이 우리를 살해하거나 고문할 일은 없다.

나는 비좁은 계단실의 좁은 틈새로 머리를 밀어 넣고 내가 아는 얼마 안 되는 프랑스어를 총동원해 외친다.

"기다려요! 익스큐제 므와!"

닳아빠진 나무 계단이 삐걱대는 소리가 위쪽으로 점점 올라가자 괜히 용기가 치솟았다. 놈들이 우리 잠을 깨우고는 달아나고 있다. 아이들이 장난을 치는 거라면 녀석들도 이게 재미있는 일이 아니라는 걸 알아야 한다. 스테프가 뒤에서 "마크, 그러지 마요"라며 부르는 소리가 들렸지만 무시하고 위층으로 올라간다. 층계참을 만날 때마다 벽에 있는 스위치를 눌렀지만 불은 켜지지 않는다. 불빛이라고는 손에 든 휴대폰의 희미한 불빛뿐이다. 나는 아파트 문 아래로 불빛이 새어 나오는지 확인했고 (모두 캄캄했다) 문 안에서 움직이는 소리가 나는지 귀를 기울인다. 잠시 후 머리 위에서 쾅 하고 문이 닫히는 소리가 들렸다.

꼭대기 층의 층계참은 다른 곳보다 훨씬 더 좁았고, 4분의 3 사이즈의 문 두 짝이 경사진 천장 안쪽으로 어색하게 비틀린 채 꽉 닫혀 있었다. 모래가 담긴 녹슨 양동이가 빈 소화기 거치대 아래 서 있었다. 바닥의 카펫은 완전히 닳아 있었다. 문으로 다가가는데 바짝 마른 나무판자의 지저깨비가 내 맨발바닥에 박혔다. 기울어진 문짝 아래로는 음침한 불빛이 희미하게 새어 나왔다. 문짝 표면은 붉은 래커가 벗겨져 거칠거칠했는데 호수는 적혀 있지 않았고, '로스너, M'이라고 손으로 쓴 팻말만 걸려 있었다. 나는 주먹을 쥐고 문을 두드린다. 쾅, 쾅, 쾅. 그리고 기다린다. 아무 움직임도 없다. 나는 문을 발로 걷어찬다. 자, 이러면 기분이 어떠냐, 이 병신아! 그러나 언 발가락이 단단한 문짝에 부딪치자마자 즉시 후회했다.

바보같이 치솟았던 분노는 빠르게 식어갔다. 나는 벽에 기대서서 발가락을 문지르며 가시가 박힌 발바닥을 살펴보았다. 휴대폰의 불빛으로도 긴 검은색 가시가 발바닥에 깊이 박힌 것이 희미하게 보였다. 추위와 충격의 효과가 서서히 가시면서 통증이 느껴지기 시작했다.

나는 전투를 마친 부상당한 패잔병처럼 힘없이 돌아서서 계단으로 향한다. 그때 문 저편에서 목소리가 들린다. 쇠사슬이 찰랑거리고 자물쇠가 두 번 딸깍거리는 소리가 나더니, 알아들을 수 없는 분노의 프랑스어 집중 포화가 한바탕 쏟아진다. 뒤를 돌아보자 회색 머리를 남자처럼 짧게 깎은 땅딸막한 여자가 보였다. 얼굴은 잿빛이었고 광대뼈 아래로 불그스름한 얼룩이 나 있다. 여자의 뒤로 촛불이나 랜턴의 불빛 같은 부드러운 노란빛이 흘러나왔다. 열린 문틈으로 안이 보였는데, 벽에는 캔버스들이 걸려 있었고 테이블에는 붓이 가득 담긴 붓통과 각종 재료들과 연필과 색지들이 수북이 쌓여 있다. 여자에게서 쏘는 듯 날카로운 냄새가 풍긴다. 이 냄새에 오줌 냄새, 기름 냄새, 생선 냄새, 왁스의 화학 냄새까지 더해져 고약한 악취가 났다. 여자는 추레한 스카프를 두르고 있었고, 오래되고 흉측한 카펫 같은 외투에는 녹은 눈이 얼룩져 있었다. 이 사람이 장난꾸러기 귀신이었군. 우스꽝스러웠지만 아주 웃을 일은 아니다. 그녀는 몹시 불쾌한 사람이었다.

"무슨 말인지 못 알아들어요. 그러니까 그만하세요."

나는 이렇게 말하고는 돌아선다. 더 있어봤자 의미가 없다.

막 계단을 내려서려는데 여자가 심호흡을 하더니 조용히 말했다. 신중하고 깊은 목소리였다.

"이 안에, 내 집에 들어오면 안 돼요. 그리고 나에게 결례를 범해서는 안 돼요."

자다 깨서 기분이 안 좋았던 터라 불쑥 성질이 났고, 아드레날린이 혈관을 타고 돌기 시작했다. 그냥 떠나는 편이 낫다는 건 알았지만 가만히 있을 수가 없다.

"결례요? 아무 이유도 없이 우리 방 문짝을 두드린 건 당신이잖아요. 아니면 버르장머리 없는 십 대 아이라도 키우는 겁니까?"

그녀는 입을 다물었다. 스위치가 켜진 듯 그녀의 얼굴에서 모든 분노가 사라져버렸다.

"아뇨, 여기 아이는 없어요."

"자, 그럼 전 가도 됩니까?"

애초에 여기까지 쫓아 올라온 것은 나였으니 내가 퇴장해야
겠지.

그녀는 자신의 아파트로 돌아가며 말했다.

"여기에서는 조심하세요. 여기는 살 곳이 아니에요."

무슨 소리인지 알 수 없었지만 여자 탓은 아니었다. 그녀의
영어는 내 프랑스어보다 훨씬 훌륭했다. 나는 다리를 절며 계단
을 내려간다. 발가락과 가시 박힌 발바닥이 이제는 욱신거리고
있었다. 3층으로 다시 돌아왔을 때 스테프는 여전히 문가에 서
있었지만, 지금은 청바지와 신발을 제대로 갖춰 입고 있었다.

"별것 아니야…… 위층에 웬 여자가 사네."

나는 당황하며 말했다. 내가 한 짓이 무척이나 바보처럼 보였
을 것이다. 별일도 아닌 걸로 불같이 화를 내며 어둠 속으로 뛰
어들다니.

그러나 스테프가 피곤한 미소를 지어서 안도감이 들었다.

"알아, 들었어. 일단 당신 손에 맡기자고 생각했지. 당신이
비명을 질렀으면 내가 당장 달려가서 구해줬을 거야."

나는 스테프의 팔을 툭 치며 웃었다.

"고마워. 그 여자 한 성깔 하더라고! 무슨 화가나 그런 사람
인가 봐."

"그럼 틀림없이 미치광이겠네."

"물론이지. 이 집 광고 글에도 올렸어야 했는데, 이 집의 특
징, 다락방에 화가가 하나 살고 있습니다."

"다락방의 광녀."

스테프는 농담으로 한 말이었지만 그 말이 풍기는 인상에 갑자기 냉기가 끼쳤다. 연기와 죽음과 광기, 피를 연상시키는 말이었다. 나는 위층에서 맡았던 기름 타는 냄새를 떠올렸다.

스테프는 신발을 벗어던지고 소파에 앉았고, 나는 그제야 아파트 안이 아늑하고 환하게 밝혀져 있다는 걸 알아챘다.

"어, 전기가 들어왔네."

"응. 전체 전원을 켰어. 스위치가 바로 저기 있더라고."

그녀는 현관문 뒤에 줄지어 늘어선 스위치들을 가리켰다.

"알아두면 앞으로 유용하겠지."

"잘했네. 커피가 있는지 찾아볼게. 당신도 같이 마실래?"

"아니. 일단 헤이든하고 먼저 통화를 해야겠어."

지금까지 여러 번 느꼈지만 생각을 굽히지 않고 헤이든을 데려오지 않은 게 천만다행으로 여겨졌다.

"애는 괜찮을 거야."

"그래. 하지만 모르는 일이잖아."

스테프는 휴대폰을 들고 신호 목록 중에 공짜 신호를 찾느라고 법석을 떤다. 나는 환하게 밝혀진 부엌으로 가서 잡동사니로 가득 찬 조리대 구석에 놓인 낡고 더러운 싸구려 커피 메이커를 찾았다. 전원 꽂는 법과 내용물 채우는 법을 익히고 수돗물을 1분 정도 틀어 녹물이 안 나올 때까지 흘려보낸 뒤, 뒤죽박죽인 찬장 안을 뒤져 커피 필터와 커피를 찾아냈다. 커피 가루 윗면에 초록색 곰팡이가 끼어 있어서 표면을 걷어내 싱크대에 버리고 가루를 떠서 기계에 넣었다. 그렇게라도 해야 할 것 같았다. 뜨개바늘이 뇌를 겹겹이 뚫고 지나가는 것 같은 느낌이 들었다. 카페인 부족 현상이었다. 평소에는 그런 느낌이 들 때까지 커피를 안 마신 적이 없었다. 곰팡이 같은 게 있더라도 뜨거운 물에 닿으면 죽겠지. 게다가 이런 냉랭한 기후에서 심각한 열대성 풍토병에 걸릴 리도 없지 않은가. 기계가 쉭쉭 소리를 내며 수증기를 뿜어내자 부엌 안은 커피 향기로 가득 채워졌고, 모든 게 훨씬 더 편안하고 아늑하게 느껴지기 시작했다. 나는 진짜로 파리의 작은 아파트에 와 있는 것이다. 전성기를 한참 전에 보낸 낡은 아파트지만 아무튼 우린 여기에 와 있다.

바깥에 펼쳐진 파리의 풍경을 볼 수 있다면 지금 이곳에 와 있다는 걸 더 실감할 수 있을 것 같아서 부엌의 블라인드를 올렸다. 그러나 부엌 창에도 두꺼운 금속 셔터가 대어져 있다. 금속 조각은 잔뜩 녹이 슬고 부풀어 올라 있었고 그 위로 두껍게 페인트가 발려 있었다. 그래도 열려야 한다. 이 집에 사람이 산다면 동굴 속 두더지처럼은 살 수 없을 것이다. 나는 셔터의 창틀을 따라가면서 셔터의 움직임에 페인트와 녹이 벗겨진 지점을 찾았지만, 창문이 한 번이라도 열렸던 흔적은 없었다. 손잡이를 비틀어봐도 꿈쩍하지 않는다. 빵칼로 창틀 가장자리를 파고 있는데 스테프가 어느 틈엔가 부엌에 들어와 있다.

"공짜 신호가 열 개도 넘는데 연결되는 건 아무것도 없어. 와이파이 신호가 있는 데로 나가야 할 것 같아."

스테프는 킁킁 냄새를 맡는다.

"나도 좀 얻어 마셔도 돼?"

"물론이지. 하지만 우유는 없어."

"괜찮아. 나가기 전에 간단히 한 모금만 마시지 뭐."

우리는 둘 다 카페인 중독이고 카페인은 우리를 결합시키는 매개체였다. 허브티를 마시는 사람과는 절대 한집에서 같이 살 수 없을 것이다. 나는 찬장에서 머그를 꺼내 헹구고 스테프에게 커피를 따라주었다.

"칼라한테도 잊지 말고 연락해야지." 그녀가 말한다.

"칼라한테는 왜?"

"왜라니, 프티 부부가 집에 도착했는지 확인해야 하잖아."

"아, 맞다. 그렇지."

"아휴."

"미안. 내 머리는 아직도 길에서 헤매고 있나 봐."

"문자를 보내려고 했는데 로밍이 아직도 제대로 안 되는 것 같아."

스테프는 커피를 홀짝이고 향기를 맡더니, 머그잔을 내려놓는다.

"썩 좋진 않지?"

"우리 이따 식료품점에서 우유랑 좋은 커피 좀 사와요."

그녀가 '우리'라고 말하는 게 듣기 좋다. 강도 사건 후부터 서로에게 조심스러웠고 우리 사이의 익숙한 리듬은 깨졌다. 나는 스테프를 위해 뭘 해줘야 할지 몰랐고, 그녀가 나에게 뭘 기대하는지도 알 수 없었다. 그러나 오늘 아침에는 우리가 다시 팀을 이루어 뭔가를 한다는 기분이 든다.

"나갈 준비 됐어, 스테프?"

단순히 커피와 와이파이를 찾아 나서는 외출인데도 앞으로 펼쳐질 일에 대해 기분 좋은 흥분이 느껴진다. 이 우중충한 아파트에 갇힌 채로 파리에서 보내는 첫날을 낭비하고 싶지 않다.

"간단하게 샤워 좀 하고. 너무 찝찝해서."

스테프는 바지를 침실에 벗어놓고 욕실로 향했다. 나는 문가에 서서 그녀의 몸놀림을 바라본다. 엉덩이와 어깨의 곡선을 눈으로 쫓으며 아름답게 찰랑대는 머리카락을 머릿속에 새긴다. 그녀는 스물네 살 여자의 자의식에 짓눌려 안간힘을 쓰고 있었다. 자신이 얼마나 아름다운 여자인지 믿지 않고 지금이 가장 완벽한 시기라는 사실을 깨닫지 못한다. 그건 아마도 그녀가 별 다섯 개짜리 호텔에서 재계의 거물이나 연봉 수십억 달러의 스포츠 스타와 함께 있지 않고 지금, 여기에, 나와 함께 있기 때문일 것이다. 그녀는 선택할 수 있었지만 그걸 모르고 있다.

나는 거실 소파에 앉아 TV 위 벽에 묻은 얼룩을 멍하니 바라보며 손가락으로 발바닥에 박힌 가시를 무심히 더듬는다. 상처 주위로 붉은 원이 생겼고, 이제는 가시 끝이 부러져서 핀셋이 있더라도 잡고 뽑을 수가 없었다. 나는 스테프가 나오기를 기다리면서 깨끗한 양말을 꺼내 신고 신발 끈을 묶었다.

우리는 뜨겁고 후텁지근한 케이프타운의 여름으로부터 차갑고 상쾌한 파리의 겨울로 곧장 날아온 것이었다. 비행기에서 보낸 불편했던 11시간과 여기저기서 줄을 서고 기다렸던 시간이 있었지만 그럼에도 불구하고 이 여행이 마치 순간이동처럼, 기적처럼 느껴졌다. 매일매일 똑같은 길을 달려 출퇴근을 했는데, 오늘 아침에는 새로운 풍경과 소리와 냄새가 날 에워싸고 있다. 어제 우리는 집에 있었다. 그러나 오늘 우리는 여기에 있다.

저 빌어먹을 셔터 여는 방법만 알아낼 수 있다면 좋겠는데. 나는 거실 창문으로 가서 손잡이를 이리저리 비틀어보다가, 창틀에 달린 평형추를 보고 위아래로 열리는 창이라는 걸 알아냈다. 아래 프레임의 위쪽에 달린 잠금 고리는 족히 몇 년 동안 한 번도 열린 적이 없는 것처럼 단단히 고정되어 있었다. 부엌에서 빵칼을 가져와 손잡이 끝으로 계속 열심히 쑤셨더니 고리가 조금씩 움직이기 시작했다.

마침내 창문 고리가 풀렸다. 창틀을 몇 번 가격하고 흔들었더니 가루가 떨어져 나오면서 쇠살대가 위로 밀려 올라가기 시작했다. 나는 창문을 들어 올리느라 안간힘을 썼다. 창틀은 한 번씩 흔들 때마다 조금씩 들려 올라갔다. 마침내 창이 활짝 열렸고, 순간적으로 몸이 밖으로 쏠리지 않도록 벽에 몸을 단단히 기대야 했다. 소음이 염려가 되어 잠시 멈춰 쉬는데 기이하게도 끼익, 끼익 하는 우는 소리가 계속 울린다. 창문 셔터의 프레임을 흔들어봤지만 창에서 나는 소리가 아니었다. 소리는 밖에서, 그리 멀지 않은 곳에서 들려오고 있었다. 곧 그 소리는 꿈에서도 다시 듣고 싶지 않던 아이의 황량한 울음소리로 바뀌었다.

와이파이를 찾아 떠난 여정은 오스만 대로의 스타벅스에서 끝났다. 그렇게 멀리까지 걸을 계획은 아니었는데. 처음에는 무턱대고 좁고 경사진 골목길을 걸어 다니며 피갈에서 벗어나자고만 생각했었다. 스타벅스는 마음속에 그리던 고풍스런 비스트로와는 거리가 멀었지만, 아파트에서 실망하고 나니 글로벌 프랜차이즈의 깔끔하고 익숙한 인테리어에 마음이 편안해짐을 느낄 수 있었다. 그리고 따뜻했다. 아파트에는 헤어드라이어가 없었다. 수건으로 한참 털었지만 머리카락은 마르지 않았다. 젖은 머리를 하고 밖에 나오니 차가운 겨울바람이 두피를 순식간에 얼려버렸다. 마크는 걷는 내내 산만했다. 말로는 발바닥에 박힌 가시 때문에 신경이 쓰인다고 했지만 뭔가 다른 데 정신을 팔고 있는 것 같았다. 그는 내가 머리를 말리는 동안에도 한 마디 말없이 그저 셔터가 내려진 거실 창문만 바라보고 있었다.

마크가 커피를 주문하는 동안 나는 이메일은 거들떠보지도 않고 곧장 스카이프에 로그인했다. 우리 옆 테이블에 앉은, 미국인으로 보이는 시끄러운 십 대 애들이 내 얘기를 엿들을 수도 있었지만 아무 상관하지 않았다. 스마트폰은 중고로 급하게 산 거라 아직도 사용법을 제대로 몰랐다. 내 믿음직스러운 낡은 아이폰과 맥북은 강도의 백팩 안으로 들어가 영영 사라져버렸다.

아마 하라레*나 브라자빌**의 어느 암시장에서 운명을 맞이할 것이다.

엄마는 오프라인이었기에 스카이프의 크레디트를 사용해 휴대폰으로 전화를 거는 것 말고는 방법이 없었다. 신호음이 한참 울린 후에야 엄마가 전화를 받았다.

"여보세요. 리나입니다."

엄마는 상대방으로부터 대뜸 욕설부터 듣게 될 거라 겁을 먹는 것인지, 늘 주저하며 전화를 받는다.

"엄마, 나예요."

"스테퍼니! 잘 도착했니?"

"네, 덕분에요. 헤이든은요?"

"아, 잘 지내고 있어. 지금 잠깐 밖에 나왔단다. 배리데일에 새로 생긴 동물 체험 농장에 왔어. 자외선 차단제는 듬뿍 발라 줬으니 걱정 말아라. 여기는 오늘 무척 덥네. 거기 아파트는 어떠니?"

나는 엄마에게 아파트가 굉장히 근사하다고, 생각했던 것보다 훨씬 더 멋지다고 말했다. 거짓말을 하니 울 것 같은 기분이 들었다.

"헤이든하고 통화할 수 있어요, 엄마?"

"그럼."

잠시 침묵이 흘렀다.

"엄마?"

"헤이든! 엄마가 많이 보고 싶어요. 할머니 할아버지 말씀 잘 듣고 있지?"

*짐바브웨의 수도.
**콩고공화국의 수도.

아이는 오늘 본 아기 동물들에 대해 재잘재잘 대다가 자기가 점심 때 뭘 먹었는지 열심히 떠들었다.

마크가 라테 두 잔을 들고 돌아왔다.

"헤이든, 아빠 바꿔줄게."

"아빠!"

휴대폰을 받아드는 마크의 눈에 실망의 눈빛이 스쳐 지나가는 것이 보였다. 그러나 단지 전화 통화를 싫어해서 그러는 것뿐이라고 스스로를 안심시켰다.

"할머니 할아버지 말씀 잘 듣고 있어 헤이디?"

그는 억지로 꾸며낸 명랑한 목소리로 말했다.

"뭐라고, 아가? 뭘 했다고?"

잠시 정적.

"잘했네. 앞으로도 착하게 지내라."

그는 누가 봐도 안도하는 표정으로 휴대폰을 다시 내게 넘겼다. 저쪽에서도 엄마가 전화를 넘겨받았다. 나는 와이파이를 쉽게 쓰지 못한다고 설명했고 엄마는 내일 아침에는 집에 있을 테니 웹캠을 쓸 수 있을 거라고 말했다.

"헤이든이 즐거워하는 것 같네."

전화를 끊자 마크가 말했다. 커피에 혀를 데었는지 눈살을 찌푸렸다.

"그러네."

나는 그를 외면하기 위해 이메일에 몰두하는 척했다. 숙박 교환 사이트에서 메일이 두 통 와 있었다. 하나는 '즐거운 여행 되세요!'라는 제목을 달고 있었고, 다른 하나는 내 멤버십 등급을 올리라는 것이었다. 칼라에게서도 한 시간 반 전에 메일이 도착했는데 마크도 수신자로 함께 올라 있었다.

안녕, 친구들.

문자 계속 보냈었어. 약속대로 9시 30분에 두 사람 집에 갔는데 손님이 온 흔적은 보이지 않네요. 그 사람들 비행 편명을 몰라서 연착 여부는 확인할 수 없었어요. 11시까지 기다리다가 내 전화번호를 남겨놓고 왔어요. 무슨 소식 있으면 알려줘요.

파리를 만끽하시길.

"마크, 칼라한테 이메일이 왔네."

그는 창밖을 바라보고 있었다. 그의 시선은 턱시도 바지에 테일러드슈트를 입고 걸어가는 날씬한 여성을 뒤따르고 있었다. 비가 계속 오는데 여자는 선글라스를 쓰고 있었다. 그녀가 풍기는 분위기는 가식적이라기보다는 세련돼 보였고, 그에 비해 나는 칠칠치 못하고 매력 없는 여자로 보인다는 참담한 기분을 피할 수 없었다.

"마크!"

그는 부르르 몸을 떨었다.

"미안. 잠깐 딴생각했어."

"칼라가 그러는데 프티 부부가 아직 도착을 안 했대."

그러자 마크는 나를 똑바로 바라보았다.

"도착을 안 했다니 무슨 소리야?"

"칼라가 집 밖에서 계속 기다렸는데 도착을 안 했대. 방금 이메일이 왔어. 도착 예정 시간보다 다섯 시간이나 지났는데."

"비행기가 연착했나 보지."

"다섯 시간이나?"

"안 될 건 뭐야? 항상 있는 일이잖아. 아예 취소됐을 수도 있고. 아니면 비행기를 놓쳤을 수도 있지."

"우리에게 알리지도 않고? 그건 너무 몰지각한 짓 아냐?"

그는 어깨를 으쓱했다.

"아마 시도는 해봤겠지. 지금 당신 전화기 로밍이 제대로 안되잖아? 그리고 이젠 그 사람들을 완전히 신뢰할 수 없다는 것도 알게 됐잖아. 여기 아파트도 그 사람들이 설명한 것과 딴판이고. 일단 와이파이도 안 되고."

나는 고개를 끄덕였다. 그러나 그들이 나타나지 않는 이유가 그와는 다른, 좀 더 끔찍한 사고 때문이 아닐까 하는 불길한 생각이 들었다. 공항으로 가다가 교통사고가 났거나, 아니면 렌트카로 우리 집까지 가는 동안 사고가 났거나. 그것도 아니면 납치됐거나.

"오늘 맞지? 우리가 날짜를 잘못 안 건 아니겠지?"

"분명히 오늘이야."

그는 델 정도로 뜨거운 커피를 홀짝 마셨다.

"근데 내 생각에 그 사람들, 지금 이 아파트에서 안 사는 것 같아."

"그럼 이 집이 두 번째 집이거나 투자 목적의 아파트일 거란 말이야?"

"응. 우리 집하고는 분위기가 달라. 사람이 사는 집 같은 느낌이 안 들어."

"메일 주고받을 때 그 사람들이 다른 얘기는 안 했지?"

"응. 그래도 구글 번역기로 돌린 거라 어쩌면 오해가 있었을지도 몰라."

"그 사람들이 전화번호는 알려줬어?"

"아니. 하지만 그쪽이 우리 번호를 갖고 있잖아. 이메일을 보내봐. 그리고 묻는 김에 모뎀이 어디 있는지도 물어보고."

나는 마크의 제안대로 메일을 썼다. '안녕하세요. 그냥 별일 없는지 확인하려고요. 우리는 지금 아파트에 와 있어요. 모뎀이 어디 있는지 알려주시겠어요? 도착하시면 답장 주시고요. 고맙습니다.' 나는 최대한 가벼운 톤으로 썼다. 프티 부부의 허위 광고에 화가 나기도 했지만 쓸데없는 분쟁을 일으키고 싶지 않은 마음도 컸다.

"커피 한 잔 더 할까?"

마크가 물었다.

"좋지."

나는 선선히 대답했다. 마크도 나처럼 따뜻하고 익명성이 보장되는 스타벅스에서 최대한 오래 머물고 싶었던 것이다. 파리에 가서 뭐 했어? 그럼 이렇게 대답해야지. 아, 그냥 뭐. 글로벌 프랜차이즈를 찾아다녔어.

나는 칼라에게 번거롭게 해서 미안하다고 답장을 보냈다. 마크가 카운터에서 팽 오 쇼콜라와 커다란 크루아상을 가지고 돌아왔다. 우리는 또다시 말이 없어졌다. 빗줄기는 가늘어졌고 멀리서 푸른 하늘이 감질나게 얼굴을 드러내고 있었다. 나는 라테를 한 모금 마시자마자 커피를 시킨 것을 후회했다. 자칫하면 카페인이 몸속에서 요동을 치면서 극심한 공황 발작을 일으킬지도 몰랐다. 나는 손톱이 손바닥에 박히도록 주먹을 꼭 쥐었다. 왼손에 결혼반지가 없다는 사실이 갑작스러운 충격으로 다가왔다. 나는 보석을 좋아하는 사람이 아니다. 도리어 결혼 산업이 점점 상업화되는 것을 극도로 싫어했다. 그러나 그 반지는 무척 좋아했다. 가느다란 백금 링 위에 에메랄드가 박혀 있고 그 주위를 자잘한 다이아몬드가 둘러싼 예쁜 반지였다. 병원에서 헤이든을 출산할 때도 반지를 빼지 않겠다고 고집을 부려서 결국 간호사가 반지 주위를 멸균 테이프로 감아줄 정도였다. 반지는 마크의 어머니가 세상을 뜨기 직전에 마크에게 물려준 것이었다. 마크의 어머니는 마크의 외할머니에게서 반지를 물려받았다고 했다. 나는 반지를 무척이나 애지중지했었다. 마크의 전처는 그 반지를 소유한 적이 없었기 때문이었다. 반지가 나에게 마크의 아내로서 정당한 지위를 부여했다고, 그 반지를 소유함으로써 내가 그저 하찮고 보잘것없는 두 번째 아내가 아니라는 것을 입증해주었다고 여겼던 것일까? 아마도 대프니 듀 모리에*를 너무 많이 읽다 보니 민망한 자기 합리화를 하게 된 모양이었다.

빨리 생각을 다른 데로 돌리기를 바라며 크루아상 조각을 억지로 삼켰다. 반지 생각을 하다가 떠올려서는 안 되는 생각으로 이어지면 안 되는데.

하지만 뜻대로 되지 않았다.

늦은 밤 마크와 거실 소파에 앉아 있다. TV에서는 〈홈랜드〉의 에피소드가 방송되고 있다. 졸음이 몰려와 의식의 경계 위를 떠다니면서 지금 당장 일어나 잠자리에 들라고 스스로에게 계속 주문을 건다. 간간이 베이비 모니터에서 헤이든이 자면서 웃는 소리가 들린다.

쾅. 그리고 뭔가 긁히는 소리.

"저 소리 들려, 마크?"

"아니."

그이도 졸고 있다.

*서스펜스 스릴러의 대가로 불리는 영국의 소설가 겸 극작가.

"아무래도 뭔가……."

갑자기 문이 벌컥 열리고 방한모로 얼굴을 가린 남자 셋이 거실로 쏟아지듯 들어온다. 손에는 반짝이는 금속 물질이 들려 있다. 칼이다. 부엌 선반에 두고 고기를 자를 때나 쓰는 칼.

우리 둘 다 벌떡 일어선다. 입에서는 아무 소리도 나오지 않는다. 나한테 이런 일이 일어날 리가 없다는 생각에 이어 어마어마한 공포가 몰려온다.

"누가 들어왔어, 마크."

한참 뒤에야 나는 내가 말하는 소리를 듣는다. 나중에 이 순간을 회상하며 순수한 공포는 정말로 얼음처럼 차갑다고 생각하게 되겠지. 그러나 지금은 헤이든, 헤이든! 헤이든에게 가야 한다.

나는 애처롭게 말한다.

"제발요……."

키가 제일 작은 남자가 고함을 지른다.

"입 닥쳐. 금고 어딨어?"

"금고는 없어요."

"금고 어딨냐고?"

"우린 금고가 없어요."

마크는 아무 말도 하지 않는다. 마치 다른 방에 있는 것처럼, 내게서 너무 멀리 있는 것처럼 느껴진다.

저 사람들 말대로 하자. 문제를 일으키지 말자. 다른 남자가 나에게 바짝 다가온다. 그의 살갗에서 풍기는 비누 냄새와 숨에 섞인 담배 냄새까지 맡을 수 있을 정도로 가까이. 그는 거친 손놀림으로 내 귀에 걸린 귀걸이를 확인하고는 왼손을 힘껏 잡아당긴다. 지금 뭘 하는 거지? 그러다 알아챈다. 손가락에서 반지를 빼내려는 거다. 다른 손에는 톱니 모양의 칼날이 달린 칼을 들고 있다. 반지 때문에 손가락이 잘렸다는 얘기를 어디선가 들은 기억이 난다. 나는 남자의 손아귀에서 왼손을 빼내며 주절거린다.

"내가 할게요. 내가."

나는 관절에 멍이 들도록 반지를 세게 확 잡아 빼서 남자에게 넘겨준다. 그리고는 불쌍한 목소리로 애걸한다. 강간하지 마세요. 제 딸은 해치지 마세요. 강간하지 마시고, 우리 아기도 해치지 마세요. 시키는 대로 다 할게요.

"금고는? 금고 어딨냐고!"

키 작은 남자가 또 묻는다. 그는 다른 사람들에 비해 가장 자신감 넘치고 조마조마해하는 기색이 덜했다. 나는 그 사람이 리더일 거라고 생각했다. 감히 그의 눈을 바라볼 수가 없다.

"금고는 없어요."

내가 말하는 소리가 들린다. 마크는 여전히 아무 말도 없다.

"금고 어딨어, 금고?"

이젠 그의 목소리가 조금 부드러워졌다. 남아프리카 사람의 말투가 아니다.

"금고는 없어요."

세 남자 사이에 침묵의 대화가 오간다.

"앉아."

리더가 마크에게 몸짓을 한다. 마크는 명령대로 털썩 앉는다. 충격을 받은 그의 얼굴은 축 늘어져 있다.

"따라와."

남자 중 하나가 내 손목을 잡는다. 털장갑의 거친 촉감이 불쾌하다. 그는 나를 잡아끌어 문 쪽으로 향했고 두 번째 남자가 우리 뒤를 바짝 뒤쫓는다.

"안 돼요."

내가 속삭인다. 뭐라도 좀 해보라고 마크에게 계속 눈치를 보낸다. 이자들이 날 끌고 가는 걸 막아달라고. 그러나 그는 움직이지도 않고 심지어 내 쪽을 쳐다보지도 않는다.

홀쭉하고 어린 남자가 잔뜩 긴장한 태도로 개를 몰듯 나를 앞으로 밀어붙인다. 내 바로 뒤로 다른 남자가 따라온다. 그렇게 우리는 계단을 오른다. 헤이든이 있는 곳으로. 방이 있는 곳으로. 얼음처럼 차가운 공포가 등줄기를 타고 흘러내리고 난 뒤 냉혹한 결심을 세운다. 이자들이 강간을 하려 들거나 헤이든을 해치려고 하면 맞서 싸워야지. 죽을 때까지 싸워야지. 계단을 올라 2층에 도착해서, 홀쭉이가 헤이든의 방문을 연다. 나는 작심하고 몸을 비틀어 반항한다.

"제발요."

나는 우는소리를 한다. 그는 안을 들여다보고 잠시 망설이더니, 부드럽게 문을 닫는다.

최악은 지나갔다. 놈들이 나를 우리 방으로 밀어 넣는데도 엄청난 안도감이 든다. 이젠 날 강간하려나? 이 방에서? 제발 깨지 마라, 헤이든. 아가, 깨지 말고 계속 자. 남자가 내 손목을 계속 붙들고 다른 남자가 서랍들을 뒤집어엎으며 속옷과 양말을 바닥에 내동댕이친다. 나는 그들의 눈을 쳐다보지 않는다. 한 번도. 절대로. 그저 발가락에 발린 깨진 파란색 매니큐어만 들여다본다. 홀쭉이가 동료에게 뭐라고 중얼거리자 그는 내 아이폰을 집어 능숙하게 심카드를 제거한 뒤 백팩에 넣는다. 다음엔 맥북을, 그다음엔 마크의 시계를. 상관없다. 그냥 끝나기만 바랄 뿐.

우리는 터덜터덜 계단을 내려온다. 한 번에 계단 한 개씩. 내가 발을 헛디디자 뒤따르던 남자가 나를 붙잡아준다. 하마터면 고맙다고 말할 뻔했다. 바보같이. 1층으로 내려온 그들은 부엌의 서랍과 찬장을 샅샅이 뒤진다. 지루한 20분이 흘러간다. 이미 내 머릿속에는 마크도 강도도 없고, 강도들이 마크에게 무슨 짓을 할지도 안중에 없다. 내 모든 감각은 헤이든이 행여 깨지는 않을지에 온통 집중되어 있다. 우리는 비틀거리며 식당을 지나 복도로 향했고, 희한한 일이 벌어졌다. 이 모든 게 지루해진 것이다. 뭐가 됐든 빨리 좀 끝내. 나는 그렇게 외치고 싶어진다. 강간을 하든 칼로 찌르든, 다음에 뭘 하든 빨리 좀 하라고.

두 남자가 나를 잡아끌어 거실에 밀어 넣는다. 마크는 얼굴이 잿빛이 된 채로 여전히 소파에 똑같은 자세로 앉아 있다.

"당신, 괜찮아?"

꺽꺽거리는 목소리로 그가 묻는다.

나는 고개를 끄덕인다.

"헤이든은?"

"자."

"거기, 일어서."

리더가 마크에게 명령한다. 마크는 잔뜩 겁에 질려 비틀거리며 손으로 소파를 짚고 힘겹게 일어난다. 우리는 서로 발을 뒤엉켜가며 부엌을 거쳐 식품 저장실로 들어갔다. 세 침입자들은 내가 알아듣지 못하는 언어로 빠른 대화를 주고받는다.

"아침까지 여기 있어."

대장이 부드럽게 말하고는 식품 저장실 문을 닫고 떠난다. 우리는 어둠 속에 남겨진다. 몇 초 뒤 문이 활짝 열린다. 우리를 시험하는 거다.

문이 다시 닫힌다. 식품 저장실 문에는 잠금장치가 없다.

이제야 몸이 떨린다. 피를 마신 것처럼 입안에 비린 뒷맛이 맴돈다. 그래도 이 정도면 가볍게 끝난 거야. 포박당하지도 않고, 눈가리개도 하지 않고, 고문도, 강간도 당하지 않았어. 남아프리카의 표준에 비하면 운이 좋은 거야.

시간이 흐른다. 더 이상은 못 견디겠다. 나는 문에 귀를 대본다. 다들 갔을까?

"이제 우리……."

"쉿. 들리겠어."

마크가 속삭인다.

"하지만 헤이든한테 가야 해."

"쉿."

마크가 다시 말한다.

딸에게 달려가기 위해 식품 저장실을 나설 때도 여전히 마크는 그 안에 남아 있었다.

"스테프?"

마크가 부르는 소리에 비로소 그날 밤의 회상에서 깨어났다. 상담 치료사는 되도록 그때 생각을 하지 말라고 했었는데. 나는 그때까지 아무것도 없는 왼손 넷째 손가락을 어루만지고 있었다. 그는 손을 뻗어 내 손을 쓰다듬었지만 나는 손을 뺐다.

"다른 반지를 사줄게, 스테프."

"그래요. 언젠가."

그건 잃어버린 랩톱이나 카메라를 새로 사는 것처럼 간단한 문제가 아냐.

"아니, 곧 사줄게. 약속해. 그냥 여기 파리에서 살까?"

"환율이 이런데? 그건 미친 짓이야, 마크."

나는 그에게 미소를 지어 보였다.

"반지는 필요 없어."

나는 무릎을 내려다보았다. 페이스트리는 온데간데없고 외투에는 빵 부스러기가 잔뜩 묻어 있다. 먹은 기억은 전혀 없는데.

그는 전화기를 들여다봤다.

"밀랍 인형 박물관이 아주 가까운 곳에 있대. 옛날 극장을 개조했나 봐. 유치하고 재밌는 일 하고 싶지 않아?"

"오늘은 말고. 내일쯤."

그때 내가 원했던 건 신선한 공기였다.

"잠깐 산책이나 해요."

"좋은 생각이야."

그는 헤이든과의 통화에서 무뚝뚝하게 굴고 나서 썩 기분이 좋지 않아 보였다.

이후 몇 시간 동안은 무척 즐거웠다. 나는 프티 부부에 관한 걱정은 애써 잊고 헤이든이 잘 지내고 있다는 사실만 열심히 기억했다. 아파트는 조잡하고 엉망이었지만 그래도 따뜻하고 보송보송했고, 게다가 공짜였다. 우리는 팔짱을 끼고 넓은 대로를 걸었고, 중간에 오페라하우스 앞에서 걸음을 멈추고 경탄하며 한참을 구경했다. 로얄 가에서는 값비싼 지갑과 수제 초콜릿을 살 여유가 있는 사람인 척하면서 상점의 진열장을 구경했다. 나는 그 도시의 매력에 흠뻑 빠졌다. 모피와 스카프를 두른 여자들이 경쾌한 걸음으로 옆을 지나쳐 갔다. 세련된 남자들은 최신 유행을 열렬히 추종하는 사람이 아니고서는 감히 못 신을 대담한 디자인의 반짝이는 구두를 신고 우리 주위를 흘러 다녔다.

하늘이 어두워졌다. 마크는 발의 통증 때문에 힘들어했다.

"돌아갑시다." 그가 제안했다. "한 시간 정도 쉬었다가 몽마르트르에 나가서 뭘 좀 먹지. 그리고 흥청망청 돈을 쓰는 거야. 예산 따위는 신경 쓰지 말고." 그는 나를 끌어당겼다. "내 생각이 어때?"

우리는 함께 웃었다. 그 순간 난 생각했다. 그래, 그게 우리가 파리에 온 이유지. 사크레쾨르 대성당의 둥근 첨탑을 등대 삼아, 우리는 비에 젖어 반들거리는 자갈 깔린 오르막길을 오르다 중간중간에 멈춰 서서 매혹적인 식당들의 밖에 걸린 메뉴판을 읽었다. 그러다 어느 상점의 진열이 시선을 끌었다. 아이 크기의 마네킹이 알록달록하고 세련된 옷을 입고 있고 그 주위로 나비들이 춤추고 있었다.

"어머! 여기 잠깐 들어가도 돼?"

그는 잠시 주저했다.

"그럼, 물론이지."

카운터 뒤에 서 있던 우아한 갈색 머리 아가씨가 우리를 따뜻하게 맞이했다. 내가 기초 프랑스어를 몇 마디 더듬거리자 그녀는 즉시 영어로 대답했다. 마크가 문 주위에서 서성거리는 동안 나는 가격표 따위는 쳐다보지도 않고 핸드메이드 티셔츠를 한 아름 골랐다.

"이거 헤이든이 좋아하겠다!"

나는 기이한 모양의 공룡 장식이 있는 옷을 마크에게 보여주며 큰 소리로 말했다.

그는 나에게 굳은 미소를 지었다.

"맙소사, 애한테 그런 걸 입히려고?"

"그건 당신한테 달렸지."

점원에게 신용카드를 건네자 나를 보며 활짝 웃었고, 티셔츠를 얇은 종이로 정성스레 포장하기 시작했다. 나는 가격에 대한 죄책감을 애써 털어냈다. 55유로짜리 티셔츠는 몇 달 뒤면 작아져 못 입게 될 옷의 가격으로는 터무니없는 것이었다.

나는 비밀번호를 입력했고 점원은 눈살을 찌푸렸다.

"죄송합니다. 더 이상 진행되질 않네요."

당황하며 다시 한 번 시도했지만, 여전히 승인이 나지 않았다. 나는 마크를 불렀다.

"은행에 전화해보시겠어요?"

점원은 공손히 말했다. 마크는 상점의 와이파이를 사용할 수 있느냐고 물었고 그녀는 우아하게 암호를 알려주었다. 마크는 퍼스트 내셔널 뱅크의 콜센터로 전화했지만 전화가 곧바로 끊겨서 처음부터 다시 시도해야 했다. 그때 말쑥한 차림의 커플이 잠든 아기를 유모차에 태우고 가게에 들어왔고, 점원은 새 손님을 맞이하러 곧장 달려갔다. 마크가 전화기에 대고 속삭이는 동안 나는 이메일을 확인했다. 칼라가 보낸 메일이 와 있었다. '오케이. 걱정 말아요. 긴장을 풀러 떠난 여행인데. 여기 일은 내가 알아볼게요. 아마 뭔가 좀 꼬였겠죠. 휴우.'

마크는 전화를 끊고 고개를 저었다.

"출국하기 전에 카드 해외 사용을 승인하고 왔어야 했나 봐."

"젠장."

커플이 우리를 신경질적으로 쏘아보았다.

"하지만 해결할 수 있지? 그렇지?"

"여기선 안 돼. 내일 거래 지점에 전화는 해볼 수 있겠지만 희망적이진 않아."

"우리, 돈 얼마나 가져왔지?"

"350유로."

카드를 사용할 수 없다면 엿새를 지내기에 빠듯한 액수였다. 이제부터는 신중하게 돈을 써야 했다. 호화롭고 로맨틱한 저녁 식사는 물 건너갔고 헤이든을 위한 티셔츠도 살 수 없었다. 마크에게 버럭 화를 내고 싶었다. 왜 카드를 미리 준비하지 않았 냐며 비난하고 싶었다. 그러나 나는 입술을 깨물었다. 내 명의 로 된 계좌에 월급이 들어오면 이런 일은 없었잖아. 마음 한 구석의 죄책감이 속삭였다.

얼굴이 발갛게 달아오른 채로 나는 점원에게 다가갔다.

"여전히 문제가 있나요?"

"네. 정말 죄송해요."

정말로 미안했다. 그녀는 매력적이고 너그러웠다. 그래서 더 비참한 기분이 들었다.

한껏 위축된 우리는 슈퍼마켓에 들러 기본적인 것들을 샀다. 변변찮은 저녁 식사를 위한 커피, 우유, 버터, 치즈, 바게트를 샀고, 마크의 발에 붙일 반창고도 샀다. 둘 다 쓸데없는 말은 하 지 않았다. 우리는 오래된 음식 냄새와 황량한 분위기를 풍기는 아파트로 돌아왔다. 꼭대기 층의 여자가 소리를 있는 대로 높이 는 바람에 틀어놓은 음악이 머리 위에서 쏟아져 내려왔다. 잘 모르는 80년대 팝 발라드였다. 듀란듀란인가? 아니면 데이빗 리 로스? 뭐 그런 종류 같았다. 아무튼 건물과는 어울리지 않는 노래였다.

마크는 문 안으로 들어서자마자 신발을 벗어던지고 소파에 파묻힌 뒤 양말을 벗었다. 그의 신발에서 퍼지는 시큼한 발 냄 새에 코를 찡그렸지만 그는 알아채지 못했다. 그는 왼발을 무릎 위에 올려 상처를 살펴보았다.

"젠장, 너무 빨리 곪는데."

발바닥에 보이는 상처라고는 작은 점뿐이었다.

"아무것도 없는 것 같은데."

"지독하게 아파."

"아유, 딱해라."

나는 그의 이마에 키스를 하고 부엌으로 가서 식료품을 정리했다. 냉장고 문을 여니 비명 소리와 함께 더러운 악취를 쏟아냈다. 순간 향수병이 몰려와서 혼자 깜짝 놀랐다. 강도 사건 이후로 그 집은 더 이상 집이라는 느낌이 들지 않았었는데.

그러자 또 프티 부부 생각이 났다. 그 사람들한테 무슨 일이 생겼으면 어쩌지? 믿을 수 없고 배려심 없는 사람들이긴 하지만 남아프리카공화국에 아는 사람도 없을 텐데. 마크와 내가 어떤 식으로든 그 사람들에 대해 책임을 져야 하는 게 아닐까?

"마크, 혹시 프티 부부의 전화번호가 어디 적혀 있는지 침실 좀 확인해줄래요? 옷장 열쇠도 찾을 수 있는지 좀 보고. 난 부엌을 찾아볼게."

"알았어."

나는 싱크대 맨 위 서랍부터 뒤지기 시작했다. 서랍 안에는 녹슨 스푼과 포크, 부러진 나뭇가지 같은 것들이 어수선하게 들어 있었다. 마크가 침대 옆 서랍에서 옷장 열쇠를 찾았다고 소리쳤지만 나도 뒤지는 데 너무 열중한 나머지 대답하지 못했다. 서랍 뒤쪽 구석에 구깃구깃 뭉쳐진 종이가 처박힌 게 보였다. 꺼내서 조심스럽게 펼쳐보니, 학교에서 내주는 작문 과제 같았다. 너덜너덜한 종이에 어린아이의 글씨체가 파란색 볼펜으로 적혀 있고 군데군데 빨간색 펜으로 수정되어 있었다. 내가 아는 단어라고는 'bien(좋다)'뿐이었다.

"스테프?"

마크가 부엌 문 앞에 서 있었다. 목소리가 심상치 않았다.

"왜?"

"직접 와서 보는 게 좋겠어."

7

마크

이건 일종의 역겨운 농담이다. 누군가 지금 나를 가지고 놀고 있다.

"뭔데 그래?"

스테프가 침실로 다가온다. 그제야 나는 그녀를 이리로 부른 것이 실수였다고 깨달았다. 스테프가 여기 들어오지 않았으면 좋겠다. 그녀가 저걸 안 만졌으면 좋겠다. 벼룩이나 광견병 병균 같은 게 묻어 있을 수도 있는데. 진드기가 있을 수도 있는데.

"아무것도 아냐. 들어오지 마!"

그러나 그녀는 눈살을 찌푸리며 방 안으로 한 걸음 들어섰다.

"뭔데 그래, 마크?"

나는 그녀를 막을 거짓말을 지어낸다.

"그냥, 쥐가 죽어 있어."

"뭐? 맙소사. 그럼 그건 당신한테 맡길게. 괜찮지?"

그녀는 다시 부엌으로 돌아가고 나는 다시 찬장을 뒤지는 소리가 들릴 때까지 기다린다.

이걸 스테프에게 보여줄 생각을 했다니. 그녀가 옷장 안으로 고개를 들이밀고 화들짝 놀라고, 역겨워하며 뒤로 물러서서 가장 가까운 양동이를 찾아 비틀거리며 달려가는 모습이 머릿속에 그려진다.

옷장 안에는 하얀색 플라스틱 20리터들이 양동이 세 개에 머리카락이 가득 들어차 있다. 사람의 머리카락이다. 처음엔 힐긋 보고 고개를 돌렸지만 지금은 훨씬 더 오래, 지긋이 바라보면서 내 눈을 속이려고 노력한다. 지금 내가 보고 있는 건 양털이나 면사 같은 재료 견본일 거라고. 위층 여자가 자기 아파트에 가지고 있을 법한 그런 물건일 거라고. 혹시 프티 부부도 화가인 걸까? 아니면 위층 여자가 여기 보관해둔 것일까. 둘 다 아니다. 이건 머리카락이다. 수많은 사람들의 머리에서 잘라내 뭉쳐놓은 머리카락 덩어리. 곱슬머리, 곧은 머리, 검은 머리, 갈색 머리, 노랑머리, 회색 머리……. 사람의 머리카락이라고 믿기 어려울 정도로 많은 양이 한데 뭉쳐 있다.

이걸 도대체 뭐에 쓰려는 걸까?

나는 생각을 떨쳐버린다. 뭐에 쓰든지 상관없다. 밖에 내다버려야 한다.

하지만 스테프가 본다면? 그녀의 반응이 대충 짐작이 간다. 안 돼, 이건 우리 게 아니잖아. 그 사람들한테 필요한 물건이면 어쩌려고?

나는 양동이 안에 뭉쳐져 있는 덩어리들을 내려다보다가 그 앞에 무릎을 꿇고 앉아 얼굴을 가까이 들이민다. 머리카락 사이에 끼어 있을 비듬 같은 것들은 머릿속에서 애써 지우면서. 늪에 빠진 것처럼 머리카락이 내 얼굴을 점점 더 끌어당긴다. 머리카락에 코가 거의 닿을 때까지 얼굴을 가까이 대고 나는 숨을 들이마신다.

온몸에 안도감이 퍼진다. 더러운 냄새는 나지 않는다. 아마도 뭔가 적당한 이유가 있겠지. 인형을 만드는 사람들이거나 가발 제작자이거나.

그들이 누구인지는 몰라도 나에 대해, 오데트와 조이에 대해 알고 있을 거라 생각하는 건 피해망상이다. 하지만 지금 나는 휴가지의 아파트에서 사람 머리카락이 들어 있는 양동이에 코를 박고 냄새를 맡고 있다. 이젠 이 아파트가 사람 사는 곳이라고 생각하는 척도 할 수 없다. 그 먼 길을 날아와 이런 더러운 거지 소굴 같은 곳에 오려고 돈을 쓰다니. 이 '숙박 교환' 시스템에도 책임을 지게 하는 제도가 있어야 한다. 이를테면 보증금을 받는다던지. 스테프는 이 사람들한테 새 침대 시트까지 사주었는데, 제기랄! 그 대가로 우리는 옷장 안에 머리카락이 담긴 양동이가 있는 거무죽죽한 토끼 굴 같은 곳에 와 있는 것이다.

욕을 하고 소리를 지르고 저주를 퍼붓고 싶지만 누가 신경 쓰겠는가? 어차피 모르는 곳에 불쑥 발을 들이민 건 우리고, 우리가 저지른 실수다. 여행을 부추긴 내 실수다. 애초에 말이 나왔을 때 처음부터 코웃음을 치고 무시했어야 했는데.

그랬어야 했는데. 그럴 수 있었는데. 그러지 않았다.

나는 서둘러 부엌으로 가서 싱크대 아래 찬장에서 쓰레기봉투 롤을 꺼내 잽싸게 나오려 했지만 스테프의 눈에 띄고 말았다.

"그게 다 필요해? 그냥 쥐잖아."

나는 얼굴을 찡그린다.

"거기 꽤 오래 있었던 것 같아. 손으로 집을 때 봉투를 여러 겹 싸는 게 좋을 것 같아서."

"웩. 그런데도 냄새는 안 나다니 이상하네." 그녀는 미소를 짓는다. "치워줘서 고마워, 마크."

"걱정 마. 별일 아니니까."

하지만 별일 아닌 게 아니다.

어떻게 하면 스테프에게 이 일의 의미를 소름 끼치고 기이하

85

게 들리지 않도록 설명할 수 있을까. 물론 스테프도 조이와 오데트에게 무슨 일이 있었는지 어느 정도는 알고 있다. 하지만 자세히는 아니다. 어떻게 입을 뗄 수 있을까?

방으로 돌아와 첫 번째 양동이의 아가리에 봉투를 맞춘다. 내용물에 손이 닿지 않도록 최대한 조심스럽게 안에 든 것을 몽땅 봉투에 쏟아 붓는다.

다시 한 번 어깨 너머로 스테프가 내 행동을 보지 않는지 확인한다. 부엌 쪽에서는 찬장을 뒤지는 소리만 계속 들려온다.

나는 조심스럽게 양동이들을 비우고 쓰레기봉투의 주둥이를 묶는다. 양동이들은 다시 옷장 안 선반 위에 쌓아둔다. 조심했는데도 불구하고 머리카락 몇 가닥이 얼굴에 붙는다. 머리카락이 닿았던 팔과 손은 그것을 떼어낸 후에도 오랫동안 간지럽다. 그것들이 내 위를 걸어 다니는 것 같은 느낌이 든다. 눈에 보이지 않는 작은 것들이. 미생물이. 자꾸 생각하지 말아야지. 그러다 보면 얼음처럼 차가운 손가락이 등뼈를 따라 훑어 내리는 것 같다. 봉투들을 다 치우면 오랫동안 샤워를 해야겠다.

신발을 신고 외투는 걸치지 않은 채 아파트를 몰래 빠져나온다. 섬뜩한 보따리들이 내 다리에 부드럽게 부딪친다. 스테프에게 쓰레기를 버리고 오겠다고 크게 말하고, 좁은 계단을 내려간다. 왼손에 든 휴대폰으로 길을 비추고 오른손으로는 거대한 사람 머리 같은 검은 봉투 세 개를 최대한 몸에서 멀리 떨어뜨리고서. 정원을 벗어나니 유황빛의 작고 네모난 하늘에서 얼음처럼 차가운 비가 내린다. 아까 분명 초록색 쓰레기통이 놓여 있는 걸 봤는데 지금은 없다. 다른 거리까지 나가서 봉투를 버리는 것도 생각해봤지만, 누가 나를 보고 따지고 들면 궁색한 변명을 늘어놓아야 하는데 그러고 싶지 않다.

해야 할 일을 하는 것. 원하는 건 그것뿐이다. 빌어먹을 강도의 침입이 계속 마음 한 구석에 걸린다. 내가 옳은 일을 했던 걸까? 나는 영웅처럼 굴지 않고 놈들이 원하는 대로 가져가게 내버려두었다. 모두들 그렇게 충고한다. 영웅 놀이는 하지 마. 싸움도 걸지 말고. 놈들이 화가 나 갑자기 난폭해질 수도 있으니까. 그래서 그놈들이 우리 집을 자기 집처럼 휘젓고 다니는데도 그 자리에 가만히 앉아 있었다. 아무 말도 하지 않았다. 아무것도 하지 않았다. 스테프는 이것 때문에 날 비난한다. 나도 안다. 하지만 결과적으로 그녀와 헤이든은 다치지 않았다. 난 내 할 일을 했다. 만일 그들이 스테프를 해치려 했다면…… 내가 무슨 짓을 했을지 생각하고 싶지 않다. 아무튼 그런 식으로 진행되지도 않았고 우리는 모두 무사했다.

몇 걸음 앞 벽돌담 구석에 낡은 창고가 보였다. 한때는 초록색이었을 나무판자는 페인트가 갈라져 조각이 떨어지고 있었다. 아래 창문 틈으로 안을 들여다보았지만 판유리가 더러워서 아무것도 보이지 않았다. 추위 때문에 얼굴에는 이미 감각이 없었고 팔을 한껏 벌려 봉투를 들고 온 탓에 근육이 아파왔다. 나는 봉투를 바닥에 떨어뜨리고 별생각 없이 문을 열고 안으로 들어갔다.

차갑고 눅눅하고 진한 곰팡내가 훅 끼쳤다. 전등 스위치를 열심히 찾았지만 보이지 않는다. 애처로운 휴대폰 조명으로 낮은 아치 지붕과 저장고 같은 실내를 비추니 쌓아놓은 상자와 먼지가 두껍게 덮인 가구가 보인다. 저 멀리 곰팡이가 핀 벽돌 벽에 점점이 페인트가 묻은 썩어가는 나무 사다리가 기대어 서 있다. 나가려고 돌아서는데 저쪽 먼 구석에서 작게 흐느끼는 소리가 들린다. 아니, 들린다기보다는 느껴진다. 쥐가 내는 소리일 거라고 혼자 중얼거리며 겁을 잔뜩 집어먹은 데 대해 스스로 변명을 해본다. 그러나 그 소리가 어딘가 익숙해서 그냥 돌아서서 나갈 수가 없다. 부드럽지만 슬픈 아이의 울음소리 같다. 나는 차갑고 거칠거칠한 바닥 위로 한 발 내딛고 소리가 나는 곳을 향해 방 한 구석 아치형 벽감 쪽으로 다가간다. 벽감 안에는 매트리스가 하나 덩그러니 놓여 있다. 대충 뭉쳐놓은 시트는 묵은 먼지가 덮여 갈색을 띠었고 흰곰팡이 얼룩 같은 것이 점점이 묻어 있다. 흐느끼는 소리가 아직도 들린다. 더 가까이에서, 이 벽감 안 어딘가에서 들리는 것 같다. 심장이 두근두근 뛴다. 휴대폰 불빛으로 구석을 훑었더니 한때는 밝은 색이었을 더러운 옷가지가 뭉쳐져 있는 것이 보였다. 적어도 몇 년은 그 자리에 버려져 있었던 것 같다. 아이들이 마룻바닥에 옷을 마구 던져놓은 것처럼. 스쿠비두 장식이 그려진 알록달록한 플라스틱 장화도 있다.

여기엔 아무도 없다. 그러나 흐느끼는 소리는 여전히 들리고 이제는 숨이 막히는지 헐떡대기까지 한다. 뭐든 해야 한다. 조급한 마음에 몸을 굽혀 매트리스에서 시트를 벗겼다. 먼지와 비듬이 뭉게뭉게 일어서 뒤로 두 발 물러서서 팔을 휘저었다. 시트 아래에도 울고 있는 사람 같은 건 없다. 이 방엔 아무도 없어. 이젠 그만해. 저 더럽고 얼룩덜룩한 매트리스 좀 그만 노려보라고.

마음속에 너무 많은 의문이 들기 전에 서둘러 돌아섰다. 이젠 머리카락이 든 쓰레기봉투 세 개를 챙길 것만 열심히 기억한다. 마침내 창고를 나서자 문 뒤쪽으로 초록색 쓰레기통 두 개가 보인다. 나는 뚜껑을 들어 올리고 고개를 돌린 채 봉투를 버렸다. 쾅 하고 뚜껑 닫히는 소리가 음침한 공간 안에서 거칠게 울린다. 그 소리에 쫓기듯 차가운 공기가 있는 밖으로 나왔다. 신선한 밤공기를 헐떡헐떡 들이마시다가 아파트 로비에 들어서는데 그늘진 복도에서 튀어나온 누군가와 부딪쳤다.

"아, 실례합니다."

나는 재빨리 프랑스어로 말했다. 놀람이나 실망을 감추기에 유용한 말로, 이곳에 와서 제일 먼저 배운 단어 중 하나다.

다락방의 광녀다. 그 여자를 그런 식으로 부르지 말자고 계속 생각했지만 그럴수록 표현이 머릿속에서 사라지지 않는다. 여자는 쇼핑백을 떨어뜨린 것이 분했는지 씩씩거리면서 식료품을 줍는다. 오렌지 두 개가 자갈길을 가로질러 배수로 쪽을 향해 데굴데굴 굴러간다.

"미안합니다. 제가 주워 올게요."

한 걸음 내딛자 발에서 찌르는 듯한 통증이 느껴진다. 나는 오렌지를 따라 절뚝거리며 달려갔다. 그녀는 그 자리에 서서 장바구니를 열고 내가 오렌지를 넣는 걸 기다린다.

"정말 미안합니다."

"저 안에서 뭘 찾고 있었어요?"

그녀가 창고 문을 가리키며 묻는다.

어쩐지 무단침입자가 된 것 같은 기분이 든다. 숨을 헐떡거리는 것도 썩 도움이 되지 않았다.

"쓰레기통을 찾느라고요."

그녀는 어깨를 으쓱했다. 적어도 나한테 소리는 지르지 않는군. 어쩌면 이 건물에 대해 알아낼 기회가 될 수도 있을 것 같아 애써 숨을 골랐다. 주위의 호감 가는 멋진 건물들과는 달리 여기는 왜 이렇게 황폐한지 묻고 싶었다. 그러나 내가 "저기, 혹시……"라고 운을 떼자마자 고통과 분노에 찬 비명 소리와 함께 밤하늘이 쩍 갈라졌다. 잠깐 동안 여자는 깜짝 놀라 몸을 움츠렸고, 냉정한 얼굴이 산산이 부서져 떨어져 나가면서 그 자리에 공포에 질린 어린 소녀의 얼굴이 떠올랐다. 그것은 그냥 번개였다. 작은 구름이 달 위를 스치고 지나가면서 낸 생채기 같은. 그제야 그녀의 얼굴이 돌아왔다. 배수로에서 고양이 한 마리가 사람 울음소리를 내며 꼬리를 흔들면서 느긋하게 우리 곁을 지나친다.

"오, 랄루."

여자는 어슬렁거리는 고양이에게 프랑스어로 무어라 중얼거린다.

궁금한 걸 묻지도 못했는데 여자는 내게 등을 돌리고 아파트 안으로 들어가고 있었다. 그래서 허겁지겁 물었다.

"프티 부부를 잘 아세요?"

"네?"

"3B호에 사는 사람들이요. 우리가 지금 묵고 있는."

"아뇨. 프티는 아녜요."

그녀가 말했다.

내 발음이 문제인 건지 아니면 그녀가 내 질문을 못 알아들은 건지 모르겠지만 마치 혀 없이 말하는 것 같은 당혹스러운 기분이 든다. 오늘만 해도 몇 번이나 당한 일이었다.

"신경 쓰지 마세요. 고맙습니다."

현관문으로 돌아서는데 그녀가 내 뒤에 서서 아주 또렷하게 말했다.

"여기는 아이들이 없어요. 여기는 사람 사는 곳이 아니에요."

나는 걸음을 멈추지 않고 오히려 속도를 높였다. 여자의 말이 계속 쫓아오는 것 같아 발이 쑤셔대는데도 계단을 뛰어 올라갔다. 늦은 밤 어두운 복도를 벗어나 안전하고 익숙한 집으로 달아나려는 어린아이처럼. 냉기가 뼛속까지, 영혼 깊숙이까지 스미는 것 같다. 스테프가 날 달래주었으면 좋겠다.

그러나 3층의 층계참은 어두웠고 현관문은 잠겨 있었다. 주머니를 한 번 툭 쳐보고 열쇠를 안 가지고 나온 걸 기억했다. 나는 문을 두들겼다. 무거운 문짝에 관절이 얼얼해질 정도로 세게. 지금 스테프가 욕실에 있다면 문 두드리는 소리가 안 들릴 것이다. 하지만 아침엔 뭐가 문에 세게 부딪치는 소리에 잠이 깼었는데. 나는 문틀에서 묵직한 잔향이 울릴 때까지 세차게 문을 두드렸다.

"스테프. 스테프!"

내 뒤로 광녀가 어둠 속에서 계단을 올라오고 있다. 여자는 쇼핑백을 품에 안고 우리 층 층계참을 막 돌고 있었다. 나는 휴대폰 조명을 반쯤 여자 쪽으로 돌렸다. 무거운 발소리를 울리며 어두운 위층으로 올라가는 여자의 비난하는 시선이 느껴진다.

"당신, 여기 있으면 안 돼요." 그녀는 어둠을 향해 읊조린다. 그녀의 말이 당밀에 떨어진 잉크처럼 나에게 번져온다. "여기엔 좋은 게 아무것도 없어요."

도통 무슨 말인지 모르겠지만 지금은 너무 지쳐서 이해하고 싶은 마음도 들지 않는다. 휴대폰의 조명이 꺼졌지만 그냥 내버려두고 다시 문을 향해 돌아섰다. 스테프가 안에 있다면 벌써 소리를 들었을 텐데. 내가 아래층 창고에 가 있는 동안 밖에 나간 거라면 별 도리 없이 돌아올 때까지 기다릴 수밖에 없다. 문 두드리는 것을 멈추고 휴대폰도 끄니 평화로운 어둠이 나를 감싼다. 이 건물이 내는 갖가지 잡음과 신음 소리, 희미한 기억처럼 스며들어오는 음악 소리에 너무 빨리 익숙해진 것이다.

눈을 감는다. 그래도 아무 차이는 없었지만. 눈꺼풀이 무겁고 턱이 가슴까지 떨어진다. 주위의 고요함 안에 가만히 파묻힌다. 스르륵 졸음에 빠진 순간 등 뒤에 기대고 있던 문이 열렸다. 나는 뒤로 넘어지며 환한 빛 안으로 굴러 들어갔다. 머리 위로 스테프의 맨다리가 보였다.

다른 때였다면 재미있는 농담거리가 되었겠지만 스테프는 몸을 감싼 목욕 타월을 단단히 여미고 그냥 내 위로 한 걸음 다가왔을 뿐이다.

"왔네. 밖에서 뭐 하고 있었어? 한참 나가 있더니."

"아무것도."

나는 몸을 굴려 일어나 앉았다. 관절은 욱신거리고 근육은 땅겼다.

다리를 절며 침실 쪽으로 다가간다. 스테프가 헐렁한 스웨터를 꺼내 입는 것을 바라보며 실망감이 솟았다. 내 환상 속에서는 그녀가 타월을 풀어 떨어뜨리고 나를 침대에 밀어 눕히면 함께 로맨틱한 파리에서 사랑을 나누는 것이었는데.

"진짜 형편없는 곳이야."

내가 말했다.

그녀는 지친 얼굴로 침대 끄트머리에 앉는다.

"무슨 일이야, 마크? 왜 그렇게 이상하게 굴어? 무슨 일인지 말해줘."

아무것도 아니라고 한 번 더 무시하고 넘어가고 싶었지만 스테프는 나를 진심으로 걱정하고 있다. 나는 그녀에게 빚이 있다. 그래서 사실대로 말하기로 했다.

"사실 침실 옷장 안에 머리카락이 있었어. 그래서 버리고 온 거야."

그녀는 못 믿겠다는 표정이었다.

　"머리카락? 가발이나 뭐 그런 것 말이야?"

　"아니. 자른 머리카락이었어. 미용실 바닥에 있는 것 같은 그런 잘린 머리카락. 양동이에 담겨 있더라고."

　"잠깐만, 그럼 옷장에 죽은 쥐랑 사람 머리카락이 가득 차 있었단 말이야?"

　잠깐 동안 그녀가 무슨 말을 하는지 이해가 가지 않았다. 내 거짓말을 몽땅 잊어버리고 있었던 것이다.

　"응. 쥐랑 머리카락."

　아무래도 우스꽝스럽다.

　"그런데 왜 처음에 머리카락 얘기는 안 했어?"

　"당신이 걱정할까 봐. 이 아파트는 안 그래도 충분히 심난하잖아."

　그녀는 코웃음을 쳤지만 곧이곧대로 받아들이는 것 같다.

　"근데 그거 버리면 안 되는 거 아니야, 마크? 이상하거나 말거나 그 사람들 거잖아. 그 사람들은 그걸 뭐에다 썼을까?"

　"그걸 내가 어떻게 알아."

　"가발 제작자인 걸까? 아니면 미용사거나……. 그래. 미용사일 것 같아. 사진 보면 무척 세련돼 보이지 않았어? 아마 그 머리카락은 용도가……."

　"무슨 용도, 스테프? 유전자 실험? 아니면 고객들의 복제 인간으로 군대를 만들려는 건가?"

　"왜 나한테 그래? 당신 무슨 일 있어?"

　"무슨 일? 비달 사순의 머리카락 비밀 수집품을 발견했다고 생각하는 건 당신이잖아."

　"됐어. 그만해."

스테프는 욕실로 가려는 듯 벌떡 일어섰지만 그녀를 그렇게 보낼 수 없었다. 머리카락 얘기를 하지 말았어야 했다. 이 말다툼은 전적으로 내 잘못이다. 내가 바로잡아야 한다.

"저기, 잠깐만. 스테프. 미안해."

그녀는 주저하다가 다시 자리에 앉는다.

"난 정말로 이 여행을 기대했어, 스테프."

그녀가 손을 내 손 위에 얹는다.

"나도 알아."

"그리고 지금은 여기 같이 오게 해서 미안해."

"나도 오고 싶어 했잖아. 당신도 알면서."

손이 제자리로 돌아가고 고개도 다시 돌아갔다.

"하지만 난 헤이든하고 같이 오고 싶었지. 아직도 그랬으면 더 즐거웠을 텐데 하는 생각이 들어."

"당신 말이 맞을지도." 진담이야? 이렇게 엉망인 하루를 보내고 나서? "헤이든이 머리카락을 발견하지 않아서 다행이지. 걔가 그걸 가지고 놀면 어땠을지 상상해봐."

스테프는 어깨를 으쓱하며 일어선다.

"커피 마실래?"

"그러기엔 조금 늦은 시간 아닐까?"

이제 둘 사이의 껄끄러운 감정은 풀렸다. 난 그냥 샤워를 하고 자고 싶었다.

"왜? 지금 몇 시인데?"

스테프가 휴대폰 화면을 확인한다. 11시가 다 되어갔다.

"맙소사. 시간 개념이 아예 사라졌네. 하루를 통째로 잃어버린 것 같아."

"창문이 계속 닫혀 있는 것도 한 몫 했을 거야."

냉수가 나올 때까지 샤워를 하고 나서 시트의 곰팡이는 무시하고 침대에 누웠다. 반쯤 잠들려고 하는데 스테프가 종아리를 내 다리에 살며시 가져다 댄다. 친구를 되찾은 것 같은 기분이 든다. 오늘 있었던 일은 잘 묻어두고 그녀가 자게 놔둬야 한다는 건 알지만 창고에서 봤던 것을 누군가와 나누고 싶어졌다.

　"저기, 아까 아래층에 내려가서 쓰레기통을 찾는데……."

　스테프에게 전부 다 얘기하고 싶었지만 그 순간 얼룩진 매트리스와 아이 옷의 이미지가 떠오르며 목이 막혔다.

　"응?" 그녀가 졸린 목소리로 묻는다. "뭐?"

　"그냥…… 그걸 던져버리려는데 그 쓰레기통이 재활용 쓰레기통인지 걱정되더라고. 얼마나 부르주아적인지."

　스테프는 대답하지 않았다. 그녀를 다시 웃게 할 재치 있는 말은 없을까. '어쩌면 그 쓰레기통이 유기농 쓰레기용이었을지도 몰라…….' 재밌다는 느낌은 들지 않는다.

　"썩 좋은 시작은 아니었어. 그렇지?"

　"응응."

　"내일은 좀 더 괜찮을 거야."

8
스테프

아파트에서의 둘째 날, 누군가 내 어깨를 흔들었다고 확신하며 잠에서 깼다. 정신은 혼미하고 방향감각도 상실한 채로 자리에서 일어나, 헤이든이 나왔던 꿈의 마지막 한 자락을 기억해내려 애썼지만 허사였다. 티셔츠는 자다가 나도 모르는 새 벗어던졌고, 온몸은 땀범벅에 머리카락은 엉켜 있었다. 방 안의 열기는 숨 막힐 듯 맹렬했고 공기는 후텁지근했다. 전날 샤워를 두 번이나 했는데. 한 번은 처음 도착해서, 그리고 두 번째는 마크가 죽은 쥐와 머리카락을 버리러 나갔을 때였다. 평소와는 달리 강박적으로 씻었는데도 또 더러워진 기분이 들었다. 기지개를 켜고 옆을 보니 마크는 자리에 없었다.

그때 거실에서 긁는 소리가 들려왔다. 끼익, 끼익, 끼익.

"마크?"

대답이 없었다.

나는 담요를 젖히고, 새 티셔츠를 꺼내 입고 거실로 걸어 나갔다.

거실 창문을 열어 놓은 채 마크가 칼로 창틀 바깥쪽을 쑤시고 있었다.

"마크?"

내가 어깨를 건드리자 그이는 놀라 펄쩍 뛰면서 당황스러운 웃음을 지었다.

"놀랐네."

"지금 몇 시야?"

"아직 이른 아침이야. 이 빌어먹을 셔터가 잘 안 열려서."

"왜 사서 고생이야. 어차피 상관없잖아."

나는 실눈을 뜨고 회색 금속 창틀 사이로 아래 정원을 내려다보았다.

"또 비가 오네."

그는 칼을 커피 테이블에 던지고 손을 바지에 닦았다.

"저기, 내가 스타벅스에 가서 크루아상 좀 사 올까? 나간 김에 은행에 다시 전화해보게."

"같이 가. 나도 헤이든한테 전화해야 해. 먼저 샤워부터 해야겠어."

"어젯밤에 많이 힘들었잖아. 당신은 침대에 우아하게 누워 있어. 내가 침대로 아침 식사를 갖다줄 테니까. 외출은 나중에 같이 하기로 하고."

"몇 분이면 준비할 수 있어."

"내 볼일은 한 시간 정도면 끝나. 자, 이번만큼은 내가 당신을 제대로 대접할 수 있게 해줘."

그이가 혼자 있는 시간을 원하는 것 같아서 더 이상 조르지 않기로 했다. 그는 잽싸게 외투를 걸치고 '만일을 대비해서' 열쇠는 커피 테이블에 남겨두고는 서둘러 아파트를 나섰다. 나도 혼자서 고즈넉한 시간을 보낼 수 있을 것 같은 기분이 들었다. 전날 밤 마크의 행동은 무척이나 이상했다. 쓰레기통을 찾으러 나간 것치고는 너무 오래 나가 있었고, 다녀와서는 외도를 감추려는 사람처럼 지나치게 조심스럽고 짜증을 부리고 불안해했다. 마크가 나간 후, 아래층으로 가서 쓰레기통에 버렸다는 머리카락을 직접 찾아볼까도 생각했다. 그가 거짓말을 하고 있다는 걸 알고 있었지만 나가지 않았다. 그이를 믿기로 선택했다. 바보같이. 그 안에서 뭘 찾게 될지 누가 알아?

대신 욕실로 가서 허벅지와 배가 빨갛게 될 때까지 몸을 북북 문지르며 오랫동안 샤워를 했다. 그런 다음 부엌에서 커피 메이커를 가지고 씨름을 했지만 끝내 작동시키지 못하고 포기했다. 나는 아일랜드 조리대를 다시 닦고 접시를 설거지하고, 부엌 바닥과 싱크대를 닦으며 시간을 죽였다. 한 시간이면 돌아온다는 마크는 여태 돌아오지 않았고 나는 점점 초조해졌다. 엄마에게 남아프리카 시간으로 12시 30분에 전화하겠다고 했는데 이젠 한 시간도 안 남았다. 열쇠가 하나뿐이니 아파트를 떠날 수도 없었다. 그랬다간 마크가 돌아왔을 때 못 들어올 테니까.

와이파이를 원한다면 방법은 하나뿐이었다. 다락방 광녀를 찾아가는 것이다. 가까이에 개인용 와이파이 신호가 있으니 그 여자 집일 수밖에 없었다. 특별히 그 여자를 만나고 싶은 기분은 들지 않았다. 마크 말로는 진짜 괴짜라던데. 아무튼 나에게도 할 일이 생기는 셈이었다. 최악의 상황이라 해봤자 꺼지라는 말을 듣는 것 정도라고 스스로를 안심시켰다. 나는 열쇠를 주머니에 넣고 운을 시험하러 떠났다.

그날 아침 위층에서는 지난번과 다른 1980년대 히트곡이 울려 퍼졌는데 나도 아는 곡이었다. 〈99 레드 벌룬즈(99 Red Balloons)〉였다. (이 노래는 그날 하루 종일 머릿속에서 맴돌았다.) 계단을 오를수록 나무 계단 위로 울리는 발소리는 점점 더 커졌다. 드디어 좁은 복도와 두 개의 기울어진 문 앞에 도착했다. 나는 음악 소리가 나는 문을 노크했다.

문이 힘차게 열리고 여자가 나왔다. 칼라가 봤으면 흥미를 느겼을 법한 여자였다. 화장 안 한 진지한 얼굴에, 기모노와 승복을 합친 것 같은 몸매가 드러나지 않는 헐렁한 블라우스를 입고 있었다. 손으로 만 담배가 반쯤 타서 아랫입술에 붙어 있었고, 머리카락을 바짝 깎아 두피가 들여다보였다. 프티 부부의 그 불쾌한 컬렉션에 머리카락을 기증한 게 아닐까 하는 생각이 절로 들었다. 그녀는 말없이 담배를 입술에서 떼어냈고, 나에게서 시선을 거두지 않은 채로 샌들을 신은 발로 담배를 밟아 껐다. 그녀의 발톱은 길고 누렜다.

나는 내가 지을 수 있는 가장 상냥한 미소를 지었다.

"봉주르, 방해해서 죄송해요. 영어 하시죠? 앙글레?"

마크 말로는 그녀의 영어가 꽤 괜찮다고 했었다. 하지만 주제넘게 굴고 싶지 않았다.

"뭘 원해요?"

음악 소리 때문에 소리를 질러야 했지만 최대한 공손하고 차분하게 내 상황을 설명하고 와이파이를 같이 쓰도록 허락해줄 수 있는지 물었다.

"물론 비용은 지불할 거예요."

여자는 눈도 깜박이지 않았고, 그 탓에 더욱 진지해 보였다. 잠시 후 그녀가 코를 훌쩍였다.

"좋아요. 안으로 들어와요."

그러고는 한 발 뒤로 물러서서 나를 집 안으로 들였다. 한 칸짜리 아파트였다. 방 안은 수십 개의 캔버스가 가득 채우고 있었는데, 더러운 싱크대에는 접시가 쌓였고 한쪽 구석에 얼룩 묻은 인도식 덮개와 두툼한 요, 그리고 작은 캠핑용 스토브가 보였다. 광녀는 여길 불법점거하고 있는 건가? 확실히 그래 보였다. 더러운 그릇 냄새와 담배 연기와 테레빈유 냄새가 코를 찔렀다. 어디에도 욕실은 보이지 않았고 앉을 자리도 없었다. 여전히 매서운 눈빛으로 노려보고 있는 여자를 의식하며 나는 방 안으로 들어섰다. 캔버스들 대부분은 벽을 향해 돌려져 세워 있었지만 지금 작업 중인 캔버스는 방 한가운데 이젤에 놓여 있다. 갈색과 초록색으로 진하게 칠한 탁한 배경 위로 반쯤 완성된 아이의 초상이 어렴풋이 보였다. 불안스러우면서 조잡했고, 70년대 인기를 끌었던 눈이 큰 아이 초상화를 연상시키는 그림이었다.

"무척 흥미롭네요." 나는 거짓말을 했다. "그림을 팔기도 하세요?"

또 한 번의 코 훌쩍거림.

"네."

말문을 여는 책임은 나에게 있는 거겠지. 그러거나 아니면 여길 나가거나.

"죄송해요. 아직 제 소개도 안 했네요. 전 스테프라고 해요."

"미레유예요."

그녀에겐 어울리지 않는 예쁜 새 같은 이름이다. 노래는 〈테인티드 러브(Tainted Love)〉로 넘어갔다. 저 멀리 한쪽 구석에 엎어놓은 상자 위로 맥북 프로와 스피커가 균형을 잡고 놓여 있었다. 노래는 거기에서 흘러나오고 있었다. 누추한 방 한 구석의 첨단기기들이 기묘한 분위기를 자아냈다.

"카페 마실래요?"

그녀가 외쳤다.

마시고 싶었지만 머그잔은 싱크대에 잠겨 있고, 그 위로 기름때가 덕지덕지 붙은 프라이팬이 놓여 있었다.

"아뇨, 메르시. 괜찮아요."

그녀는 이 말에 어쩐지 마음을 놓는 것 같았다. 그러고는 고맙게도 컴퓨터로 가서 음악을 껐다.

"미레유, 뭐 하나 물어봐도 돼요?"

"뭐요?"

"마크가, 제 남편 말인데요. 그이 말로는 당신이 프티 부부를 모른다던데요. 우리가 지금 묵는 아파트에 사는 사람들이요." 그녀는 내가 무슨 말을 하는 건지 모르겠다는 듯 씩씩거리며 다시 물었다.

"뭐요?"

"프티 부부요." 아무리 애를 써도 성 말고 그들의 이름이 기억나지 않았다. "우리가 지금 그 사람들 아파트에서 묵고 있어요. 3층요."

나도 모르게 빌어먹을 관광객처럼 단어 하나하나를 강조해 또박또박 말하고 있었다.

"아뇨. 여기에는 아무도 안 살아요. 나만 살아요."

"하지만 우리 아파트에 누가 산다니까요."

"당신은 여기 머물면 안 돼요. 이 얘기는 당신 남편에게도 했어요."

"달리 선택의 여지가 없어요."

"어디에서 왔어요? 영국?"

"아뇨. 남아프리카요. 아프리크 뒤 쉬드."

지친 끄덕임.

"호텔로 가요."

"우린 돈이 없어요."

신용카드를 쓰지 못한다면. 마크가 잘 해결했어야 할 텐데.

그녀는 눈을 가늘게 뜨고 한숨을 쉬고 고개를 끄덕였다.

"인터넷을 써도 좋아요. 나한테 하루에 10유로씩 줘요."

"물론이죠. 고마워요, 미레유."

말은 그렇게 했지만 신용카드를 사용하지 못한다면 이 거래가 우리의 쥐꼬리만 한 예산을 갉아먹을 거란 생각에 기분이 좋지는 않았다.

"좋아요. 당신을 위해 암호를 적어줄게요."

그녀는 종이와 펜을 꺼내 들었고, 그 틈에 그녀가 모르게 방을 훔쳐볼 수 있었다. 침대 옆에는 반 정도 마신 보드카 병과 담배 마는 종이 한 무더기가 놓여 있었고, 지저분한 시트 밑에 엎어놓은 책이 반쯤 가려져 있었다. 속옷과 옷가지는 베개 위에 쌓여 있었다. 그녀는 나에게 암호를 적은 종잇조각을 건네주고는 내 손목을 잡았다. 손톱에는 물감이 묻어 있었다. 아니면 그보다 더 안 좋은 무엇일까.

"여기 머물지 마요. 여긴 잘못됐어요. 아파요."

"아파요?"

나는 부드럽게 그녀의 손에서 손목을 빼냈다. 이상하게도 거친 행동을 하는 그녀가 무섭지 않았다. 그녀의 표면 아래로는 심오한 슬픔 같은 것이 있었다.

그녀는 고개를 저었다.

"여긴 나빠요."

"당신은 왜 여기 머무는데요?"

"나도 당신과 같아요. 갈 데가 없어요. 그럼 잘 가요. 난 일해야 돼요."

그녀는 나를 방에서 내보냈고 잠시 후 노래가 다시 시작되었다. 그때 혹시 미레유는 건물을 감염시킨 아픔을 몰아내기 위해 그런 음악을 틀었던 건 아닐까. 카일리 미노그와 듀란듀란을 악에 대항하는 일종의 싸구려 부적처럼 여겼던 건 아닐까. 지금도 궁금하다.

아파트로 돌아와서 나는 와이파이 계정에 로그인을 하고 스카이프로 엄마에게 전화를 걸었다. 30분 정도 일렀지만 엄마는 헤이든을 무릎에 앉히고 날 기다리고 있었다.

"안녕, 원숭아."

아이를 보자 배 속이 조여드는 느낌이 들었다.

"엄마!"

"엄마 금방 집에 갈게. 꼭. 약속할게."

아이는 할머니가 사준 선물에 대해 종알거리다가 화면에서 벗어나더니, 곧 다시 나타나 엘사 공주 인형을 들이밀었다.

"엄마, 이것 봐!"

헤이든의 생일 선물로 인형을 사줄 생각이었는데, 엄마도 알고 있었으면서. 나는 짜증을 애써 감췄다. 헤이든은 화면을 통해 나를 만질 것처럼 팔을 쭉 뻗었고, 갑자기 아이를 다시 볼 수 없을 것 같은 끔찍한 기분이 들었다. 어제 나들이에서 만났던 아기 동물들 얘기를 나누다가 아이가 불쑥 "나 이제 갈래. 안녕!" 하고는 화면에서 스르륵 벗어나 다람쥐처럼 쪼르르 달려갔다. 엄마가 헤이든을 다시 불렀지만 소용없었다. 내가 없이도 행복한 아이의 모습을 보는 것은 어떤 면에서는 울며불며 엄마를 찾고 난리 치는 것보다 마음이 더 안 좋았다.

화면에서는 엄마가 소심하게 미소를 지었다.

"엄마가 애 버릇을 망치고 있잖아요."

"아유, 우리 꼬마 공주님한테 그 정도도 못 해주니. 지금 거기가 그 아파트야?"

엄마에게 아파트의 실체를 보이고 싶지 않아서 슬며시 대화

주제를 돌렸고, 헤이든이 다시 돌아오지 않을 것 같아서 낮잠 자고 난 다음에 다시 통화하기로 하고 전화를 끊었다.

그다음 이메일을 확인했다. 프티 부부에게서는 아무 소식이 없었지만 칼라에게 다시 메일이 왔다.

손님들한테는 여전히 아무 소식 없어요. 내가 직접 비행기 도착 시간을 확인했는데 파리에서 요버그까지 오는 항공편이나 요버그에서 케이프타운으로 오는 국내 항공편도 연착은 없었어요. 혹시 몰라 지역 병원에도 전화해봤지만 프랑스 관광객은 없었고요. 경찰에 연락해서 탑승객 목록을 살펴보도록 할까요? 그쪽 두 사람은 잘 지내길 바라요.

나는 칼라에게 진심으로 감사하며 경찰에 연락을 해주기를 부탁하지만 큰 도움이 될 것 같지는 않다는 내용으로 답장을 보냈다. 그런 다음, 숙박 교환 사이트에 프티 부부와 연락이 되지 않는 상황을 설명하고 비상용 전화번호를 갖고 있는지 묻는 메일을 보냈다. 도대체 그 사람들은 지금 어디 있는 거람? 지난번엔 너무 정중한 이메일을 보냈다. 그래서 이번에는 보다 매서운 톤으로 짤막하게 가능한 한 빨리 답장을 보내달라고 썼다. 가능한 가설을 계속 생각했지만 편집증만 슬금슬금 피어올랐다. 혹시 무작위로 희생자를 골라 놀래주는 고도의 농담 같은 걸까? 마크가 옷장에서 발견한 머리카락은 증거물 A고. 그런 생각이 들자 거실 구석의 판지 상자가 눈에 들어왔다. 혹시 그 안에도 뭔가 기이한 것이 들어있지 않을까. 잭 인 더 박스처럼. 상자 안에 도자기 광대가 스프링처럼 튀어 오르기를 기다리며 잔뜩 웅크리고 있지 않을까. 아니면 얼굴이 부서진 인형 무더기가. 사람의 두개골이나 괴상한 섹스 장난감 더미가. 걷잡을 수 없이 생각이 뻗어나가면서 어쩌면 누군가 변태적인 인터넷 리얼리티 채널에 내보내려고 우리를 카메라로 찍는 것 같다는 생각까지 들었고, 몰래카메라가 설치되어 있는지 방 안을 둘러보기도 했다. 그러다 결국 스스로에게 바보짓 좀 그만하라고 말하고는 소파에 주저앉았다.

마크가 은행에 연락해본다며 나간 지 거의 두 시간이 다 되자 슬슬 걱정이 되기 시작했다. 다시 시간을 죽이며 구글에서 '사람 머리카락의 용도'를 검색했다. 가발 제작에서부터 마법에 이르기까지 온갖 것이 다 쏟아져 나왔다. 글을 쓰려고 했지만 집중이 되지 않았다. 그래서 다시 부엌으로 돌아가 서랍을 뒤지다 찾은 종잇조각을 꺼내 번역기 앱에 입력했다. 앱이 번역한 문장은 군데군데 엉망이었지만 학교 에세이 숙제 중 일부라는 것은 확실했다.

……일요일에는 그런 일을 한다. 나는 할머니 집에 가는 것을 좋아하는데 왜냐하면 거기는 조용하고 아빠의 고함 소리나 울음 소리가 들리지 않기 때문이다. 아빠는 언제나 아주 슬프다. 아빠는 내가 학교의 뤼크에게 병을 옮아온 후로 엄마가 매우 아프다고 말하고, 뤼크는 가슴이 약해서 병에 걸렸다고 말한다.

(조용하다는 뜻의 불어 'tranquille'은 원문에서 누군가 바른 철자로 고쳐놓았다.)

나는 할머니 집에서 계속 살고 싶지만 그럴 수 없다. 왜냐하면 우리 학교가 있는 동네가 아니기 때문이다. 우리 가족에 대해서

할 얘기는 이게 전부다. 끝.

프티 부부에게는 아이가 없을 것 같았다. 일단 그 집에는 침실이 하나뿐이었으니까.

현관문 밖에서 탁, 하고 부딪치는 소리가 들려서 깜짝 놀랐다. 마크가 왔을 거라 생각하고 벌떡 일어나 문을 열었다. 텅 빈 복도는 어두웠고 살아 있는 것의 흔적이라고는 미레유의 집에서 둔탁하게 흘러나오는 〈지금이 크리스마스인 걸 그들도 알까?(Do They Know It's Christmas?)〉 노랫소리뿐이었다.

"거기 누구 있어요?"

나는 계단의 발소리를 들으려고 억지로 귀를 기울였다.

아무 소리도 들리지 않았다.

문을 노크하는 소리를 들었다고 맹세할 수도 있었다. 건물에 미레유 말고 정말 아무도 안 사는 게 맞나? 여기에 우리밖에 없다는 건 미레유를 통해서 들었을 뿐이었다. 어쩌면 제대로 확인해볼 때인지도 몰랐다. 나는 열쇠를 챙겨 들고 조심스럽게 아파트를 나가 맞은편 아파트로 종종걸음 쳤다. 논리적으로 따져보면 내가 복도로 나오기 전 노크를 한 유령이 갈 수 있는 데라고는 거기밖에 없었으니까. 나는 문에 귀를 대고 가만히 소리를 들었다. 정적. 문을 노크하고 기다렸다가, 다시 노크를 했다. 그러다 갑자기 영화에서 본 것이 기억나서 손가락으로 문틀 위쪽을 살살 더듬었다. 손가락 끝에 금속 조각이 닿았다. 녹슨 열쇠였다. 나는 그것을 잠깐 동안 멍하니 바라보았다. 정말로 열쇠를 찾으리라고는 기대하지 않았는데.

그러다가 마음이 바뀌기 전에 열쇠구멍에 열쇠를 밀어 넣고 문을 열었다. 그러고는 머뭇거리며 "안녕하세요"라고 말했다.

그 안에 누군가 있었다면 내가 어떻게 했을지는 나도 알 수 없었다. 맨 처음 든 생각은, 아마도 곰팡이의 악취 때문이었겠지만, 무덤에 발을 들였다는 것이었다. 집 안은 거실과 부엌이 개방된 오픈 플랜형으로 프티의 아파트보다 더 넓었고, 마찬가지로 오래된 분위기가 풍겼다. 거실용 꽃무늬 소파가 방 한가운데에 좁은 각도로 놓여 있고, 식탁 위에는 먼지 쌓인 접시와 바싹 마른 검은 물질이 담긴 샐러드 볼이 놓여 있었다. 저녁을 먹고 남은 음식인가? 1995년 날짜가 적힌 〈르몽드〉지가 소파 옆 커피 테이블 위에 구겨져 있었다. 나는 조금 더 깊이 들어가 안방을 엿봤다. 침대 위에는 시트가 깔려 있고 남자 구두 한 켤레가 나란히 문 옆에 놓여 있었다. 다른 침실에는 매트리스 두 개와 천장에 붙어 있는 플라스틱 야광별이 있을 뿐 별다른 물건 없이 텅 비어 있었다. 햇빛이 먼지 낀 창문을 힘겹게 뚫고 들어왔지만 몸속 모든 말초신경이 빨리 여기서 나가라고 소리 지르고 있었다. 범죄 현장에 들어왔다는 느낌을 떨칠 수가 없었다.

허둥지둥 그 집을 나와 열쇠를 제자리에 다시 두고 프티의 아파트로 돌아왔다. 이번만큼은 프티 부부의 황량한 아파트가 상대적으로 정상이라는 사실에 감사한 마음이 들었다. 혈류가 귀 안쪽에서 쉭쉭 소리를 내며 머리 위로 흘렀다. 어바놀을 한 알 먹으려던 참에 마크의 목소리가 들리고 뒤이어 문 두드리는 소리가 났다. 나는 달려가서 마크를 안으로 들였다. 그러나 앞집에서 보고 온 것에 정신이 팔려 그가 나를 밀치고 소파에 주저앉을 때까지 그가 조금 달라졌다는 것을 눈치채지 못했다. 그의 눈빛은 불안하게 흔들렸고 계속 입술을 핥고 있었다.

"마크…… 무슨 일이야?"

"아무것도 아니야."

마크는 애써 미소를 지었다. 설득력 없는 말이었다.

"아무것도 아니야. 정말로. 그냥 은행에 화가 나서 그래. 카드를 풀어주지 못하겠대."

그러나 그 이상의 뭔가가 있었다. 그는 어찌할 바를 모르는 것 같았다. 나는 뭣 때문에 그렇게 놀랐는지 다시 캐물었지만 그는 아무 문제도 없다고 고집스럽게 주장할 뿐이었다. 결국 나는 포기했다.

그날 그가 무엇 때문에 그렇게 흔들렸는지는 지금도 모른다. 그는 내게 절대 말해주지 않았고 더 이상 잃을 것이 없게 된 지금까지도 굳게 입을 다물고 있다.

9
마크

거리로 나선 순간 기분이 가벼워진다. 단순히 숨 막히는 건물과 답답한 아파트에서 나와서 그런 것이라고 생각하고 싶지만, 동시에 스테프에게서 잠시 벗어나게 되어 안도감을 느낀 것은 아닌지 궁금하다. 그런 식의 생각이 스테프에게 불성실한 것 같긴 하지만 우리가 단둘이서 시간을 보낸 게 너무 오랜만이기도 하다. 언제나 뭔가 할 일이 있거나 헤이든이 끼어들어 방해를 받는 게 익숙했고, 우리 두 사람만 있는 것이 영 낯설었던 것이다. 한 시간 정도의 공백이 서로에 대한 애정을 더 샘솟게 만들어주겠지.

마침내 나는 파리에 있다. 갑자기 그 사실이 익숙하게 다가오면서 압도적인 이질감이 느껴진다. 벽보 따위가 덕지덕지 붙은 회색 벽과 보도블록 위의 담배꽁초, 개똥, 마구 뱉어놓은 껌 자국이 있는 좁고 평범한 이 거리가 나에게는 원더랜드다. 걸음을 뗄 때마다 새로운 것이 나타난다. 아파트와 호텔과 학교의 입구, 채소 가게, 빵집, 식당, 디자이너의 옷 가게, 카페, 꿀만 파는 상점, 이베리안 햄만 취급하는 가게, 파테를 파는 가게. 얼음에 묻힌 생선 가게의 해산물은 어떻고? 가리비와 파란색 가재, 신선하게 반짝거리는 분홍색 생선들. 거대한 마늘과 빨간 양파, 살라미, 초리조를 줄에 걸어 매달아 놓은 가게도 있다. 케이프타운의 교외에서는 몇 킬로미터를 걸어도 새로운 것이란 없었다. 그러나 여기에는 50미터만 걸어도 생생한 감각들이 빼곡히 들어차 있다. 이 작은 거리, 쾌활한 앵글과 예쁜 발코니가 붙은 창문들이 늘어선 벽과 강에서 불어오는 상쾌하고 신선한 바람은 이곳 주민들에게는 일상적인 것이겠지만 나에게는 인생의 풍미를 더해주는 기쁜 이벤트다.

상점 주인들과 진지한 표정으로 걸어가는 여자들과 쇼핑 카트를 끌고 가는 노인들과 티 없이 깨끗한 옷을 입은, 차분하고 조심스러운 태도의 아이들에게 미소를 지으며 '봉주르' 하고 인사를 건넨다. 맙소사, 조이가 여기 왔다면 정말 좋아했을 텐데. 일곱 살 조이는 이미 나를 꼭 닮은 집착적인 괴짜로 자라나고 있었다. 한번은 사이먼즈타운으로 기차를 타고 가는 길이었는데 수시로 몇 시냐고 물어서 왜 그러는지 궁금해했더니, 일기장에 기차가 서는 모든 역의 이름과 도착한 시각을 계속 기록하는 것이었다. 사랑스럽고 용감하고 탐구심 강한 소녀는 여행으로 가득 찬 삶을 살고 싶다고 했었다. 아이가 잠자리에 들기 전 즐겨 읽던 책은 지도책과 《월드 팩트 북》이었다. 조이는 대부분의 국가들의 국기를 외워서 기억했고, 스스로 만든 '조이랜드'의 국기도 머릿속으로 그릴 수 있었다. 나는 아이에게 열두 가지 언어로 '안녕하세요'와 '안녕히 가세요'를 가르쳤고, 서재 캐비닛에 손이 닿을 만큼 키가 자라자 그 안에 보관해둔 오데트의 외국 동전 컬렉션은 아이 차지가 되었다. 조이가 카펫 위에 여러 나라의 동전들을 모조리 늘어놓고 각국의 수도와 인사말을 중얼거리는 것을 심심찮게 발견하곤 했다. 우리는 조이가 자라면 해외여행을 데려가기 위해 저축을 해야 하나 고민을 하기도 했다. 그러나 오데트는 병에 걸렸고 조이는 한 번도 외국에 나가지 못했다.

오데트와 함께였다면 빌어먹을 신용카드를 제대로 쓸 수 있게 만들고 조이를 위해 디자이너 제품의 옷을 사며 돈을 펑펑 썼을 것이고, 영화에서처럼 부티크 호텔에서 머물며 쇼핑백은 고급 침대 위에 던져놓았을 것이다. 그러나 그것은 다른 삶이다. 나는 기억들을 원래 있던 오래된 구석 자리에 처박아버렸다.

여행을 오기 전에 이런 골치 아픈 문제를 만들어놨다는 것만으로도 스스로가 쪼잔한 멍청이처럼 느껴진다. 우리는 지금 파리에 일주일 예정으로 와 있고 적당히 즐길 정도만큼의 빚은 감당할 능력이 있다. 그렇게 생각하니 내가 균형 잡힌 사고를 하고 있다고 느껴진다. 집에서의 구차한 문제들이 저만치 멀어지는 것 같다. 언덕 아래 스타벅스까지 걸어가는 동안 거리에 서 있는 호텔 창문을 들여다본다. 실용적이면서 사랑스러운 별 두 개와 세 개짜리 호텔들이다. 이번 여행을 원래대로 되돌리는 것도 아직은 늦지 않았다.

커피숍에서 데니시 페이스트리와 아메리카노를 큰 컵으로 주문했다. 습관적으로 유로를 랜드로 환산 해보곤 했지만 이번엔 그러지 않는다. 전화기에 이어폰을 꽂고, 와이파이 계정에 로그인한 후 스카이프로 은행 신용카드 콜센터로 전화를 건다. 작은 소리로 흘러나오는 대기 음악을 들으며 아담하고 사랑스러운 호텔, 쇼핑, 유쾌한 저녁 식사, 스테프와 내가 이번 주에 보내게 될 근사한 시간들이 모두 이 전화 한 통에 달려 있다고 생각하니 심장이 조여오는 것 같다.

계좌번호를 입력하니 바로 상담사와 연결되었다.

"안녕하세요. 저는 진드라입니다. 성함과 신용카드 번호, 주소를 확인해주시겠습니까?"

나는 긴장한 채로 상세한 내용을 줄줄이 읊으며 한바탕 싸움이 날 것에 대비했지만, 뜻밖에 상담사는 영리하고 예리한 사람인 것 같았다.

"안녕하세요, 서배스천 박사님. 어떻게 도와드릴까요?"

"제가 지금 해외에 있는데요. 제 신용카드를 여기에서 사용할 수 있도록 해외 사용 정지를 풀어야 합니다."

"지금 어느 나라에 계십니까?"

"프랑스요."

"국외에서 사용하시려면 카드를 미리 승인하셔야 하는 건 알고 계신가요?"

나는 거짓말을 할까 잠깐 고민했다. 몰랐다고 하면 나를 불쌍히 여기겠지. 그러나 차마 거짓말은 할 수 없었다.

"네, 알고 있었습니다. 잊어버렸어요."

"정말 안타깝네요. 그런 경우가 꽤 많아요."

아직도 이 여자의 진심이 의심스럽다. 교육받을 때 고객을 살살 달래도록 배웠겠지만 정작 문제를 해결하기 위한 행동은 아무것도 안 하고 있을지도 모른다.

"그래서 해줄 수 있는 일이 있습니까? 지금 그쪽에서 승인해줄 수 있어요?"

"아시겠지만 고객님. 저희는 그렇게는 해드릴 수가 없습니다. 하지만 현재 여행 중이시고 카드를 쓰셔야 하겠죠."

"맞아요." 나는 진지하게 말했다.

"저희가 해드릴 수 있는 일이라면 고객님이 오늘 도착하시는 것처럼 해서 승인을 해드리는 겁니다. 아마 그렇게는 할 수 있을 거예요."

좋다. 평소에 접하는 은행 콜센터 직원의 태도가 아니다.

"아, 그거 좋네요. 정말 고마워요."

"하지만 제 상사가 그 전 거래를 무시해야 하는데 지금 회의 중이라서요."

"아……."

"아마도 12시에는 돌아올 거예요. 그때가, 그쪽 시간으로 11시네요."

나는 시계를 확인한다. 1시간도 더 남았다.

"그때 다시 전화주시면 처리해드리겠습니다. 제 직통 번호를 드릴게요. 제 이름은 F. 진드라입니다."

나는 냅킨에 플라스틱 스푼 끝으로 그녀가 불러주는 전화번호를 긁어 적었다.

"고마워요, 진드라. 정말 도움이 많이 됐어요."

"도움이 되셨다니 기쁩니다, 고객님. 곧 다시 통화하겠습니다. 남은 여행도 즐겁게 보내세요."

나는 이어폰을 귀에서 떼고 뒤로 기대어 앉았다. 안도감을 느끼며 커피를 한입 가득 마셨다. 참 멋지고 똑똑한 직원이다. 가끔은 그렇게 온 세상이 적이 아니라는 사실을 기억하는 것도 좋은 일이다.

스카이프에 뜬 스테프의 이름을 클릭하다가 아파트에 와이파이 신호가 없다는 사실을 기억한다. 내가 예상보다 늦게 돌아갈 거란 사실을 알릴 방법이 없지만, 그렇다고 다시 그 길을 걸어 올라가 아파트에 갔다가 또 전화를 하러 걸어 내려오는 것도 어리석은 짓이다. 스테프가 기다리는 수밖에 도리가 없다. 혹시 원한다면 혼자 산책을 나갈 수도 있겠지. 열쇠를 가지고 있으니까. 휴대전화가 없던 시절에 사람들은 도대체 어떻게 지냈을까? 그냥 마음을 편히 먹고 서로 상식적으로 행동하기를 기대했겠지. 그래. 스테프는 괜찮을 것이다. 화를 내고 걱정하는 대신 어른답게 스스로를 잘 돌볼 수 있다. 어쩌면 2년 동안 모자랐던 휴식을 벌충하기 위해 낮잠을 자고 있을지도 모른다. 나는 지금 파리의 대로에 있고, 한 시간 정도 시간을 죽일 만한 일거리를 찾을 수 있을 것이다.

전화기를 주머니에 넣고 커피를 들고 밖으로 나왔다. 넓은 거리를 따라 관광객처럼 노골적인 시선으로 고급 아파트의 세련된 발코니에 걸린 벌거벗은 나뭇가지 끝을 바라보며 걷는다. 광활한 도로를 시원스럽게 달리는 고급 세단과, 은은한 네온 불빛과 디자이너 숍의 화려한 외관도 구경한다. 조깅을 하는 사람들과 출근하는 사람들, 학교에 가는 아이들이 어딘지 낯익은 이름의 식당 앞을 지났고, 식당 앞 인도는 도시의 명물인 작은 원형 테이블들로 가득 채워져 있었다. 길을 조금 올라가다가, 대리석 타일로 화려하게 장식된 쇼핑 아케이드를 지나 밀랍 인형을 전시한 박물관 문 앞에 섰다. 포스터에는 박물관 안에 마이클 잭슨과 조지 클루니, 간디, 아인슈타인, 심지어 헤밍웨이와 사르트르도 전시되어 있다고 쓰여 있다. 한 시간쯤 죽이기에 딱 좋은 곳일 것 같다.

호기심을 자아내는 작고 어수선한 공간을 기대했는데 박물관 내부의 좁은 복도는 밝은 빨간색 카펫이 깔려 있고 꽤 길었다. 벽에는 현란하게 거울이 붙어 있다. 지금은 10시 5분이고 박물관도 막 문을 열었지만, 앞에는 이미 줄이 짧게 서 있다. 디자이너로 보이는 세련된 한 쌍과, 나이 지긋한 부부가 빨강 머리 꼬마 소년을 데리고 서 있다. 이탈리아 말을 하는 것 같은 가족이 한바탕 웃음을 터뜨리며 허둥지둥 들어와서는 농담을 주고받으며 보안 검색대로 다가갔다. 나는 아이를 향해 미소를 지었고 아이는 할머니의 다리에 매달렸다. 검색대를 통과하면서 주머니 안에 든 것을 모두 꺼내놓고 보안 요원의 휴대용 금속 탐지기로 스캔도 받았다. 주위에서 웅성대는 외국어에 정신이 혼미해지고, 우주복 안에 밀폐된 외계인처럼 하찮고 낯선 존재가 된 기분이다.

일단 입구를 통과하니 고급스런 빨간색으로 장식된 복도가 확 넓어지면서 그 끝에 천장이 낮고 어두운 로비가 나왔다. 외투를 보관대에 맡기고서야 입장료가 정말 비쌌다는 사실을 깨달았다. 그러나 한편으로는 여기 이 빨간 방과 그 너머에 펼쳐질 흥미진진한 시간을 위해 기꺼이 낼만한 돈이라는 생각도 든다. 어차피 여기에서 나가면 신용카드를 쓸 수 있을 테니까.

사람들을 따라 비좁은 터널을 지나간다. 터널 위로 휘어진 유령의 집 거울과 밀랍 얼굴로 만든 토템 기둥이 늘어서 있다. 헤이든이나 조이였다면 무서워했을 것 같은데, 꼬마 남자아이는 웃으며 할아버지 할머니와 함께 깡충깡충 뛰어간다. 전에 와본 적이 있는 모양이다. 이제 나도 걱정은 그만하고 즐겨야지.

모퉁이를 돌자 놀랄 만큼 천장이 높은 환한 방이 나왔다. 그랜드 오페라 극장 로비를 축소해놓은 것 같다. 벽은 프레스코 벽화와 도금한 바로크 스타일의 틀에 끼운 거울로 장식되어 있다. 우리는 넓은 대리석 계단을 올라 검은 문을 향해 갔다. 문에는 '신기루의 궁전'이라고 팻말이 붙어 있다. 대화 소리가 잦아들고 사람들과 함께 어두운 방 안으로 줄지어 들어선다. 방의 크기는 우리 집 침실만 했고 천장 높이는 두 배 정도 높아 보였다. 역시나 벽은 거울로 덮여 있다. 나는 피부 아래로 스멀거리는 공포의 감각을 애써 참았다. 여기 사람들이 우리를 속이고 있는 거라면? 강도로 돌변해 우리를 덮칠 계획이라면? 확실히 우리는 완벽한 표적이다. 의심이라고는 전혀 없는 돈 많고 태평스러운 관광객들. 우리는 고분고분하게 이곳에 들어왔다. 마치 도살장에 들어가는 짐승들처럼.

바보같이 굴지 좀 마, 마크. 내 마음 속에서 마법처럼 울리며 나를 질책하는 것은 스테프의 목소리가 아니다. 내 안에 깊이 뿌리 박힌, 오데트와 칼라의 못마땅해하는 목소리다. 이건 그냥 쇼잖아. 당신 무슨 문제라도 있는 거야?

무슨 문제 있냐고? 집에 강도가 들었잖아. 한밤중에 우리 집에서. 나한테 그런 끔찍한 일이 일어났었다고! 그들에게 그렇게 소리쳐 말하고 싶다. 그러나 나를 서서히 무너뜨리고 있는 것은, 그것이 무엇인지는 알 수 없지만 그 사건 훨씬 이전부터라는 것을 안다.

어둠 속에서 소년이 속삭였고 할머니가 뭔가 위로의 말을 건넸다. 아이는 킥킥 웃는다. 안내 방송이 영어와 프랑스어로 나왔는데, 휴대전화를 끄고 사진을 찍지 말라는 내용이었다. 안내 직원이 또 한 무리의 관람객을 데리고 들어왔고, 모두 방의 건너편으로 가서 서라고 몸짓을 했다. 그러고는 등 뒤로 문을 닫는다.

둥근 천장에 달린 전구가 깜빡거리고, 벽을 따라 늘어선 색색의 형광등이 급한 드럼 리듬에 맞춰 번쩍거렸다. 요란한 천둥소리에 맞춰 눈부신 조명등이 깜빡거리며 각 벽마다 설치된 받침대 위의 조각상을 비추고, 그 빛이 거울에 반사되어 무수히 많은 상을 만들었다. 음악은 곧 감각적인 볼레로 리듬으로 바뀌었고, 천장의 숨겨진 틈새에서 조명 불빛이 리듬에 맞춰 파도처럼 뿜어 나오면서 조각상을 비췄다. 움직이는 조명 탓에 조각상들이 움직이는 것처럼 보였지만, 사실은 그냥 밀랍 인형일 뿐이다. 아프리카, 폴리네시아, 인도의 민속 의상을 입은 세 여인 위로 악의에 찬 스와미*가 눈을 부라리고 있다.

　나는 속으로 조각상들의 묘사에 내재된 성차별주의와 인종주의에 대해 정신적인 비평을 하고 있었다. 이 조각상들은 식민주의자들이 '원시' 부족을 진기하게 바라보던 관점을 고스란히 드러내고 있었다. 그 순간 꽝꽝 울리는 천둥소리와 함께 불이 꺼지면서 완전히 다른 스타일의 조명이 들어왔다. 초록색 뱀과 덩굴손이 보이고 천장에는 어떻게 단 것인지 무늬가 새겨진 실크 자락이 공기의 흐름에 맞춰 펄럭였다. 어디선가 정글의 곤충이 속삭이는 소리가 들려왔다. 호랑이의 포효가 들리자 소년이 슬며시 일어섰다. 아이는 겁을 먹은 것 같았지만, 완전히 넋이 나간 채 미소를 지으며 캐노피의 나뭇잎을 잡으려고 했다.

　불이 꺼졌다. 이제 천장은 별이 반짝거리는 밤하늘이 된다. 원주민 조각상들이 사라지고 그 자리에는 가면무도회에서 흥청거리는 사람들이 나타난다. 별이 그들의 머리 위에서 반짝거리고 조각상들은 움직임 없이 왈츠 리듬에 맞춰 춤을 춘다. 장밋빛과 오렌지색 조명이 서서히 들어온다. 파티가 끝나고 새벽이 오는 것처럼. 그러고는 건너편 문으로 이동하라는 지시와 함께 남은 프로그램도 즐겁게 관람하시라는 안내 방송이 나온다.

　관람객들이 줄을 지어 나가는 동안 잠시 뒤에 남아 방 안을 관찰한다. 이런 효과들은 어떻게 만들었을까. 분명히 오래전부터 해온 프로그램이었겠지만 지금도 무척이나 인상적이고 영리하다. 각각의 받침대 위에 회전판을 놓고 조명이 꺼진 틈에 회전시켜 조각상을 바꿨겠지. 나는 천장을 훑어보며 조명을 연결하는 전선과 조명이 나갔을 때 바람이 나오는 지점이 있을 만한

*힌두교 종교 지도자.

곳을 찾아보았다. 어디선가 의미 없는 중얼대는 소리가 들리는 것으로 보아 아직 이 안에 누가 있는 것 같아 탐색을 중지하고 벽을 따라 출구로 향했다. 그런데 문을 찾을 수가 없었다. 벽의 표면을 더듬어봐도 문은 없고 싸구려 벨벳의 까칠한 느낌만 손가락에 전해질 뿐이었다. 아마 문을 지나쳤을 것이라 확신하며 계속 앞으로 나아갔다. 그렇게 넓은 방도 아니고 문은 바로 내오른쪽에 있었다. 마치 그게…….

머리 위의 어딘가에서 쿵 소리가 났고, 뒤이어 다른 쪽에서 신음 소리가 들렸다.

"이봐요?"

누가 집 안에 있어, 마크.

그럴 리가. 그건…… 그건 그냥.

쿵. 쿵.

누가 안에 있어. 아, 젠장.

스테프, 그러지 마.

목이 굳고 가슴이 조여오기 시작한다. 숨을 들이마시려고 애쓰며 서둘러 출구를 향해 방을 뱅뱅 돈다. 그러나 찾을 수가…… 여전히 찾을 수가…….

불이 켜진다. 거울이 불빛을 온 사방에 걷잡을 수 없이 반사시킨다. 나는 이 안에 혼자 있다.

그러나 신음 소리가 또다시 내 뒤에서 들려온다.

나는 돌아서서 고개를 들어 받침대를 올려다본다. 원시인 여인도 없고, 무희도 없고, 금발머리를 길게 기른 키 큰 여자아이가 서 있다. 낡은 전시의 일부가 아니었다. 여자아이는 청바지와 빨간색 티셔츠와 스쿠비두가 그려진 트레이닝 슈트를 입고 있다. 날씬하고 아주 예쁜 여자아이이다. 오데트를 많이 닮았지만 완전히 똑같지는 않다. 다시 잘 봐. 저건 밀랍 인형이야. 인형이 널 보고 있어. 인형의 눈을 똑바로 봐.

조이다. 열네 살의 조이. 마치 죽지 않았던 것처럼.

조이가 미소를 짓는다. 나는 한 걸음 다가선다. 소녀가 입을 연다…….

"아, 무슈! 죄송해요!"

안내원이 서둘러 문으로 들어와 나를 데리고 출구로 향한다. 출구는 벨벳 벽에 멀쩡하게 서 있다. 나는 어깨 너머로 뒤를 돌아보고 받침대를 올려다보았지만, 거기 서 있는 조각상은 소녀와는 거리가 먼 턱시도 차림의 외눈 안경을 쓴 춤추는 남자였다. 제길, 마크. 정신 좀 차려.

이 방에서는 피아노 반주와 엘튼 존의 노래가 흘러나온다. 젊은 커플이 마이클 잭슨과 셀카를 찍고, 부르카를 쓴 여자가 버락 오바마 옆에서 남편의 카메라를 향해 평화 사인을 보내고 있고, 화려한 골프웨어를 입은 코미디언이 서 있다. 나는 미소 띤 방문객들과 반쯤 살아있는 것 같은 오싹한 조각상들 사이의 괴리감에 갈팡질팡하고 있다. 아마도 번쩍이는 불빛들이 일종의 기억 소환을 일으키고 어둡고 낯선 장소가 정신적 외상의 후유증을 촉발시킨 것이리라. 하지만 방과 방으로 이어지는 복도를 걸으며 마음을 놓으려 애쓰고, 심장을 다시 정상적으로 뛰게 하고 호흡도 가다듬으려 애써 보아도, 인형들이 번득이는 눈으로 나를 바라보고 있다는 느낌은 떨칠 수가 없다.

극장 세트에는 유명한 프랑스 여배우가 빨간색 벨벳 의자 위에 앉아 있다. 방문객 중 누가 건드렸는지 여배우의 산뜻한 검은 단발머리가 비스듬하게 밀려 있었는데, 내가 옆을 지나가자 인형의 가짜 속눈썹 하나가 저절로 떨어져 무릎 위로 팔락팔락

떨어진다. 인형에 사용된 머리카락이 아직도 살아 있다는 생각이 집요하게 머릿속에 달라붙어 떨쳐지지 않는다. 그 순간 방 안에는 나뿐이었지만 방은 여전히 존재감을 가지고 일렁인다.

조이는 여섯 살이었고, 똑똑하고 멋지고 재치 넘치는 소녀로 자라났다. 그 즈음에는 오데트와 나도 밤에 푹 잘 수 있었다. 생활은 안정되고 행복해 보였고, 우리는 막 꿈을 가지고 계획을 세우기 시작했었다. 아기로서의 아슬아슬한 시기와 타박타박 걸음마 하는 유아기를 보내고 난 후에야 할 수 있는 그런 것들을. 그러다 오데트가 아프기 시작했다. 의사는 이미 암 2기라고 했고, 그녀는 곧바로 자궁을 적출하고 화학요법을 시작해야 했다.

조이는 엄마가 늘 지쳐 있고 무기력하고 메스꺼워하는 걸 참아내야 했다. 아이는 엄마가 화장하는 것을 도와주었고, 엄마가 새 소파에 누워 햇볕을 쬘 때는 혼자서 조용히 게임을 하며 놀았다. 샌드위치와 차를 만드는 법도 배웠다. 그러나 조이가 가장 무서워했던 것은 탈모였다. 솔직히 나도 그랬다. 누군가 창백하고 힘없어 보인다면, 그것만으로도 충분히 나쁘다. 아픈 사람은 주위에서 쉽게 접할 수 있고 대개의 경우 시간이 지나면 낫는다. 그러나 머리카락이 한 뭉치씩 빠질 때는 이미 죽은 것이나 마찬가지다. 그건 육체가 영혼을 포기하는 것과 같다.

오데트의 항암 치료가 3회 차에 이르자 조이는 우려할 만한 행동을 하기 시작했다. 어느 날 밤이었다. 오데트는 병원에 입원해 있었고 조이와 단둘이 집에 있으면서 아이를 목욕시키는데, 조이의 손에 자줏빛 자국이 있는 걸 발견했다. 그게 처음은 아니었다. 처음 두 번은, 내가 그렇게 어리석은 아빠는 아니었어도, 그냥 활동적인 아이들이라면 으레 생길 수 있는 긁힌 상처로 생각하고 넘겼다. 그러나 이번엔 깊이 찔린 상처가 두 개나 있었고, 상처 주위의 살갗에 자글자글 주름이 잡히고 퍼렇게 변색되어 있었다.

"여기 왜 그러니, 아가?"

조이는 어깨를 으쓱했다.

"개가 물었어."

"뭐? 언제? 무슨 개가?"

"길 건너 아이스크림 가게에 사는 개."

"그 콜리?"

"응."

조이는 아무 일도 없다는 듯 플라스틱 상어로 찰박거리며 물장난을 쳤다.

"왜? 거기서 뭘 했는데?"

게다가 언제? 도대체 언제 내 딸이 혼자 큰길을 건너가 돌아다녔단 말인가? 혹시 오데트가 아이를 데리고 산책을 나갔던 건가⋯⋯. 그랬다면 개한테 물렸다고 나한테 말했을 텐데.

"아리엘 공주가 그러는데 머리카락이 살아 있어야 한다고 했어. 그래서 엄마의 병이 낫지 않는 거라고. 아이스크림 가게의 개는 털이 멋지잖아."

조이를 병원에 데려가 파상풍과 광견병 예방주사를 맞혔어야 했는데. 조이에게 아리엘 공주와 또 무슨 얘기를 했는지를 물어봤어야 했는데. 나는 그러는 대신 아이를 침대에 데려다 눕히고 술을 잔뜩 마신 후 아이 옆에서 잠이 들었다.

정신 바짝 차려야 해. 과거는 그냥 과거야. 생각한다고 해서 과거를 바꿀 순 없어. 지금, 여기를 생각해. 경찰서에서 배운 대로 생각의 방향을 의도적으로 바꾸며, 나는 인형들을 아무 감정 없이 살펴보았다. 그냥 잘 만든 공예품이라고 억지로 생각하니 박물관이 각각의 배경과 의상과 인형에 얼마나 공을 들였는지가 눈에 보였다. 인형들은 정말이지 실감나게 만들어졌다. 인공적인 흔적이라고는 밀랍 피부의 번들거리는 광택뿐이었는데, 그것도 아주 가까이에서 들여다봐야만 알 수 있다. 각 방들마다 역동적인 자세를 취한 인형들이 가득했다. 록 콘서트, 극장 무대의 쇼, 프랑스 유명 인사들이 북적대는 나이트클럽, 스포츠 스타들과의 사진 찍기, 그리고 작가와 배우들이 함께 술을 즐기는 술집까지. 나는 휴대폰으로 헤밍웨이와 사진을 찍었다. 긴 의자에 저명한 작가처럼 보이는 인형이 앉아 있어 그 옆에 앉았는데, 갑자기 인형이 벌떡 일어나 깜짝 놀라기도 했다. 알고 보니 인형이 아니라 잠시 숨을 돌리고 있는 할아버지였다.

이제 관람객 일행은 박물관 기념품점으로 향한다. 나는 관광객들에게 씌우는 바가지에 당할 만큼 어리숙한 사람이 아니라고 생각하며 의도적으로 물건이 진열된 선반을 외면했다. 하지만 출구 쪽으로 가던 중 큼직한 에메랄드가 반짝거리는 반지가 눈에 띄었다. 스테프가 좋아할 만한 반지였다. 우아한 디자인에, 상표 로고 같은 것은 새겨져 있지 않았다. 나는 무심히 가격표를 뒤집어 봤다. 그녀를 깜짝 놀래줄 멋진 선물치고는 그렇게 비싸지도 않다. 신용카드만 쓸 수 있다면. 나는 시계를 확인했다. 콜센터 직원의 상관이 돌아왔을 시간이었고 박물관 안에는 공짜 와이파이가 있다. 나는 기념품점 점원에게 미소를 지으며 구석으로 가서 진드라의 직통 전화번호로 전화를 걸었다.

"네, 서배스천 박사님. 커트가 와 있어요. 제가 상황을 설명했고요. 전화 돌려드릴게요."

20초 정도 대기 음악이 들렸다.

"여보세요. 고객님. 잠시만 기다리십시오."

이 남자의 지루한 목소리는 은행 직원들에게 기대할 수 있는 것 이상으로 지루하다. 한 30초 정도, 컴퓨터 키보드가 달각거리는 소리와 한숨 소리가 들리더니 그가 말했다.

"죄송합니다. 아무래도 고객님의 카드를 승인해드릴 수 없을 것 같습니다."

"하지만 진드라는 방법이 있다고 하던데요."

"어, 그랬죠……. 아무래도 절차가 필요한데 진드라는 그럴 권한이 없어요."

"하지만 그녀는 꽤 명쾌하게 설명하던데요. 내가 오늘 도착한 걸로 처리하면 아무 문제가 없을 거라고요."

"네, 그게 그렇게 할 수 있다고 해도, 음, 그렇게는 안 됩니다. 어제 이미 두 건의 해외 결제 내역이 들어와 있습니다."

"하지만 결제가 제대로 안 됐는데요. 거절당했다고요."

"저, 그렇습니다. 고객님." 바보에게 설명하는 게 지겹다는 듯한 말투다. "하지만 프랑스에서 보내온 거래를 거절한 것으로 기록이 남아 있으니까요. 날짜를 되돌릴 방법이 없습니다."

"그게 무슨 말입니까? 그럼 도와줄 수 없다는 겁니까?"

"저희도 물론 도와드리고 싶습니다. 하지만 약관에는 출국 전에 카드를 미리 승인해야 한다고 분명하게 나와 있습니다. 고객님은 이 약관에 서명하셨고요. 다른 카드를 사용하시는 게 좋겠습니다."

"다른 카드는 없어요. 도대체……."

천장 낮은 방 안에 내 목소리가 쩌렁쩌렁 울리고 있었고, 점원은 나를 바라보고 있다.

"알았어요. 됐습니다."

전화를 끊고 부글부글 끓어오르는 속을 눌렀다. 그러나 기계에 대고 화를 내봐야 아무 소용이 없다. 다 내가 망친 거다. 비난할 사람은 나밖에 없다.

출구로 가는 지름길을 찾아 슬그머니 기념품점을 나왔다. 스테프에게 어떻게 설명하지? 내가 여기 들어와서 돈과 시간을 낭비한 걸 알면……. 나는 빠른 걸음으로 브래드 피트와 마돈나와 패션모델들과 종말이 닥친 세상에서 TV를 보는 남녀 한 쌍을 지나 아동소설 구역으로 들어갔고, 오벨릭스와 디즈니 영화의 등장인물들을 스쳐 지나가며 속으로 욕설을 중얼거렸다. 그러나 어린 왕자 옆에 서 있는 빨강 머리 꼬마 소년과 카메라로 아이의 사진을 찍는 할머니를 보며 억지로 마음을 진정시킨다. 이 프랑스 사람들은 우아하고 점잖다. 그 정중한 예의와 세련된 매너를 즐기려고 나는 이곳에 온 것이었다. 내가 사는 나라의 일상화된 분노와 무례함에서 벗어나려고 다른 세상에 온 것이었다. 공손하고 세련된 이곳 사람들은 박물관에서 속으로 저주의 말을 퍼부으며 돌아다니지 않을 것이다.

게다가 지금 이 순간은 내가 마지막으로 누릴 수 있는 사치다. 그러니 그냥 즐기는 편이 낫다. 나는 숨을 깊이 들이마시고 프랑스 역사와 문학 쪽으로 천천히 내려간다. 각각의 장면에는 팻말이 붙어 있다. 가톨릭과 혁명의 역사, 예술과 과학의 위대한 순간들……. 그리고 수많은 유혈 사태들. 잔 다르크와 마라, 노트르담의 꼽추, 메디치 학살 같은. 신음 소리와 쇠사슬 철렁거리는 소리가 배경음으로 나오는 정신병원을 지나니 흑사병 사태가 나온다. 검은 외투를 입은 인형이 회청색을 띠는 죽은 아기 인형을 하수관에서 들어내는 장면은 무척이나 충격적이었다. 헤이든이라면 엄청 겁을 집어먹었을 텐데. 아까 꼬마 소년을 데리고 있던 할머니는 이곳을 지날 때 아이의 눈을 가리고 허둥지둥 방을 나가려나?

어두운 방 한가운데에 말이 서 있다. 말은 콧구멍을 벌름대고 겁에 질린 번들거리는 눈을 크게 부릅뜨고 있다. 말의 등에는 기사가 타고 있다. 말 주위를 한 바퀴 돌면서 자세히 보니 칼을 휘두르고 있는 기사는 해골이다. 기이하다. 이 박물관의 어느 방에는 미키마우스가 있고, 그 옆방에는 종말의 시대의 기사와 흑사병에 걸려 죽은 아기가 전시되어 있는 것이다.

이 방의 공기는 고여 있고, 뭔가 특이한 냄새가 난다. 그러고 보니 한동안 다른 사람을 보지 못했다. 나도 모르게 해골의 눈구멍을 쳐다보고 있다. 그 안에서 부드럽게 불빛이 흘러나온다. 이런 놀라운 효과는 도대체 어떻게 만드는 걸까. 나는 말을 만지지 않도록 조심하면서 발돋움을 해 기수의 얼굴까지 눈높이를 맞췄다. 해골 안쪽의 조명 기구가 털털거리는 소리를 내며 창백한 흰색에서 오렌지색과 빨간색으로 서서히 바뀌었고, 내 옆쪽에서 노란 불빛이 어두운 방의 그림자 안에서 살아나 혼자 움직이는 것처럼 일렁거리는 것이 보였다.

공기가 딱딱하게 굳는 것 같은 느낌이 들어 천천히 고개를 돌렸다. 차가운 바람 한 줄기가 하수구에 쌓인 가짜 눈을 흩날렸고, 말의 목구멍 깊은 곳에서 썩은 악취가 풍겼다. 저쪽에 서 있는 빛나는 물체를 보고 싶지 않다.

이미 알고 있으니까. 바로 그 소녀라는 걸.

그러나 나는 어떤 힘에 이끌려 소녀를 바라본다. 조이다. 엄마처럼 키가 크고 아름답다. 한 번도 죽지 않았던 것처럼.

소녀가 입을 열어 말을 하려 할 때, 나는 내가 가진 힘을 모두 짜내어 간신히 고개를 돌리고 달아났다. 그러나 복도에서 아이가 내 뒤를 따라오는 것이 느껴진다. 난 이것보다 더 빨리 달릴 수 없는데.

마침내 표지판이 보인다. 신이시여, 감사합니다. 문을 밀고 나가니 하얀 타일로 벽을 바른 환한 방이 나온다. 방 안에는 빨간색 자판기와 팸플릿이 꽂힌 선반이 서 있다. 이런 곳이라면 유령은 들어올 수 없겠지. 공포와 죽음과 환각이 있던 아까 그 공간에서는 유령이 존재할 수 있었겠지만, 여기 이 현실의 일상이 돌아가는 세계에는 발을 디딜 수 없을 것이다.

나는 마지막 출구의 손잡이를 돌린다. 흰 페인트를 칠한 평범한 문이다. 아까 그 할아버지 할머니가, 연인들이, 이탈리아 사람들이, 파리지앵들이 오늘 하루를 살기 위해 밖으로 나가는 걸 볼 수 있다면 나도 자유로워질 수 있겠지. 그러나 그 순간 내 뒤의 문이 쾅 소리를 내며 열린다. 그녀가 여기까지 날 쫓아온 것이다.

소녀의 키가 나만큼 커졌다. 스쿠비두가 그려진 트레이닝복이 타일 바닥에 스쳐 사각사각 소리를 낸다. 소녀는 미소를 짓고 있지만 눈에는 표정이 없다. 나는 팔을 벌렸고 소녀는 나에게 다가왔다. 나는 소녀를 안는다. 소녀에게서는 늘 풍기던 향기가 난다. 그 애 엄마도 그랬는데. 나는 손을 소녀의 노란 머리카락에 올리고 바짝 끌어안아 소녀를 들이마신다.

소녀는 나를 자판기로 밀어붙인다. 자판기에서 달가닥 소리가 난다. 그 말은 이게 진짜로 일어나고 있는 일이라는 뜻이다. 동전 투입구가 척추뼈에 닿는 것이 느껴진다. 소녀는 내 손가락 사이로 깍지를 끼고, 서로의 코끝을 비빈다. 조이가 어릴 때 늘 그렇게 했었는데. 소녀가 입을 연다.

"아빠가 날 죽였지. Tu m'as tué(당신이 날 죽였어). Pourquoi,

Papa(왜 그랬어, 아빠)?"

소녀의 숨결에서 달콤한 썩은 내가 난다. 그러더니 나에게 달려들어 키스를 한다. 오데트가 그랬던 것처럼, 소녀는 내 아랫입술을 빨아 당겨 힘껏 깨문다.

10
스
테
프

"응, 그래. 고마워, 칼라."

마크는 전화기를 귀에 바짝 대고 거실을 서성거렸다.

칼라와의 통화에 스카이프 크레디트를 다 쓸까 봐 걱정이 돼서 나는 입 모양으로 '서둘러요'라고 말했지만, 그는 못 본 척했다. 은행에 전화하러 나갔다가 뭐에 그렇게 겁을 먹었는지는 몰라도, 적어도 지금은 회복되었다. 그는 아파트에서 와이파이를 쓸 수 있게 되었다는 소식을 듣자마자 바로 기운을 차렸고, 곧장 칼라에게 스카이프로 전화를 걸었다. 아마 내가 뭘 더 묻지 못하게 하려는 구실이었을 것이다.

"그래서 경찰이 못 도와주겠대? 응, 응. 맞아. 나도 이해해."

마크의 대꾸만 봐서는 프티 부부는 아직까지도 연락이 없고 경찰이 적극적으로 나서지 않으리라는 나의 예상이 적중한 것 같았다. 뭐가 잘못됐다는 확실한 증거도 없고 단순히 연락 없이 나타나지 않고 있는 것만으로는 경찰의 우선순위 목록에서 밀릴 게 뻔했다. 처음에는 마크의 통화 내용을 가만히 듣기만 했는데, 마크가 칼라에게 아파트의 실망스러운 상태를 설명하다가 옷장 안의 머리카락 얘기로 넘어가는 걸 듣고는 점점 분노가 치밀었다. 그는 그 끔찍했던 밤에 있었던 일을 마치 무슨 장난처럼, 그냥 어쩌다 우연히 만난 별나고 재미난 사건인 것처럼 얘기하고 있었다. 그녀가 뭐라고 말을 하자 그는 웃었다. 더 이상은 참을 수가 없었다.

"이제 그만 좀 해, 마크. 빨리 끊어."

나는 칼라가 내 목소리를 들으리라는 것도 개의치 않고 쏘아붙였다. 그는 얼굴을 찌푸리고 날 향해 손을 들어 저지했다. 꼭 내가 어른을 방해하면 야단을 맞아야 하는 말썽쟁이 아이가 된 것 같았다.

"마크!"

"끊어야겠어. 응, 응. 나도 알아. 스트레스를 많이 받아서 그래. 아무튼 고마워."

그는 전화를 끊었다.

"이제 만족해, 스테프? 도대체 왜 그래?"

"스카이프 크레디트를 아껴야지. 여기서 충전을 못 하게 되면 어떡해?"

"헤이든과 통화할 땐 크레디트가 필요 없잖아. 컴퓨터랑 컴퓨터끼리 통화는 공짜라고."

"그건 나도 알아. 하지만 엄마가 외출을 했는데 전화를 해야 하면?"

"그렇게 과장 좀 하지 마, 스테프."

"아, 알았어. 그러니까 나는 내 딸하고 통화를 못 할까 봐 걱정하면 안 된다는 거지? 당신이 그 빌어먹을 여자하고 밤새 수다 떠느라 크레디트를 다 써서 딸과 통화를 못 하게 되더라도?"

"칼라는 우리를 도와주려는 거야, 스테프."

"아무렴, 그렇겠지."

그는 두 손을 들고 가짜 항복을 했다.

"알았어, 알았어. 내가 잘못했어. 됐지?"

그러고는 부엌으로 들어가버렸다.

싸움의 흥분으로 몸이 떨렸다. 나는 억지로 주의를 돌려보려고 이메일을 열었다. 숙박 교환 사이트에서 상황을 파악 중이라는 미지근한 메시지를 보내와서 거기에 답장을 쓰려고 하는데, 뜻밖에 다른 이메일이 도착하면서 받은 편지함에 표시가 떴다.

실은 몇 달 전에, 마크에게도 숨기고, 해외의 문학 에이전시 몇 군데에 문의 편지를 보냈었다. 작년에 수강했던 온라인 문예 창작 강의에서 썼던 청소년 소설이 있는데, 혹시 출간에 관심이 있느냐는 내용이었다. 그 후 어디에서도 답장이 오지 않았고, 처음에는 강박적으로 에이전시의 트위터를 계속 확인하다가 결국 그냥 잊어버렸다. 지금 온 이메일은 에이전시 중 한 곳에서 보낸 것이었다. 아동문학 담당인 캐나다 여성이 나에게 전체 원고를 보내달라고 요청하는 내용이었다.

메일의 내용을 정확하게 이해하기 위해 몇 번이나 거듭거듭 읽어야 했다.

"와, 이런 세상에. 마크!"

"이번엔 또 뭐야?"

부엌에서 나온 그는 여전히 화를 내고 있었지만 충격을 받아 놀란 내 얼굴을 보고는 목소리가 부드러워졌다.

"무슨 일인데?"

나는 그에게 이메일을 보여주며 조심스럽게 표정을 살폈다. 그의 얼굴에 잠시 어둠이 드리웠다가, 곧 순수한 기쁨의 표정이 떠올랐다.

"맙소사, 스테프. 정말 근사한데. 왜 에이전시에게 연락했다는 말 나한테 안 했어?"

그러게, 왜 안 했을까?

"모르겠어. 그냥 실패하는 걸 당신에게 보여주고 싶지 않아서 그랬나 봐. 이 여자도 원고를 보고 거절할 수도 있잖아."

"말도 안 돼. 그 여자도 좋아할 거야. 그거 굉장히 훌륭한 소설이잖아. 축하를 해야겠는데."

나는 떨리는 손가락으로 에이전시에게 답장을 쓰고 원고 전체를 첨부했다. 몸 안에서 따뜻한 기운이 솟아났다. 그동안 내가 생활비를 벌지 않는 데 대해 죄책감을 느껴왔는데, 이 소식은 그에 대한 답이 되어주었다. 헤이든을 낳고 육아 때문에 고생하면서 우리는 아이가 두 살이 될 때까지 내가 집에서 아이를 돌보는 게 최선이라고 결정을 내렸었다. 그러나 아이의 두 번째 생일이 한참 지났는데도 일자리를 알아보려는 노력은 아예 하지 않은 채 그날그날을 보냈다. 나를 붙잡은 것이 공포였을까? 마크처럼 판에 박힌 삶을 살아야 한다는 공포? 아니면 단순히 야심이 없기 때문이었을까? 물론 나는 집에 있는 게 지루해죽을 지경이었다. 애초에 그 싸구려 문예 창작 강좌에 등록한 것도 다 그런 이유에서였다. 그렇지만 아무것도 안 하고 집에 있는 편이 훨씬 더 쉬웠다. 어쨌든 나는 좋은 엄마였고, 그 점에서는 성취감을 느꼈다. 그리고 공평하게 말해서 마크도 나에게 잔소리를 한 적이 없었다.

마크는 내게 코트를 건네주고 얼른 밖으로 나가자고 재촉했다. 내 소식 때문인지 칼라와의 수다 때문인지 그는 다시 기운을 회복하고 있었다. 그때는 어느 쪽이든 상관없었지만.

그날을 회상하자니 지금도 마음이 아프다. 노트르담으로 가는 길 초입에서부터 엄청난 관광객 무리에 휩쓸려 허우적거리면서도 내 머릿속에는 오직 '난 지금 충분히 좋아' 하는 생각뿐이었다. 파리의 공기도 아무 느낌이 없었고 회색빛 하늘에서 가랑비가 떨어지는 것도 몰랐다. 모든 게 매력적이고 아름다웠다.

성당 건물도 멋지고 평소라면 짜증나고 답답했을 느릿느릿 걷는 사람들 무리도 친근했다. 우리는 셰익스피어 앤드 컴퍼니 서점에 들어가서 한 시간 정도 둘러보고, 노점에서 크레이프를 사들고 센 강변을 따라 걷다가 퐁피두 센터로 향했다. 남은 돈을 세보고 나서 미술관에 들어가는 낭비는 하지 않기로 했지만. 집으로 돌아오는 길에 모노프리에서 값이 싼 와인 두 병과 빵과 차가운 고기도 조금 샀다.

우리는 한밤중까지 대화를 나눴다. 술기운이 조금 올라서 앞집 아파트에 침입했던 얘기를 마크에게 해줬고, 자연스럽게 잠자리에 들었다.

그날 밤 사랑을 나누지는 않았다. 아마 너무 피곤해서였을 것이다. 하지만 강도 사건 이후 처음으로 행복하다고 느낀 밤이었다.

꿈도 꾸지 않고 자다가 다음 날 10시쯤 깼다. 가벼운 숙취가 밀려왔다. 옆자리에 마크가 보이지 않았고, 집 안 어디에도 없었다. 혹시 쪽지를 남겼나 싶어 부엌을 살피는데 밖에서 그가 성큼 들어왔다.

"스테프?"

"어디 갔었어?"

"앞집에. 어휴, 당신 말대로 진짜 으스스하던데. 이거 봐."

그는 낡은 명함을 내밀었다. 뺨이 불그레하고 습관적으로 계속 아랫입술을 빨았다. 나는 그 집에 몰래 들어갔던 얘기를 해준 게 후회가 되었다. 마크가 직접 보러 가고 싶어 할 거란 생각을 했었어야 했는데.

"이게 뭐야?"

"부동산 명함이야. 르 씨엘 블루. 에이전스 이모빌레르. 이게 부동산이란 뜻이지? 부엌 서랍에 있더라고. 이게 실마리가 될 수도 있겠어. 아마 여기가 이 건물을 담당하는 부동산일 거야. 그럼 프티 부부와도 연락할 수 있겠지."

"저 집 사람들 짐을 뒤져서 찾은 거야?"

"누구 짐? 저기 누가 살았든 한참 전에 나간 것 같은데 뭐. 별 것도 없었어. 옷장에 옷가지 몇 개가 다야. 아무것도 아니라고. 아무튼 이게 실마리야, 스테프."

"그래서 이제 탐정 노릇을 하자고?"

"그래. 물어볼 만은 하잖아. 안 그래?"

"명함이 엄청 오래된 것 같은데."

내 말은 무시하고 그는 아이패드를 켜더니, 명함의 주소를 읽어달라고 했다.

"아직도 영업을 하는지부터 보자고."

나는 마크가 시키는 대로 주소를 한 글자씩 읽어주었다. 그는 그것을 구글에서 검색했다.

"빙고! 아직 영업하고 있네. 게다가 여기에서 별로 멀지도 않아. 걸어갈 수도 있겠어."

마크가 다운로드받은 지도를 따라가니 씨엘 블루 에이전시를 쉽게 찾을 수 있었다. 부동산은 모로코 레스토랑과 고급 유니섹스 미용실 사이의 골목 안에 있었다.

안으로 들어서자 말끔한 정장을 입은 내 나이 또래의 남자가 우리를 따뜻하게 맞이했다. 금발머리는 말끔히 뒤로 빗어 넘겼고 피부도 깨끗했으며, 파란색 넥타이는 눈동자 색깔과 정확히 일치했다. 그는 마네킹처럼 내부 인테리어와 완벽하게 잘 어울렸다. 나는 부스스한 내 상태를 의식하며 몸을 움츠렸다. 나는 샤워도 안 했고 머리카락은 산발에 메이크업도 하지 않은 상태였다.

"영어 하십니까?"

마크가 프랑스어로 물었다.

"네. 어떻게 도와드릴까요?"

직원의 영어는 외모만큼이나 단정했다.

마크가 용건을 설명하는 동안 나는 옆에서 기다렸다. 마크는 직원에게 명함을 보여주고 아파트 건물의 주소를 알려준 다음 아파트 주인과 절실히 연락이 필요하다고 말했다. 우리가 고객이 될 가능성이 없다는 걸 알게 되면 곧바로 흥미를 잃을 거라고 예상했는데 뜻밖에도 그는 정중하게 얘기를 끝까지 들었다.

"그 건물은 저희가 담당하지 않습니다. 하지만 사장님이라면 뭔가 알 수도 있겠네요. 그분이 이 부동산을 아주 오랫동안 운영했거든요. 제가 사장님에게 전화를 해서 물어볼까요?"

"그래주시면 정말 감사하겠어요."

내가 말했다. 그가 내게 미소를 짓자 얼굴이 붉어졌다. 혹시 마크가 눈치챘나 싶어 곁눈질로 쳐다봤지만 그는 눈치를 못 챈 것 같았고, 설령 눈치챘다고 해도 신경 쓰지 않는 것 같았다.

"좋습니다. 사장님은 지금 휴가 중이에요. 하지만 제가 전화해도 상관하지 않을 겁니다. 사장님이 아마 두 분을 도와줄 수 있을 거예요."

그가 사장에게 전화를 거는 동안 임대와 매매 물건으로 나와 있는 건물들의 사진을 보았다. 아주 작은 아파트도 놀라운 가격표를 달고 있었다.

대화는 꽤 진지하게 흘러가는 것 같았고, 그의 목소리는 심각하게 바뀌어 있었다. 그러나 내가 알아들을 수 있는 말은 '좋습니다'와 '정말요?'뿐이었다.

5분쯤 후 그는 전화를 끊고 매니큐어를 바른 손을 공손히 포갰다.

"이거 참 상황이 재미있네요. 르크루아 씨가 그 건물을 몇 년 동안 담당했었다고 하는데요. 90년대에 그만뒀다고 합니다."

"왜 그랬는지도 말씀하시던가요?"

"너무 문제가 많아서요. 그곳에 세 들어 살던 사람들이 못 살겠다고 자꾸 나오더랍니다. 입주를 하고서도 바로 나오고 집세도 안 내려고 했대요. 다른 사람들이 관리할 때도 같은 문제가 있어서 이제는 아무도 그 건물을 맡으려고 하지 않는답니다."

"세입자들은 왜 거기 살고 싶어 하지 않는지 말해주던가요?"

"아뇨. 사장님도 그 부분에 대해서는 잘 모르겠다고 합니다."

"건물의 소유주가 누구인지 또는 프티 부부에 관해서 뭐라도 말씀하시던가요?"

"아뇨. 그런 이름은 모른답니다."

마크의 흥분한 표정이 되돌아왔다.

"우리가 직접 사장님과 얘기해도 될까요?"

"네. 이메일 주소를 알려드릴게요. 하지만 사장님이 두 분을 도와줄지는 장담 못 하겠습니다. 휴가가 앞으로 2주 더 남았거든요."

우리는 그에게 진심으로 감사의 인사를 전하고 밖으로 나와 차가운 아침 공기를 맞았다.

마크는 몽마르트르를 향해 앞장섰고, 그곳에서 가장 저렴한 식당을 찾아 스낵과 커피를 먹었다. 프티 부부의 행방과 건물이 저렇게 황폐하게 버려진 이유를 캐겠다는 마크의 흥분은 점차

커져갔고 나한테까지 전염되었다. 어쩌면 그때 마크의 내면에서 뭔가 뒤틀리기 시작하고 있었던 것을 내가 알았는지도 모른다. 매사에 진중한 그의 태도를 생각하면 그렇게 지나치게 열의를 보이는 행동은 어딘지 이상했다. 그러나 그때는 나도 에이전시에게서 받은 메일 때문에 붕 떠 있었기에 마크를 그냥 내버려 두었다. 우리는 미지근한 카푸치노를 마시면서 이런저런 아이디어를 내놨고, 이후 두 시간 동안 그 미스터리는 우리를 완전히 사로잡았다. 나중에 집에 돌아가면 친구들에게 즐겁게 들려줄 이야깃거리가 될 것이었다. 들어볼래? 이런 얘긴 상상도 못 했을걸. 생각만 해도 유쾌한 일이었다.

아파트에 돌아오니 미레유가 문 앞 계단에 앉아 우리를 기다리고 있었다. 층계참의 조명은 평소와는 달리 켜져 있었다. 그녀는 더러운 낙하산처럼 부풀어 오른 흉측한 모직 망토를 입고 있었다. 뺨에는 파란 물감 얼룩이 묻어 있었고, 땀 냄새와 니코틴 냄새가 코를 찔렀다.

그녀는 마크를 못 본 척하고 나에게 까딱 고개를 숙여 인사했다.

"아직도 여기 있어요?"

"그런 것 같네요."

나는 최대한 아무렇지 않게 대답했다.

그녀는 나에게 동정의 눈길을 보냈다.

"다른 사람들을 여기 이렇게 오래 안 있던데."

마크와 나는 시선을 교환했다.

"다른 사람들 누구요? 프티 부부요?"

마크가 묻자 마침내 그녀는 마크를 쳐다보았다.

"나는 그 사람들은 모른다고 말했어요. 아뇨. 나는 '다른 손님들'을 말하는 거예요. 당신들 같은 손님들이요. 영국인지 미국인지에서 온 가족이 있었는데, 그 사람들은 딱 하룻밤만 있다 갔어요. 나는 그들이 떠나는 걸 봤어요. 화가 많이 나 있었어요. 당신들도 가야 해요. 그들이 가고 난 다음에 여기는 좀 나아졌지만, 아직도 나빠요."

"잠깐만요. 그게 언젭니까?"

그녀는 어깨를 으쓱했다.

"몰라요. 나는 시간 가는 걸 잘 몰라서."

"그 사람들은 왜 떠났어요? 왜 화가 났던 겁니까?"

마크는 평소에 미레유가 그랬던 것처럼 집어삼킬 듯 미레유를 강렬하게 노려보았고, 나는 어쩔 수 없이 그런 생각이 들었다. 강도들이 쳐들어왔을 때도 이렇게 세게 나왔으면 좀 좋았을까. 그런 생각이 들자 마크에게 죄를 짓는 기분이 들었다. 어쨌든 우리는 다치지 않았고 별다른 피해 없이 마무리되었다. 그때 우리가 맞서 싸웠다면 무슨 일이 있었을지 누가 알겠는가?

그녀는 한숨을 쉬었다.

"위피 때문에 나한테 돈 줘야죠?"

그녀는 와이파이를 '위피'라고 발음했다.

"그 사람들은 왜 떠난 겁니까? 그들이 이 아파트에 머물렀었어요?"

그의 목소리는 점점 더 거칠어졌다.

"진정해요, 마크."

내가 속삭였다.

미레유는 손바닥을 위로 손을 내밀었다.

"돈."

마크는 지갑을 열고 10유로짜리 지폐를 꺼냈다.

갑자기 미레유가 깜짝 놀라 숨을 들이마시고 벌떡 일어서더니, 지갑을 마크의 손에서 가로챘다.

"이봐요!"

마크는 다시 지갑을 뺏으려 했지만, 그녀는 지갑을 들고 그의 손이 닿지 않는 곳으로 피했다.

미레유는 지갑의 투명한 칸 안에 넣어둔 헤이든의 사진을 뚫어져라 노려보고 있었다. 그 뒤에는 두 번 접어 넣은 조이의 사진이 있다는 것을 나는 알고 있었다.

"왜 말 안 했어요?"

"이리 내놔요."

미레유는 프랑스어로 혼잣말을 했다. 그녀의 손이 힘없이 축 늘어져서 지갑을 거의 떨어뜨릴 뻔했다. 마크가 그녀에게서 지갑을 뺏었다.

그녀는 혼자 고개를 끄덕거리더니 다시 한 번 나를 똑바로 바라보았다.

"오늘 밤에 봐요."

"네?"

"오늘 밤에 보자고요. 술 한 잔 해요. 내가 여기로 올게요."

그녀는 몸을 휙 돌려 쿵쿵 계단을 올라갔다.

그녀를 불러 세워 안 된다고 말했어야 했지만, 둘 다 기습을 당해 멍한 상태였다.

"지금 저 여자가 정말로 우리 집에 찾아오겠다고 한 거야?"

그녀가 우리 얘기를 들을 수 없는 곳까지 사라지자 내가 마크에게 말했다.

"그런 것 같은데."

"저 여자가 올 때쯤 밖에 나간 척해야 하나?"

마크는 내 말을 무시했다.

"프티 부부가 이런 짓을 전에도 했을까? 이 거지 소굴 같은 아파트에 사람들을 초대해서 머물게 하는 짓?"

"하지만 왜? 도대체 왜 그런 짓을 해? 그 사람들이 숙박료를 받는 것도 아닌데."

나는 다소 주저하며 프티 부부가 우리에게 어떤 고도의 장난을 치는 것 같다는 이상한 가설을 들려주었다. 내심 웃기는 소리 말라고 무시하길 바랐지만 그는 그러지 않았다.

"그럼 저 여자는 우리한테 아이가 있다는 사실에 왜 그렇게 놀랐을까?"

마크는 어깨를 으쓱했다.

"아마 우리 나이 차이가 많이 나서겠지."

"그렇게 생각해?"

"알게 뭐야. 자, 들어갑시다."

마크가 샤워를 하는 동안 엄마에게 스카이프로 통화를 하려고 했지만 엄마는 접속 중이 아니었고 휴대전화도 답이 없었다. 나는 엄마에게 메시지를 남기고 페이스북에 로그인을 했다. 그동안 페이스북을 피하고 있었는데, 여행에 대해 묻는 친구들의 메시지가 몇 개 와 있었다. 페이스북은 내 옛 친구들과의 유일한 연결 고리였다. 대학 친구들은 대부분 내가 임신을 하자 곧바로 거리가 멀어졌고 관계가 끊겼다. 처음에는 어떻게든 연락을 해보려고 하고 몇 번인가 집으로 초대도 했지만, 친구들은 내내 어색해하다가 서둘러 돌아갔다. 마크가 친구 남편이라기보다 아버지인 것처럼 지나치게 조심스럽게 대하곤 했다. 페이스북을 열 때는 에이전시에서 받은 소식을 공유할 생각이었지만 혹시라도 부정 탈까 봐 그러지 않기로 생각을 바꿨다. 결국은 아무것도 하지 않고 로그아웃해버렸다.

마크가 샤워를 끝내고 나와 부엌으로 사라지더니 칼을 휘두르며 돌아왔다.

"이제 상자 안에 뭐가 있는지 보자고."

"꼭 이래야 할까?"

"누가 우릴 말리겠어? 프티 부부는, 그런 사람들이 실제로 존재하는지도 이젠 모르겠지만, 아무튼 그 사람들은 자기들 사생활을 지킬 권리를 이미 잃었다고."

그는 칼을 첫 번째 상자 모서리에 푹 쑤셔 넣고 테이프를 뜯어 상자 뚜껑을 펼쳤다. 곧 그의 표정이 어리벙벙해졌다. 그는 곰팡이 냄새를 풍기는 하얀 웨딩드레스를 꺼내고는 상자 안을 계속 조심스럽게 뒤졌다. 비싼 옷 같지는 않았다. 머렝 스타일의 기성복 웨딩드레스인데 번들거리는 폴리에스터로 제작된 것이었고, 안에 달린 싸구려 망사 속치마는 위험한 인화성 물질로 만든 것 같았다. 그게 전부였다.

"다른 것도 뜯어봐."

두 번째 상자에는 70년대 프랑스 요리책들과 녹슨 공구들이 뒤죽박죽 들어 있었다. 마크는 칼을 테이블 위에 내동댕이치며 외쳤다.

"젠장."

"그 끔찍한 머리카락이 가득 들어 있지 않은 것만으로도 다행으로 여겨야지. 아니면 더 안 좋은, 신체의 일부나 그런 것이 있었을 수도 있잖아."

낙담한 마크는 상자 안에 책과 공구 들을 집어넣고 욕실로 향했다.

컴퓨터에 불빛이 깜빡이면서 이메일이 왔다고 알려주었다.

심장이 쿵쾅거렸다. 에이전시에서 온 걸까? 나는 이메일을 즉시 클릭했다.

에이전시에서 온 메일이 아니었다.

11
마
크

등에 난 작은 멍은 설명할 수 있다. 모르는 사이에 어디에 부딪쳤겠지. 그러나 입술 안쪽에 난 물린 자국은 설명할 수 없다. 나는 욕실 거울에 얼굴을 비춰보고, 아랫입술을 들춰 소녀가 깨문 자국을 손가락으로 만져본다. 꿈처럼 느껴지지만, 실제로 일어났던 일이다. 하얀색 상처를 손톱으로 눌러 보면 뚜렷하게 통증이 느껴진다. 아, 더 깊이 생각하지 말자.

지금까지 수십, 수백 번 계속 속으로 되새기고 있다. 그 아이는 조이가 아니었어. 걔가 조이라는 건 말도 안 되는 일이야. 일단 조이는 프랑스어를 할 줄 몰랐잖아. 불안하고 겁에 질린 목소리가 마음 한 구석에서 속삭인다. 그 소녀는 열네 살은 넘었을 것이다. 아마 술에 취했거나 약에 취했던 거겠지. 그렇게 설명하는 편이 훨씬 더 앞뒤가 맞고, 훨씬 더 대수롭지 않게 느껴진다.

그 아이는 내가 자기를 죽였다고 말했다. 날 절대 용서하지 않겠다고. 바로 그 부분이 이 이야기를 내 무의식이 만들어냈음을 보여주는 것이다. 난 나 자신을 절대로 용서하지 않을 테니까. 아이를 죽음으로 몰아넣고 스스로를 용서한다는 건 있을 수 없는 일이다. 이 문제에서 용서는 아예 고려 대상이 될 수 없다.

"마크?"

"응?"

"들어도 못 믿을 거야."

거실에서 스테프가 말했다.

나는 손을 씻고 얼굴에 물을 조금 뿌린 후 거실로 나갔다.

"뭔데?"

아이패드를 보던 스테프가 고개를 든다.

"별것 아닌데 프티 부부가 답장을 했어."

"아, 드디어. 잘 됐네. 뭐래?"

그녀는 화면의 메시지를 가리킨다. 지난번 스테프가 급하게 보낸 이메일에 대한 답장은 달랑 두 줄이었다.

늦어서 죄송합니다. 잠깐 딴 데 들렀어요. 우리의 매력적인 아파트에서 즐거운 시간 보내길 바랍니다.

"이상하지?"

스테프는 일어서서 아이패드 충전기를 소켓에 꽂았다.

"그 사람들 영어가 좀 서툴잖아. 안 그래? 나도 프랑스어로 글을 써야 한다면 최대한 간단하게 쓸 거야."

"맞아. 하지만 이렇게나 한참 만에 답장을 하다니. 우리가 걱정한다는 걸 분명히 알 텐데."

나는 어깨를 으쓱한다.

"프랑스식 자유방임주의인가 보지. 누가 알겠어? 아무튼 별일 없다니 잘 됐네. 더 이상 걱정할 필요가 없으니."

"당신은 그렇게 걱정했던 것 같지 않은데."

"괜찮을 걸 알았으니까."

"그 사람들, 아직도 우리 집에 들어갈 생각이 있긴 한 걸까? 이메일 내용이 너무 막연하네."

"좋은 지적이야. 그걸 물어보는 게 좋겠어."

"알았어. 칼라한테도 답장받았다고 알려줘야겠다."

스테프는 답장을 쓰기 시작했다. 나는 컴퓨터 위로 몸을 숙인 그녀의 모습을 바라본다. 스웨터가 아래로 처지면서 아름답게 모아진 가슴골이 드러난다. 난 이 여자랑 결혼했어. 저런 아름다운 가슴골을 가진 여자가 나와 함께 있어. 나는 속으로 생각한다. 그녀는 내 시선을 눈치 채고는 미소를 지으며 일어선다.

"저녁으로 뭔가 근사한 걸 만들자." 훔쳐보다 들킨 게 당황스러워서 내가 재빨리 말했다. "그 광녀가 저녁에 올 테니까."

"미레유라고 불러야지. 그냥 가볍게 한잔하러 들르겠다는 거 아니었어?"

"하지만 저기 길 아래쪽 상점에 가면 신선하고 좋은 식재료를 싸게 살 수 있잖아. 우리가 프랑스 시장에서 재료를 사다가 요리를 할 기회가 또 언제 있겠어? 또 당신 책 소식도 축하해야지. 여행 채널 다큐멘터리에 나오는 사람들처럼 해보는 거야."

스테프는 고개를 끄덕인다.

"그래, 좋아."

그러고는 내 뺨에 키스를 하고 나에게 기대온다. 우리는 서로를 따뜻하게 끌어안는다. 이렇게 서로를 마지막으로 안았던 게 언제였을까. 기분이 좋다.

그로부터 한 시간도 안 되어 우리는 몸짓과 미소로 언어 장벽을 넘으며 초리조, 통통한 검은 올리브, 파스타 한 봉지, '소의 심장'이라는 이름이 붙은 놀랍도록 거대한 토마토, 마늘, 아침에 농장에서 바로 가져왔는지 아직도 흙냄새가 나는 파슬리 한 다발, 바게트와 치즈, 신선한 배와 귤을 샀다. 그리고 당연하게 와인 네 병도 장바구니에 넣었다. 집에서 장 볼 때 사는 것과 크게 다르지 않은 것들이다. 아파트의 정원으로 통하는 철문을 어깨로 밀어 열고 들어갔다. 스테프는 길에서 본 가죽 재킷 입은 퍼그에 대해 재잘거린다. 이런 분위기가 오래갔으면 좋겠다. 금방이라도 무너질 것 같은 창고 앞을 지나면서 의도적으로 마음속에서 어두운 잔재들을 밀어내려고 애쓴다. 유령, 희생자, 죽음의 잔재. 적어도 지금 이 순간, 아내와 함께 보내는 행복한 시간은 내 안의 음울한 환상보다 훨씬 더 중요하다. 그들이 이 순간을 망치게 해서는 안 된다.

그들이 누군데, 마크?

전부 다. 죽은 사람들 전부 다.

휴대폰의 조명을 켜고 이제는 익숙해진 칠흑같이 어두운 계단을 올라 묵직한 현관문을 열고 안으로 들어선다. 내가 부엌의 작은 창문을 여는 동안 스테프는 음악을 튼다. 아침 햇살이 비치는 해변에서 춤을 추는 자유분방하고 예쁜 소녀를 연상시키는 행복한 라운지 뮤직이다. 스테프를 처음 만났을 때 그녀가 그랬다. 찬란한 젊음 안에서 환히 빛나는 매혹적인 소녀. 나는 내게 새로운 가능성이 있다고, 기회를 잡을 자격이 있다고, 그녀가 있는 꿈의 해변을 같이 걸을 수 있을 거라고는 상상도 하지 못했었다. 상처와 후회와 슬픔이 가슴 깊이 새겨진 내가 그녀와 같은 별에 살 수 있으리라고는 꿈도 꾸지 못했다. 그러나 여기에, 파리의 어느 아파트 부엌에, 그녀는 나와 함께 있다. 허리를 가볍게 흔들며 장바구니를 풀고 있다.

스테프가 숨을 들이마신다.

"헉, 세상에."

순간 흐르는 냉기.

"왜 그래, 스테프?"

"올리브유를 안 사왔어."

"맙소사. 심장마비 걸릴 뻔했잖아."

"미안. 다시 가서 사 올까?"

"아냐. 팬을 달구고 이 소시지를 좀 잘라서 문지르면 돼. 여기서 나오는 기름이면 요리하기엔 충분할 거야."

"와, 좋은 아이디어네. 당신이 〈마스터 셰프〉를 열심히 봐서 다행이야."

나는 와인병의 코르크 마개를 따고 잔을 두 개 꺼내 와인을 따랐다. 여기에선 아르헨티나산 말벡을 우리 동네보다 훨씬 더 저렴하게 판다. 스테프는 와인을 꼴깍꼴깍 마시고 음악 소리에 맞춰 콧노래를 부르며 접시를 헹구고 토마토를 썬다. 나는 그녀 옆에 편안히 서서 크고 신선한 마늘을 다지기 시작했다.

"저기, 스테프. 미안하단 말 하고 싶어."

그녀는 대답이 없다. 그러나 칼을 잡은 손이 느려진다.

"그게, 지난 며칠간 여기서 지내면서 나 스스로에 대한 생각을 좀 했어. 강도 사건 이후로 난 정말로 괴로웠어. 어떻게 대응했어야 했는지, 당신과 헤이든에게 어떻게 했어야 했는지 도무지 알 수가 없었어. 그동안 내가 다른 사람처럼 굴었던 것 같아. 당신을 처음 만났을 때의 나와는 달리……."

나는 말꼬리를 흐렸다. 스테프는 칼질을 멈추고 내 얼굴을 바라본다.

"'내가 사랑에 빠졌던 그 남자와는 달리'라고 말하려던 거지?"

'사랑' 그리고 '남자'. 강도 사건 이후 나와는 거리가 멀어진 두 단어.

"당신을 사랑해요, 마크. 그리고 당신이 최근에 많이 힘들어했던 것도 잘 알고."

나는 고개를 끄덕이고 미소를 짓는다. 꽉 잠긴 목소리를 다시 낼 수 있을 때까지 시간이 조금 걸렸기 때문이다.

"고마워. 저기, 미안해. 당신과 칼라의 생각이 옳았어. 우리에겐 이런 시간이 필요했던 것 같아."

칼라의 이름이 나오자 스테프는 살짝 움찔한다. 내 말을 도로 집어삼킬 수만 있다면 얼마나 좋을까. 그러나 스테프는 장난꾸러기 같은 웃음을 지어 나를 놀라게 했다.

"말이 나왔으니 말인데, 도대체 당신하고 칼라는 무슨 관계야? 당신을 알게 된 이후로 줄곧 알아내려고 해봤는데 잘 안 되더라고. 우리 같이 처음으로 커스텐보시*의 콘서트에 갔을 때 말이야. 그때 난 솔직히 당신들 두 사람이 사귀는 줄 알았어. 나는 당신한테 관심이 있었고 당신도 나한테 좀 추근거리는 것 같다고 느꼈는데, 당신 옆에는 항상 칼라가 노골적으로 당신을 바라보고 있었으니까. 그날 룸메이트한테 당신이 양다리를 걸치는 것 같다고 그랬는걸."

"양다리?" 나는 불쑥 내뱉었다. "맙소사. 그때 그걸 알았다면 절대 칼라를 데려가지 않았을 텐데. 칼라는 그냥 친구들 중 하나일 뿐이야."

완전히 진실은 아니다. 오데트가 떠난 후 칼라와 딱 한 번 잔 적이 있다. 실수였다. 나는 술에 잔뜩 취했고 괴로웠고 칼라와 함께 있었다. 그날 이후 우리는 아예 아무 일도 없었던 것처럼 행동하기로 합의했다. 그 일을 스테프에게 털어놓기엔 시간이

*남아프리카의 국립 식물원.

너무 지나버렸다. 얘기해도 스테프는 이해하지 못할 것이다.

"그래서 도대체 뭐야? 그 여자가 당신을 좋아해? 우릴 질투하는 거야?"

"아니!"

이런 질문을 이렇게 정확하게, 이렇게 직접적으로 받아본 적은 한 번도 없었다. 고민할 필요도 없는 문제였다. 그냥 적절치 않은 질문이었다.

"아냐. 칼라는 내가 당신을 얼마나 사랑하는지 잘 알고 있어. 당신이 날 구원해줬다고 하는걸. 당신은 내가 감히 꿈꿔본 적 없는 두 번째 기회야. 난……."

나는 입을 다문다. 조이. 나의 가장 무거운 짐. 스테프도 조이에 대해서 잘 알고 있지만 조이는 오늘 밤, 여기에는 어울리지 않는다.

"그렇게 말해줘서 기뻐. 난 항상…… 헤이든과 난 항상 당신 인생의 다른 사람들과 경쟁하는 것 같은 기분이 들었거든. 우리는 당신한테 현실 세상의 사람도 아니고 중요한 사람도 아닌 것 같은 그런 기분."

"흠, 그랬다면 지금이라도 내가 당신과 헤이든을 어떻게 생각하는지 말해줄 수 있게 돼서 기뻐. 난 헤이든을 사랑해. 당신도 알겠지만, 그 애는 내 삶의 이유야. 그 애 때문에 계속 노력해나가고 있는 거고. 그리고 당신은 내 인생에서 가장 중요한 사람이야."

나는 그녀의 뺨에 키스하고 그녀는 나에게 몸을 기댄다. 모든 게 좋다는 신호다. 그래서 그녀의 셔츠 뒤쪽으로 손을 가져간다. 그녀는 나에게 조금 더 몸을 밀착시키고 중얼거린다.

"잠깐만, 나중에."

그러고는 다시 토마토를 향해 돌아선다. 꼭 십 대 소년이 된 기분이다. 흥분을 누르기 위해 와인을 잔에 가득 채우고 파슬리를 향해 다가간다. 스테프는 옆에서 토마토씨를 긁어낸다.

　"나도 미안해."

　그녀는 한참 후에 말한다.

　"처음엔 헤이든을 두고 오는 게 영 만족스럽지 않았어. 당신도 알지. 하지만 걘 엄마 집에서 잘 지내고 있으니까. 오히려 신나게 즐기고 있다고 해야겠지. 이젠 헤이든이 여기 같이 왔어도 그렇게 즐거웠을까 하는 생각이 들어. 아마 우리 모두에게 재앙이 됐을 거야. 안 그래?"

　"꼭 그렇진 않았을 거야. 그래, 이 아파트는 거지 같아. 하지만 파리는 기대했던 대로 아주 멋지잖아. 그렇지?"

　스테프는 고개를 끄덕인다.

　"여기 와서 지난 몇 년간 받았던 심리 치료로도 얻을 수 없었던 진짜 통찰을 얻었어. 주변 환경이 바뀐 것만으로 어떻게 이렇게 시야가 달라지는지, 참 놀라워. 클리셰처럼 들리겠지만 진짜야. 왜 그런 말도 있잖아. 휴가는 변화만큼이나……."

　이게 아닌데.

　"그거 '변화는 휴가만큼이나 좋다' 아니야?"

　"맞아. 누군가가 한 허튼소리지. 아무튼 난 언제라도 휴가를 떠나겠어."

　그녀가 웃는다.

　"당신과 함께 여기 와서 기뻐."

　그녀는 내 말을 잠깐 생각하더니 이내 대답한다.

　"나도."

　칼을 든 세 강도가 아직도 내 머릿속에 그림자를 드리우고 있지만 우리는 그 집과 멀리 떨어져 있다. 헤이든도 그 집과 멀리 떨어져 있다. 우리는 모두 안전하다. 강도 사건 이후 처음으로 그자들이 멀게 느껴졌다. 그들의 악취가 나지도 않고, 그들의 고함 소리와 알아들을 수 없는 말소리도 들리지 않고, 스테프의 숨 막히는 흐느낌도 들리지 않는다. 스테프가 질질 끌려 나가던 때, 나 혼자 거실에 붙들려 있을 때, 내 가족의 목숨을 애걸할 수조차 없을 만큼 겁에 질려 가장 노릇을 못했을 때 느꼈던 무기력함과 수치심을 깊이 파묻을 수 있을 만큼 그들은 멀찍이 물러갔다. 그 끔찍했던 밤 이후 처음으로 우리가 괜찮을 거란 생각이 들었다.

여덟 시가 되어갈 쯤, 미레유가 문손잡이를 두드리며 도착을 알렸다. 저녁 정찬을 위해 말끔히 차려입은 모습이다. 꽃무늬 원피스 위에 산뜻한 빨간색 웃옷을 걸쳤는데, 그동안 봐왔던 지저분한 니트에 숄, 후줄근한 바지 차림과는 완전히 딴판이다. 오른손에는 아르마냑 브랜디 병을 들고 있다.

"들어오세요. 환영합니다. 겉옷은 저에게 주세요."

스테프가 고상한 여주인처럼 말했다.

미레유는 브랜디를 커피 테이블 위에 던지듯 놓고, 겉옷을 벗어 스테프에게 건네고는 거실을 어슬렁거리며 돌아다녔다.

"냄새가 좋네요. 여기에서 제대로 된 음식을 요리한 지가 언제였는지."

아까 부엌의 연장들로 간신히 셔터를 열 수 있게 해두었는데, 그녀는 대뜸 창가로 다가가 아래 뒤뜰을 내려다보았다. 창문에 얼굴을 바짝 붙여서 숨을 내쉴 때마다 유리창이 뿌예졌다.

"이 창문도 이젠 열리네요."

"네."

스테프가 나를 곁눈질했다. '이젠'이라니, 그럼 전에 여기 왔었다는 얘긴가. 창틀 틈으로 차갑고 신선한 공기가 흘러들어 음식 냄새와 근사하게 섞이면서 아파트 안에 고인 곰팡내와 정체된 분위기를 희석시켰다. 미레유가 이곳을 마음에 들어 하는지 궁금했고 어쩐지 그게 중요하게 느껴졌지만, 그녀는 입을 다물고 묵직한 갈색 커튼을 조금 여몄다가 다시 활짝 열어젖혔다.

"마실 것 좀 드릴까요?"

나는 커피 테이블의 브랜디를 집으며 말했다.

"브랜디를 좀 드릴까요? 물도 함께? 아니면 얼음을 섞는 게 좋으세요?"

미레유는 묘하게 얼굴을 찌푸린다. 아무래도 미소를 지은 것 같다.

"그건 나중에 마셔요."

"와인은 어때요?"

스테프가 부엌 입구에서 와인병을 들고 물었다.

"와인. 좋아요."

미레유에게서 특별한 것을 기대하지 않았지만 이렇게 뻣뻣하고 기이한 형식적인 대화가 계속 이어진다면 긴 밤이 될 것이다. 미레유가 얼른 긴장을 풀면 좋겠는데. 미레유가 작고 네모난 식탁에 앉았고 나는 그 앞에 마주앉았다. 스테프가 술잔을 내오자 그녀는 와인을 한 모금 마시고 아무 말 없이 어두운 창밖의 건물 윤곽선과 그 위로 그늘진 밤하늘을 바라본다. 그녀는 차분한 태도로 우리와는 동떨어져 있었다. 호퍼의 그림이나 브레슨의 사진 속 외로운 여인처럼. 지금까지 우리에게 보여주었던 성난 방어적 태도나 무례함은 없었다. 그녀 안에서 이글거리던 불이 지금은 꺼진 것 같았다.

파스타 물이 끓는지 보려고 일어서면서, 스테프에게 내 자리에 대신 와서 그녀와 대화 좀 나누라고 애원하는 눈짓을 보냈다. 그때 미레유가 나를 돌아보며 말했다.

"난 항상 친절하지 않아요. 나도 알아요. 그건 무서워서예요. 나 자신을 돌볼 수 있는 건 나뿐이니까. 그렇죠? 당신들이 가정 요리를 만드는 게 좋아요. 오래전에 여기에서 그랬던 것처럼."

가족에 대해서 얘기해보세요. 여기에서 누구와 함께 살았던 겁니까? 왜 지금은 여기 아무도 살지 않는 건가요? 도대체 창고에 있는 물건들은 무슨 사연이 있는 겁니까? 그렇게 묻고 싶었지만 어쩐지 지금은 알고 싶지 않다. 적어도 프티 부부가 살아 있다는 건 알았으니까. 이번 주만 어떻게든 넘기면 집에 갈 수 있다. 미레유, 스테프, 나까지 우리 모두는 서로에게 조심스럽고 친절하게 대하고 있었다. 이렇게 멋지게 이루어진 균형을 깨고 싶지 않았다.

그러나 스테프가 행주를 들고 부엌 문 앞에 서서 불쑥 물었다.

"고향이 어디에요?"

"난 줄곧 파리에서 살았어요."

"가족들과 함께 살았어요? 전에 아이는 없다고 하셨는데?"

나는 스테프를 쳐다보았다.

"그렇게 취조하듯 물어보면 불편하지, 여보."

"파스타는 당신이 삶는 게 어때요?"

스테프는 가짜 미소를 지으며 행주를 내 손에 쥐어주고 미레유 맞은편 자리에 앉는다. 약간의 안도감을 느끼며 나는 부엌에 들어가 두 사람의 대화를 들었다.

"당신들은 아이가 하나죠?"

미레유가 묻는다.

"네, 딸 하나요. 이제 두 살이에요."

"딸이 둘인 줄 알았는데."

스테프가 아무 생각 없이 말했다.

"예전에 마크에게……."

맙소사, 스테프. 나는 일부러 크게 기침을 했고 스테프는 움찔 놀랐다.

"와인 좀 더 따라드릴까요?"

"고마워요."

어색한 침묵이 흘러서 내가 끼어들었다.

"그런데 영어를 아주 잘 하시네요."

"런던에서 1년 공부했어요."

"뭘 공부하셨는데요?"

스테프가 물었다.

"처음에는 회계 전공으로 시작했는데 곧 그림을 그리러 여기 돌아왔어요."

"이 건물에 사신 지는 얼마나 되셨어요?"

나는 스테프의 주의를 끌기 위해 숟가락을 쩽그랑거렸다. 이제는 꼭 경찰 심문 같은 분위기로 흘러가기 시작했다.

그러나 미레유는 순종적인 태도로 질문에 꼬박꼬박 대답하고 있었다. 오늘 밤 미레유는 수심에 잠긴 것 같았다. 마치 아무 생각이 없는 사람 같았다.

"오래됐어요. 그래서 여길 쉽게 못 떠나는 거예요. 내 인생 전부가 여기 있어요. 그들은 내가 떠나길 원하지만."

"누가요? 누가 떠나길 원해요?"

스테프가 계속 닦달해도 미레유는 입을 꾹 다물고 있다. 결국

이 건물의 사연에 대해서는 아무것도 알아내지 못하겠구나. 나는 냄비를 마지막으로 한 번 젓고 식탁으로 돌아와 우리의 휴가에 대해 횡설수설하기 시작했다. 사람들은 관광객이 자기네 도시를 칭송하는 걸 좋아하니까, 나도 이곳의 건축물과 고풍스러운 거리와 신선한 농산물이 얼마나 근사한지 주절거려주었다. 그러다 미레유가 갑자기 내 말을 끊었다.

"이제 당신을 알겠어요. 당신 가족에 대해서도, 당신의 어린 딸도. 오늘 밤 난 마침내 결심했어요. 난 떠날 거예요."

"어딜 떠나요? 여길 떠나겠다는 거예요?"

스테프가 묻는다.

"네."

"왜요?"

"과거로부터 달아날 수는 없어요." 그녀는 날 쳐다보며 말했다. "과거는 항상 나와 함께 있었어요. 어쩌면 그게 지난번 그 사람들과 함께 가버렸을 수도 있겠다고 생각했어요. 하지만 아니에요. 이제 내가 그걸 가지고 가야 해요. 아니면 당신들과 함께 있게 될 거예요."

"그거? 그게 뭔데요……?"

나와 스테프가 동시에 말했다.

"그만!"

미레유가 외쳤다. 그러더니 곧 다시 목소리가 부드러워졌다.

"말했듯이 난 그게 사라졌다고 생각했어요. 지난번 사람들과 함께 떠났다고……. 그들은 고통스러워했지만 충분하지 않았나 봐요. 내가 틀렸어요. 당신들이 안됐어요. 당신들 아이가 안됐어요."

이만하면 됐다. 상황이 점점 우스꽝스럽고 오싹해지고 있다.

우리가 애써 만들었던 화기애애한 분위기를 망치고 있었다. 이 여자는 미쳤다. 그냥 그런 것이었다. 애초에 이런 여자에게서 뭘 기대했던가. 나는 일어서서 스테프의 팔을 건드렸다.

"스테프, 나 좀 도와줘. 미레유, 잠깐 실례할게요."

스테프는 테이블을 밀고 일어나 내 뒤를 따라 부엌으로 왔다.

"자, 이제 이건 당신과 함께 있어."

나는 접시와 파스타 스푼을 쨍그랑거리며 미레유의 말투를 흉내 내는 목소리를 감췄다.

"저 여잔 그냥 미친 여자야. 저 여자한테선 알아낼 게 아무것도 없어."

"자기 얘기를 하고 싶어 안간힘을 쓰는 것뿐이야. 그냥 말하게 두자고. 저 여자 얘기랑 부동산 사람 얘기를 맞춰보면 알게 되겠지."

"뭘 알게 되는데? 그리고 그게 뭐가 중요해? 어차피 우리랑 상관없는 일을 공연히 열심히 파헤치는 것 같아. 그냥 내버려두자고."

"난 알고 싶어."

파스타 위에 소스를 끼얹으며 스테프가 말했다.

나는 고개를 저었다. 스테프를 설득시킬 수도 없고 싸우고 싶지도 않다. 그러니 그냥 입 다물고 와인이나 마실 수밖에. 이 디너파티는 바보 같은 실수였다. 나는 바게트를 썰어 치즈와 함께 나무 도마에 올려놓았다. 그때 창틀이 힘겹게 올라가는 소리가 들렸다. 스테프는 양손에 파스타 접시를 들고 거실로 나갔다. 곧 요란한 소리와 함께 접시가 바닥에 떨어졌고, 스테프가 다급히 외치는 소리가 들렸다.

"미레유! 안 돼요!"

미레유가 창틀 밖으로 몸을 내밀고 한때는 창밖에 놓인 화단이었던 녹슨 상자 위로 몸을 던져 폭포처럼 우아하게 아래로 떨어지는 동안, 나는 돌아서서 부엌 문 밖을 내다볼 수밖에 없었다. 꽃무늬 원피스가 화사하게 펄럭거렸다.

미레유가 창밖으로 몸을 던졌을 때 나는 그녀와 한 걸음이면 닿을 거리에 있었다. 그러나 그녀의 몸이 자갈 깔린 정원 위로 떨어지는 소리는 듣지 못했다. 아니, 어쩌면 소리를 들었지만 기억에서 차단시켰는지도 모르겠다. 내 귓속은 백색잡음으로 가득했고, 들고 있던 접시는 바닥에 떨어져 산산조각이 났다. 다리가 풀리는 것이 어렴풋이 느껴졌다. 하지만 비명을 지르지는 않았다. 그건 확실하다.

"스테프, 스테프! 저 여자가 무슨 짓을 한 거야?"

마크가 외쳤다. 그때까지도 움직일 수가 없었다. 그가 창문으로 달려가면서 내 어깨를 세게 부딪치는 게 느껴졌다. 그는 창밖을 내려다보았다.

"아, 이런 젠장. 맙소사."

그는 고개를 돌려 나를 바라보았다.

"아직 살아 있어. 막 꿈틀거리고 있어, 스테프. 아직 숨을 쉰다고."

아드레날린이 전기 충격처럼 재빠르고 격렬하게 나를 덮쳤고, 그제서야 제정신을 차렸다.

"구급차를 불러, 마크. 경찰에 전화해."

나는 놀랍도록 차분하게 말하고 있었다. 이게 정상이 아니라는 걸 잘 알고 있었다. 원칙적으로는 엉망진창이 됐어야 맞다.

강도 사건 이후로 내 안에서 속으로 곪아가던 외상 후 스트레스 장애가 미레유의 자살 시도를 눈앞에서 목격한 일로 인해 다시 표면으로 드러났어야 했다.

"번호가 몇 번이지? 제길……."

"검색해봐, 마크."

"알았어……. 좋아. 그래."

나는 바닥에 엎어진 파스타를 피해 소파로 다가가 쿠션과 덮개를 집어 들고 문으로 달렸다.

"스테프…… 뭐 하는 거야?"

"미레유한테 가려고. 도와줘야지."

"잠깐. 나랑 같이 가. 내가……."

"시간이 없어."

나는 방을 나왔다.

피는 거의 없었다. 창으로 몸을 던질 때 머리부터 내밀었지만, 떨어지면서 몸이 틀어진 모양이었다. 그녀는 모로 누워 있었다. 왼팔은 잔인한 각도로 몸 아래 깔려 있고 어깨는 탈구되어 있었다. 얼굴 왼쪽은 자갈 위에 눌려 있었지만, 오른쪽 눈은 뜨고 있었다. 꽃무늬 원피스가 말려 올라가서 검은색 솜털이 덮인 창백한 허벅지가 드러나 있었다. 허벅지는 온통 상처투성이였다.

나는 그녀 옆에 주저앉아 소파 덮개를 부드럽게 덮어주었다.

"미레유."

그녀는 짧은 숨을 가쁘게 몰아쉬고 있었다. 헉, 헉, 헉, 헉.

"미레유. 움직이지 말아요. 알겠죠? 곧 도와주러 올 거예요."

"으음……."

그녀의 머리에 작고 흰 얼룩이 드문드문 보였다. 치아의 파편이구나. 저건 치아의 파편이야. 나는 아까의 냉랭한 태도로 차분하게 생각했다. 그녀의 오른쪽 눈이 눈구멍 안에서 미친 듯이 움직였다.

머리를 들어 올려 쿠션을 밑에 받쳐줄까도 생각했지만 상태를 악화시킬 것 같아 감히 건드릴 수가 없었다. 나는 창문을 올려다보았다. 저 창문을 그렇게 간단히 통과하다니. 창틀 안쪽으로 그림자가 나타났다.

"마크!"

"지금 온대. 내가 내려갈게."

나는 미레유를 돌아보며 그녀의 오른손을 잡았다. 파란색 유화물감이 점점이 묻어 있는 손은 차가웠고 힘없이 축 늘어져 있었다. 비가 내리기 시작했다. 나는 그녀의 눈으로 흘러드는 빗방울을 부드럽게 닦아냈다.

그녀는 신음하며 불규칙하게 끊기는 호흡을 몰아쉬었다. 그녀는 고개를 들려고 애쓰고 있었다.

"안 돼요. 움직이지 말아요. 구급차가 오고 있어요. 괜찮아질 거예요."

나는 그녀의 눈을 바라보았지만, 내가 누구인지 자기에게 무슨 일이 일어났는지 이해하지 못하는 것 같았다.

"쉿. 가만히 있어요. 그 사람들이 여기 곧 올 거예요."

"Je(나는)…… Je pense……."

말을 하지 못하게 해야 한다.

"쉿."

그러나 그녀는 쌕쌕 숨소리를 내며 또렷하게 말했다.

"Je suis désolée(미안해요)."

사과의 말이었다. 그러나 어찌된 일인지 협박처럼 들렸다.

나는 그녀의 손을 놓고 자리에 앉은 채로 주춤주춤 뒤로 물러섰다. 뭔가 날카로운 것이 손바닥을 파고들었다. 깨진 치아 조각이었다. 나는 벌떡 일어나 손바닥을 바지에 문질러 조각을 털어냈다. 잠시 후 뛰어오는 발소리가 들렸고, 사람들의 말소리와 불빛이 뒤뜰을 가득 채웠다. 마크가 나를 한쪽으로 끌고 갔고, 작업복을 입은 구급 요원 세 사람이 미레유 곁으로 급히 달려갔다.

차분하고 냉철한 이성은 그때까지 제 역할을 다하고 순식간에 사라졌다. 몸이 떨리기 시작했다. 그로부터 두어 시간 동안의 기억은 조각조각 깨져 있지만 이것만큼은 확실히 기억한다. 손목에 별 문신을 한 젊은 구급 요원이 그녀의 사망을 선언할 때 마크와 나는 그 자리에 있었다. 정확히 8시 45분이었다.

마크가 진지한 표정의 경찰 두 명과 함께 아파트로 올라가는 동안 나는 우편함 옆에서 정원을 등지고 서서 기다렸다. 마크가 돌아오자 마찬가지로 진지한 표정의 여경이 우리에게 신분을 확인할 문서들을 챙기라고 공손하게 부탁했고, 그런 다음 우리를 차에 태워 가장 가까운 경찰서로 데리고 갔다. 여권을 건네주고 각자 제복 경관에게 진술을 하고 난 후에 우리는 커피 냄새와 페인트 냄새가 나는 빈방으로 안내받았다. 거리에서 만났던 프랑스 경찰들은 허리에 자동 권총을 차고 위협적이고 엄격한 태도를 취한 모습이었는데, 그날 밤 만났던 경찰들은 한결같이 우리를 동정했고 매끄러운 영어를 구사했다.

마크는 내내 내 손을 꼭 잡고 있었다. 그 방에 얼마나 오래 있었는지 모르겠지만 몇 시간은 지난 것처럼 느껴졌다. 우리는 거의 말도 하지 않았다. 가끔씩 내게 위로가 필요하다고 느꼈는지, 그는 내 손가락을 꼭 잡아주었다.

마침내 호리호리한 여자가 저벅저벅 소리를 내며 방으로 들어왔다. 손이 작고 눈가에는 잔주름이 깊이 패 있었다. 그녀는 우리에게 지친 얼굴로 미소를 지어 보였다.

"기다리게 해서 죄송합니다. 저는 지서장 클레어 미스크라고 합니다. 많이 피곤하실 거예요. 두 분 나라의 영사관에 오늘 밤 사건에 대해 보고했습니다. 외국인이 의문사에 연루되었을 때 필수적으로 진행하는 절차입니다."

"의심스러운 죽음이 아니었어요." 나는 불쑥 말했다. "말했잖아요. 그 여자가 뛰어내렸다고."

지서장은 고개를 끄덕였다. 그녀의 눈에는 핏발이 서 있었고 손톱에는 속살까지 깨문 자국이 있었다.

"저도 압니다. 그래도 의문사라고 부릅니다. 그게 용어예요."

"죄송해요."

"괜찮습니다. 충격을 많이 받으셨겠죠. 휴가를 와서 참 고약한 일을 당하셨죠?"

마크는 나를 힐금 보았다. 그저 고약한 일이라니, 과소평가도 이만저만이 아니다.

"남아프리카공화국 대사관에서 우리를 돕기 위해 누가 옵니까?"

"그럴 필요 없습니다, 선생님. 두 분을 오래 붙잡아두지 않겠다고 했어요. 보통 이런 상황이라면 검사가 철저한 조사를 지시할 수 있겠지만, 우리가 볼 땐⋯⋯."

그때 제복을 입은 경관이 문틈으로 고개를 들이밀고는 우리를 힐긋 보더니, 지서장에게 프랑스어로 뭐라고 말했다.

"아. 잠깐 실례해야겠네요. 오래 걸리진 않을 거예요. 커피를 좀 갖다드릴까요? 아니면 물이라도?"

"고맙습니다."

마크가 대답했다.

새로운 근심이 배 속에서 똬리를 틀었다.

"사인 규명 심리가 열리면 어쩌지? 저 사람들이 그때까지 우리를 붙잡아두면 어떡해, 마크? 만일 저 사람들이…… 맙소사, 만일 저 사람들이 우리가 그 여자의 죽음과 무슨 관계가 있다고 생각하면 어쩌지?"

"그런 생각 안 해. 그렇게 되지 않을 거야."

"그걸 당신이 어떻게 알아?"

"저 서장이란 여자가 우리한테 친절하게 대했잖아. 또 정말로 우리가 무슨 문제에 휘말린 거라면 대사관에서 누가 벌써 왔겠지. 그건 확실해."

"정말?"

"그래. 정말로, 스테프."

"미레유가 뛰어내리기 전에 우리에게 했던 얘기 저 사람들한테 해줬어? 그 여자가 지껄인 미친 소리 전부?"

"경찰에게 미레유가 앞뒤가 안 맞는 얘기를 했다고 했어." 그가 내 말을 자르고 말했다. "그리고 난 그 여자가 그런 짓을 할 것 같은 조짐은 전혀 보지 못했다고 했고. 그 여자를 제대로 알지도 못한다고."

"혹시 지금 지서장이 우리 얘기를 엿들으면……."

"경찰이 알아야 하는 얘기는 다 해줬어, 스테프." 그의 목소리가 냉랭해졌다. "그 여자는 제정신이 아니었어. 당신도 그 여자가 했던 말은 귀담아 들으면 안 돼. 우린 그 여자를 제대로 알지도 못했잖아. 그 여자도 우리를 몰랐고. 이게 현실이야. 왜 일을 복잡하게 만들어?"

그때 짙은 색 머리카락의 예쁘장한 여자가 들어와서 우리에게 플라스틱 컵에 담긴 깜짝 놀랄 만큼 맛 좋은 블랙커피를 건네주었다.

그녀가 나가자, 마크는 한숨을 쉬고 다시 내 손을 잡았다.

"내가 거칠게 말했다면 미안해. 괜찮을 거야, 스테프. 최악은 지나갔어."

나는 마크의 어깨에 머리를 기댔다. 깜빡 졸았지만 꿈은 꾸지 않았다.

마침내 지서장이 돌아와서 기다리게 해서 미안하다는 사과의 말을 했다. 그녀는 테이블 위에 파일을 내려놓았고, 그 안에 우리 여권이 들어 있었다. 그걸 보니 마음이 놓였다.

"좋아요. 당신들이 미레유라고 알고 있는 그 여자는 우리에게도 유명했다는 사실을 말씀드려야 할 것 같군요. 그 여자에겐 사연이 있었어요."

마크는 내 손을 놓았다. 내 손에 그렇게 땀이 나 있을 줄은 전혀 모르고 있었다.

"우리가 미레유라고 알고 있던 여자라니, 무슨 뜻입니까? 미레유가 본명이 아니었나요?"

"네. 미안합니다. 그건 그러니까, 음, 저희 식의 표현이에요. 이 여자는 수많은 기관을 거쳤습니다. 그녀의 가족과 연락하려고 의사에게 연락했더니, 전에도 목숨을 끊겠다는 얘기를 자주 했었고 몇 차례 시도도 했었다고 합니다. 이번엔 성공한 거죠."

"딱해라."

나는 심호흡을 했다. 솔직히 말하면 그때는 너무 진이 빠져서 동정심을 느끼기도 어려웠지만. 마크가 다시 내 손을 잡았다.

지서장은 파일을 뒤졌다.

"물론 두 분의 진술도 읽었습니다. 두 분이 계신 곳에 저녁 식사를 하러 찾아가겠다고 제안한 게 그 여자였다고요?"

"네."

"그리고 두 분은 그 여자가, 음, 스스로를 해치려 하기 전에는 아무 조짐도 눈치채지 못했고요?"

"네." 마크가 대답했다. "말씀드렸듯이 우리는 그 여자를 잘 모릅니다. 계단에서 두어 번 마주친 게 전부고, 전 그녀가 괴짜인 것 같다고 생각했어요. 해롭지 않은 괴짜."

그녀는 고개를 끄덕였다.

"좋습니다. 하지만 그게 그 여자의 계획이었던 것 같아요. 당신들 눈앞에서 죽는 것이요. 창문에서 뛰어내리는 것."

내 옆에서 마크가 긴장하는 것이 느껴졌다. 창문을 연 것은 마크였다. 그는 셔터를 강제로 여는 데 집착했던 사람이었다. 만일 그가 창문을 열지 않았다면 그녀는 아직도 살아 있었을까, 아니면 자살할 다른 방법을 찾았을까?

나는 간신히 말을 할 수 있었다.

"왜 우리예요? 우린 이방인이었는데."

"그거야 모르죠. 이 여자는, 그녀는…… 아, 어떻게 말해야 하나……. 이 여자는 상처를 입었어요. 많이 아팠습니다. 지금도 조사 중이지만 우리는 그녀가 불법적으로 거주하고 있었다고 생각해요. 그 여자는 스튜디오를 임대한 게 아니었습니다."

"불법점거를 한 건가요?"

"네."

"사인 심리 때 우리가 돌아와야 할까요?"

"검사가 철저한 조사를 지시한다면 끝날 때까지 몇 달은 걸려요. 대사관과 연락을 취하면서 필요한 경우 당신들에게 연락하겠습니다. 두 분의 상세한 인적 정보는 가지고 있으니까요. 지금으로서는 두 분이 이 상황에 연루되지 않은 것으로 봅니다."

"그럼 가도 됩니까?"

"네. 지금 두 분의 아파트 소유주에게 이 사건에 대해 알려주려고 연락을 시도하는 중입니다."

"행운을 빕니다."

마크가 중얼거렸다.

"뭐라고요?"

"그 사람들이 연락이 쉽게 되는 사람들이 아니라서요."

마크는 지서장에게 프티 부부와의 거래 내용에 대해 간단히 설명해주었다. 그들이 우리 집에 나타나지 않은 것, 그리고 나서 우리에게 보낸 아리송한 이메일.

"아, 그렇군요. 아무튼 두 분은 아파트로 돌아가셔도 좋습니다. 위에서 승인이 났어요."

나는 깜짝 놀랐다.

"잠깐만요……. 뭐라고요? 거긴 사고 현장 아닌가요?"

"필요한 건 모두 가지고 나왔습니다. 물론 두 분이 호텔에서 머물기를 원하신다면 그건 두 분 자유고요."

"우린…… 우리한텐 선택권이 없어요."

마크가 중얼거렸다.

"귀가하시는 데 도움이 필요하십니까?"

"아뇨, 고맙습니다."

그녀는 우리에게 여권을 건네주고 경찰서 정문까지 동행했다. 건조한 악수를 나누고 그녀는 돌아갔다.

"난 거기 다신 못 가, 마크."

지서장이 사라지자마자 내가 말했다.

"나도 알아. 당연히 못 가지."

"거긴 못 들어가." 나는 다시 말했다. "절대, 다시는 들어가지 않겠어. 난 집에 가고 싶어. 지금 집으로 갔으면 좋겠어."

그는 나를 끌어안고 내 머리카락에 키스했다.

"알아. 자, 일단 여기서 나가서 계획을 세워보자."

밖이 화창한 게 이상했다. 경찰서에서 열 시간이 넘게 있었는데도 시간이 우리를 위해 멈춰서 기다려 줄 것처럼, 여전히 어둡고 비가 오고 있을 거라 생각했던 것이다. 독감에 걸린 듯 몸이 쑤시기 시작했고, 수면 부족과 긴장과 아드레날린의 후폭풍으로 정신도 피폐해져 있었다. 그리고 추웠다. 몸이 통째로 얼것처럼 추웠다. 칼라의 코트는 아파트의 소파 등받이에 걸쳐져있었다. 경찰서에 올 때 미처 챙길 생각을 못 했다. 나는 얇은 카디건을 꼭 여몄다. 모직 외투와 플리스 재킷으로 무장한 관광객들과 출근길의 시민들과 비교하면 벌거벗고 있는 느낌이었다. 마크는 나를 끌고 지하철역으로 향했고, 나는 그에게 매달렸다. 다른 사람들이 뭐라 생각하든 상관없었다. 그는 나를 데리고 지하철에 올랐고 나는 만원 지하철을 타고 가는 내내, 그리고 지하철에서 내려 낯익은 거리로 올라와 우리의 스타벅스에 들어갈 때까지 그에게 매달려 있었다. 스타벅스의 몰개성한 따뜻함에 다시금 고마운 마음이 들었다.

마크는 카푸치노와 크루아상 두 개를 가져왔지만 둘 다 손도대지 않았다. 우리는 우리가 가진 선택지들을 고민했다. 첫 번째 옵션은 항공권을 변경하는 것이었다. 나는 맛도 느끼지 못한 채 커피를 홀짝거렸고, 마크는 에어프랑스 콜센터에 전화를 걸었다. 전화는 이 상담사에서 저 상담사에게로 계속 넘어갔다.

이윽고 그는 전화를 끊고 한숨을 쉬었다.

"새 항공권을 사는 수밖에 없다는데 그건 지금으로선 불가능하고. 지금 할 수 있는 최선은 내일 밤 대기자 명단에 올려주는 것뿐이래."

"내일 떠나고 싶지 않아. 난 지금 떠나고 싶어."

"나도 알아." 그는 또 한숨을 쉬었다. "난 최선을 다했어, 스테프."

"미안해. 나도 잘 알아. 좋아, 호텔에 들어갈 돈은 없다 이거지. 그럼 대사관에 가서 우리가 처한 상황을 설명하고 도움을 요청하면 어떨까?"

마크는 날 보며 희미한 미소를 지었다.

"우리는 지금 잘 곳이 필요한 거야, 스테프. 대사관에서는 우리 같은 사람에게 호텔 갈 돈을 주지 않아. 특히 우리나라 대사관이라면 더더욱. 혹시 장인 장모님께 돈을 좀 보내달라고 부탁할 수 있을까? 아니면 호텔 방을 예약해달라고 하던지."

순간적으로 휘청했다. 지난 몇 시간 동안 헤이든을 까맣게 잊고 있었구나.

"부모님께 걱정 끼쳐드리고 싶지 않아. 게다가 부모님이 항공권까지 사주셨는걸. 두 분도 쪼들릴 거야."

마크는 동의의 뜻으로 고개를 끄덕였다.

"좋아. 그럼 칼라에게 부탁할게. 인터넷으로 호텔을 예약해달라고 하는 거야. 그리고 집에 돌아가서 돈을 갚으면 되지."

참 멋진 일이군. 칼라가 우리를 구원해주다니. 그러나 그의 생각이 옳았다. 그녀라면 기꺼이 해줄 것이고, 도와줄 다른 사

167

람은 아무도 없었다.

마크가 칼라에게 전화하는 동안 나는 화장실로 향했다. 거울을 보기가 살짝 꺼려졌지만 사실 그렇게 최악의 상태도 아니었다. 마스카라는 아직 괜찮았고, 눈두덩이 살짝 부어 있을 뿐이었다. 끔찍한 충격을 받은 사람처럼은 보이지 않았다.

테이블로 돌아오니 마크가 미소를 짓고 있었다.

"칼라가 피갈의 호텔에 방을 예약하고 있어. 전화를 제때 잘했네. 지금 막 시골로 떠나려던 참이었대. 무슨 시(詩) 페스티벌에 참석한다나."

늘 그렇듯 칼라와의 대화로 마크는 생기를 되찾았다. 다른 무엇으로도 그의 활기를 이렇게 북돋울 수는 없었다.

"무슨 일이 있었는지 얘기했어?"

"응. 자기 안부를 전해달래."

"멋지네."

나는 굳은 미소를 지었다.

"아파트에 가서 짐을 가져와야 하는데. 내가 가 있을 동안 여기에서 기다릴래?"

마크가 그런 말을 해준 게 고마웠다. 그도 나만큼이나 지쳤을 텐데.

"아니."

나는 내 깊은 내면으로 손을 뻗어 어젯밤에 나타났던 차분하고 냉철한 스테퍼니를 찾아내 다시 끄집어냈다. 그런 일을 그이 혼자 하게 둘 순 없었다.

"같이 해치우자."

미레유가 죽은 곳을 쳐다보지 않으려고 안간힘을 썼지만 시선이 저절로 그곳으로 향했다. 고맙게도 간밤에 내린 비가 피를 말끔히 씻어내 바닥은 깨끗했다.

창문도 올려다보지 않았다. 마크도 그랬다.

나는 마크에게 최대한 바짝 붙어서 계단을 올라갔다. 실내 공기가 고여 있었다. 이 건물도 숨을 잔뜩 참고 있는 것 같았다.

"아무 말이나 좀 해봐, 마크."

"무슨 말?"

"뭐든. 너무 조용해서."

"알았어. 경찰이 지금도 프티 부부에게 연락을 시도하고 있을까?"

"아닐걸. 여기 경찰은 효율적인 것 같지만 초능력은 없는 것 같아."

마크가 킬킬 웃자 긴장이 조금 누그러졌다.

3층 층계참에 닿자 마크가 물었다.

"준비됐어?"

나는 고개를 끄덕였지만 주춤거렸고, 마크는 열쇠를 만지작 거렸다. 마침내 안으로 들어서자 엎지른 토마토소스에서 나는 찌르는 듯한 냄새가 우리를 맞이했다. 실내 공기가 독을 품고 있는 것 같아 호흡하기가 두려웠다. 'Je suis désolée.' 미레유의 목소리가 머릿속에서 웅웅거렸다. 그녀는 뭐가 미안했을까? 우리 눈앞에서 자살한 게? 아니면 다른 뭔가가?

그만해. 더 이상 생각하지 마.

경찰 중 하나가 엎지른 파스타와 토마토소스를 밟은 모양이었다. 나는 과학 수사 요원처럼 소스 위에 선명하게 찍힌 발자국을 노려보았다. 창문은 여전히 활짝 열려 있었다. 간밤의 비가 비스듬히 들이쳐 나무 마룻바닥에 튀어 있었다. 마크도 그걸 보고 있었지만 그의 표정은 읽을 수 없었다. 언젠가는 그 창문에 대해 함께 얘기해야 할 것이었다. '괜찮아, 당신 잘못이 아니야.' 그에게 그렇게 말해주고 싶었지만 하지 않았다.

"혼자 짐 쌀 수 있겠어? 난 칼라가 예약 확인 메일을 보내줬는지 확인해야 할 것 같은데."

그의 말에 나는 욕실로 가서 화장품과 샴푸를 챙기고, 입었던 옷과 새 옷을 아무렇게나 뒤죽박죽으로 여행 가방에 던져 넣었다. 마크의 셔츠가 구겨지는 것도 신경 쓰지 않았다. 지금 당장이 아파트를 떠나지 못하면 영원히 벗어나지 못할 거라는 느낌이 계속 내 안에서 질척거렸다. 나는 가방 뚜껑을 세게 닫고 가방들을 거실로 끌고 나왔다.

"됐어! 칼라가 예약 메일을 보냈어."

마크가 씩 웃으며 말했다.

"여기서 멀어?"

"아니. 지도는 다운받아놨어. 준비 다 됐어?"

"응."

"그럼 갑시다."

그는 바퀴 달린 가방을 나에게서 건네받고 문으로 향했다.

계단을 반쯤 내려왔을 때 나는 칼라의 코트를 남겨두고 왔다는 걸 깨달았다.

"아, 이런 제길."

"왜?"

"칼라의 코트. 소파에 두고 왔어."

"이 가방 들어. 내가 가지러 갈게."

"아니, 내가 갈게."

내가 가야 했다. 이곳을 영원히 떠나기 전에 이 아파트 안에 무서워할 것이 아무것도 없다는 사실을 스스로에게 보여줘야 했다. 이기적인 미친 여자가 우리 앞에서 자살하기로 마음먹은 것뿐이었다. 그게 전부였다. 나는 강한 사람이다. 마크가 나를 아기 대하듯 다루게 두지 않겠다.

하지만 문을 열고 코트를 집어 오는 동안 내내 숨을 참고 있었고 감히 창문 쪽은 바라보지도 못했다. 창문을 바라보면 그곳에 그녀가 서서 피를 가득 머금은 입을 뻐끔거리며, 부러진 이를 딸각거리면서 나에게 협박조로 미안하다고 말하는 모습을 보게 되리라는 것을 본능적으로 알았기 때문이다. 공포가 다리를 타고 스멀스멀 기어올라 배 속을 휘감았다. 나는 달려 나와 문을 쾅 닫았다. 아래층 복도에 스며든 햇빛을 보니 그제야 공포가 잦아들었다.

"괜찮아?"

정원으로 나오자 마크가 물었다.

목소리가 나오지 않았다. 나는 고개를 끄덕이고 천천히 코트 단추를 채웠다. 바보같이. 상상이 농간을 부린 거야. 어젯밤엔 잠도 거의 못 잤고, 극심한 충격과 피로로 정신은 너덜너덜해진 상태였다. 그게 전부다. 나는 어바놀 두 알을 입안으로 털어 넣었다. 호텔에 도착할 때에도 멍한 상태는 계속되었다. 칼라가 예약한 호텔은 작은 비즈니스호텔이었는데, 더러운 버건디색 차양이 문 위에 드리워져 있었다. 리셉션은 인조대리석으로 꾸며져 있었다. 책상의 널빤지는 울퉁불퉁하고 금이 가 있었다.

"괜찮아 보이네."

마크의 말에 나는 간신히 미소를 지었다.

중년의 아랍인 안내원이 우리를 따뜻하게 맞이했고 마크는 우리가 예약을 했다고 설명했다.

"좋습니다. 2시까지는 체크인이 안 되지만, 가방은 여기 맡기실 수 있습니다."

우리는 시선을 교환했다. 세 시간 반을 죽여야 했지만 그 정도는 할 수 있었다. 그보다 더한 것도 겪었는데.

"좋아요."

마크가 이름을 알려주자 직원은 키보드를 두드렸다.

"아뇨. 죄송합니다. 그런 이름은 없네요."

마크는 친구가 우리를 대신해 예약을 했으니 혹시 칼라의 이름으로 예약이 되었는지를 물었다.

"없습니다. 죄송합니다."

"여기가 트루아 외지유 호텔 맞나요?"

"네."

마크는 평정심을 유지하려고 안간힘을 쓰고 있었다. 진정제를 먹은 탓에 내 안의 근심은 뭉근하게 누그러져 있었다.

"잠시만요."

마크는 전화기를 꺼내 예약 정보가 담긴 칼라의 이메일을 찾았다. 그는 전화기를 직원에게 들이밀었다.

"자, 확인해보세요."

남자는 한숨을 쉬고 나에게 동정 어린 시선을 보냈다.

"아, 이제 어떻게 된 건지 알겠습니다. 보세요. 손님의 친구분께서 체크인 날짜를 3월로 해놓으셨네요. 지금은 2월입니다. 아마 실수를 하신 모양입니다."

"그럼 날짜를 바꿔주실 수 있나요?"

남자는 미안한 듯 어깨를 으쓱했다.

"안 됩니다. 이건 할인 사이트를 통해 예약된 거라서요. 친구분께서 직접 변경하셔야 합니다."

"호텔 쪽에서 해주실 수 있는 일은 전혀 없나요?"

"대단히 죄송합니다, 손님. 저희는 할 수 있는 게 없습니다. 신용카드가 있다면 지금 바로 결제하시고 방을 잡으실 수 있습니다. 빈방은 있습니다."

마크는 화가 나서 카운터를 손바닥으로 내리쳤다. 그러나 직원은 여전히 동정 어린 태도를 잃지 않았다.

"그건 불가능해요. 와이파이를 좀 쓸 수 있을까요?"

"물론입니다."

나는 먼지 묻은 플라스틱 히비스커스 옆 의자에 앉았다. 스타벅스 커피가 배 속에서 출렁거렸다. 마크는 계속 칼라에게 전화를 걸었다.

"안 받아. 페스티벌 때문에 이미 떠났을 거야."

"그래도 계속 걸어봐."

"음성 메시지를 세 통이나 남겼어. 제기랄."

그는 머리카락 속으로 손가락을 파묻었다. 면도가 절실해 보였다.

"이젠 어쩌지?"

내가 물었다. 그러나 이미 답을 알고 있었다.

13
마
크

우리는 튈르리 궁전에서 서로 몸을 붙이고 옹송그리고 있다. 축축한 벤치는 너무 차가워져서 표면에 맺힌 이슬이 우리 눈앞에서 얼음으로 변해가고 있었다. 시간은 늦었고 센트럴 파리도 많이 어두워졌다. 그래도 파리는 언제나 환한 도시다. 화려한 장식의 가로등과 호화로운 검은 세단 들의 전조등 불빛이 리볼리 가를 밝히고 있다. 공원 주위의 위풍당당한 건물들도 풍부하고 따뜻한 빛을 뿜어낸다. 분수와 유리 피라미드도 조명이 켜져 있다. 그리고 관광객들의 카메라 플래시와 휴대폰 불빛도 꾸준히 빛나고 있다.

아름답고 로맨틱한 밤이지만 몸은 꽁꽁 얼고 피곤하고 발이 쑤신다. 발바닥에 박힌 가시가 무척이나 욱신거린다. 스테프는 내 옷깃에 얼굴을 묻고 울고 있다. 내게서 위안을 찾으려는 게 아니라 지독하게 춥고 지쳐서다. 얼음처럼 차가운 이슬비가 점점 굵어졌고, 강바람에 얼어 진눈깨비로 바뀌고 있었다.

"돌아가야겠어. 여긴 더 이상 못 있겠어."

"그래."

그녀는 얼어서 무뎌진 입술로 내 재킷 안에서 중얼거렸다.

나는 억지로 일어섰다. 근육과 뼈들이 비명을 지른다. 호텔에는 예약 문제를 정리하고 돌아오겠다고 말하고 직원에게 가방을 맡아달라고 부탁했다. 거리로 나오니 우리가 파리에 있다는 게 실감 났다. 밤새도록 볼 것과 할 것은 많았다. 어쩌면 이 사랑의 도시에서 마음을 비우고 여행의 마지막 밤을 즐겁게 보낼 수도 있지 않을까 하는 생각이 들었다. 그러나 스테프에게 그런 말은 하지 않았다. 그녀는 아직도 미레유의 죽음 때문에 스트레스를 많이 받고 있었고, 내가 이 여행을 즐길 생각을 하고 있다는 걸 알면 자기 기분을 몰라준다고 생각할 것이다. 내가 미레유에게 마음을 쓰지 않은 것은 아니었다. 그러나 부끄럽게도 화가 나 있기도 했다. 스테프와 나 사이의 관계가 잘 풀려가고 있었는데. 원래 이 여행의 목적이 그것이었는데. 강도 사건 이후 처음으로 우리는 다시 가까워졌고 함께 미소를 지었었다. 그런데…… 그렇게 되어버린 것이다.

조바심이 나서 미레유를 억지로 머릿속에서 밀어냈다. 그런 생각으로 더 이상 시간을 낭비하고 싶지 않았다. 그러나 스테프에게는 잊으라고 말할 수가 없었다. 나로서는 그저 이 도시에서의 마지막 산책이 그녀의 기분을 낫게 해주길 바랄 뿐이었다. 어쩌면 파리를 밤새 걸어 다니는 경험을 〈비포 선라이즈〉의 젊은 연인들의 경험으로 기억할 수 있게 될지도 몰랐다.

13시간 전의 생각은 그랬다. 이제 나는 산산조각이 났다. 우리는 얼음장 같은 비를 맞으며 계속 떠돌아다녔다. 방향감각을 잃어 어디로 가는지도 몰랐다. 처음에는 퐁피두 센터의 넓고 따뜻한 로비에서 몸을 녹였고, 공짜 와이파이도 사용했다. 스테프를 만족시키기 위해 다시 칼라에게 전화를 걸었지만 예상대로 응답이 없었다. 그녀는 집을 떠나면 아예 휴대폰의 전원을 꺼버렸다. 그다음에는 불쾌한 마음이 들 정도로 화려한 방돔 광장을 헤맸다. 이 세상의 모든 명품 브랜드 매장들이 다 모여 있는 것 같았다. 높게 우뚝 선 건물들 앞을 주눅 들지 않고 지나려면 대형 롤스로이스나 벤틀리 정도는 몰아야 할 것 같다. 아르마니 정장을 갖춰 입은 안내원의 시선을 받다 보면 우리가 떠돌이 일꾼인 것 같은 기분이 들었다. 그러다 강가의 산책로와 생제르맹 대로를 어슬렁거리며 걸어 룩셈부르크 정원으로 내려갔다. 다른 때 같았으면 꿈같은 일이었겠지만 우리는 어기적거리며 하염없이 걸을 뿐이었고, 점점 더 지치고 배가 고파왔다. 나는 죽음을 무릅쓰고 여행하는 난민들에게 진심으로 동정심을 느끼기 시작했다. 그러나 이런 생각을 스테프에게 말한 건 실수였다. 그녀가 내 진심을 이해해줄 거라 생각했는데, 내 말을 듣자마자 혐오스럽다는 듯 "맙소사, 마크. 참 근사하고 배려심 있는 태도네"라고 한마디 뱉더니 내게서 멀찍이 떨어졌다. 그로부터 몇 블록을 더 걷고 기온도 한참 내려간 후에야 그녀는 다시 내 곁으로 돌아왔다. 방광이 쑤셔오기 시작해서(알 수 없는 일이다. 그날 아침 이후로 공공 음수대에서 마신 물 한 모금 말고는 아무것도 먹지 못했는데) 루브르 표지판을 따라갔다. 박물관 로비의 화장실을 쓸 수 있을 거라는 생각에서였다. 그래서 우리는 지난 30분 동안 이곳 벤치에 얼어붙은 채 앉아 있는 것이다.

이렇게 밤새도록 걷는 일이 나중에는 추억으로 바뀔 수 있을까. 아무렴, 물론이지. 〈비포 선라이즈〉의 연인들은 '둘 다' 젊었고 그들이 밤을 샌 건 여름이었다. 결국 스테프와 나는 프티의 아파트를 벗어날 수 없었다.

"〈비포 선라이즈〉의 배경은 비엔나였지."

스테프가 말했다.

나는 스테프를 똑바로 바라봤다. 나는 심지어 내가 소리 내어 말하고 있다는 사실도 깨닫지 못했다. 그런데 왜 그녀는 이런 반대 의견을 말하는 것일까?

"음, 파리였을 텐데. 그 영화 시작 부분에 셰익스피어 앤 컴퍼니에서 하는 낭독회가 나오잖아. 난 그 영화를 몇 번이나 봤다고. 그래서……."

그러나 말을 하는 동안, 나는 그녀 말이 맞다는 걸 깨닫는다.

"파리는 두 번째 영화야. 그 두 사람이 더 지치고 슬프고 늙었을 때."

"젠장, 당신 말이 맞아. 미안해."

틀렸다는 걸 깨달을 때까지는 내가 맞다고 확고하게 믿고 있었다. 내 인생 전부가 그랬다.

스테프가 내 팔을 잡고 일어섰다. 내가 뭔가 쓸모 있는 사람이 된 것 같은 기분이 들었다.

"거기서부터 잘못된 거였어. 비엔나에 갔어야 했는데."

그녀는 내 외투 자락 안으로 파고들었고, 우리는 몇 걸음 비틀거리며 걷다가 결국 그 방법이 썩 바람직하지 않다는 사실을 깨달았다. 내 외투는 둘이 다 덮기엔 그리 크지 않았고, 서로 다리가 엉켜 제대로 걸을 수도 없었다. 우리는 다시 떨어졌지만, 그녀가 내 팔에 팔짱을 끼고 자기 쪽으로 끌어당기자 기분이 좋아졌다. 아마도 온기를 나누기 위해서였겠지만, 아닐 수도 있다.

늦은 시각이었지만 중앙 광장은 아직도 관광객들과 보행자들로 북적였다. 팬케이크와 핫초콜릿을 파는 노점상에서 김이 피어오르는 것이 눈에 띄었다.

"이러다 굶어 죽겠어. 저것 좀 사 먹을까."

"우리 돈 얼마나 있어?"

내일까지 뭘 제대로 사 먹을 돈은 충분하지 않았지만 그래도 공항까지 갈 기차표를 살 돈은 있었다.

"아직은 괜찮아."

거짓말이다. 현실은 애써 외면하고 내일의 문제는 내일을 위해 남겨두려는. 지금 당장 이곳 파리에서 누텔라 팬케이크와 핫초콜릿 한 잔을 아내와 함께 즐길 수만 있다면, 끔찍했던 이번 주를 머릿속에서 지우는 데 큰 도움이 될 것이다.

그래서 9구역에서보다 두 배는 비싼 가격에도 불구하고, 겁에 질린 비명과 죄책감을 삼키고 노점상 주인에게 돈을 건네야만 했다. 왜냐하면 이미 주문은 들어갔고, 주인은 번철 위에 반죽을 둘러버렸고, 나는 '아, 그냥 취소해주세요'라든가 '대신 한 개만 주세요'라는 프랑스어를 할 줄 몰랐고, 우리 뒤에는 사람들이 길게 줄을 서 있었기 때문이다.

그러나 크레이프와 핫초콜릿은 기가 막히게 맛있어서 모든 후회를 날려버렸다. 지금 당장은 이걸 위해서, 이토록 행복해하는 스테프를 위해서 집도 팔 수 있을 것 같았다. 스테프가 미소를 지은 건 오늘 처음이었다. 그녀의 뺨에 묻은 누텔라 얼룩을 손가락으로 닦아내고 이걸 어떻게 할까 잠시 고민하다가 그냥 빨아먹어야겠다고 마음먹었는데, 스테프가 한 걸음 불쑥 오더니 내 손가락을 그녀의 입안으로 밀어 넣었다. 다음 순간 우리는 서로를 꼭 끌어안고 키스를 하고 있었다. 나는 이 순간에 집중했지만 결국엔 다른 사람의 시선으로 우리를 관찰하고 있었다. 우리는 파리의 연인들이다. 각자의 문제로 괴로워하고 투닥거리며 싸우고, 서로 사랑하기 때문에 잠시 그 문제를 옆으로 치워두는 여느 커플들과 별다를 바 없는 연인. 이번 여행에서 원했던 것이 바로 지금 이 순간이었다. 내 삶의 무게가 가벼워지고 구원받은 것 같은 기분이 드는 바로 이 순간.

"정말 미안해." 스테프가 내 뺨에 대고 말한다. "오늘 정말 많이도 돌아다녔지. 그냥…… 난 다만…….."

"나도 알아. 그리고 미안해할 것 없어. 나도 미안해."

그녀가 입술을 삐죽거린다. 더 이상 말하지 않는 게 좋겠다는 것을 본능적으로 알았다. 로맨틱과는 거리가 먼 말로 그녀의 귀를 채워서는 안 된다. 그러나 나도 이 순간을 어떤 식으로든 새기고 싶다.

"거의 반은 지났어, 스테프. 이제 괜찮을 거야."

"음." 그녀가 잠시 멈추더니 다시 말한다. "나 추워."

"돌아가자. 괜찮겠지. 그 아파트가 우리한테 뭘 더 어쩔 수 있겠어?"

우리는 가장 가까운 지하철역을 찾는다. 걸어가면 몇 유로를 아낄 수 있겠지만, 더 이상 걷는 건 무리다. 채 15분도 지나지 않아 우리는 피갈 역의 계단을 걸어 올라갔다. 몇 번 방향을 잘못 잡은 후에 여행 가방을 찾으러 트루와 외지유 호텔에 도착했지만, 정문은 잠겨 있고 불 꺼진 로비는 캄캄했다. 책상 위 램프만 켜져 있고, 카운터 뒤에는 아무도 없다.

벨을 울려봐도 안에서는 아무 소리도 들리지 않는다. 나는 노크를 하고 안을 들여다봤다.

"닫혔어."

스테프가 말했다.

"팻말 같은 것도 없네. 어딘가 당직 직원 이름을 걸어놨을 텐데."

스테프는 쯧쯧 혀를 차고 돌아서서 걷기 시작했다. 나는 서둘러 그녀의 뒤를 따랐다. 관절들이 고통에 찬 비명을 지른다.

"그냥 가요."

그녀는 묵묵히 걷다가 "뜻대로 세상을 바꿀 수는 없어"라고 중얼거린 것 같은데, 확실히는 모르겠다.

"그게 무슨 뜻이야?"

그녀는 대답 없이 성큼성큼 앞서 걸었고, 나는 절뚝거리며 그 뒤를 쫓는다. 우리는 아파트의 철문 앞에 도착했다. 눅눅한 정원에 들어서는 순간 내 심장은 툭 가라앉았고, 튈르리에서 봤던 관광객들의 밝고 기운찬 휴대폰 불빛과는 달리 내 휴대폰의 불빛은 텁텁하고 음침했다. 불빛이 행여 자갈 위를 비출까 봐 신중하게 방향을 잡았다. 우리는 영영 볼 일 없으리라 생각했던 낡은 계단을 터덜터덜 올라간다. 건물이 뭔가 달라진 것 같다. 두터운 정적 속에 미레유의 부재가 느껴진다. 담배 연기와 브랜디와 물감 냄새의 부재도 느껴지는 것 같았지만 그건 그냥 상상이었을 것이다.

내가 현관문을 밀어 열자마자 스테프가 불을 켰다. 안에서 어젯밤에 요리했던 음식 냄새가 물결처럼 덮쳐왔다. 살짝 상한 냄새도 섞여 있었지만 아주 나쁘지는 않았다. 적어도 그건 건물 전체를 지배하는 곰팡내가 아닌, 최근에 사람이 살았던 흔적의 냄새였다.

스테프는 말없이 부츠를 벗고 욕실로 갔다. 나는 뒤에 남아 무감각한 손가락으로 젖은 청바지와 스웨터를 씨름하며 벗고는 침대로 갔다. 기분이 좋다. 생각해보니 거의 이틀 동안이나 침대에 눕지 못했다. 내 몸은 안도감에 사로잡혀 녹아내린다.

눈이 스르르 감기는데 스테프가 거칠게 수건으로 몸을 닦으며 허둥지둥 들어온다.

"빌어먹을, 온수가 안 나와."

좀 더 좋은 상황의 나였다면 그녀의 몸을 녹여줄 방법을 생각해냈겠지만, 딱히 생각하는 묘안도 없고 그녀도 특별히 고마워할 것 같지도 않다. 그래도 쓸모 있는 사람처럼 보이기 위해 침대에서 일어나 현관문 옆 전원 패널을 들여다본다. 그러나 실은 나도 내가 뭘 찾는지 모르겠다. 그때 담요를 두른 스테프가 내 뒤로 다가왔다.

"스위치는 전부 켜져 있어. 내가 이미 다 확인했어. 그냥 자자. 너무 피곤해."

그래서 우리는 침대에 들어가 서로의 몸을 밀착시켰다. 다시금 추운 밤을 견디기 위해 서로의 몸의 온기를 빌리려 옹송그리고 있다는 느낌이 든다.

곧 스테프의 들쭉날쭉하게 코 고는 소리가 들렸다. 그녀의 호흡이 얕게 일렁였다. 나도 자야 할 텐데. 잠이 들었다가 아침이 되면 이곳을 영원히 떠날 수 있을 텐데. 그러나 그렇게 지쳤음에도 불구하고, 아니 그렇게 지쳤기 때문에 쉽사리 잠이 들지 않는다. 하나의 생각이 계속 되풀이되면서 마음속에서 나선형으로 맴돌았다. 경찰서와 끝이 보이지 않는 공원의 벽과 주위에서 들리는 부드러운 목소리와 진한 커피의 인상들이 뒤죽박죽 눈앞을 스쳐갔고, 우리가 걸었던 끝도 없는 거리와 추위와 피로와 허기가 떠올랐다. 침대는 울퉁불퉁해도 비교적 안락하고 따뜻해서 육신의 피로를 풀고 안식을 찾기에는 충분했다. 하지만 내 육신은 휴식을 취하는 대신 미레유가 창틀에서 몸을 던지는 장면을 계속 되새기면서 좀처럼 긴장을 풀지 않았다. 박물관에서 만났던 소녀의 얼굴이 스쳐 지나갔다. 그녀의 단단하고 호리호리한 몸과 향기로운 머리카락. 그건 조이었어, 이 바보야. 누군가가 말한다. 심술궂어 보이는 밀랍 얼굴의 배우가 끝없이 미소를 짓는다. 나는 잠을 자야 한다. 왜냐하면 지금 나는 창고에 있고, 버려진 옷 무더기를 뒤지고 있기 때문이다. 이제는 절박하게 옷들을 뒤로 던지며, 피 묻은 매트리스 위로 내동댕이치며 뒤지고 있다. 옷을 던질 때마다 내 뒤로 누군가가 고통스러운 비명을 지른다. 나는 뒤를 돌아 피 흘리며 울고 있는 소녀를 짓누르는 시트를 벗긴다. 필사적으로 시트를 벗기려 하지만 시트는 움직이지 않는다. 아무리 세게 잡아당겨도, 잡아 뜯어도 꿈쩍도 않는다. 그 아이는 조이이기 때문이다. 내가 아는 조이. 일곱 살 난 조이. 아이는 먼지 묻은 옷더미 속에 파묻혀 있다. 옷더미 바닥에 깔려 있다. 아이의 숨 막히는 울음소리가, 애절하게 몸부림치는 가쁜 숨소리가 들린다. 헉, 헉, 헉.

나는 놀라 잠에서 깼다. 스테프는 모로 돌아누워 계속 자고 있다. 뛰는 심장을 진정시키려 깊이 숨을 들이마신다. 조이가 그토록 원했던 공기를 들이마신다. 차가운 살갗은 축축해졌고, 아드레날린 때문에 홍조를 띠고 있다. 인상들이 물러가면서 꿈의 일부가 가라앉는다. 째지는 애통한 비명 사이사이에 들리는 흐느끼는 소리. 이건 조이가 가장 지쳤을 때, 가장 슬퍼서 울 때의 울음소리다. 이번엔 고양이가 아니다. 확실하다. 흐느낌에는 중간중간 단어도 섞여 있고, 이해할 수 없는 중얼거림도 있다. 고양이가 낼 수 있는 소리가 아니다.

나는 스테프의 등을 바라본다. 울음소리는 멀리에서 들려오지만, 혹시나 하는 마음에 스테프를 관찰한다. 그녀의 숨소리 리듬이 빨라졌다 느려졌다 하면서 몸의 곡선이 느리고 꾸준한 박자로 움직인다. 그녀가 아니다.

미레유는 죽었다. 이 건물에는 아무도 없다.

눈을 감고 잠들려 애쓴다. 지독하게 피곤하다. 머리 위로 베개를 짓눌러보지만, 울음소리는 베개를 뚫고 들어온다. 참담한 중얼거림 가운데 도드라지는 단어 하나가 귀에 꽂힌다. 아빠.

조이가 어렸을 때, 오데트는 늘 밤에 조이를 보러 갔다. 오데트가 일찍 잠드는 날이면 내가 직접 조이를 안심시키곤 했다. 그럴 때면 영웅이 된 것 같은 기분이 들었다. 간혹 조이가 밤에 깨서 괴물을 쫓아줄 사람이 필요할 때는 오데트가 아닌 나를 찾았다. 그럴 때 그 애는 나를 불렀었다. 아빠.

이건 조이가 아니야, 이 바보야. 조이는 죽었어. 네가 죽였잖아.

아빠.

공기를 들이마셔야 해. 나는 휘청거리며 침실을 빠져나와 창문을 들어 올리려 했지만 창문은 다시 굳어 있었다. 유리창을 거의 부술 뻔하다가 생각을 고쳐먹고, 신발을 신고 외투를 걸치고 열쇠를 들고 아래층으로 내려간다. 휴대폰 조명을 켤 생각도 않고, 내 속의 공포로부터 달아나기 위해 빠른 걸음으로 칠흑같이 어두운 계단을 달려 내려간다. 그러나 그 공포는 내 안에 그대로 담겨 있다. 미처 정신을 차리기도 전에 나는 미레유가 추락했던 정원의 그 지점에 서 있다. 하늘이 있어야 할 곳에 보이는 유황 오렌지빛 조각을 올려다보며 한껏 공기를 들이마시고 있다. 이 공기가 날 깨끗하게 해줄 것처럼.

그게 어느 정도까지는 먹혔던 모양이다. 적어도 조이의 울음소리는 더 이상 들리지 않는다. 나는 서서히 정신을 수습했다. 속옷 바람에, 양말 없이 구두를 신고 외투를 걸친 모습. 다리는 추위 때문에 감각이 없다. 자갈 깔린 좁은 정원은 익숙하지만 뭔가 다르다. 그러다 알아챈다. 뒤뜰의 더러운 창문을 통해 희미한 빛이 새어 나오고 있다.

누군가 저기 살고 있다. 저 창고 안에. 그렇다면 모든 게 설명된다. 말소리, 울음소리 같은 모든 소리들이. 그걸 그냥 놔둬야하는데, 이 밤에 날 방해한 누군가 또는 뭔가가 있다는 사실만으로 만족해야 하는데……. 그러면 더 쉽게 잠들 수 있겠지. 안 그래?

저기 저 창에는 다가가지 말자. 저 문 근처만 아니라면 어디든 가도 된다. 저 문은 도살장의 마지막 바리케이드를 많이 닮았다. 그냥 이대로 돌아가서 스테프와 함께 산산이 부서진 밤의 나머지를 보내야지. 그러나 마지막 꿈의 조각들이 여전히 마음속에 남아 있다. 숨을 틀어막는 시트 아래에서 숨 막혀 하며 나의 도움을 애걸하는 조이.

발이 저절로 움직여 나를 창으로 이끌고 갔고, 나는 창고 안을 들여다본다. 내 의지와는 아무 상관 없이. 창고 안은 오래된 전구가 내는 어둑한 오렌지색 불빛으로 밝혀져 있고, 가구를 덮은 먼지 쌓인 천이 불빛을 흡수하고 있다.

그러나 안에는 아무도 없다. 움직이는 것도 없고, 마지막 숨을 헐떡이는 사람도 없다.

그냥 지쳐서 그런 거야. 나는 가만히 서서 공기를 한껏 들이마신다. 자갈 위로 떨어지는 안개비 소리 때문에 정원의 숨 막히는 침묵이 더 무겁게 느껴진다. 정원을 둘러싼 벽이 도시로부터 이곳을 고립시키고, 이웃 건물의 잠든 창문들이 내 위로 부옇게 떠오른다. 신선한 공기가 나를 다시 살려주는 것 같다. 이젠 정말로 침대로 돌아가야지. 아침에는 모든 게 더 편해질 거야. 나는 건물 쪽으로 돌아선다. 숨이 차고, 심장은 여전히 불규칙하게 쿵쾅거린다. 그 순간, 정원 저 멀리 계단실 입구 위로 불빛이 번쩍거리며 달그락달그락하는 소리가 나 화들짝 놀란다.

저긴 한 번도 불이 켜진 적이 없었는데. 혹시 스테프가 나를 찾으러 나오고 있는 것이 아닐까. 다른 사람일 리는 없었다. 그러나 내 눈앞에 있는 벽의 작은 창문이 갑자기 휘청거리고, 그 옆 창문도 같이 휘청거린다. 그러더니 원인을 알 수 없는 울부짖는 소리가 들려왔다. 그러나 이번에는 무슨 소리인지 알겠다. 저 망할 고양이. 녀석 때문에 심장마비가 올 뻔했네.

지난번에 고양이를 보았던 지하 배수로로 다가가 쭈그리고 앉아 안을 들여다본다. 그러나 안에는 아무것도 없다. 한참을 들여다보다가 고양이를 꺼내보려고 팔을 배수로 안으로 넣어 휘젓는다. 썩은 생선 냄새와 하수구의 악취가 풍긴다. 아직도 이 안에는 미레유의 피가 엉겨 붙어 남아 있겠지. 그 생각에 서둘러 팔을 꺼냈다. 외투 소매는 팔꿈치 위까지 걷어 올려 있고 팔 아래쪽은 끈적끈적한 것으로 뒤덮여 있다.

일어서려는데 뒤에서 사뿐사뿐한 발소리가 들린다. 지금 내 모습을 스테프에게 어떻게 설명하지. 옷은 반쯤 입고 배수관 입구 위에 쭈그리고 앉아있는 이런 꼴을. 나는 천천히 돌아선다.

조이가, 일곱 살 난 조이가 뒷짐을 지고 서서 나에게 미소 짓고 있다. 청바지와 티셔츠만 입고 긴 머리카락은 빗물에 젖어 색이 짙어졌다.

"여기서 뭐 하고 있니, 조이?"

내 마음은 지금 이것이 현실임을 애써 무시한다.

"그러다 꽁꽁 얼겠다. 이리 와."

나는 일어서서 외투를 벗어 아이에게 내민다. 그러나 아이는 손에 들고 있던 것을 내밀었고, 나는 외투를 떨어뜨렸다.

"아빠 주려고 가져왔어."

고양이는 아이의 손 안에서 헐떡이며 신음하고 있었다. 고양이가 후려치거나 할퀴지 못하도록 아이의 손이 고양이 다리를 억세게 쥐고 있다. 고양이는 아이에게 공격하려고 머리를 이리저리 뒤틀었고, 몸 깊은 곳에서 낮게 울부짖는 소리가 스며 나온다.

"그거 내려놔, 조. 놔줘."

"왜, 아빠? 아빠는 이거 싫어하잖아. 아빠 자는 걸 자꾸 깨우잖아."

나는 아이에게 한 발 다가가며 애원한다. 온몸에 이는 전율을 간신히 억누른다. 심장이 가슴에서 튀어나올 것처럼 뛴다.

"조이, 너한테 동물을 다치게 하라고 가르친 적 없는데. 그런 건 나쁜 짓이라고 했잖아."

아이는 나를 무시한다.

"나도 이거 싫어. 얘 때문에 숨이 막혀."

아이는 손을 들어 고양이의 머리를 오른손으로 쥔다.

"안 돼! 하지 마!"

너무 늦었다. 조이가 손을 꼭 쥐고 비틀자 고양이는 비명을 지른다. 우두둑 고양이의 목이 부러지는 소리가 들린다. 갑자기 사방이 조용해졌고 조이는 고양이 털을 한 줌씩 뽑기 시작한다. 나는 허겁지겁 달려들어 죽은 고양이를 아이의 손에서 빼앗는다. 고양이의 입에서 피가 왈칵 쏟아져 나에게 튄다.

"무슨 짓을 한 거야?"

스테프의 목소리다. 나는 고개를 들어 그녀를 바라본다.

"내가 한 게 아냐. 얘가 그랬어."

나는 조이가 서 있던 곳을 가리키지만 아이는 없다.

"그거 내려놔, 마크. 내려놔. 우리 여기에서 나가야겠어."

아득해진 정신으로 간신히 버티고 섰다. 나는 진창과 피로 범벅이 된 팔을 내려다본다. 그리고 배도, 다리도.

"하지만 씻어야 하는데. 옷도 갈아입고."

"여기 그냥 있어. 내가 수건이랑 짐 챙겨서 가져올게. 저 건물에 다시 들어갈 생각은 하지도 마. 우리는 이 빌어먹을 아파트를 나가는 거야. 지금 당장."

그 순간은 피로와 추위 때문에 힘들어서 스테프가 프티 부부의 얇은 수건으로 나를 문지르고 아직 마르지 않아 축축한 바지를 입는 걸 도와주고 강제로 외투를 입히는 걸 거의 알아채지 못했다. 그녀는 수건을 바닥에 널브러진 고양이 시체 위에 던지고 나를 거리로 끌고 나와 정문을 닫았다. 나는 회색의 좁은 거리를 비틀거리며 걸었고, 스테프는 내 뒤에서 씩씩거린다.

실눈을 뜨고 벽에 기대어 서서 스테프가 호텔 로비 데스크 뒤에 앉은 남자에게 소리 지르는 것을 바라본다. 가서 도와줘야 하는데. 나도 같이 싸워야 하는데. 하지만 너무 춥다. 외투 옷깃을 여미고 기다리는데 스테프가 나와서 나를 끌고 다시 언덕을 올라간다.

"이거 들어, 마크."

스테프는 내 등에 배낭을 메어주고는, 안간힘을 쓰며 바퀴 달린 여행 가방 두 개를 끈다. 나는 고개를 젓고 눈을 꼭 감는다. 머릿속의 거미줄을 떨치고 그녀를 돕고 싶지만, 너무 피곤하다.

"저 개자식들이 뭐라는지 알아? 가방을 못 돌려주겠다는 거야. 애초에 '그 직원'이 우리 가방을 보관해주면 안 되는 거였대. '부인, 그 순간의 테러의 위험을 생각하면 우리가 얼마나 운이 좋은지 모르겠습니다.' 그딴 말을 주절거리는 거야. 이제 파리는 완전히 끝이야."

어떻게 했는지는 모르겠지만 스테프는 나와 여행 가방을 전부 다 끌고 피갈 지하철역으로 내려와 지하철을 탔고, 다시 지상의 좁은 전철역으로 올라와 전철로 갈아탔다. 아직 어두웠지만 우리 주위는 분주하게 돌아가고 있다. 시계는 5시 52분을 가리키고 있다. 일하는 사람들이 하루를 시작하는 시간이다. 걷다가 기차 좌석에 앉아 쉬다가 하면서 조금씩 회복된 나는 간신히 말했다.

"내가 한 게 아냐, 스테프."

그녀는 그저 고개를 저었다.

"우리 지금 어디 가는 거야?"

"파리 북역. 공항 가는 기차 타러."

"하지만 대기 항공편은 오늘 밤 11시에 있는데."

그녀는 나를 가만히 바라본다.

"당신은 내가 이 도시에서 일 분이라도 더 있고 싶을 것 같아? 그럼 뭘 하게? 관광이나 나갈까? 에펠탑에 올라가고, 별 세 개짜리 점심을 먹고, 차에 치어 죽은 동물 시체나 줍고?"

기차 안의 사람들이 우릴 바라본다.

"쉿! 말했잖아. 내가 그런 게 아니라고. 그건……."

"입 닥쳐, 마크. 나한테 더 이상 한 마디도 하지 마."

그녀는 팔짱을 끼고 시선을 돌렸다.

지하철이 파리 북역에 멈췄다. 그때쯤에는 적어도 배낭을 등에 메고 여행 가방을 굴릴 정도까지는 회복이 되었다. 비난의 기운이 담긴 스테프의 쓰디쓴 침묵을 느끼며 우리는 지하철역에서부터 복잡한 터미널의 여러 층을 거쳐 표 자판기까지 찾아왔다. 지갑을 꺼내기 전에 잠시 주위를 둘러본다. 금요일 이른 아침의 기차역은 사람들로 붐볐고, 후드 티와 트레이닝복 바지를 입은 전형적인 선진국 범죄자들 같은 사람들이 위협적으로 돌아다녔다. 생각하기 부끄러웠지만 우리가 끄는 알록달록한 여행 가방과 주춤거리는 걸음걸이가 사기 당하기 딱 좋은 관광객으로 보일 것 같았다.

그러나 어차피 고려할 가치조차 없는 일이었다. 지갑 안에 들어 있는 것이라곤 2유로 35센트와 무용지물인 신용카드뿐이었기 때문이다. 스테프의 주머니에서는 1유로 40센트가 나왔다. 기차표를 사려면 20유로가 있어야 했다.

　"저기 좀 봐."

　스테프가 B라인으로 들어가는 회전문들을 가리키며 말한다.

　"다들 저 유모차 통로로 들어가잖아. 표 검사도 따로 안 하고. 우리도 아무나 뒤에 붙어서 저쪽으로 넘어가자. 다들 그러 잖아."

　"말도 안 돼, 스테프. 표 없이 기차를 타는 건 불법이야. 모든 사람들이 다 그러거나 말거나 상관없어."

　"그럼? 다른 방법이 있어?"

　나는 아무 말도 하지 않는다. 차마 입을 열 수도 없었다. 나는 부끄러움을 무릅쓰고 손을 오목하게 모은 자세로 중앙 홀로 걸어갔다. 도움이 필요하다는 만국 공통 신호다. 창피하지만 범죄를 저질러야만 하는 처지라면 차라리 이 편이 나았다.

　스테프는 나를 말리지 않았다. 그 대신 뒤에서 조용히 중얼거렸다.

　"지금 당신, 나 놀리는 거지."

　그러고는 우리 가방을 끌고 멀찍이 가서 손에 턱을 괴고 가방 위에 앉는다. 지금 이 순간 땅속으로 꺼져 없어지고 싶다. 갱단 조직원이나 사기꾼 같은 사람이 내 앞을 지나가다가 나를 곤죽이 되도록 두들겨 패고, 내가 가진 걸 전부 다 빼앗고 나를 먼지 속에 파묻어버린다고 해도 전혀 화가 나지 않을 것 같다.

　고통스러운 45분이었다. 날 최악으로 몰아가는 것이 내 자신의 수치심인지, 아니면 철책 옆에 앉아 있는 스테프의 당혹감인지 모르겠다. 그녀는 이 세상 어디라도 여기만 아니면, 지금 함께하는 사람이 이 세상 그 누구라도 나만 아니라면 좋겠다고 생각하겠지. 우스꽝스럽고 의미도 없는 절도 있는 자세로 서 있는 나를 보고 다 큰 아이들은 웃었고, 관광객들은 나를 피해 지나다녔고, 행색 초라한 일꾼들은 꺼지라고 욕을 했다. 그러다 흰 케피 모자를 쓴 짙은 피부색의 키 큰 남자가 미소를 지으며 나에게 다가왔다. 그의 뒤로 아내와 아들과 딸이 참을성 있게 서서 지켜보고 있다. 아내는 알록달록한 히잡을, 딸은 긴 보라색 히잡을 썼고, 아버지를 똑 닮은 아들은 말끔한 정장 차림이었다. 남자가 나에게 영어로 말을 걸었다.

"오늘 알라에게 뭘 간청하고 있습니까, 나의 형제여?"

나는 솔직히 말했다.

"제 아내와 저는 공항으로 갈 기차표를 사기 위해 16유로 25센트가 필요합니다."

남자는 지갑에서 5유로 두 장과 10유로 한 장을 꺼내 나에게 내밀었다. 얼핏 본 지갑 안에는 돈이 별로 없었다. 그 돈을 거절해야 한다고 생각했지만 갑자기 그렇게 하면 그에게 불명예를 안겨주는 꼴이 될 것 같았다.

"고맙습니다. 메르시. 돈을 갚을 수 있도록 주소를 알려주십시오."

"아뇨. 기도하실 때 술레이만과 그의 가족을 기억해주십시오. 아시겠습니까?"

"고맙습니다."

나는 가족이 멀어져가는 것을 지켜본다. 꼭 사기꾼이 된 기분이었다. 나는 저 남자를 위해 절대 기도하지 않을 것이다. 나는 신앙이 없는 사람이고, 기도도 하지 않는다. 나는 그에게 아무것도 줄 것이 없다.

"이제 만족해?" 스테프에게 다가가자 그녀는 냉랭하게 말했다. "우리보다 더 가진 게 없는 사람한테 돈을 받아서?"

"그래, 만족해."

"멋져, 마크. 정말 기가 막히게 멋져."

그녀는 나를 한참동안 지그시 바라보았다. 눈에 악의가 이글거리는 것이 보인다. 그녀도 그것을 억지로 감추지 않는다.

"당신이 성스러운 도덕성을 지키기 위해 당당하게 나선 것이 기뻐. 하지만 아내와 아이가 무장 강도들한테 끌려 나갈 땐 가족을 지키기 위해 나서지도 못하면서."

그녀는 내 얼굴에 떠오른 고통스런 표정을 확인하지도 않고 휙 돌아서서 가버렸다.

14

스
테
프

비행기가 비에 젖은 활주로를 달리기 시작하자 비로소 마음이 놓이기 시작했다. 그때까지도 승무원이 내 어깨를 톡톡 두드리고는 미안한 듯 미소를 지으며 "죄송합니다, 손님. 뭔가 실수가 있었어요. 손님과 불안에 떨고 있는 엉망진창인 남편분께서는 지금 당장 이 비행기에서 꺼지셔야 합니다"라고 말할 것을 기다리고 있었다. 그러면 우리는 공항에서 돈 한 푼 없이 또 하루를 꼬박 갇혀 있어야 하겠지. 미끄러지는 플라스틱 의자에서 고약한 커피를 마시며 열 시간을 넘게 버티고 나니 그런 생각조차 감당할 수 없었다.

샤를 드골 공항에 도착하고서 나는 에어프랑스 체크인 데스크가 보이는 입구 쪽 벤치에 자리를 잡았다. 입구의 문이 열릴 때마다 담배 냄새를 머금은 얼음처럼 차가운 바람을 맞아야 했지만 상관없었다. 우리 비행기의 탑승 수속은 몇 시간 후에나 시작되겠지만 비행기에 올라타는 것이 너무 절실해서 체크인 데스크가 눈앞에 보이지 않으면 마음을 놓을 수가 없었다.

마크는 한 시간 정도 괴롭게 잠을 잤다. 머리가 연신 뒤로 넘어가고 입을 벌리고, 시체처럼 잤다. 나는 너무 걱정이 돼서 잠도 오지 않아, 가방 밑바닥에 한 줄도 읽지 않고 처박아뒀던 케이트 앳킨슨의 소설을 꺼내 겨우 끝까지 읽었다. 체크인 기계 앞에 들뜬 얼굴로 줄 서 있는 관광객이나 출장 가는 사람들을 미워하지 않으려고 간신히 마음을 다잡았다. 30분간 공짜로 제공되는 와이파이는 엄마에게 이메일을 보내는 데 통째로 다 썼다. 이메일에는 모든 게 다 좋았고 다음 날 만나자고만 썼다. 이른 비행기로 바꿔 탈 수 있다는 게 확실해지기 전에 엄마에게 그 사실을 알리면 어쩐지 부정 탈 것 같아 꺼림칙했던 것이다. 그런 다음에는 공연히 서성거리다가 오래된 크루아상을 하나 사 먹고, 여행 가방을 끌고 화장실을 들락날락하면서 얼굴에 대충 물을 뿌리고 옷을 갈아입었다(찬바람이 들이닥치는 곳에 앉아 있어도, 몇 시간을 그러고 있으니 두 겹으로 껴입은 티셔츠 아래로 땀이 맺혔다). 그러다 대기 항공권 발권 데스크가 열리자마자 벌떡 일어서서 줄을 섰다. 그 비행기를 타고 싶어 하는 사람이 우리만 있는 것은 아니었지만 체크인 카운터의 직원은 친절했고, 가족에게 큰일이 생겼다는 내 변명도 믿어주는 척했다. 그러나 사실 그건 마크의 공이었을 것이다. 그의 외투는 내가 화장실에서 대충 닦아서 수습했다. 말라붙은 동물의 피와 떡져서 엉겨 붙은 고양이 털이 배수구를 막는 걸 보며 치밀어 오르는 구토를 간신히 참아 가면서. 그러나 그의 눈은 뭔가에 홀린 듯 잔뜩 핏발이 서 있었다. 누가 봐도 비통해하는 사람의 얼굴이었다.

비행기가 수평 고도를 유지하자 불안은 거의 다 사그라졌다. 창가 쪽 좌석에 앉은 여자는 단호한 자세로 책을 읽고 있었고, 내 옆자리의 승객은 나에게 관심을 보이고 있었다. 30대쯤 되어 보이는 금발 눈썹의 독일인이었는데, 그는 나와 얘기를 나누고 싶어 했고 나는 잠시라도 머리를 식히고 싶었다. 그는 손을 내밀었고 나는 가볍게 악수를 했다. 그러면서 내 손바닥이 축축한 것을 알았다. 그리고 그제야 손톱 밑에 때가 덕지덕지 끼어 있는 것도 눈치챘다. 나는 손톱을 손바닥 안에 감췄다.

"남아프리카 분이신가요?"

그가 물었다.

"네. 케이프타운에 살아요."

"아. 저는 요하네스버그에 갑니다. 처음 가보는 거예요."

그는 대기 줄에서 우리를 봤다며 마크와 좌석을 바꿔주겠다
며 제안했었다. 표를 제일 마지막에 받은 탓에 나란히 붙은 좌
석을 받을 수는 없었던 것이다. 그러나 나는 괜찮다고 말했다.
안전하게 파리를 떠나는 때에, 나는 마크를 믿을 수가 없었다.
그에게 한바탕 난리를 부리지 않은 내 자신을, 그에게 '당신 제
정신이야? 머리가 어떻게 된 거 아냐?'라고 쏘아붙이지 않은
내 자신을 믿을 수 없었다. 난 마크가 무서웠고 그 공포는 이제
분노로 바뀌고 있었다. 다행히 옆자리의 금발 남자는 자기 문제
에 열중한 나머지 내가 왜 남편과 같이 앉고 싶어 하지 않는지
크게 궁금해하지 않았다. 그는 인터넷에서 만난 남아프리카 여
자를 만나러 가는 길이라며 연애에 대해 열심히 지껄였다. 나는
그에게 그렇게 말해주고 싶었다. 그딴 건 영원하지 않아요. 어
느 날 잠에서 깨면 사랑하던 여자가 죽은 고양이를 주무르고 있
는 걸 발견하게 될 텐데요.

기내식으로 나온 닭고기와 브로콜리를 기계적으로 삼켰다.
카베르네 미니 와인은 너무 빨리 들이켠 나머지 속이 쓰렸다.
조명이 어둑해졌고, 일방적인 대화에 지친 내 옆자리 승객은 마
침내 입을 다물고 눈앞의 화면에 시선을 고정한 채 〈22 점프 스
트리트〉를 보며 웃고 있었다. 나는 기내지의 종잇조각 모서리로
손톱 밑의 때를 파냈다. 그것은 끈적거렸고 기내 면세품 광고에
핏빛 얼룩을 남겼다. 정체가 뭔지는 너무나 잘 알고 있었지만

애서 외면했다.

그 아파트에 다시 돌아가지 말았어야 했다. 그러나 우리는 비에 젖었고, 안절부절못했고, 동전 한 닢 없었고, 옷은 칼라가 예약한 빌어먹을 그 호텔 안에 갇혀 있었다. 둘 중 누구도 거친 야외에서 잠을 자거나 버스 터미널이나 기차역에서 밤을 지새워본 적이 없었다. 그러나 솔직히 말해서 그 아파트의 익숙한 계단을 말없이 오를 때, 묵은 먼지의 익숙한 냄새와 오래된 음식 냄새를 들이마셨던 그때는 피곤하다는 느낌 말고는 아무 느낌도 없었다. 공포도, 두려움도, 미레유에 대한 슬픔이나 후회도 없었다. 그걸로 끝이었다.

나는 거의 곧장 기절하듯 잠들었다. 뭣 때문에 깼는지는 모르겠다. 꿈을 꾼 기억도 없었다. 마크와 나는 침대에 눕자마자 서로 엉켜 잠이 들었다. 다음 순간, 눈을 떠보니 그는 침대에 없었다. 나는 자리에서 일어나 귀를 기울였지만, 아파트 안에서 그가 움직이는 소리는 들리지 않았다. "마크?" 나는 잠에 취한 목소리로 불러보았다.

아무 대답이 없자 벌떡 일어나 집 안의 불이란 불은 다 켜고, 여전히 잠에 취한 상태로 욕실과 부엌을 왔다 갔다 했다. 들리는 소리라고는 나무 마루 위를 디디는 내 발소리뿐이었고, 문득 우리 집에 드리워졌던 어두운 그림자가 생각났다. 마크는 없었다. 이유는 모르겠지만 그가 위층의 미레유의 방으로 갔을 거란 생각이 들었다. 굳이 옷을 갖춰 입지도 않았다. 그즈음에는 패닉이 몰려와서 반쯤 벗고 있다는 사실조차 제대로 인식하지 못했다. 게다가 마크가 열쇠를 남겨두고 갔는지 확인도 안 했다. 나는 무작정 밖으로 나왔고, 문이 뒤에서 쾅 소리를 내며 닫혔다. 나는 속옷 바람으로 계단을 달려 올라갔다.

미레유의 방문은 반쯤 열려 있었다. 나는 속삭이며 마크를 불렀다. 스튜디오가 비어 있다는 것이 느껴졌다. 남의 집에 몰래 침입하는 기분이었지만 그럼에도 집 안을 들여다보고 불을 켜는 나 자신을 막을 수 없었다. 방 안은 아직도 담배 연기와 술 냄새가 지독했는데, 이제는 그 아래 뭔가 다른, 라벤더 향 비슷한 냄새가 희미하게 깔려 있었다. 누군가, 아마도 경찰이었을 텐데, 캔버스들을 전부 뒤집어놓아서 방 안으로 들어서자 스무 명이 넘는 눈이 큰 아이들이 나를 에워싸고 바라보고 있었다. 그렇게 한꺼번에 보자 그림들이 모두 한 아이의 다양한 감정 상태를 묘사한 것 같다는 생각이 들었다. 곁눈질 하며 웃는 아이, 크게 웃는 아이, 우는 아이와 소리 지르는 아이. 그림 솜씨가 별로라 으스스한 느낌은 들지 않았지만 아이들의 표정에는 어떤 외로움과 절박한 심정 같은 것이 깃들어 있어서 유치하거나 우스꽝스러워 보이지 않았다. 나는 손을 뻗어 그림을 만져보려다가 다시 손을 잽싸게 뒤로 뺐다. 아무 근거 없이 그것들이 나를 어떤 식으로든 감염시킬 거라는 생각이 들어서였다. 랩톱은 없었고, 커피 주전자와 침대보도 사라지고 없었다. 낡은 코듀로이 바지가 둘둘 말린 채 쓸쓸하게 구석에 놓여 있었다.

　쿵, 하는 소리가 건물의 내부를 타고 올라왔다. 문이 닫히는 소리일까? 나는 미레유의 방을 나와서 마크가 돌아와 있길 바라며 아파트로 달려갔다. 열쇠가 없으면 꼼짝없이 밖에 갇혀 있어야 한다. 나는 손바닥으로 문을 두드렸다.

　"마크! 안에 있어? 마크!"

　답이 없었다. 맞은편 집 문으로 가서 문틀 위쪽을 손가락으로 훑었다. 열쇠는 없었다. 문에 귀를 대보았지만 내 귀 안쪽의 혈류 소리 말고는 아무 소리도 들리지 않았다. 이유는 모르겠지만 마크는 밖으로 나간 것이 틀림없었다.

추위가 정말로 내 살을 깨무는 것처럼 맹렬했고 살갗에는 소름이 돋았다. 나는 허둥지둥 계단을 달려 내려가 문을 밀어 열고 정원으로 나갔다.

"마크?"

저쪽 구석에 어두운 그림자가 눈에 들어왔다.

"아, 맙소사. 당신 여기서 뭐 하고 있어?"

그의 어깨가 떨리고 있었다. 뭔가 잘못됐어. 나는 천천히 그를 향해 걸어갔다. 그의 품 안에 뭔가가 있었다. 어두운 덩어리가. 처음에는 그게 뭔지 보이지 않아서 만지려고 손을 뻗었다가 손가락에 털이 닿자 다시 손을 움츠렸다. 털 아래는 아직도 온기가 남아 있었다. 뭔지는 몰라도 동물이었고 아주 최근에 죽은 것이 틀림없었다. 그가 몸을 돌리자 그게 고양이라는 걸 알 수 있었다. 발아래 바닥이 기울어지는 것 같았다. 추위도 느껴지지 않고 맨발바닥을 찌르는 돌멩이들도 잊었다.

"그거 내려놔, 마크. 내려놔. 우리 여기에서 나가야겠어."

그는 뭐라고 중얼거렸지만 무슨 말인지 알아들을 수가 없었다. 주위가 어두워서 표정도 읽을 수 없었다.

"열쇠 줘."

나는 그 고양이에 손이 닿지 않도록 최선을 다해 그의 외투 주머니를 뒤졌다. 손가락으로 열쇠를 더듬어 꺼내면서 절로 안도의 한숨이 나왔다. 그를 거기에 혼자 두면 안 될 것 같았지만 그를 끌고 아파트까지 데리고 갈 수도 없을 것 같았다.

"그 빌어먹을 것 내려놓고 기다려. 2분 안에 돌아올게."

나는 계단을 뛰어 올라갔다. 새로운 공포가 나를 뒤에서 떠밀었다. 머릿속에는 오로지 지금 이 상황이 나쁘다는 생각뿐이었다. 아주 나빴다. 도대체 무슨 생각으로 죽은 고양이를 줍고 싶었을까? 왜 그걸 찾으려고 거리까지 나갔다 온 걸까?

나는 수건을 집어 들고 옷을 걸쳤다. 청바지는 아직 덜 말랐지만 전혀 걱정거리가 되지 않았다. 나는 나머지 물건을 전부 챙겨 정원으로 달려 내려갔다.

내가 돌아왔을 때 그는 한결 차분해져 있었다. 고양이는 정원 구석에 버리고 없었다. 내가 고양이 시체의 악취에 구역질을 하며 그의 외투에 붙은 배설물 덩어리를 긁어내는 동안 그는 나에게 한 마디도 말하지 않았다. 나는 도대체 무슨 생각을 한 거냐고 재차 물었고, 그는 그게 아직 살아 있는 줄 알고 살리려고 했다는 둥 중얼거렸다. 나는 기차역에서 그가 보인 비이성적인 행동을 용서할 수 있었다. 다른 사람들처럼 회전문을 몰래 통과하자는 걸 거절한 것. 그는 언제나 그런 식이었고 자신의 높은 도덕성을 자랑스러워했다. 그러나 그 가족에게 돈을 구걸한 그를 용서할 수 있을지는 잘 모르겠다. 마크는 그 사람들에게 겁을 줬다. 나에게도 겁을 줬다. 그 사람들이 경찰을 부르지 않은 건 정말 운이 좋았던 거다. 소매에 고양이 털이 잔뜩 엉겨 붙은 채로 공포에 전 눈빛에, 면도를 안 해 수염이 텁수룩한 남자가 다가온다면 나라도 지갑을 통째로 건네줬을 것이다. 더 최악인 것은 마크가 그들의 공포를 의식하지 못하고 의기양양했다는 것이다. 자, 봐, 스테프. 아직도 세상은 이렇게 친절한 곳이라고.

기억을 되살리니 역겨워졌고 속에서 신물이 치밀어 올랐다. 나는 자리에서 조심스럽게 미끄러져 나와 비틀거리며 뒤쪽 화장실로 향했다. 복도 반대쪽에서 마크가 손가락으로 이어폰을 만지작거리며 화면을 노려보고 있었다. 내가 지나가는데도 그는 고개를 들지 않았다.

안전하게 화장실 안에 들어가서 문을 잠그고 금속 변기 시트 위에 앉아 쓰레기통에 넘쳐나는 더러운 핸드 타월 무더기를 지그시 바라보았다. 메스꺼움은 가라앉았지만 속은 여전히 뒤집어질 것 같았다. 여덟 시간만 있으면 집에 갈 것이다. 여행을 떠나기 전에는 긴장이 풀리고 확신 넘치는 활기찬 상태로 돌아갈 것이라고 생각했었는데. 괴한이 우리 집에 드리워놓은 어두운 그림자를 걷을 방법을 알아낼 수 있으리라 생각했었는데. 헤이든이 너무 보고 싶다고 핑계를 대고(이건 사실이었다), 곧장 몬터규로 가서 부모님 집에서 며칠 있는 건 어떨까. 엄마 아빠가 일요일에 헤이든을 데려다주시기로 되어 있었지만, 내가 직접 가겠다고 해도 문제는 없을 것이었다. 하지만 과연 집에 돌아가자마자 곧장 마크를 혼자 남겨두고 떠날 수 있을까? 더 중요한 문제는, 꼭 그래야 할까? 아니다. 그는 상태가 좋지 않다. 우리 집과 우리의 문제는 언젠가는 똑바로 직시해야만 했다. 몬터규로 달아나봤자 피할 수 없는 일을 조금 뒤로 미루는 것뿐이었다. 아예 돌아오지 않을 생각이 아니라면 말이다.

내면의 목소리를 듣자 수치심이 몰려왔다. 어떻게 그런 생각을 할 수가? 그 화장실에 앉아, 냄새 풍기는 바보 같은 화장실에 앉아서 나는 결심을 했다. 마크가 어떤 일을 겪든 그건 '우리'의 문제였다. 나는 아직도 괴한이 침입했을 때 그가 보여준 태도에 분개하고 있지만 그건 내 문제였다. 그 문제에 관해서는 마크를 용서할 수 있었다. 나는 그를 사랑했다. 물론이다. 그의 기이한 행동들, 죽은 고양이, 아랍인 가족을 희롱한 것은 만성적인 수면 부족과 외상 후 스트레스 장애 그리고 스트레스 증상이었을 것이다. 나는 변기에서 일어서서 개수대 위의 비틀어진 거울에 비친 내 얼굴을 노려보았다. 헤이든이 태어나고 첫 한 달은 둘 다 무척 힘들었다. 우리는 인생을 차곡차곡 쌓아가고 있었다. 그가 상처가 있는 사람이라는 건 처음부터 알고 있었다. 내가 어떤 일에 뛰어들려는 것인지도 잘 알고 있었다. 아이의 죽음 같은 사건을 이겨낼 수 있는 사람은 없다. 과거로부터 달아날 수 있는 사람은 없다. 이 모든 게 내 자존심 때문만은 아니라고 말하고 싶지만 그건 거짓말일 것이다. 우리가 제대로 잘 살 수 있을 거라고 생각한 사람은 아무도 없었다. 우리 부모님, 내 친구들, 특히 칼라. 나는 그들이 모두 틀렸다는 걸 증명해야 했다.

나는 화장실을 나왔고 이번에는 자리로 돌아갈 때 마크의 어깨를 살짝 건드렸다. 그는 놀라 움찔했지만 나를 보고는 마음이 놓이는지 미소를 지었다. 하마터면 내 옆의 남자가 좌석을 바꿔주려 했다는 말을 할 뻔했지만 곧 생각을 고쳐먹었다. 몇 시간 떨어져 앉는다고 해서 해로울 것은 없었다.

"그 자린 괜찮아?" 그가 물었다.

"응, 괜찮아."

주위가 어두웠지만 나는 뭔가 이상한 징후가 있는지 그의 얼굴을 찬찬히 살펴보았다. 마크 옆자리의 여자가 몸을 틀어 궁금한 듯 나를 힐금 보았다. 여자들은 마크를 좋아했다. 언제나 그랬다.

"스테프, 공항에서 있었던 일은 미안해."

"공항?"

이런 젠장. 나도 모르게 공항에서 또 무슨 짓을 한 거야?

"공항에서 무슨 일?"

"알잖아. 난 그냥 잠이나 자고 귀찮은 일들은 당신이 전부 처리한 거."

"아, 아, 그거. 괜찮아."

"괜찮지 않아. 정말이야."

그는 나를 보며 뒤틀린 웃음을 지어보였다.

"뭐야해, 스테프."

파리에 도착한 날 기차에서 만났던 그 형편없는 가수가 떠올랐고 안심이 되어 웃음을 터트렸다. 그는 농담을 할 정도로 제정신이 돌아왔다. 이건 중요했다.

"가서 좀 자."

그는 내 손에 키스했고 나는 자리로 돌아왔다. 마음이 한결 가벼워지자 고양이 사건은 별일 아니라는 생각까지 들었다. 그때 나는 극도로 무서웠고 혼란스러웠다. 어쩌면 내가 뭔가 잘못 기억하고 있었던 것인지도 몰랐다. 어쩌면 그는 정말로 고양이를 구할 수 있을 거라 생각했을지도 모른다. 마음이 놓인 나는 곧장 잠에 빠져들었다.

비행기가 요버그에 착륙하자 옆자리 독일 남자가 나를 깨워주었다. 내가 자는 동안 화장실에 가기 위해 몇 번 날 타고 넘어갔던 모양이었다. 그는 말끔히 면도를 하고 깨끗한 흰 셔츠를 입고 있었다. 사람들이 비행기에서 내리고 나는 문 밖에서 초조하게 마크를 기다렸다. 이틀 동안 자란 까칠한 수염 탓에 초췌하고 늙어 보였지만, 그는 한결 더 차분해졌고 어제보다 덜 들뜨고 산만해 보였다. 입국 심사대에 줄을 서고 가방을 찾는 동안 우리는 별로 말이 없었고, 예의 바른 낯선 사람들처럼 의미 없는 말들만 주고받았다. "잠은 잘 잤어?", "아침 식사가 완전 꽝이었지?", "케이프타운 가는 비행기 갈아타기 전에 커피 좀 마실까?"

도착장 주위에 모인 인파 위로 금속 풍선들이 구름처럼 통통

팅기고 있었고, 내 마음도 같이 들뜨기 시작했다. 대합실은 붐볐고 소음과 갖가지 색깔로 가득했다. 지금까지 회색빛 세상에 있다가 돌아오니 이곳에서 다시 진짜 인생이 펼쳐지는 것 같았다. 누군가 꺅 하고 비명을 지르는 소리에 우리는 깜짝 놀랐고, 다음 순간 그 독일 남자가 커다란 리본으로 묶은 한 다발의 풍선을 든 여자를 향해 달려가는 것이 보였다. 여자는 남자보다 적어도 20킬로그램은 더 나갈 것 같았지만, 남자는 그녀를 가뿐히 들어 안아 옆으로 흔들었고, 두 사람 모두 해맑게 웃었다. 그들이 키스하자 주위의 사람들이 웃으며 박수를 쳤다. 풍선이 두둥실 천장으로 떠올랐다.

나는 마크를 쿡 찔렀다.

"저 남자 아까 내 옆에 앉았던 사람인데. 저 사람 말이……."

순간 마크가 내 손목을 너무 세게 쥐어서 움찔했다. 그는 사람들 사이에 있는 무언가, 또는 누군가를 뚫어져라 노려보고 있었다. 그의 시선을 쫓아가보니 칙칙한 갈색 머리를 땋은 십 대 초반의 소녀가 있었다.

"왜 그래?"

"난 또……."

그는 내 팔을 놓았다.

"아냐." 그는 억지 미소를 지으며 말했다. "아무것도 아냐. 정말로. 집에 가자."

"가득 채워줄까?"

집에 가야 하는데 뜨거운 오후 햇살에 몸이 녹아 노곤하다. 집에 가서 스테프가 헤이든 목욕시키는 걸 도와야 하는데. 하지만 스테프도 혼자 있는 시간을 소중히 여기며 행복해하겠지. 오늘 아침 장인 장모님이 헤이든을 데리고 돌아왔을 때, 스테프는 안도한 나머지 눈물을 글썽였다. 나는 나가서 칼라를 만날 핑계를 만들었고("가서 열쇠도 받아 와야 하고, 그동안 해준 일에 고맙단 인사도 해야지") 스테프는 기다렸다는 듯 부산스럽게 나를 집 밖으로 떠밀었다. 그녀도 나에게서 잠시라도 벗어나기를 간절히 바라고 있었다.

어제 오후에 집에 도착하자마자 스테프는 가방을 던져놓고 집을 한 바퀴 돌기 시작했다. "이게 좀 움직였네." 그녀는 침실 창문 아래에 놓인 화장대를 가리키며 말했다. 내가 그쪽으로 다가가기도 전에 스테프는 책꽂이로 향했다. "누가 이 책들을 옆으로 쓰러뜨려놨어." 아마 헤이든이 그랬을 거라고 말했다. 아니면 칼라가 여기 있는 동안 책을 봤거나. 그러나 그녀의 조바심은 끝이 없었다. "당신도 이 냄새 나?", "우리가 이걸 이렇게 해놨나?", "가기 전에 이 블라인드는 내렸었잖아. 안 그래?"

파리에서 그런 일주일을 보내고 왔으니 스테프에게 좀 더 공감을 해주었어야 했는데. 그리고 스테프의 말도 옳았다. 집 안의 물건들이 다르게 보였다. 다르게 느껴졌다. 그러나 나는 여행 내내 초긴장 상태로 지내느라 너무 지쳐서 스테프의 말을 고의로 무시했다. 집에서도 마음 편히 못 지낸다면 도대체 이 세상에 마음 편히 있을 수 있는 곳이 어디란 말인가? 나는 한시라도 빨리 긴장을 풀고 싶었다. 그래서 집에서 달아나 여기 이 영혼마저 송두리째 녹이는 카페에서 진정한 위안을 주는 오랜 친구와 함께 앉아 있는 것이다. 나는 아내와 아이의 옆을 지키며 내 안의 트라우마를 지그시 지켜보는 대신, 몸에 뼈가 다 녹아 없어진 것처럼 의자의 등받이에 한껏 기대어 앉아 있다. 잘하는 짓이다, 마크. 이젠 정말로 돌아가야 하는데. 풍부한 여름 햇살이 바닷물 위에서 반짝거리고, 시원한 바람이 달구어진 살갗을 식혀주고 있다. 이 자리에서는 하늘이 반쯤 보인다.

"물론이지, 고마워."

나는 칼라에게 말한다.

칼라는 내 쪽으로 몸을 기울여 얼음 통에 채워놓은 샤도네이를 잔에 따른다. 귀 뒤로 넘긴 머리 한 타래가 얼굴 위로 드리워지며 햇빛을 받아 반짝인다. 비트처럼 빨간색으로 하이라이트 염색을 하긴 했지만 그 안에 풍부한 구릿빛이 아직 남아 있다. 그녀의 원래 머리카락 색깔이다.

예쁜 머리카락에는 언제나 사족을 못 썼다. 오데트는 머리카락만으로도 미인 대회 우승자가 부럽지 않을 정도였고, 그녀가 있는 곳은 어디든 환한 햇살이 비치는 것 같았다. 오데트의 머리카락은 숱이 많고 윤기가 흐르고 자연스러웠다. 우리가 사랑을 나눌 때면 그녀는 머리카락을 내 위로 감았고 나는 내 몸을 쓰다듬는 따뜻한 생명을 느낄 수 있었다. 나는 그 향기에 질식하고 싶었다. 그럴 때면 오데트는 나를 따뜻하게 안아 덮으며 이 세상으로부터 나를 지켜주었고, 나는 거듭거듭 행복하게 죽을 수 있었다. 한 번 빠졌다가 다시 자라난 오데트의 머리카락은 기묘하게 곱슬거리고 칙칙한 갈색을 띠었다.

오데트는 용감한 태도를 보이려고 애썼지만 한번은 항암 치료 중 거울 앞에서 머리카락을 움켜쥐고 우는 걸 조이에게 들킨 적이 있었다. "왜 그래, 엄마?" 조이가 물었다. "너무 보기 흉해서." 오데트가 말했다. 조이는 조용히 고개를 젓다가 5분 후 단호한 모습으로 돌아왔다. 손에는 인형들이 들려 있었는데, 인형의 머리카락은 모두 잘려 있었다. "봐, 애네들 예쁘지, 엄마. 꼭 엄마 같아." 나중에 조이는 인형들의 잘린 플라스틱 머리카락을 작은 밀폐 용기에 담아놓았다. "나중에, 애네들이 기분 좋을 때를 대비해서 두는 거야."

어쩌면 와인 때문에, 아니면 햇빛, 산들바람, 스테프가 멀리 있다는 사실 때문일지도 모르겠다. 나는 나도 모르게 손을 뻗어 칼라의 머리카락을 느낀다.

"멋지네. 새로 염색했어?"

그녀는 부드럽게 몸을 뒤로 젖히고 나를 향해 눈살을 찌푸렸지만, 입가에는 묘한 미소가 떠올라 있다.

"그날 전화했을 때 말투가 꽤 이상하던걸."

그녀는 건방진 태도로 내 목소리를 흉내 냈다.

"'우리 여기에서 나가야 해, 칼라. 지금 당장.' 거기서 무슨 일이 있었던 거야?"

나는 와인을 천천히, 깊이 한 모금 마신다. 모르는 여자의 자살, 유령, 죽은 고양이. 어디서부터 시작해야 하나? 그리고 시작한다면 어디에서 끝내야 하나? 나는 잔을 내려놓고, 그곳을 떠올리자 다시 돌아온 메스꺼운 한기를 한낮의 열기가 녹여주기를 바랐다.

"그 아파트가 광고와는 딴판이었다고만 말해두지."

"그 얘긴 전에도 했어. 기억나?"

"얘기했다고?"

"마크, 이봐. 우리 그 문제에 대해서 스카이프로 긴 얘기를 나눴었잖아. 옷장 안에 머리카락인지 뭔지가 있었다는 둥." 칼라는 몸서리를 쳤다. "아유, 그런 건 가볍게 넘길 일이 아니야. 그때 곧장 호텔로 옮겼어야지."

"어떤지 알잖아. 일단 자리를 잡으면 그냥 모든 게 괜찮을 거라 생각하는 거지. 사실은 괜찮지 않고 모든 게 너무 늦어버렸지만."

그러나 칼라는 내가 말하지 않는 것을 이미 알고 있었다. 우리는 호텔로 옮길 돈이 없었다. 그런 비상 상황에서도. 빌어먹을 신용카드만 제대로 쓸 수 있었더라도. 그 묵직한 사실이 우리 사이에 도사리고 앉는다. 그녀는 여전히 신록이 우거진 UCT 캠퍼스의 돈 많이 받는 교수이고, 나는 복합 상업 지구에 있는 칼리지의 비좁은 사무실을 쓰는 강사로 강등되었다. 우리 둘 다 그 사실이 어색했다. 그녀는 올라가고, 나는 내려가고. 나는 더 이상 그녀가 한때 알았던 미래가 촉망되는 소년이 아니다. 나는 그냥 불쌍한 친구다. 순간적으로 의자를 박차고 일어나 떠나고 싶은 충동을 느꼈지만 웨이터가 다가와 우리에게 한 병 더 주문하지 않겠느냐고 제안하자 다시 주저앉았다. 아직은 집보다는 여기가 더 좋다고 내 몸이 속삭였다.

그곳에서의 일주일이 가져다준 한 가지 좋은 점은 아직도 속으로 유로 단위로 계산을 하고 있어서 여기 와인 한 병이 그곳의 와인 한 잔 정도 가격으로 느껴진다는 것이었다. 그러나 어쩐지 싸구려처럼 보일까 봐 칼라에게는 말하지 않았다.

그녀는 와인을 벌컥벌컥 마셨다.

"그래서, 그 호텔은 어땠어?"

집으로 돌아오는 비행기 안에서 나는 그게 고의였을지, 아니면 프로이트 스타일의 잠재의식의 실수였는지 궁금했다. 칼라는 그런 실수를 저지르기엔 지나치게 냉정한 사람이기 때문이다. 그곳에서 우리가 잔뜩 고생하고 결혼 생활을 치유할 방편을 찾지 못하기를 바랐던 것일까. 충분히 가능한 일이다.

"거기에서는 못 묵었어. 상황이 뜻밖으로 흘러가서."

결국 나는 그렇게 대답했다.

선글라스를 방패 삼아 단서를 찾기 위해 칼라를 관찰했지만 그녀의 표정에는 어떠한 감정도 없었다. 그녀는 언제나 그 자리에 날 위해 있어주었다. 그녀가 내 행복에 재를 뿌리고 싶어 한다고는 생각하고 싶지 않았다.

"그쪽 아파트 주인들한테서는 다시 연락받았어? 왜 여기 안 왔는지 설명 안 해줘? 스테퍼니가 그 사람들 걱정을 꽤 하는 것 같던데."

"응, 그랬지. 스테프는 그 사람들이 길을 잃거나 케이프타운에서 납치라도 당한 게 아닌가 걱정한 거였는데. 적어도 자기네들이 살아 있다는 건 알려주더라고."

"그래도 아예 안 오다니 참 이상한 사람들이야. 안 그래? 집 교환 사이트에 광고는 올려두고 자기네 집에 생판 모르는 사람들을 묵게 해주고는, 여긴 안 와? 진짜 미스터리야."

"그러게."

나는 하품하는 척하면서 더 이상 말하기 싫은 내 기분을 칼라가 알아채주길 바랐다. 우리도 처음엔 이 프티 부부의 거대한 미스터리를 파헤치는 데 완전히 열을 올렸었지만, 이제 더 이상의 집착은 무의미하다고 은연중에 합의한 상태였다.

"그렇게 걱정을 하다니 참 착하단 말이야. 스테퍼니는 참 착한 여자야."

나는 칼라의 말투를 무시하고는 어제 집에 돌아왔을 때를 잠시 떠올렸다.

"혹시 우리 집에 있을 때 물건을 만지거나 하진 않았지?"

칼라는 선글라스 너머로 나를 노려본다.

"응?"

"물건들 위치가 조금씩 바뀌어 있더라고. 누가 집에 머물렀던 것처럼."

칼라가 나를 바라본다. 어쩌면 근처 어디에 왔다가 잠깐의 모험을 위해 그 남자를(젠장, 그 남자 이름이 뭐였지?) 집에 데려왔던 건 아닐까.

"알다시피 우리 집에서는 언제든 편하게 지내도 돼. 언제나 환영이야."

"그 집에는 딱 두 번 들어갔어."

그녀가 말했다.

"화초에 물 주러, 그리고 이것저것 점검하러. 두 사람을 위해서. 나는 물건들을 이리저리 옮기지 않았어."

그녀의 목소리는 냉랭했다. 칼라가 내게 화를 내는 건 원치 않는다. 지금 이 상황에서 말다툼을 벌이는 건 정말로 달갑지 않다.

"진짜로 괜찮아. 도와줘서 고마워. 넌 언제나……."

"언제나 뭐?"

"큰 도움이 돼."

칼라는 빈정대는 코웃음을 날리고는 다시 제 모습을 찾는다.

나는 칼라에게 크게 미소를 지어 보이고는 와인을 벌컥벌컥 마셨다.

"그래, 아무튼 처음부터 끝까지 몽땅 다 나빴던 건 아냐. 그곳에서 일종의 직관을 얻었지. 일상 속에 갇혀서 보는 것보다 이 세상은 훨씬 더 크고 풍성하다는 느낌 같은 거."

칼라는 몸을 앞으로 숙이고 고개를 끄덕인다. 나에게 계속해 보라고 부추기는 것이다. 그러나 그 느낌에 더 이상 접근할 수가 없다. 마치 오래전 꾸던 꿈의 실마리를 붙들고 있는 기분이었다. 나는 고개를 돌려 아래쪽 주차장을 내려다봤다. 웬 젊은 이가 주차 관리원과 미니 쿠퍼 뒤에서 말다툼을 하고 있었다.

"겨우 일주일밖에 안 있었는데, 회상을 하려니 왠지 좀 이상하네."

"무슨 말인지 정확히 잘 알아. 리치몬드에서 평화로운 이틀을 보내고 왔는데……. 공기가 참 깨끗했지. 제이미 샌더슨이 거기 왔단 얘기 내가 했었나? 그 여자가 자기 팔에 어떤 새로운 생명체를 매달고 왔는지 상상도 안 갈걸. 그 여자를 직접 봤으면 30년은 젊어졌다는 생각이 들었을 거야. 첫째 날 저녁에 디너파티에 초대를 받았어. 리치몬드 스타일의 파티였던 것 같아. 시인들은 모두 참석하기로 되어 있었는데, 테리랑 마르시아랑 그 일행이 포트 엘리자베스에서 미니버스를 빌려 가지고 오는 길에 길을 잃었다는 거야. 하지만 내 생각엔 뭔가 엄청난 일이 벌어졌을 것 같아……."

칼라의 장황한 이야기를 듣다가 딴생각이 들기 시작했다. 난 여기에서 뭘 하고 있는 걸까. 내 집에서 가족과 함께 있지 않고? 이건 부정(不貞)과는 아무 상관이 없다. 행여 선택의 순간 같은 게 다시 온다 해도 내가 스테프 대신 칼라를 선택하는 일은 없을 것이다. 일말의 가능성도 없는 일이다. 칼라는 내가 아직 젊고 힘이 있었을 때를 떠올리게 해주는 사람이다. 모든 게 최악으로 흘러가기 전의 내 모습을. 그리고 그게 내가 지금 여기 앉아 있는 유일한 이유다. 그리고 지금 이 순간, 나는 스테프가 그립다. 파리 여행은 우리 관계를 치유하기 위한 것이었지만 결국 엉망진창으로 끝나버렸고, 지금 우리 사이는 그 어느 때보다도 나쁘다. 오늘 아침 헤이든을 장모님께 넘겨받은 스테프는 곧바로 나에게 등을 돌렸다. 나에게서 헤이든을 보호하기 위한 몸짓이었다. 스테프는 내 딸의 아빠인 나를 믿지 않는다. 그나마 스테프가 그 고양이는 이미 죽어 있었고, 비 내리는 정원에 속옷 바람으로 서 있던 내가 범죄 성향의 정신병자가 아니라 그냥 좀 혼란스러웠을 뿐이라고 받아들여주는 것을 다행으로 여겨야지.

모든 걸 바로잡고 스테프가 날 다시 신뢰하도록 해야 한다. 어떻게 해야 할지는 모르겠지만, 조이에 대한 얘기가 도움이 되지 않는다는 건 확실히 안다. 그래서 요하네스버그 공항의 도착 대합실에서 아무 말도 하지 않았던 것이다.

여기에 칼라와 함께 앉아 있는 것도 도움이 되지 않기는 마찬가지다. 그러나 나는 와인 잔을 다시 채우고 스낵을 주문한다.

집에 온 것은 9시가 넘어서였다. 누가 우리 집 주차장에 쓰레기통을 세워놓아서, 이웃집 밴 옆에 차를 바짝 세우고 쓰레기통을 치우러 갔다. 쓰레기통에 다가가자 통통한 쥐 세 마리가 쓰레기통 입구에서 쏟아져 나와 달음질쳐 달아났고, 썩은 악취에 헛구역질이 올라왔다. 결국 다른 데 주차하기로 마음먹고 비틀 거리는 걸음으로 돌아와 몇 집 떨어진 빈자리에 차를 세웠다.

집은 조용했고 불은 모두 꺼져 있었다. 몇 번의 헛손질 끝에 열쇠를 자물쇠에 밀어 넣고, 집 안에 들어서서 살살 문을 닫는 다. 거실 불을 켜고 위층에 올라가니 헤이든과 스테프가 침대 에서 서로 몸을 감은 채 푹 잠들어 있다. 나는 문가에 서서 한참 두 사람을 바라보다가, 아래층 부엌으로 내려가 선반을 뒤져 프 레첼과 땅콩을 꺼내고 커다란 잔에 위스키를 따른다. 지금 기절 해서 새벽 1시에 거지 같은 기분으로 깨는 것보다는 이 윙윙거 리는 머릿속을 조금 더 유지시켰다 자는 게 나을 것 같다.

스테프는 이 집으로 들어오는 걸 원치 않았고, 다른 집을 사 자고 계속 졸랐다. "추억들 때문에 슬프지 않겠어?" 그녀는 내 게 그렇게 묻곤 했다. 당시에 그녀는 그런 것들을 묻는 데 익숙 해져 있었다. 내 과거와 정면충돌해 부딪치려고 노력했었다. 유 령들과 맞서 싸울 땐 유령의 이름을 노골적으로 부르는 것이 유 령들을 몰아내는 최선의 방법이라는 듯. 그녀는 젊었고, 순진 하고 건강한 낙관주의자였다. 그러나 현실을 몰랐다. 당시 부동 산 시장은 쇠퇴기였고, 이 집을 팔고 세금을 제하면 그럭저럭 살 만한 집의 임대 보증금도 남지 않았을 것이다. 지금은 그나 마 경기가 조금 나아졌다고는 하지만 그래도 마찬가지다. 내가 대학에서 받는 월급으로는 제대로 된 주택 담보 대출도 얻을 수 없었다. 그래서 우리는 오데트와 조이의 유령이 도사리고 있는, 그 악랄한 강도들이 더럽혀놓은 이 집에서 웅크리고 살고 있다.

어쩌면 내가 처음부터 끝까지 전부 잘못 생각하고 있는 건지 도 모른다. 어쩌면 이 집에 침입한 건 우리들이고 유령들은 우리가 나가기를 바라고 있을지도 모른다. 어쩌면 우리가 쫓겨나야 하는 유령들인지도.

후루룩 소리를 내며 위스키를 한 모금 더 마시고, TV를 켜서 영국 축구 경기 재방송에 채널을 맞춘 후 소리를 죽인다. 거실에 혼자 앉아본 게 얼마만인지 모르겠다. 헤이든이 잠들고 나면 스테프와 나는 지친 발걸음으로 침실로 가거나 소파에 앉아서 대화를 나눴다. 파리에서 그런 일들을 겪고 나서 나만의 공간을 절실히 원했고 지금 여기 그런 공간이 생겼는데, 이 침묵이 온전히 달갑지만은 않다.

평소 즐겨 앉는 의자에 적응이 되자, 신발과 양말을 벗고 가시가 박혔던 발바닥의 상처를 태평스럽게 뜯기 시작했다. 소독약을 꼼꼼히 발라서 지금은 말끔히 나았지만 발바닥 한가운데가 지진의 균열처럼 깊이 갈라져 있다. 다시 TV의 축구 경기를 보다가 화면 위에 환한 빛이 맺히는 걸 알아챘다. 내 뒤쪽 벽면의 전등 불빛이었다. 전등의 조도를 낮추고 각도를 조정하면서 그것이 원래 위치에서 조금 틀어져 있는 것을 눈치챘다. 스탠드의 윤곽선은 먼지 속에 파묻혀 있었고 테이블 위에는 새로 긁힌 자국이 나 있다. 이건 우리가 떠나기 전에, 아마도 강도가 들어왔을 때 생긴 것일 수도 있다. 그러나 침실의 책에 관해서는 스테프 말이 맞았다. 우리는 절대 책을 옆으로 눕혀 쌓지 않았고 칼라가 책을 만질 이유도 없었다. 헤이든이 그랬을 거라고 애써 생각했지만 확신이 서지는 않았다. 헤이든이 책을 가지고 놀았다면 마루에 그냥 늘어놓지, 그렇게 질서정연하게 쌓아두지는 않았을 것이다.

TV 화면의 불빛이 벽 위에서 알록달록 반짝거리는 동안 방안을 둘러보았다. 몸 안에서 알코올 기운이 슬슬 엷어지면서,

그리고 책임을 전가할 칼라도 없이, 나는 어제 스테프가 했던 것처럼 방을 찬찬히 둘러보기 시작한다. 여기 책장 위에 분명히 옮겨진 것이 있었다. 전에 뭐가 있었는지 낯선 빈틈이 생겼다. 겁을 내는 나 자신을 터무니없게 느끼면서 살금살금 책장으로 다가갔지만 나에게 달려들거나 하는 것은 없다. 책장 쪽으로 목을 길게 빼고 한 걸음 내딛는데 바닥에서 뿌드득 소리가 났다. 바닥에는 사진 액자 세 개가 떨어져 있다. 나는 쭈그리고 앉아 액자를 주워 다시 책장 위에 나란히 놓는다. 작년에 장인어른이 찍어준 사진이다. 스테프와 헤이든, 나, 장모님이 민박집 밖에서 찍은 것이다. 액자의 유리는 완전히 빠져나와 있고, 다른 두 액자의 유리에는 금이 가 있다.

위스키 잔을 액자들 옆에 잠시 놓고 쓰레받기를 가지러 부엌으로 갔다. 이유는 모르겠지만 부엌 조리대 앞에 오데트가 서 있던 기억이 떠올랐다. 오데트는 페이스트리를 말고 있었다. 조이가 태어나기도 전이었다. 그 시절 저녁이 되면 갓 결혼한 내 아내는 우리의 새집에서 밀가루를 온통 뒤집어쓰고 손에는 끈적거리는 반죽이 잔뜩 묻은 채로 페이스트리를 만들곤 했다. 나는 그녀에게 몰래 다가가 목에 키스를 했다. 그녀가 그런 손으로 뭘 만지고 싶어 하지 않을 것 같아서였다. 그녀는 웃으며 뒤로 내게 기댔었다.

고개를 저어 유령을 떨쳐버리고 싱크대 아래를 뒤져 쓰레받기를 꺼냈다. 다시 거실로 돌아오는 길에 계단 앞을 지나는데, 위쪽에 불빛이 보인다. 아까 집에 돌아왔을 때는 집 안이 완전히 어두웠다. 맹세를 하라면 할 수도 있다. 나는 살금살금 위층으로 올라간다. 나무 계단이 삐걱거리는 소리에 몸이 저절로 움찔거렸다. 불빛은 헤이든의 방에서 새어 나오고 있었다.

그냥 지나가. 그냥 놔둬. 내 안의 무언가가 마음속에 갖가지 이미지들을 펼쳐놓으며 악을 쓴다. 오, 맙소사. 비겁함이 이토록 유혹적이라니. 그러나 가능성은 두 가지였다. 누군가 저 위에 있거나, 아니면 없거나. 그렇게나 간단하다. 가능성으로만 따지자면 아무도 없을 것이지만 혹시라도 내 딸의 방에 복면 쓴 귀신 같은 게 있다면, 놈들이 내 가족을 위협하도록 놔둘 순 없다. 다시는. 생각이 더 깊어지기 전에 나는 문을 밀어 열고 헤이든의 방으로 들어간다.

방 안을 훑어보고 문 뒤쪽까지 확인하는데 심장이 휘청거렸다. 안에는 아무도 없었다……. 그런데…….

침대 옆 탁자에 조이의 아리엘 공주 인형이 놓여 있다. 머리카락은 바짝 잘려 있어 고무 두피가 듬성듬성 드러나 있다. 그 인형은 조이의 다른 장난감들과 함께 테이프로 밀봉한 상자에 담겨 식품 저장실 바닥에 안전하게 보관되어 있어야 했다. 공주는 상처 입은 눈빛으로 날 비난하듯 올려다본다.

그 애 말이 맞다. 내가 그 애를 죽였다.

그때 나는 너무 지쳐 있었다. 오데트는 병원에 입원 중이라 집에 없었다. 원래는 그날 아침 퇴원을 하고 택시를 타고 집에 오기로 되어 있었는데, 의사들이 퇴원을 몇 시간 연기했던 것이다. 나는 나만큼이나 피곤해하는 조이를 데리고 장을 보러 갔다. 실수였다. 아이는 제멋대로 굴었다. 계속 말없이 시무룩해하다가 갑자기 맥락 없는 농담을 하며 째지는 소리로 가짜 웃음을 웃어젖혔다. 나는 아이에게 화가 나기 시작했고 결국 차 안에서 폭발해버렸다. 집에 도착해서 아이를 안으로 들여보내고 식료품을 간신히 옮겼다. 조이는 거실 카페 위에 앉아 혼자 게임을 하며 놀고 있었다. 사실 그건 조이의 잘못이 아니었고, 조이가 결국 극복해낸 것을 보며 나름 감동을 받았다. 나의 일곱 살 난 딸은 감당할 수 없는 일을 견디고 있는 것이며 실질적으로 내가 해줄 수 있는 건 아무것도 없다는 사실이 엄습했다. 나는 아이에게 토요일 특별 간식인 스마티 사탕 한 상자와 칩 한 사발을 주었고, 우리는 소파에서 서로 끌어안고 앉아 〈토이 스토리〉를 보았다. 그러다 아이가 다리를 흔들기 시작해서 또 잔소리를 했고, 아이는 울기 시작했다. 그래서 미안하다고 말하고 오데트가 특히 상태가 안 좋을 때 먹는 안정제를 담은 약병을 꺼내러 갔다. 내 피곤한 감정을 조이에게 풀고 싶지 않았다. 소파에 웅크리고 누워 기분이 좋아지는 것을 느낄 때에도 그 알약들이 그렇게 센 약일 줄은 생각도 못했다.

꿈에서 오데트와 조이는 헤엄을 치고 있었다. 우리는 작년에 빌렸던 나이스나의 아파트에 딸린 바닷가 옆 풀장에 있었다. 조이는 풀장의 계단 위에 조약돌을 늘어놓고 있었고, 오데트는 조이를 내려다보고 있었다. 나는 풀장의 먼 쪽에 있었지만 두 사람이 잘 보이지 않았다. 세찬 바람 때문에 나뭇잎과 먼지가 일어 눈을 뜰 수가 없었던 것이다. 곧 나뭇잎들이 까마귀로 바뀌었고, 까마귀는 거대하고 시커먼 폭풍으로 변했다. 두 사람에게 집 안으로 들어가라고 경고하려 했지만 둘은 내 말을 듣지 못했다. 소리가 아예 없었다. 바람도 묵음이었다. 그러더니 곧 먼지가 우수수 떨어지고 하늘이 다시 파랗게 빛났다. 나는 오데트를 바라보았다. 그녀는 멍하니 미소를 지은 채 돌멩이들을 만족스럽게 늘어놓는 조이를 내려다보고 있었다. 조이의 머리카락이 흐느적거리며 늘어지고, 아이의 몸은 내가 지켜보는 가운데 시들어가고 있었다. 두 사람을 향해 수영을 하려 했지만 몸이 움직여지지 않았다. 뒤에서 고양이 소리가 들렸다. 고양이는 헤어볼*을 토하고 있었는데, 어찌된 일인지 그것 때문에 조이와 오데트에게 접근할 수가 없었다. 내가 팔로 밀칠 때마다—헉, 헉, 끄르륵—헐떡이는 소리가 나를 붙잡았다. 발장구 치는 발목도 헉, 헉, 꾸르륵 하는 소리가 자꾸 붙잡았다.

오데트는 나를 보자마자 열쇠를 떨어뜨렸고 조이의 몸을 안아 올렸다. 조이의 얼굴은 퍼렜고 토사물 거품이 입술에 묻어 있었다. 밝은 색깔의 약병, 스마티 사탕과 비슷한 색깔의 알약들이 들어있던 병은 텅 비어 있었고, 내가 잠들어 있던 동안 그 알약들은 내 딸을 죽였다.

나는 아이의 몸을 필사적으로 눌러댔다. 시간을 되돌리고 싶었다. 아이가 삼킨 약들을 모두 꺼내서 내가 먹을 수 있기를 바랐다. 아이 대신 내가 죽고 싶었다. 나는 계속해서 조이의 가슴을 압박했지만 결국 오데트가 나를 옆으로 밀쳐냈다. 모든 게 너무 늦어버렸다.

식품 저장실에 보관해둔 조이의 상자들을 확인하러 곧장 계단을 달려 내려갔다. 그걸 누가 만졌을 리가 없는데. 하지만 상자들을 막아두기 위해 그 앞에 쌓아놓은 7년간의 무의미한 물건들이 치워져 있었고, 조이가 좋아하던 짧고 뻣뻣한 머리카락의 공주들이 낡은 찬장 위에 쏟아져 나와 있었다.

갑자기 모든 것의 앞뒤가 맞았다. 조이를 안 보이는 곳에 치워둘 수는 없다. 이 집의 유령들은 우리였다. 스테프와 헤이든과 내가 유령이었던 것이다. 조이는 지금 집에 돌아오고 싶어 하고 있다.

이제 조이가 뭘 원하는지 알 것 같다. 나는 헤이든의 옷장을

*고양이가 손질한 털을 삼켰다가 토하는 단단한 덩어리.

열고 침구류와 낡은 옷더미를 파헤쳤다. 그 안에서 조이가 쓰던 침대보와 담요가 든 플라스틱 지퍼백을 찾아냈다. 나는 헤이든의 침대에서 침대보를 벗기고 조이의 것을 깔았다. 오렌지색과 회색의 브이 자 무늬가 새겨진 침구류로, 이젠 파워퍼프 걸 이불은 유치해서 싫다며 아이가 죽기 몇 달 전 고른 것이었다. 라일락이 새겨진 시트와 연어 무늬 베갯잇. 헤이든의 시트와 이불을 둘둘 말아 복도에 막 던지려는 참에, 문가에서 나를 바라보고 있던 스테프와 눈이 마주쳤다.

16
스테프

공항에서 집에 올 때는 셔틀버스를 타고 왔다. 처음에 우리 집은 나올 때 그대로의 모습이었다. 거실에 프티 부부를 맞이하기 위해 꽂아놓은 핑크색 백합에서 꽃가루가 떨어져 흩날려 있는 게 조금 낯설었지만, 집 안에서는 가구에 바른 왁스 냄새가 기분 좋게 풍기고 있었다. 마크가 경보기를 꺼놓아서, 괴한의 침입 이후 내 안에 자리 잡은 불안감이 다시 몰려오기를 기다렸다. 그런 건 오지 않았다. 그렇다고 케이프타운에 돌아온 것이 마냥 안심이 되는 것도 아니었다. 지난주의 회색빛 먹구름과 얼어붙을 것 같은 추위를 겪고 난 내 마음을 맑은 하늘과 한낮의 더위가 위로해줬어야 하는데도.

결국 집일 뿐이었다. 그냥 벽돌과 모르타르로 지은 집. 프티의 기분 나쁜 아파트에 비하면 익숙하고 편안한 집. 그러나 사랑하는 집은 아니다. 적어도 나는 이 집을 사랑하지 않는다.

마크는 커피를 만들겠다며 슬며시 부엌으로 나갔고, 여행 가방을 침실로 올리는 건 내 몫이었다. 나는 샤워가 절실했다. 머리를 감고 양치질을 하고, 몸을 말리고 깨끗한 속옷을 꺼내려 서랍을 열었다. 그제야 서랍 안이 엉망이라는 것을 발견했다. 언제나 주의 깊게 짝 지어 개어놓은 양말이 죄다 뿔뿔이 흩어져 브라와 함께 뒤죽박죽되어 있었다. 처음에는 서둘러 여행 갈 짐을 싸느라 내가 이렇게 뒤섞어놓은 모양이라고 생각할 뻔했지만, 그때 책상 옆 책꽂이에 눈길이 갔다. 타나 프렌치와 앤 클리브스의 소설들. 아래층 선반에 장식용으로 놓을 가치는 없다고 여겨 이 방에 둔 것이었는데, 그 책들이 지금은 가로로 누워 쌓여 있었다. 내가 책을 저렇게 쌓았을 리 없었다. 화장대도 옆으로 몇 센티미터 정도 옮겨져 있는 것 같았다. 화장대 주위 마룻바닥에 새로 긁힌 상처가 나 있었다.

공포가 몰려왔다. 도난 사고 후 보험금으로 새로 들여놓은 물건을 훔치러 도둑이 예전에 턴 곳을 다시 터는 일이 종종 있다는 얘기를 경찰에게 들은 적이 있었다. 하지만 그런 게 아니었다. 그들이 돌아온 게 아니었다. 그랬다면 벌써 알았을 것이다. 없어진 물건은 없었다. 당장 떠오르는 사람은 칼라뿐이었다. 칼라에게 집 열쇠를 맡겼으니까. 감히 어떻게 이럴 수가? 이런 짓을 하다니, 경우가 아니잖아. 불현듯 이불을 젖혔다. 침대의 하얀 시트 위에, 내가 자는 자리 위에 금발 머리카락 한 가닥이 놓여 있었다. 나는 조심스럽게 그것을 떼어내어 변기에 넣고 손을 씻었다. 칼라의 어린 남자 친구 중 하나의 머리카락이었을까? 누가 여기에서 잔 흔적은 없었다. 시트는 내가 깔아놓은 대로 팽팽했고 섬유 유연제 향도 은은히 풍겼다. 그래도 매트리스에서 시트를 벗겨 둘둘 뭉쳐서 빨랫감 바구니에 던져 넣었다.

다음으로 헤이든의 방을 확인했다. 문은 닫혀 있었다. 정확히 내가 닫아놓은 그 상태 그대로. 누가 그 안에 들어갔었던 것 같지는 않았다. 아이의 작고 말랑말랑한 장난감들이 여전히 창틀 위에 나란히 일렬로 서 있었고 아이의 옷은 서랍 안에 말끔하게 개어져 있었다. 나는 헤이든의 침대에 걸터앉아 내면의 혼란이 가라앉기를 기다렸다.

아래층으로 내려가니 마크가 부엌 테이블에 앉아 아이패드를 앞에 놓고 스팸 메일을 분류하고 있었다.

그는 나를 힐금 쳐다보았다.

"샤워하고 나니 기분 좋아?"

"아니, 별로."

"무슨 일 있어?"

"칼라가 우리 물건을 뒤졌어. 내 물건 말이야."

차분하게 말하려 했지만 분노를 도저히 억누를 수가 없었다.

"뭐?"

"내 속옷 서랍을 뒤졌다고."

"칼라가 당신 속옷을 뒤졌다고? 칼라가 왜 그런 짓을 해?"

"그걸 내가 어떻게 알아? 그뿐만이 아니야. 내 책도 다 엉망으로 해놨어. 내가 정리한 대로 되어 있지 않아."

"정확히 뭘 가지고 칼라 탓을 하는 거야, 스테프? 그거 확실한 거야?"

"내 말은, 당신이 칼라한테 가서 혹시 우리가 집을 비운 동안 여기 들어와서 뭘 만지지 않았는지 따져보라는 거야. 그건 옳은 일이 아니잖아. 안 그래?"

그는 고개를 저었다.

"그래. 그럼 하나씩 따져보자고. 칼라는 우리를 위해 프티 부부를 만나주기로 했고 그 사람들이 나타나지 않아서 집 밖에서 몇 시간이고 기다렸어. 그러고 나서 프티 부부 문제로 우리가 부탁한 일을 몇 가지 처리해줬지. 이건 애초에 칼라에게 부탁한 수준을 넘어서는 일이었어. 그리고 우리가 곤경에 빠져 있을 때 호텔을 예약해주었고……."

"엉뚱한 날짜로."

"그건 그냥 실수였어, 스테프. 우리는 칼라에게 큰 신세를 졌어. 그런데 당신은 칼라가 당신 물건을 좀 뒤졌다고 이러는 거야? 그러니까 책꽂이에 꽂힌 당신 책을 한두 권 정도 읽었다고? 당신 도대체 왜 그래?"

나? 내가 도대체 왜 이러냐고? 한마디 쏘아붙이고 싶었지만 간신히 삼켰다

"내 말은 그런 게 아니야, 마크. 칼라에게는 고마운 마음을 가지고 있어. 정말로."

물론 거짓말이다. 애초에 그녀가 아니었다면 우리는 파리에 가지도 않았을 것이다.

"당신이 물건을 잘못 둔 게 아닌 건 확실해? 여행 가기 직전에 당신 스트레스를 많이 받았었잖아."

확실해. 확실하다고!

"어쩌면…… 어쩌면 그냥 내가 잘못 생각한 건지도 모르겠어. 미안해. 지금 당장은 그런 건 따지지 말자."

마크는 화가 누그러져서 한숨을 쉬고는 내 팔을 툭 건드렸다. 친구에게나 할 법한 제스처다. 아내나 연인이 아니라.

"나도 언성 높여서 미안해. 저기, 나 일 좀 해도 될까?"

그는 다시 아이패드를 향해 돌아앉았다. 나는 녹차를 한 잔 만들어서 위층 헤이든의 방으로 가지고 갔다. 이 집 안에서 내가 유일하게 마음을 놓을 수 있는 곳. 내가 직접 칠한 연파랑색 벽, 검트리 매장에서 헐값으로 산 호박벌 손잡이가 달린 서랍장, 그리고 영국에 사는 사촌이 보내준 디즈니 공주 야간 조명등이 위로가 되어주었다.

이 방은 침입자들이 더럽히지 않은 유일한 공간이다.

처음에 마크와 이 집에 들어왔을 때, 집 전체를 수리해서 오데트의 잔재를 지우자고 마음먹었었다. 집 안 구석구석이 그녀

의 개성에 지배받고 있었다. 복고풍 냉장고에서부터 줄무늬 소나무 테이블과 의자, 그리고 벽에 바른 빌어먹을 절제된 톤의 벽지까지. 그래서 실내장식 웹 사이트를 열심히 뒤지며 준비했지만 시간은 점점 흘렀고, 결정적으로 마크가 대학을 옮기게 되면서 돈이 부족해졌다. 현실적으로는 오데트가 떠나면서 가져간 물건들을 새로 들이는 것 이상으로 뭘 할 수 있는 돈이 없었다. 조이의 방은 또 다른 문제였다. 지금 생각하면 거의 임신 5개월이 될 때까지 그 방에 감히 들어가지도 못했던 게 무척이나 이상하게 여겨진다. 그리고 시간은 촉박하게 흘렀다. 오데트가 영국으로 이사 갈 때 조이의 옷가지와 장난감 대부분을 가지고 갔다는 건 알았지만 그래도 그 방을 뒤지는 게 남의 집을 침입하는 것 같은 느낌이 들었다. 가끔씩 마크가 그 방에 들어가는 것 같다는 의심은 들었지만 방문은 언제나 굳게 닫혀 있었다. 그 방은 우리에게 푸른 수염의 방이었다. 결국 용기를 내어 방 안으로 들어갔을 때 뜻밖의 휑한 모습에 충격을 받았다. 바닥에는 깔개도 없었고, 창문에 커튼도 없었다. 담요는 말끔히 둘둘 개어져 침대 발치에 놓여 있었지만 베개는 없었다. 나는 주저하며 옷장을 열었다. 텅 빈 옷장의 먼지 쌓인 선반 위에 담요와 침대 커버만 접혀져 놓여 있었고, 분홍색 윗옷이 나무 옷걸이에 걸린 모습은 절망적인 인상을 주었다.

나는 방을 다시 꾸미기 위해 방 안의 물건들을 들어낼 계획을 세웠다. 그리고 며칠 후 마크가 레드 와인을 몇 잔 마시고 기분이 좋아 보일 때 불쑥 그 얘기를 꺼냈다.

우리는 그때 처음으로 심각하게 싸웠다.

그러나 지금 그 방은 헤이든의 것이었다. 내 방이기도 하고.

지금 당장 몬터규에 가서 아이를 데려올까 하는 생각이 또 들었다. 아니면 적어도 부모님께 전화해 집에 무사히 도착했다는 걸 알려주던지. 하지만 그러기엔 너무 피곤했고, 굳이 부모님을 걱정시킬 필요도 없을 것 같아서 그냥 원래 계획했던 대로 내일 만나자는 내용으로 이메일을 보내기로 했다. 그 순간 갑자기 헤이든에게 줄 선물을 사 오지 않았다는 생각이 들었다. 파리의 아동복 매장에서의 굴욕적인 순간이 떠올랐다. 나는 당연히 아이 선물을 사 올 생각이었고, 갑자기 뭐라도 사다 놔야 한다는 생각에 마음이 바빠졌다.

마크에게는 쇼핑하러 나간다고 외치고, 차 열쇠를 낚아채 밖으로 달려 나왔다.

여름의 열기 한가운데 위치한 쇼핑몰의 내부는 상쾌하고 시원했지만 모든 것이 너무 밝고 너무 분주했다. 사람도 상점도 너무 많았다. 사람들의 시선도 신경 쓰였고 다채로운 색깔들이 눈을 자극해 어지러웠다. 나는 절박한 심정으로 필요한 것들을 되새기고 슈퍼마켓 복도를 위아래로 돌아다니며 마구잡이로 물건들을 바구니에 던져 넣었다. 우유, 달걀, 빵, 베이컨, 요구르트, 헤이든에게 줄 시리얼, 그리고 저녁거리. 완구 코너에 도착했을 무렵에는 에너지를 다 소진해버린 상태였는데, 대량생산된 싸구려들 가운데 아이에게 뭘 사줘야 할지 고르느라 20분이나 걸렸다. 마침내 골라든 것은 인어 공주 바비 인형이었다. 아이에게 절대 사주지 않겠노라고 다짐했던 반짝거리는 여자아이용 선물. 저혈당에 휘청거리며 계산대에 줄을 서서 콜라와 가정용 특대 사이즈 데어리 밀크 초콜릿 바도 바구니에 넣었고, 주차장에 세워놓은 답답한 차 안에서 삼키듯 먹은 뒤 증거물은 조수석 아래에 숨겼다. 티셔츠가 땀 때문에 등에 달라붙었다.

집에 돌아오니 마크는 거실에서 평소에는 보지 않는 럭비 경기를 멍하니 보고 있었다. 치솟는 혈당 때문에 기분도 좀 좋아졌고, 피부는 땀이 마르면서 끈적거렸다. 다시 샤워를 해야 할 것 같았다.

"먹을 것 좀 만들어줄까, 마크? 달걀이랑 베이컨 사 왔는데."

"배 안 고파."

"하지만 비행기에서 내린 이후로 아무것도 안 먹었잖아."

샤워도 안 하고. 그러나 그 말은 하지 않았다. 그는 지난 이틀간 입은 옷을 아직도 입고 있었다. 고양이 피로 얼룩진 외투는 생각하고 싶지도 않았다. 제일 첫 번째로 찾아오는 거지에게 줘버려야지.

"정말 괜찮아. 아무튼 고마워, 스테프."

"목욕물 받아줄까?"

그는 화면에서 눈을 떼고 하품을 했다.

"내가 할 수 있어. 저기, 난 자야 할 것 같은데. 괜찮겠지?"

"하지만 아직 시간이 이른데."

게다가 그 빌어먹을 죽은 고양이 냄새는 어쩔 거야.

"알아. 당신이 원한다면 같이 깨어 있을게."

"괜찮아. 이 층으로 올라가기 전에 문이랑 창문 좀 확인해줄래요? 경보기도 설정하고?"

나는 그가 방범 상태를 점검하는 동안 서성거리다가 부엌에 앉아서 곱씹어보았다. 빌어먹을 칼라. 가위를 가져다가 그녀가 빌려준 코트에 구멍을 내고 싶었다. 그리고 그 위에 파라핀을 부어버려야지. 불을 질러버려야지.

그날 밤 나는 잠들지 못했다. 영화를 한 편 틀었는데 한 무리의 섹스 중독자들이 심각한 문제를 겪다가 마지막 10분 동안 모든 게 마술처럼 해결되는 내용이었다. 이어서 뉴질랜드에서 펼쳐지는 암울한 살인 미스터리 시리즈를 연거푸 봤고, 그러는 동안 집이 삐걱대며 신음하는 소리에 온 신경을 집중했다. 낡은 건물이 뜨거운 햇빛에 달구어졌다가 밤이 되면서 숨을 내쉬는 소리라는 걸 잘 알았지만, 작은 소리 하나하나가 나를 안절부절 못하게 했다. 결국 황금빛 새벽 여명이 비쳐들 때에서야 간신히 잠이 들었다. 겨우 5분 정도 잔 것 같았는데 마크가 내 얼굴 앞에 휴대폰을 흔들며 서 있었다.

"장인 장모님이 문자 보내셨어. 지금 고속도로 출구를 나왔대. 몇 분 있으면 도착하실 거야."

"지금 몇 시야?"

"거의 한 시 반 다 됐어."

"정말?"

방범창 틈새로 햇살이 쏟아져 들어와 눈이 부셨다. 소파에서 불편하게 잔 탓에 목이 뻐근했다.

"왜 안 깨웠어?"

왜 어젯밤 내려와서 날 찾지 않았어?

"당신을 방해하고 싶지 않았어."

마크는 적어도 면도는 말끔히 했고 피로가 풀린 모습이었다. 나는 입안이 끈끈하고 냄새가 났다.

"양치질을 해야겠어. 엄마 아빠 오시면 나 조금 있다 나간다고 전해줘."

나는 자리에서 벌떡 일어났다. 헤이든이 집에 온다는 생각에 힘이 넘쳤다.

"아니."

"응? 방금 뭐라고 했어?"

"아니. 저기, 스테프. 나는 장인 장모님을 보고 싶지 않아. 난

방에 있을게. 오늘 아침엔 당신 아버님 잔소리를 들을 기분이
아냐."

"헤이든이 오잖아. 안 보고 싶어?"

"물론 보고 싶지. 하지만 아이는 부모님이 가시고 나면 볼 수
있잖아. 제발, 스테프. 나 지금 진지해. 지금 당장은 두 분을 감
당 못 하겠어."

"당신을 찾으시면 뭐라고 말해?"

"그냥 시차 적응이 안 됐다고 해."

바로 그 순간 초인종이 울렸고 더 이상 말다툼할 시간이 없었
다. 문을 열자 헤이든이 소리를 지르며 내 품으로 뛰어들었고,
나는 아이의 머리카락에 얼굴을 묻고 베이비 샴푸 냄새를 맡으
며 눈물을 꾹꾹 눌러 참았다. 부모님에게는 마크가 아직 자고
있다고 말하고 부엌으로 이끌었다. 두 분이 드실 차를 준비하는
동안 헤이든은 내가 사준 끔찍한 인형의 포장지를 뜯었다. 당연
히 아이는 인형을 무척이나 좋아했다. 나는 이 인형이 할머니가
사준 엘사 공주 인형보다 훨씬 더 좋은 것이라고 말했다.

아이는 아빠를 찾지 않았다.

아버지가 방범창을 여러 번 확인하고 마크가 산 경보기가 싸
구려라며 불평하면서 1층을 돌아다니는 동안, 나는 엄마에게
파리 여행에 대한 거짓말을 늘어놓았다. 풍경도 멋졌고 아파트
와 음식들도 근사했다고 열심히 얘기하고는 사진을 다운로드
받으면 곧장 이메일로 보내주겠다고 약속했다. (또 다른 거짓말
이었다. 그 지독한 여행에서 찍은 사진은 한 장도 없었다. 숙박
교환 사이트에 보내게 그 거지 같은 아파트 사진을 찍어놨어야
했는데.) 부모님은 그날 저녁 민박집에 도착하는 커플이 있어서
오래 머물 수 없다고 했다. 나는 두 분을 포옹하며 감사 인사를

했다. 엄마가 헤이든의 눈물을 이끌어내기 위해 작별 인사를 하며 호들갑 떠는 걸 보는 게 짜증났지만 애써 참았다. 나는 현관에 서서 두 분이 떠나는 걸 지켜보았다.

문을 닫고 집 안으로 들어서니 마크가 계단을 내려오고 있었다.

"와, 헤이든! 아빠다. 아빠한테 뽀뽀해줘."

나는 억지로 신이 난 목소리로 헤이든에게 말했다. 헤이든은 아빠가 자기를 끌어안게 내버려두었다가 몸을 꼼지락거려 품에서 벗어나더니, 바비와 엘사 공주에게도 돌아갔다.

"행복해 보이네."

마크가 말했다.

"즐거운 시간을 보내고 왔나 봐."

"다행이네."

그는 내 시선을 피했다.

"저기, 스테프. 나 잠깐 나가도 괜찮을까?"

"어디 가게?"

"칼라 좀 만나고 올게. 괜찮지? 집 열쇠를 받아오는 게 좋을 것 같아."

"하지만 오늘은 헤이든하고 같이 있으려고 생각했는데. 지금 막 집에 왔잖아."

"오래 나가 있지 않을 거야. 나중에 벌충해줄게. 약속해."

그는 거의 원래의 모습을 되찾고 있었다. 나는 싸우고 싶지 않았다. 그리고 만일 지금 그가 나가서 칼라를 만나지 않으면 칼라가 집으로 찾아올 수도 있었다. 그건 내가 견딜 수 없었다.

"좋아."

"정말이지?"

"그럼. 얼른 가. 하지만 오래 나가 있지는 마."

무엇 때문이었는지는 모르겠다. 그러나 잠시 후 마크가 나가고 나서 나는 불안해지기 시작했고, 그 해묵은 불안감은 켜켜이 쌓여갔다. 나는 헤이든을 TV 앞에 앉혀놓고 경보기를 켰다. 그리고 집 안을 돌아다녔다. 문 두 개가 다 잘 닫히고 잠겼는지 두 번, 세 번 확인했다. 집 안의 열기가 견딜 수 없을 만큼 강해졌지만 창문을 연다는 생각조차도 견딜 수가 없었다.

독한 술을 한 잔 마실까 생각하는데 경보기가 요란하게 울렸다. 그 충격은 예상치 못한 것이었고 너무나도 갑작스러워서 무슨 일인지 생각을 정리하는 데에도 한참이 걸렸다.

그리고 헤이든이 비명을 질러댔다.

나는 곧장 거실로 뛰어나가 아이를 품에 안고 그 자리에 그대로 서 있었다. 눈은 질끈 감고 아이를 꼭 안은 채. 움직일 수가 없었다. 그대로 마비돼버렸다. 차가운 칼날이 내 목에 들이밀어질 것을 기다렸다. 금고가 어디 숨겨져 있느냐고 묻는 으르렁거리는 목소리를 기다렸다. 경보기는 사설 경비 업체에 연결되어 있지 않았다. 매달 내는 사용료를 감당할 여력이 없어서였다. 이웃에서 경찰에 신고해주지 않는 이상 우리는 혼자였다. 아무도 오지 않는다. 휴대폰……. 휴대폰으로 신고를 하자. 주머니를 만져봤지만 휴대폰은 없었다. 빌어먹을, 도대체 어디에 둔 거야?

"엄마! 엄마! 엄마!"

헤이든은 거듭 비명을 질렀다. 새롭게 솟구치는 공포가 내 몸을 움직였다. 빨리 여기서 나가, 나가, 나가! 나는 현관문을 향해 달렸고 뻣뻣하게 굳은 손가락으로 문의 잠금장치를 풀었다. 현관을 막 나서는데 헤이든의 손가락에서 뭔가 달가닥 소리를 내며 떨어졌다. 바닥을 보니 판돌 위에 비상 버튼이 떨어져 있었다. 떨리는 몸으로 헤이든을 바짝 끌어안은 채로, 나는 몸을 숙여 그것을 집었다. 경보기는 계속 비명을 지르다가 마침내 꺼졌다.

"헤이든?" 나는 최대한 부드럽게 말했다. "너 이거 만졌니? 이 빨간 단추 눌렀어?"

아이는 고개를 끄덕였다.

"응, 엄마."

나는 습한 공기를 한껏 들이마셨다.

"너 이거 다시는 만지면 안 돼. 엄마 말 알겠어, 헤이든?"

아이의 입술이 떨렸다.

"미안해요, 엄마."

"괜찮아. 그냥 실수한 거니까."

나는 아이의 뺨에 흐르는 눈물을 손바닥으로 닦아주었다.

"괜찮아요?"

남자의 목소리가 들렸다. 나는 손을 눈 위로 들어 햇빛을 가렸다. 팔다리가 긴 내 나이 또래의 남자가 대문 바깥에 서 있었다. 이웃집에 사는 학생 중 하나였다.

맥박이 느려졌다. 나는 침을 꿀꺽 삼켰다.

"네. 고마워요. 딸아이가 비상 버튼을 눌러서요. 죄송해요. 방해가 됐네요."

"괜찮아요. 그런 거엔 익숙해요. 원래 요버그 출신이라서요." 그는 날 향해 씩 웃었다. "어쨌든 최근에 그런 일이 많이 있었어요."

"무슨 일이요?"

"이 집 경보기요. 꽤 자주 울리더라고요."

차가운 주먹이 내 배를 한 대 갈기는 느낌이었다.

"언제요?"

"지난 며칠 동안에요."

"우리는 여행 중이었는데. 지금 막 돌아왔는데요."

"네. 그렇게 알고 있었어요. 두어 번 경찰에 신고를 했는데 오지도 않더라고요. 댁의 창문이랑 문을 내가 직접 확인했는데 다 괜찮은 것 같았거든요. 그래서 그냥 뭐가 고장인가 보다 했죠."

"정말 친절하시네요."

"아무것도 아녜요." 그는 어깨를 으쓱했다. "이 집에 강도가 들었단 얘기는 들었어요. 내 사촌 가족도 그런 일을 겪었었죠. 그때 침입한 놈들은 총을 겨누고……."

깜짝 놀란 내 얼굴을 보고 그의 목소리가 잦아들었다.

"죄송해요. 이런 얘기 듣고 싶지 않으실 텐데. 아, 저는 카림이에요."

"전 스테프예요. 얘는 헤이든이고."

헤이든은 마지막 눈물을 훌쩍이며 삼키고 카림에게 수줍게 미소를 지었다.

"아, 예뻐라. 귀여운 아이네요. 여기 같이 사시는 분은 아버님이신가요?"

안 그래도 더워서 벌게진 얼굴에 피가 솟구쳐 달아올랐다.

"아뇨. 남편이에요."

"아, 이런. 제가 또 바보짓을 했네요."

나는 웃었다. 추파를 받는 게 기분 좋았다.

"괜찮아요."

뒤에서 경적 소리가 들렸다.

"카림, 이제 가야 돼. 클리프턴까지 가야 하잖아. 지금 출발

해야 한다고."

"멋지네요."

멋진 것 이상이었다. 부러움이 거품처럼 떠올랐다. 그렇게 근심 걱정 없는 상태란 어떤 것인지 상상도 가지 않는다. 마음 내키는대로 바닷가에 가서 맥주를 마시고 수다를 떨고.

"네. 수영하러 가려고요. 날씨가 우라지게 더워서요."

그는 손으로 입을 탁 쳤다.

"죄송해요. 애 앞에서 욕하면 안 되는데."

"더 심한 말도 듣는데요, 뭐."

나는 헤이든을 간지럽혔고 아이는 몸을 꼬며 킥킥 웃었다.

"정말 진짜로 귀여운 아이네요."

"우리 집을 확인해줘서 고마워요. 언제 맥주 한 병 대접할게요. 아니면 여섯 병짜리 팩을 대접할까요?"

"아, 신경 안 쓰셔도 돼요. 혹시 도움이 필요하면 언제든 부르세요. 그럼 나중에 또 봐요."

그는 나에게 한 번 더 웃어 보이고 느긋하게 차로 걸어갔다.

집으로 다시 들어와서 경보기를 재설정하지 않기로 했다. 만일 지금 시스템에 문제가 있다면 또 우연히 고장이 났을 때 헤이든을 놀라게 하고 싶지 않았다. 방금 일을 잊기 위해 나는 아이와 노는 데 집중했다. 우리는 옷을 제대로 갖춰 입고 해적 놀이를 하고, 듀플로 집을 짓고 아이의 새 엘사 공주 인형과 극도로 불쾌한 바비 인어 인형을 가지고 인형 쇼를 했다. 그러면서 조금씩 스트레스가 가라앉는 걸 느꼈다. 헤이든이 찡얼대서 주스를 주고 소파에 앉힌 후, 아이가 낮잠이 들 때까지 옆에 앉아 있었다.

거기 앉아서 헤이든이 새근새근 숨 쉬는 소리를 들으며, 나를 괴롭히는 것들을 하나씩 차근차근 되짚어보았다. 경보기는 문제가 좀 있을 수 있지만 집은 안전했다. 아버지가 이미 확인했다. 집에는 아무도 침입하지 않았다. 헤이든도 괜찮다. 중요한 건 그것뿐이다. 파리에서의 일을 되새기는 건 아무 의미가 없었다. 단지 운이 나빴을 뿐이다. 강도 사건의 충격으로 인해 여행을 망치고 실제로 있었던 일보다 더 나쁘게 받아들였을 수도 있지 않을까? 당연하다. 프티 부부가 이상한 사람들인 건 틀림없었고, 미레유가 저지른 짓은 물론 충격적이었지만 경찰 말로는 그녀가 정신적으로 온전치 못하다고 했었다. 마크와 나는 그저 엉뚱한 순간에 엉뚱한 장소에 있었을 뿐이다. 칼라가 우리 물건을 만졌지만 그게 뭐 어때서? 만일 그 여자가 자기 인생에서 성취감을 못 느끼고 다른 사람의 물건을 만지는 데서 쾌감을 얻는 것이라면, 그건 그 여자의 문제지 내 문제가 아니다. 그리고 나는 아무것도 숨길 게 없다. 기묘한 섹스 장난감도 없고, 일기장도, 몰래 숨겨놓은 연애편지도 없다. 마크는 얘기가 좀 다르다. 그는 마음의 짐을 안고 있고 그건 의심의 여지가 없었다. 그가 집에 오면 헤이든을 위해서라도 전문가와 상담을 해보라고 해야겠다.

나는 그에게 문자를 보냈다. 거의 4시가 다 되어갔고, 그가 나간 지는 두 시간이 넘었다. 답장은 오지 않았다.

그가 돌아온 건 거의 9시 반이 다 되어서였다. 헤이든에게 책을 읽어주다 잠들었는데, 마룻널이 삐걱대는 발소리에 숨이 멎는 현기증이 일면서 잠이 깼다. 그러나 자리에서 벌떡 일어나는 대신 깊은 무력감에 빠져들었다. 그냥 지금 이대로 영원토록 누워 있고만 싶었다. 그래서 그대로 누워 있었다. 어쩌면 나도 마크처럼 한계에 도달한 모양이라고 생각했던 게 기억난다. 이 끝도 없이 몰려왔다 사라지는 공포를 도대체 언제까지 더 견딜 수 있을까. 밤의 소음들, 그리고 편집증.

간신히 떨치고 일어나 비상 버튼을 움켜쥐고 어둑어둑한 복도를 발끝으로 걷는 데 엄청난 노력이 필요했다. 나는 계속 속으로 중얼거렸다. 그냥 마크야. 저건 그냥 마크야.

불빛은 반쯤 문이 열린 헤이든의 방에서 흘러나오고 있었다.

"마크, 당신이에요?"

나는 조심스럽게 한 걸음 안으로 들어섰다. 그는 아이의 침대 위로 몸을 굽히고, 담요를 침대에서 벗겨내고 있었다. 새 침대 커버가 그의 발치에 구겨져 놓여 있었다.

"마크."

그는 고개를 돌리고 게슴츠레한 눈으로 나를 바라보았다. 뜻밖에 잠을 깬 몽유병자 같은 얼굴로.

"지금 뭐 해?"

잠깐의 시간이 흐르고.

"이게 더러워진 것 같아서. 갈아줘야겠다고 생각했어."

"괜찮아. 그거 깨끗해. 여행 가기 바로 전에 빨았는걸."

"맙소사." 그는 억지로 웃었다. "내 머릿속에 뭐가 들었는지 모르겠네, 스테프. 어쩌면 내가 청결 강박증 환자로 변했나 봐. 오늘 햇볕을 너무 많이 쬔 모양이야."

"마크……."

"정말이야. 그런 눈으로 쳐다보지 마, 스테프. 난 괜찮아."

나는 그가 헤이든의 침대 커버를 다시 씌우는 걸 도와주었다. 그의 숨은 퀴퀴한 와인 냄새를 풍겼다. 분명히 집에 오는 길에 과속을 했을 것이다.

"엄마?"

잠이 깬 헤이든이 우리 방에서 걸어 나왔다.

마크가 아이를 향해 다가갔다.

"내가 아이를 침대에 눕힐게."

"괜찮아. 내가 할게."

나는 헤이든을 들어 안았다. 그가 헤이든을 만지는 게 싫었다. 아이는 엄지손가락을 입에 물고 머리를 내 어깨에 묻었다. 혼란스럽다는 신호였다. 아이는 분명히 집 안을 가득 채운 긴장된 분위기의 영향을 고스란히 받고 있었다.

"방으로 가는 게 어때, 마크?"

나는 억지로 쾌활한 목소리를 가장하며 말했다. 봐, 헤이든. 우리는 행복한 가족이야. 네 아빠는 미쳐가고 있지 않아. 아, 아냐, 아냐, 아냐.

"이제 좀 쉬어요. 특히 그런……. 그리고 내일 출근해야 하잖아. 안 그래?"

"그래. 그래. 당신 말이 맞아."

나는 그에게 그럴싸한 가짜 미소를 지어 보이고는 헤이든을 데리고 부엌으로 내려갔다. 헤이든을 다시 아이 방으로 안고 갔을 때 마크는 보이지 않았고 우리 침실 문은 닫혀 있었다. 좋아. 나는 헤이든을 침대에 누이고 아이 옆에 최대한 바짝 붙어 누웠다. 취한 사람과 얘기해봤자 소용없는 일이었다. 내일은 정신과 의사나 뭐 그런 사람을 찾아가라고 해야지. 아니면…… 아니면 뭐? 제정신이 들 때까지 집을 나가달라고 부탁할까? 아니다. 우리는 가족이다. 우리는 한때 행복했고 굳은 믿음이 있었다.

헤이든이 이불을 걷어차는 바람에 잠에서 깼고, 일어나 앉으면서 엘사 공주를 바닥에 떨어뜨렸다. 마크가 만졌던 이불 커버가 둘둘 뭉쳐져 방구석에 놓여 있었다. 화려한 색깔의 지그재그 무늬였는데 산 기억이 없었다. 나는 잠시 서 있다가, 구석으로 가 담요를 흔들어 펼쳤다. 보풀이 묻고 군데군데 색이 바랜 이불에는 먼지 묻은 토끼 인형들이 매달려 있었다. 이게 어디 있었던 것인지 도무지 감이 안 잡혔다.

하지만 알고 있다. 이건 조이의 것이었다. 조이의 것이어야만 했다.

나는 그것을 다시 둥글게 뭉쳐 아래층 부엌으로 가지고 가서 쓰레기봉투에 쑤셔 넣었다. 이번만큼은 바깥에 누군가가 도사리고 있을지도 모른다는 생각을 접고는 봉투를 들고 허둥지둥 쓰레기통을 향해 달려 나갔다. 그러고는 이미 안에 들어 있는 쓰레기봉투를 꺼낸 뒤 담요가 든 봉투를 구더기가 득실거리는 바닥에 던져 넣고, 쓰레기통 뚜껑을 덮었다.

17
마
크

산테의 시선을 이리저리 피하려니 눈이 점점 피로해진다. 그래서 밖에서 들리는 고양이의 기척에 육중한 사냥개 두 마리가 소파를 박차고 쏜살같이 달려 나가 발작적으로 컹컹 짖어대고, 옆에서 겁에 질린 닭들이 마당에서 꽥꽥거리며 뛰어다니는 게 적잖이 안심이 된다. 적어도 눈 돌릴 핑곗거리가 생긴 셈이다.

심리 치료사의 집은 보틀러리 언덕의 작은 자작 농지에서도 한참을 더 가야 있었다. 사람들은 흔히 남부 교외 지역에는 중산층 가구 하나당 심리 치료사가 두 명씩은 있을 거라고 생각하지만, 대학에서 제공하는 소박한 의료보험 보장을 받을 수 있는 심리 치료사는 산테 주버트가 유일하다. 지금까지 열댓 명의 심리 치료사들이 5분도 안 되는 시간 동안 나를 진료했지만 약을 처방받고 싶지는 않았다. 내가 가지고 있는 문제가 무엇이든, 이건 약으로 간단히 눌러버릴 수 있는 것은 아니다. 사실 전에도 약을 시도해본 적이 있었지만 듣지 않았다.

"나는 과대망상이 아니야, 스테프. 나는 정신병자가 아니야. 위험하지 않다고."

스테프는 헤이든을 더 바짝 끌어안고 어깨 너머로 나에게 씩씩거렸다.

"그럼 당신 딸이 왜 이렇게 울어대겠어? 그리고 왜 나한테 그렇게 소리를 질러?"

"소리 지르는 거 아니야!"

나는 그렇게 소리를 지르다가 멈췄다. 이 무슨 싸구려 같은 장면인가. 슬프고 우울하고 지쳐빠진 수백만의 가족들이 수백만 번이나 재현해내는 장면. 나는 그냥 클리셰에 불과한 존재다. 나는 목소리를 낮추고 손을 내밀었다.

"내가 뭘 어떻게 했으면 좋겠어, 스테프? 당신이 날 믿게 하려면 내가 뭘 하면 좋을까?"

"이건 믿고 말고 하는 문제가 아니야, 마크. 난 당신이 걱정돼. 그게 전부야. 그걸 이해 못 하겠어?"

"그럼 어쩌라고? 나더러 어쩌라고?"

나는 헤이든을 곁눈질하며 이를 악물고 목소리를 낮췄다. 그렇게 해야 아이가 내 말을 못 들을 것처럼.

"여행에서 돌아온 후부터 당신이 나랑 헤이든 사이를 막고 있잖아."

"그래서 지금 날 비난하는 거야? 가끔은 애한테 다가가기 위해서 당신이 억지로 술을 마시고 용기를 내는 것 같다는 생각도 든다고."

스테프는 잠시 숨을 헐떡였다.

"당신이 스트레스를 많이 받는 거 나도 알아. 어쩌면 당신이 혼자 처리하지 못하는 일들이 있는지도 몰라. 속으로 꾹꾹 누르고 있는 그런 거. 그걸 입 밖으로 끄집어내는 게 당신에게도 좋을 거야."

그녀의 얼굴에 떠오른 표정은 깊은 동정심이었을까 아니면 공포였을까.

"우린 그냥 당신 기분이 더 나아지길 바라는 거야."

이 모든 난리법석이 단지 그 일 때문이었다. 스테프가 자는 줄 알고 조이의 이불을 쓰레기통에서 꺼내 와서 다시 헤이든의 침대에 씌우려 했던 것 때문에. 조이가 나에게 뭘 원하는지 나는 잘 알고 있었지만 그걸 스테프에게 설명할 수는 없었다. 난 그저 조이를 진정시키려고 했던 것뿐이었다. 나는 꾸준히 애도를 하고 있었다. 제기랄. 그건 극복할 수 없는 슬픔이다. 애통함은 파도처럼 끝없이 밀려온다. 스테프는 그런 유형의 슬픔을 절대 이해하지 못한다. 만일 헤이든을 잃는다면 스테프는 벌거벗은 채로 거리를 뛰어다니면서 비명을 지르며 머리카락을 쥐어뜯을 것이고, 그래도 사람들은 그녀를 그냥 내버려두겠지. 그러나 내가 내 나름의 방법으로 내 딸의 추억을 기리면 갑자기 나는 미친놈이 되는 것이다.

이건 공평하지 않아. 내 안의 상처 입은 작은 꼬마가 속삭였다. 그리고 그 애처로운, 구슬픈 호소를 들으니 더욱 고립되는 느낌이 들었다. 그 순간 나는 필사적으로 끝까지 싸우겠다고 결심했다. 내 주장을 고수하고 권리를 주장하자고. 그러나 다음에 찾아온 순간이 모든 걸 바꾸어놓았다. 스테프가 불안하게 서성거리자 헤이든은 울음을 그치고 엄마의 어깨에서 고개를 들었다. 아이는 작은 손으로 얼굴에 붙은 머리카락을 걷고 그 틈새로 나를 보았다. 본능적으로 나는 아이에게 미소를 지으며 윙크를 했다. 아이와 눈이 마주칠 때면 늘 하는 행동이었다. 아이는 나에게 미소를 지어 보였다. 머뭇거리며, 그러나 따뜻하게.

"이 일을 바로잡고 싶어."

나는 말했다. 내가 뭘 잘못했는지는 몰라도 아무튼 그걸. 이 말은 속으로 집어넣었다.

"그럼 행동으로 보여줘. 당신의 의지를 우리에게 보여줘. 그럼 우리는 거기에서부터 출발하는 거야."

말의 내용은 많이 누그러졌지만, 스테프의 목소리는 얼음처럼 냉랭했고 몸은 벙커 벽처럼 단단했다. 그게 우리 토론의 마지막이었고 그나마 가장 합의에 가깝게 내린 결론이었다.

벨빌을 통과하는 부트레커 로드를 달리는 내내 뒤뚱거리며 느리게 달리는 트럭의 행렬 뒤에 갇혀 있었다. 느리게 달리는 트럭은 더 느린 트럭을 추월했고, 길이 뚫릴 기미는 보이지 않았다. 결국 충분한 여유를 두고 출발했음에도 불구하고 11시 약속에 늦고 말았다. 느리고 작은 현대 차로 산테가 가르쳐준 이면 도로들을 따라 달리다가 먼지가 피어오르는 울퉁불퉁한 진입로에 들어서서 정문 기둥에 붙은 인터콤 버튼을 누르고 응답을 기다렸다. 콘크리트 담벼락 위에는 날카로운 칼날이 붙은 철조망과 전선이 걸려 있었다. 담장 안을 멍하니 응시하는데 치직거리는 잡음과 함께 인터콤에서 이름을 묻는 소리가 들려 답을 했더니 문이 열렸다. 담장을 따라 난 길로 들어가 사이프러스 나무 사이의 건물들 쪽으로 차를 몰고 가자 인도 실크로 지은 펑퍼짐한 옷을 입은 50대 여자가 보였다. 산테 주버트는 내 차를 나무 둥치 아래 주차하도록 안내했다.

차에서 내리자마자 거대한 사냥개 두 마리가 나를 보고 문 쪽으로 달려들었다. 이 정도 거리에서도 귀를 한껏 젖히고 입에서 침이 줄줄 흐르는 것이 자세히 보였다. 아마도 인간의 원시적인 뇌는 마지막 순간에 이런 세밀한 부분까지 파악할 수 있게 설계되어 있는 모양이다. 나는 얼어붙었다. 산테는 개들을 말리지 않았고, 무심한 표정으로 옆에 서서 개들이 먼지를 일으키며 발로 땅을 긁는 동안 내 얼굴을 찬찬히 지켜보았다.

"개들이 당신을 좋아하네요."

산테는 내가 무슨 테스트라도 통과한 것처럼 느릿느릿하게 말했다.

개들이 킁킁대며 내 신발 냄새를 맡고 꼬리를 세차게 휘두르는 동안 나는 개들을 쳐다보았다. 침착하게, 이를테면 "이놈들이 아직 밥을 안 먹었다면 날 잡아먹을까요?" 같은 위트 있는 농담을 할 수도 있었겠지만 장시간 운전과 개에 대한 긴장감 때문에 안절부절못했다. 내가 간신히 할 수 있는 말은 "아, 네" 정도였다. 산테를 따라 낮은 별채 건물로 향하면서 씁쓸한 감정은 점점 더 강해졌다. 심리 치료사는 자기 환자를 편안하게 해줘야 하는 거 아닌가? 도대체 무슨 의도로 이러는 거지?

어수선한 상담실에 들어섰을 무렵엔 나의 비밀을 치료사와 공유하겠다는 마음은 뒤틀려버렸다. 설상가상으로 산테는 "개들하고 같이 있어도 괜찮으시죠"라고 단정 짓듯 말했는데, 사실 나는 정말로 괜찮지가 않았다. 그러나 덩치 큰 그레이트데인 마스티프 두 마리가 우리 뒤를 따라 들어와서 낡은 갈색 침대 시트를 덮어놓은 소파 위에 파묻히듯 주저앉는데 누구에게 그런 말을 할 수 있겠는가? 이건 내가 생각했던 조용하고 소박한 심리 치료사의 방이 아니었고, 지금껏 봐왔던 여느 진료실과도 전혀 비슷하지 않았다. 실크 천으로 가려놓은 오래된 가구와 개 털과 진흙이 잔뜩 묻은 카펫이 전체적인 방의 분위기를 기묘하게 만들었다. 방 안에서는 말의 땀 냄새와 개의 입 냄새가 진동했고, 파리가 그늘 안에서 무심하게 윙윙대며 날고 있었다. 지하에 있는 방이라 꼭 거대한 나무의 뿌리 사이에 숨어 있는 것 같은 느낌이 들었다.

좋아. 나는 산테가 내어준 팔걸이의자에 깊숙이 앉아서 생각했다. 이 방은 확실히 내 사무실과 집과 드라이브스루 매장과 콘크리트로 지은 정부 공관 건물들이 늘어서 있는 부트레커 로드의 따분함으로부터 멀리 떨어진 곳에 있다. 뭐랄까, 냄새 나는 호빗족의 굴속에 와 있는 것 같은 기분이다. 나는 안 어울리는 책꽂이에 이중으로 겹겹이 쌓여 있는 책들을 살펴보았다. 넓은 공간을 차지하고 있는 책꽂이 사이사이에는 숨바꼭질을 해도 좋을 자연스러운 은신처들이 만들어져 있었다. 그때 그 여자가 시아에 들어왔다. 중성(中性)의 수간호사처럼 나를 바라보며 가늠하는 그녀를. 나는 등을 곧게 펴고 의자 앞쪽에 엉덩이를 걸치고 앉았다. 나는 싸구려 트릭에 넘어가 진실을 술술 말하는 꼬마가 아니다. 이것은 심리 치료사의 고전적인 술책이다. 뭔가를 말할 때까지 계속 지켜보고, 제일 처음 입에서 나오는 말이 가장 강력한 단서가 되며, 그걸 가지고 상담 시간 내내 평가한다. 내가 먼저 입을 열지 말아야지. 원한다면 언제까지라도 날 노려보라지. 물론 나에게는 입만 열기 시작하면 평생 동안이라도 말할 거리가 있었다. 하지만 왜 지금, 왜 여기에서 그걸 말해야 하는가? 내 죄는 스테프와 오데트에게 털어놓아야 한다. 여기 날 노려보는 이 괴짜가 아니라.

고작해야 30초 정도였지만 스스로를 의식하며 산테를 마주 노려본 게 거의 한 시간처럼 느껴졌다. 그제야 고집스러운 침묵도 제일 처음 하는 말만큼이나 강력한 단서가 된다는 사실을 깨달았지만 이제는 꼼짝 못할 입장이 되었고, 이제 와서 침묵을 깨면 그 자체로 나 자신에게 견딜 수 없는 빌어먹을 굴욕이 될 것이었다. 고집은 더럽게 세지만 원칙을 지키기에는 너무 나약한 인간으로 낙인찍힐 것 같았다. 그래서 고양이가 밖에서 씩씩거리며 난동을 부리고 닭들을 광란의 도가니에 몰아넣어 개들이 산테와 나 사이를 헤집고 달려가 문을 마구 두드려댈 때, 나는 시선을 돌리고 뭔가 해롭지 않은 말을 할 수 있게 되어 깊은 안도감을 느꼈던 것이다.

"안 나가셔도 됩니까?"

그러나 그것은 해롭지 않은 말이 아니었다. 전혀. 나는 이 개들과 방 안을 가득 채운 물건들과 두꺼운 벽이 산테가 마련한 보호 장치임을 깨달았다. 이 방 안에서는 무슨 일이 있었을까. 무엇 때문에 이 정도로 방어 장치를 해놓았어야만 했을까. 이런 수준이라면 단순한 예방책일 수 없었다. 건물 바로 바깥에 있는 빈민촌 주민들에게서 공격을 받았던 걸까. 그런 생각에 이르자 내 마음속에 세 괴한이 되살아났고, 스테프의 끔찍한 흐느낌이 처음부터 생생히 들리기 시작했다. 다시는 그 소리를 듣지 않게 해달라고 빌고 또 빌었는데. 산테가 보여주는 무심한 수동적 태도가 이 방어 장치 위에 한 겹을 더하는 것이란 생각이 들었다.

그녀는 잠시 무슨 말을 하려다가 고개를 저었다.

"아니, 괜찮아요."

그러고는 다시 시선을 고정시킨다. 오른손은 의자 팔걸이에 놓아둔 작은 노트 위에 올려놓았다. 손가락을 두드리지도 않고 성급하게 굴지도 않는다. 그저 기다릴 뿐.

나는 시선 회피하기 두 번째 라운드를 할 만한 힘이 없었다. 그래서 목청을 가다듬고 입을 열었다.

"한 번에 다 끝낼 수 있을지 궁금했어요."

"끝내요?"

"의료 지원 혜택에서는 심리 치료 4회에 대해서만 지원해주거든요. 그러니 아주 깊이 있는 내용까지는 다룰 수가 없을 겁니다. 앞으로 이삼일 안에 끝내야 할 것 같은데요. 가능하시겠습니까?"

"어떻게 될지 봅시다. 치료비는 차후에 얼마든지 상의할 수 있어요."

나는 어깨를 으쓱했다. 얼마를 할인해주던 우리에겐 그만한 돈이 없다. 지금이 아니면 영원히 다음은 없다.

"오늘은 무슨 일로 오셨나요, 마크?"

"내 의지를 보여주려고요."

갈색 개가 어슬렁거리며 소파 위 자기 자리로 돌아와서는 기지개를 켜고 방귀를 뀐다. 산테의 중성적인 표정은 변하지 않았지만 나는 미소를 짓는다. 나는 고양잇과라기보다는 개과에 더 가까운 사람이다. 끊임없이 전전긍긍하며 신경질적으로 우쭐대고 어슬렁거리는 고양이보다는 만족스러운 개의 삶이 더 마음에 든다.

그리고 그 여행 이후 처음으로 조이가 고양이에게 했던 짓이 떠올라도 생각을 억누르지 않았다. 그 장면이 마음속에서 재생되는 것을 그대로 내버려두었다. 스테프가 기억하고 싶은 내용으로가 아니라 그 일이 정말로 일어났었던 그대로. 여기에서의 일 중 어느 것도 우연은 없다는 확신이 들기 시작했다. 경비견, 길고양이, 가시철조망과 전기 담장. 이 여자는 나를 안다. 나를 본다. 어쩌면 내가 생각하는 것 이상으로 더 많이. 어떤 이유에서인지 나는 이 퀴퀴한 방에서 흥분하고 있는 것 같다.

"뭘 하기 위한 의지인가요?"

"아, 이건 그냥 농담이에요. 아내와 주고받는 농담이죠."

"가족끼리의 농담은 관계에 대한 중요한 지표가 됩니다. 관계 바깥의 사람을 배제하는 복잡한 코드는 관계의 친밀함과 공감의 정도를 암시하죠. 텔레파시처럼요. 하지만 저는 당신을 몰라요, 마크. 그러니까…… 도움을 받기 위해 여기 오셨다면……."

"압니다. 여기엔 이유가 있어서 왔어요. 선생님께 그 얘기를 하는 게 좋을 것 같군요. 하지만 정말로 어디서부터 시작해야 할지 모르겠어요."

산테는 내가 생각할 수 있도록 조금 오래 기다려주었다. 그러나 내가 멍하니 앉아 있자 다시 말했다.

"앞으로 네 번의 상담 동안 무슨 일이 있을 것 같은지를 말해 보시면 어떨까요? 우드스톡에 사시죠? 꽤 먼 곳이네요. 이곳까지 차를 몰고 오시면서 뭘 기대하셨나요? 뭐가 두려우셨어요?"

"일반적으로요?"

그녀는 마침내 나에게 살짝 말려 올라간 입술 꼬리를 보여주었다.

"지금은 구체적인 것으로부터 시작하면 좋겠어요. 이 시간에 바라시는 게 뭔가요? 뭐가 걱정되셨어요?"

나는 자리를 조금 옮기고 의자 팔걸이에 몸을 기댄다. 누군가 나에 관해 질문을 한 게, 내가 뭘 원하고 뭘 두려워하는지를 물은 게 마지막으로 언제였는지 모르겠다. 이게 전략이라는 건 안다. 이건 아첨이다. 그러나 그걸 알면서도 긴장이 점점 풀리고 얘기를 하고 싶은 기분이 들었다. 이 여자의 질문에 솔직히 대답하는 게 한 시간 동안 버티는 것보다 훨씬 더 편하겠지. 결국 그러자고 이 먼 길을 달려오지 않았는가.

"저는 상담이 제구실을 하길 바랍니다. 제가 여기 오는 걸 바란 건 아내였어요. 아내가 만족하길 원했습니다."

"그럼 지금은 부인이 불만스럽겠네요."

이건 질문이 아니다. 그래서 대답하지 않는다.

"부인은 마크 씨가 의지를 보이길 원하셨다는데…… 뭐에 관한 의지인가요? 아내의 관점을 이해하는 것? 마크 씨의 행동을 바꾸는 것?"

"네. 하지만 난 뭔가를 바꿔야 한다고는 생각지 않아요. 나한 테는 아무 문제가 없습니다."

"하지만 부인은 마크 씨에게 문제가 있다고 여기시는 거죠. 그럼 부인이 생각하는 마크 씨의 문제가 뭔지 말해보시면 어떨까요?"

나는 잠시 생각해본다.

"아뇨. 그건 요점에서 벗어나는 얘깁니다. 저는 다만 아내가 절 다시 신뢰하길 바라고 있어요."

여기에 '우리 딸 문제로 날 신뢰하기를 바란다'는 말을 덧붙이고 싶었지만 좋지 않게 들릴 것 같았다. 앞에 앉은 이 낯선 사람에게 내가 헤이든을 절대 해친 적이 없고 앞으로도 그럴 것이라고 설득시키는 데 남은 상담 시간을 다 쓰고 싶지 않았다. 이 대화에 내 딸들을 끌어들일 마음의 준비가 되지 않았다.

"전 그냥…… 우리가 대화를 안 할 때는…… 외로움을 느낍니다. 아내는 저에게 좋은 친구니까요. 전 아내가 그리워요."

"그러니까, 마크 씨 본인은 아무 문제가 없다고 생각하지만 문제를 해결하려고 여기에 와 있고, 그래서 더 이상 외롭지 않게 되길 바라는 것이군요."

나는 눈살을 찌푸린다. 정확한 요약이다.

"알겠어요."

산테가 말했다.

돌아오는 길에 길을 잃었다. 분명히 아까 그 느릿느릿한 트럭들을 피해 왼쪽으로 우회해 벨빌을 통과해서 가야겠다고 생각했는데 아무리 달려도 원래 길로 이어지지 않았다. 결국 엘시 강과 마넨버그와 필리피를 지나 남쪽으로 빙 돌아가는 꼴이 되었다. 위험한 십 대 아이들이 모이는 매춘 알선 차량이 군데군데 구멍이 팬 길 위를 쌩쌩 돌아다녔지만, 나나 나의 카리스마 없는 현대 차는 거들떠보지도 않았다. 거의 한 시간을 달려 바덴 파월 드라이브에 도착해서야 내 위치를 알았다. 평소에 이렇게 헤매고 다녔으면 긴장하고 화도 났겠지만 상담을 마친 후로 계속 이 세상으로부터 고립된 기분이 들었다. 내가 둘로 나뉘어져 내 몸은 뚫을 수 없는 거품 안에 갇히고, 나는 유령이 되어 거품 밖에서 그것을 바라보고 있는 느낌이었다. 그리고 유령은 누구에게도 상처 입지 않는다.

모래언덕 옆에 임시로 마련된 주차장에 차를 세우고, 낚싯대를 지켜보며 자리 잡고 앉은 낚시꾼들에게 고개를 끄덕여 인사했다. 그리고 사람들 뒤로 바닥에 뿌려진 유리 파편과 플라스틱 쓰레기를 밟으며 깨끗한 모래언덕으로 올라가 앉았다. 갈매기들이 낚싯줄 위로 시원스럽게 날고 거친 물결 위로 흰 말들이 신나게 달리고 있었다. 세찬 바람에는 짠 기가 배어 있었고, 간혹 인간의 냄새가 섞여 불어오기도 했다. 그러나 풍경은 예뻤다. 반짝이는 푸른 하늘과 흰 모래, 차가운 쪽빛 바다. 전에 이 해안에 와본 적이 있었던가. 지나가다 멈출 만한 곳은 아닌데. 조이가 지금 내 옆에 있으면 좋겠다고 바란다 해도 아마 여기 오는 길을 못 찾겠지.

집에 도착했을 때는 늦은 오후였다. 안으로 들어가니 스테프가 헤이든을 씻기고 있었다. 사 온 물건들을 식품 저장실에 넣은 후 문가에 서서 두 사람에게 인사를 건넨다. 스테프는 돌아보지도 않고 안녕, 하고 중얼거렸다. 헤이든은 물고기를 가지고 놀고 있어서 대답은 기대도 하지 않았다. 나는 욕실 선반 거울에 비친 내 모습을 본다. 얼굴이 햇볕에 심하게 그을려 있었다. 손으로 뜨거운 뺨을 만지니 손가락에 못 보던 상처가 난 게 보인다. 나는 손을 내려 이리저리 뒤집으며 살펴본다. 나란히 긁힌 상처가 몇 개 손등에 나 있었는데, 그중 어떤 것은 벌써 마른 피딱지가 앉았다. 손톱 아래에는 검붉은 때가 끼어 있다.

나는 개수대에서 손을 씻는다. 비누 때문에 상처가 쓰라렸다. 짙은 갈색을 띠던 물이 점점 투명해졌다.

"오늘 하루 어땠어?"

스테프가 묻는다.

"좋았어." 내가 대답했다. "사실은 아주 좋았지. 깜짝 놀랐어. 나는 그게……."

"오늘 오후에 어디 있었어?"

"하루 휴가를 냈어."

나는 수건걸이에 걸린 제일 짙은 색 수건에 손을 꾹꾹 눌러 닦았다.

"나도 알아. 어디 있었어?"

"그냥 드라이브를 좀 했어. 교외에 나간 지가 꽤 오래돼서."

"칼라랑 같이 있었던 건 아니지?"

나는 한숨을 쉬었다. 어떻게 대답해야 하나? 방어적으로? 아니면 단순하게?

"아니."

그녀는 물병에 물을 채우고 헤이든을 팔 위로 기대게 해서 안은 뒤, 부드러운 손길로 검은 머리칼을 한데 모아 머리 위로 물을 부으면서 뒤로 쓸어 넘겼다. 스테프는 아이 머리 감기는 일에 능숙하다. 헤이든은 끽소리도 내지 않고 가만히 뒤로 누워

247

한숨을 쉰다. 스테프가 머리카락을 샴푸로 마사지하고, 가볍게 부비고 비틀어 헹구는 것을 보며 나는 최면에 걸린다. 그녀는 작은 수건을 헤이든의 머리 위에 올리고 아이를 들어 안는다.

"아냐, 엄마! 물고기랑 더 놀래!"

"이제 나갈 시간이야, 원숭아. 물기 말리고 저녁 먹기 전에 조금 놀자."

헤이든은 징징거리지만 스테프는 단호한 손놀림으로 아이의 물기를 닦는다.

"여긴 내가 치울게."

내가 말했다.

"고마워요."

스테프는 〈겨울 왕국〉 목욕 가운을 헤이든에게 입히고 침실로 데려간다. 나는 스스로 부끄러워진다. 심리 치료에 나가고 아이의 물장난 뒤처리를 하는 것들이 이런 기분을 몰아낼 수 있다면, 그녀가 날 다시 사랑하게 할 수 있다면, 난 기꺼이 그렇게 할 것이다. 산테가 틀렸다. 나는 나 자신을 부정하는 게 아니다. 나는 지금 내 인생에 마지막으로 찾아온 좋은 것들을 간절히 붙들고 있는 것이다.

나는 배수 마개를 뽑고 장난감들을 모아 욕조 구석에 있는 양동이에 넣는다. 그리고 비누를 들고 샤워 꼭지를 틀어 욕조 안을 구석구석 닦는다. 물이 천천히 배수구로 빠져나간다. 배수구에 헤이든의 머리카락이 뭉치기 시작한다. 그것을 집어내자 머리카락은 덩어리가 져서 시원스럽게 빠져나온다. 어슴푸레 푸른빛이 도는 머리카락은 생기 넘치게 빛난다. 그것을 버릴 수가 없어서 물기를 짜내고 간직하기로 마음먹는다.

조이의 이불 커버를 쓰레기통에 버리고 온 지 한 시간도 안 됐는데, 다시 위층 복도로 끌고 가는 마크와 딱 마주쳤다. 내가 헤이든의 방으로 돌아갔을 때 몰래 빠져나가 쓰레기통을 뒤져 꺼내온 모양이었다. 그때가 그에게 최후통첩을 보낸 때였다.

"전문가의 도움을 받지 않으면 헤이든과 집을 나가겠어."

언성도 높이지 않았다. 격렬한 다툼도 없었다. 그는 그저 냄새나는 천 조각을 마치 처음 보는 것인 양 내려다보고 고개를 끄덕이며 다음 날 상담을 예약하겠다고 약속했다. 상담 치료에 그와 동행하지는 않았지만 그가 자기 약속을 지켰다는 것은 확실히 안다. 심리 치료사(산테 뭐라고 하는데 성은 잊어버렸다) 가 보내는 청구서가 아직도 날아오기 때문이다. 보아하니 대학의 의료 지원 프로그램이 마크의 치료비를 전액 보장하지는 않는 모양이었다. 나는 청구서를 그냥 무시하고 있다. 다음에 필연적으로 따라올 변호사의 서한도 무시할 것이다. 산테 뭐시기가 고소를 하든 말든. 그 여자는 마크를 치료하기로 했고 실패했다. 아마 우리 모두 실패한 것이겠지.

마크는 도움을 받는 데는 동의했지만 파리에서 돌아온 후로도 계속 누군가 우리 물건을 건드렸다는 당혹스러운 기분을 떨칠 수가 없었다. 칼라가 내 물건을 뒤지고 다닌 증거는 없었어도, 자꾸 누군가 내 궁금증을 유발하기 위해 악의적으로 물건들의 위치를 미묘하게 바꾸어놓은 것 같다는 생각이 들었다. 매일매일 나는 사소하지만 이상한 것들을 새로 발견했다. 몇 달이나 입은 적 없는 재킷의 주머니가 뒤집혀 있거나, 거의 사용하지 않는 립스틱이 바닥이 보이게 닳아 있다던가. 그런 이상한 일들과 마주칠 때마다 내 상상일 뿐이라고 애써 생각했다. 그러나 나는 잠을 잘 자지 못했고, 피로는 불안과 피해망상을 더욱 키워갔다.

마크가 처음으로 심리 치료사를 만나고 집에 늦게 돌아왔던 날, 새벽 세 시에 경보기가 울렸다. 그때 나는 헤이든과 함께 자고 있었다. 간신히 잠이 든 지 불과 몇 분 되지 않았을 때였는데 경보기 소리에 덜컥 놀라 벌떡 일어나 앉았다. 가슴 위에 올려놓았던 책이 바닥으로 굴러 떨어졌다. 헤이든은 이번엔 소리를 지르지 않았다. 아이는 그저 일어나 앉아서 졸린 눈으로 시끄럽다고 불평을 했다. 나는 칭얼대는 아이를 애써 달랬다.

"괜찮아, 아가. 엄마가 소리 꺼줄게."

나는 문으로 달려가 어두운 복도를 향해 소리를 질렀다.

"마크!"

그러고는 낯선 발소리나 목소리를 들으려고 귀를 쫑긋 세웠다. 그는 오지 않았다.

"마크!"

끔찍한 장면이 머릿속에 그려졌다. 놈들이 다시 왔어. 그자들이 마크를 잡은 거야. 지금 그이를 고문하고 있어. 손가락을 부러뜨리고 달군 쇠로 살을 지지고, 베개로 질식시키고. 그러나 이보다 더 최악인 것은 그가 어딘가에 숨어 있을지도 모른다는 생각이었다. 나와 헤이든을 내팽개치고 욕실 문을 잠그고 혼자 안전하게 숨어 있을 것 같다는 생각.

헤이튼의 목소리가 나를 망상에서 깨웠다.

"머리 아파, 엄마."

"괜찮아, 아가. 곧 그칠 거야. 조금만 기다려."

놈들을 이 방에 들일 수는 없었다. 그들에게 잡히면 안 된다. 그렇지만 내가 뭘 할 수 있을까? 문에는 자물쇠도 없었다. 서랍장을 문 쪽으로 옮기려고 했지만, 벽에서 조금 밀어내는 것만으로도 등이 아파왔다. 서랍장을 벽에서 밀어내자 그 자리에 뭔가가 보였다. 야간 조명등의 희미한 불빛에 서랍장이 있던 구석자리 바로 옆에 뭔가 검은 물체가 있는 게 보였다. 처음 보는 헤어브러시였는데, 빗살에 금발 머리카락이 잔뜩 끼어 있었다. 밖에서 발소리가 들렸다. 나는 아직도 무엇이 최선일지 몰라 갈팡질팡하며 헤이튼을 품에 안았다. 문이 벌컥 열렸다. 마크였다. 그냥 마크였다. 그는 우리를 버리지 않은 것이다. 마크는 차분해 보였다. 심지어 바지와 스웨터를 찾아 입을 여유도 있었다.

마크가 방의 불을 켜자 눈이 부셨다.

"둘 다 괜찮아?"

"계속 찾았는데, 마크. 난 걱정이 돼서……. 나는…… 어떻게 해야 할지 몰라서……."

"집 안은 내가 확인했어. 전부 안전해."

"확실해?"

"확실해. 경보기를 끄려고 했는데 비밀번호가 안 먹히네."

나는 헤이튼의 무게를 한쪽 엉덩이 위에 실었다. 아이가 많이 자라서 이제는 안고 다니기에 조금 버거워졌다. 마크가 아이에게 손을 뻗었다.

"자, 아빠가 안아줄게."

나는 잠시 망설인 끝에 아이를 넘겨주었다. 그가 딸을 염려하는 장면에서 안도감을 느꼈어야 했지만 오히려 마음이 불편해졌다.

"당신이 가서 한번 꺼볼래?"

마크가 말했다.

"그럴게. 만일을 대비해서 경찰을 불러야 하지 않을까?"

"내가 다 확인했어, 스테프. 공연히 뭐하러 경찰을 불러?"

내 안의 악랄한 목소리가 속삭였다. 만일 내가 일을 했다면, 헤이든을 돌보는 전업주부의 길을 선택하지 않았다면, 그랬다면 경보기를 관리해주는 사설 경비 업체에 매달 500랜드씩 지불할 여력이 있었을 텐데. 그 정도 돈은 별것도 아니었을 텐데. 안 그래?

"여행 가 있는 동안에도 자주 저렇게 울렸던 모양이야."

"누가 그래?"

"이웃 사람이. 옆집 사는 학생이 그러더라고."

"왜 나한텐 말 안 했어?"

"하려고 했어. 당신 요즘 계속 바빴잖아, 마크." 정상과 비정상의 경계를 넘나드느라 엄청 바쁘셨지.

"아빠, 시끄러워!"

헤이든이 소리를 질렀다.

"가서 저것 좀 꺼볼래, 스테프?"

마크가 다시 말했다.

나는 아래층으로 달려 내려갔다. 제어판에 손을 대자마자 경보기는 꺼졌다. 나는 경보기를 재설정하지 않았다. 어차피 누군가 침입한다 해도 이 경보기는 무용지물이었다. 그 대신 집 안을 종종걸음 치며 창문과 문을 두세 번씩 점검하고, 작은 소리에도 깜짝깜짝 놀라며 집 안을 돌아다녔다.

헤이든의 방으로 돌아와보니 마크는 서랍장을 제자리에 돌려놓는 중이었다. 그 뒤에서 나온 헤어브러시는 이미 한참 전에 잊어버렸다. 헤이든은 다시 잠자리에 들었고, 스르르 눈꺼풀이 감기고 있었다.

마크가 나에게 미소를 지었다.

"잘했어. 내일 사람을 불러서 살펴보게 해야겠어. 아마 배선이 느슨해졌거나 그런 걸 거야."

그는 방의 불을 껐다. 그의 긴 그림자가 헤이든의 담요 위에 드리웠다. 노스페라투*처럼 으스스하게. 나는 진저리를 쳤다. 헤이든의 호흡이 규칙적으로 바뀌어갔다.

"애는 잠들었어, 스테프. 자, 우리도 자러 갑시다."

이 방에 헤이든을 혼자 남겨둔다는 생각만으로도 견딜 수가 없었다. 아니, 어쩌면 마크와 같이 침대에 눕는다는 생각을 견딜 수 없었던 것 같았다.

"아니. 나 여기에서 헤이든이랑 같이 잘게."

"그럼 헤이든도 같이 데려와서 잘까?"

나는 마크를 바라보았다. 그는 아이를 우리 침대에서 재우는 걸 애초부터 반대했었다. 그 이유에 대해서 한 번도 제대로 얘기해본 적은 없었지만, 아마도 그게 조이의 버릇이었고 헤이든은 그런 버릇이 들지 않기를 바라서 그러는 것이리라 혼자 생각했었다.

"지금 아이를 옮기는 건 좀 그런데."

"알았어. 잘 자."

그는 고상하게 내 뺨에 키스를 하고 방을 나갔다. 나는 헤이

---

*브램 스토커의 소설 《드라큘라》를 원작으로 한 무성영화에 등장하는 가상의 흡혈귀.

든의 옆으로 파고들었다. 잠이 오지 않을 것 같았지만 거의 눕자마자 잠들어버렸다.

헤이든이 내 머리카락을 쓰다듬으며 날 깨웠다. 환한 햇빛이 커튼 틈으로 새어 들어오고 있었다.

"엄마! 엄마, 일어나. 엄마. 봐요."

아이는 침대 아래를 가리키고 있었다.

"뭔데?"

"봐요, 바보같이! 저기 웃기는 여자가 있어."

"웃기는 여자가 뭐야?"

"봐요!"

나는 비틀거리며 침대에서 내려와 네발로 엎드렸다. 침대 아래에는 헤이든의 양말 한 짝과 바비 인형뿐이었다. 나는 그것을 꺼내 아이에게 건네주었다.

"이게 웃기는 여자야?"

헤이든은 손을 허리에 얹고 섰다. 외할머니가 외할아버지에게 화를 낼 때 취하는 자세를 완벽하게 흉내 낸 것이었다.

"아니, 엄마!"

아이는 혀를 끌끌 차고는 내가 내민 바비 인형을 받았다.

"아빠는 어딨어?"

그리고 지금 몇 시지? 휴대폰은 헤이든 침대 옆 탁자 위에서 찾았다. 거기 놓아두고는 어젯밤 그 난리통에 쓸 생각도 못 했던 것이다. 휴대폰 화면을 보니 거의 9시가 다 되어 있었다. 헤이든은 평소에는 여섯 시면 일어났다. 맙소사. 얘가 어른들 없이 세 시간 동안이나 혼자 논 거야? 아이를 데리고 아래층으로 내려가서 부엌 테이블 위에 마크의 쪽지를 발견하고서야 마음이 놓였다. 쪽지에는 나를 더 일찍 깨우려고 했지만 깨울 수가 없었고, 내가 잠이 깬 소리를 듣고 곧바로 나간다고 쓰여 있었다. 왜 날 안 불렀을까? 현관문 열리는 소리나 대문 닫히는 소리가 안 난 걸 보면 몰래 달아나듯 집을 빠져나간 것 같았다.

"아빠가 아침 만들어줬어, 헤이든?"

아이가 고개를 끄덕였다.

"맛없는 시리얼."

"다 먹었어?"

"아니, 엄마. 나 얼굴 달걀 해줘."

"'얼굴 달걀 해주세요'라고 해야지."

"해주세요, 엄마."

아이는 사랑스럽게 말했다.

나는 달걀을 삶고 껍질 위에 미소 짓는 얼굴을 그려주었다. 그리고 노른자에 찍어먹을 수 있도록 토스트 조각을 얇게 잘랐다. 나는 식욕이 없었다. 커피 생각도 별로 들지 않았다.

"엄마, 숟가락."

"주세요."

내가 쏘아붙였다.

"주세요, 엄마."

아이가 좋아하는 특이한 모양의 숟가락을 찾으려고 서랍을 열었다. 그러나 숟가락은 대부분 식기세척기 안에 들어 있었고, 어젯밤에 돌리는 것을 잊어 씻어놓은 것이 없었다. 요란스럽게 소리를 내며 서랍 안을 뒤지다가 마침내 하나를 찾았는데, 검푸른 미세한 곰팡이가 온통 뒤덮여 있었다. 나는 숟가락을 곧장 쓰레기통에 던지고 서랍 안에 든 걸 몽땅 꺼내 조리대 위에 쌓아놓았다. 플라스틱 쟁반이나 나머지 식기류들은 깨끗했다. 이건 말이 되지 않았다. 아마 마크나 내가 우연히 더러운 숟가락을 모르고 서랍 안에 그냥 집어넣었던 모양이다.

헤이든이 다시 숟가락을 달라고 해서 식기세척기에서 하나를 꺼내 물에 대충 헹궈 아이 앞에 던지듯 놓아주었다. 그러고 나서 나머지 부엌도 전부 훑었다. 누가 만진 흔적은 없는 것 같았지만 뭔가 이상한 느낌이 들었다. 피해망상이 나를 갉아먹고 있었다. 어쩌면 이건 모두 고도의 책략일지도 모른다. 내가 읽는 범죄소설 중 한 편처럼, 누군가 나를 미치게 만들고 마크와 나를 갈라놓으려는 계획인지도 모른다.

어쩌면 심리 치료사가 필요한 건 내 쪽인지도 모른다. 아니. 이건 헛소리다. 나는 미치지 않았다.

"엄마! 봐요!"

헤이든은 나를 향해 웃으며 버터 묻은 토스트 조각을 타일 위에 던졌다.

"하지 마, 헤이든."

아이는 또 던졌다.

"헤이든. 엄마가 하지 말랬어."

아이는 킥킥 웃고는, 내가 자기를 보고 있다는 것을 확인한 후 마지막 조각까지 떨어뜨렸다. 나를 화나게 하려는 게 아니었다. 아이는 그냥 놀이를 하고 있을 뿐이었지만 그 순간에 그런 생각은 들지 않았다. 나는 분노가 치밀어서 아이의 그릇을 잡아 싱크대로 던졌다. 그릇은 산산조각이 났다. 나는 아이에게 고함을 질렀다.

"이 씨발, 하지 말랬잖아!"

그 전엔 한 번도 헤이든에게 목소리를 높인 적이 없었다. 잠시 동안 우리는 충격에 사로잡혀 서로를 바라보았다.

그러다 헤이든이 숨을 헐떡이며 울음을 터뜨렸다. 나는 아이를 유아 의자에서 꺼내 꼭 끌어안았다.

"엄마, 미, 미안해요."

아이는 흐느끼면서 더듬더듬 말했다.

"아냐. 엄마가 미안해, 아가."

그러고 나서 우리는 같이 한참을 울었다. 그 장면은 지금도 내 마음속에 영화의 정지 장면처럼 선명하게 새겨져 있다. 부엌 한가운데 서서 엉엉 우는 헤이든을 안고 엉엉 우는 나. 타일은 으깨진 달걀 토스트로 얼룩져 있고.

"울지 마, 엄마."

헤이든은 몸을 뒤로 젖히고 내 얼굴을 어루만졌다.

"엄마, 내 엘사 공주랑 놀게 해줄게."

한참 만에 둘 다 진정이 되었다. 나는 헤이든에게 옷을 입혀 주고 아이패드를 손에 들려주었다. 그러고 나서 끝없이 치밀어 오르는 죄책감과 싸우며 어지럽혀진 것들과 깨진 그릇을 치웠 다. 엄마의 끔찍한 행동에 전혀 영향을 받지 않은 건지, 아이는 게임의 다음 단계로 넘어갈 때마다 "엄마! 이거 봐요!"라고 계속 외쳐댔다. 또 다른 죄책감이 밀려왔다. 파리에서 돌아온 이후로 아이패드와 중독성 강한 유아용 게임들을 베이비시터처럼 사용하고 있었다.

어수선한 것들을 치우고 나니 내가 한 짓을 누군가에게 고백 하고 싶은 충동에 휩싸였다. 마크에게 전화를 했지만 휴대폰이 꺼져 있었다. 엄마에게 전화를 해볼까 하다가 마음을 고쳐먹었 다. 결국 그 두 사람이 내가 선택할 수 있는 유일한 사람들이라 는 사실이 슬펐다. 비상용 어바놀을 먹으려고 핸드백을 뒤졌지 만 케이스는 비어 있었다. 그 약은 2주 동안 먹을 양이었다. 약 은 강도 사건 이후 드는 불안감에 대한 단기 해결책이었다. 더 많은 양이 필요하면(확실히 더 필요했다) 의사를 한 번 더 찾아가야 했고, 그 비용은 마크의 의료보험으로는 보장이 되지 않을 것이었다. 이제부터는 약 없이 살아가야 했다. 게다가 조이가 죽음에 이르게 된 원인과 금방이라도 무너질 것 같은 마크의 정신 상태를 고려하면 내가 진정제를 먹고 있다는 사실을 말하기도 난감했다. 그래서 약을 먹는 대신 속에서 이는 불안이 멈출 때까지 경찰 상담사가 가르쳐준 호흡법을 연습했다.

외출을 하는 것도 도움이 될 것 같았다. 며칠 전에 생각났던 것처럼 잠깐이라도 바닷가에 가면 좋겠다 싶었다. 오는 길에 헤이든과 식료품점에 들러 쇼핑을 하며 시간을 죽여도 좋을 것이다. 아이는 픽앤페이에서 카트를 타고 돌아다니는 것을 좋아했다. 그러나 지금은 게임에 완전히 빠져 있었기 때문에 아이가 지루해질 때까지 기다렸다가 나가기로 하고, 그 대신 이메일을 확인했다. 출판 에이전시에서는 아직도 소식이 없었지만 그 문제에 관해서는 의심의 소용돌이에 빠지지 않도록 애써 마음을 다잡았다. 메일을 훑어보고 나서 페이스북에 접속해 사람들이 자기 인생에 관해 마구잡이로 뽐내는 업데이트들을 살펴보았다. 파리 여행에 대해서 페이스북 친구들에게 알리지 않은 게 천만다행이란 생각이 들었다.

막 로그오프를 하려는데 받은 편지함에 프티 부부로부터 메시지가 도착했다.

우리는 아파트 정원에서 죽은 것 같은 여자의 문제 때문에 미안합니다. 그리고 우리는 아프리카에 있는 당신의 집에 도착하지 못해서 미안합니다. 우리에게, 아파트에 계시는 동안 어떤 경험을 했는지 말해줄 수 있나요? 그곳에 머물 다른 손님들을 위해 좋은 리뷰를 남겨주시면 감사하겠습니다.

　그럼 안녕히 계세요.

　나는 헤이든이 화들짝 놀라도록 큰 소리로 웃음을 터뜨렸다. 리뷰를 남겨? 빌어먹을 '좋은 리뷰'를 남겨달라고? 마크에게 이 얘기를 너무 하고 싶어서 다시 전화를 걸었는데 이번에는 곧장 음성 사서함으로 연결되었다. 나는 메일을 그에게 전달하고, 이메일을 확인해보라고 메시지를 보냈다.

　헤이든은 고맙게도 다시 아이패드에 몰입했다. 그래서 나는 장난 삼아 프티의 아파트에 대한 리뷰를 지어냈다.

　프티가 본명인지는 모르겠는데 우리 집에 아예 나타나지도 않고 일정이 바뀐 것도 안 알려준 건 문제 삼지 않는다고 해도, 그 사람들 아파트는 완전 무덤 속 같이 음침했어요. 사이트에 올린 설명과 사진하고는 딴판이에요. 오버룩 호텔*을 생각하면 되는데 훨씬 더 엉망이고 훨씬 더 오싹합니다. 건물 전체에 사는 사람이라고는 정신 나간 무단 점거자 밖에 없었는데, 그 여자는 우리 아파트에 저녁 식사를 하겠다며 마음대로 들어오더니 창밖으로 투신자살을 하더라고요. 트라우마를 얻고 싶거나 오래된 음식 냄새와 똥 냄새 풍기는 오싹하고 텅 빈 콘크리트 건물에서 모험을 즐기고 싶은 사람에게는 정말 근사한 곳입니다.

　이 글을 프티 부부에게 보내는 대신 이렇게 메일을 썼다. '지금 장난해?? 좋은 리뷰? 나가 죽어라, 이 씨발 것들아. 그리고,

*스티븐 킹의 소설《샤이닝》에 나오는 유령 호텔.

그 망할 건물에는 왜 다른 사람들이 하나도 안 사는 거냐?'

그러나 이 글도 보내지 않았다(이 글은 아직도 내 메일 계정 임시 보관함에 들어 있다). 대신 우리가 겪은 일을 강력히 항의하는 분노의 이메일을 써서 숙박 교환 사이트에 보내고 프티 부부를 참조로 올렸다. 분노를 가라앉힐 길이 없어 식식대며 컴퓨터 화면을 노려보았다. 이제 나갈 때가 된 것 같았다. 나는 자외선 차단제와 헤이든의 모래놀이 세트, 수건을 주섬주섬 모아 가방에 쑤셔 넣고 헤이든을 안고 밖으로 나갔다. 아이를 카시트에 앉히고 벨트를 매어주고 차에 시동을 거는 동안 아이는 행복하게 혼잣말을 조잘거렸다. 열쇠를 아무리 돌려도 틱틱 소리만 나고 시동이 걸리지 않았다. 배터리가 나간 것이다. 제너레이터를 몇 년이나 쓰고 있었으니, 배터리가 죽는 것은 시간문제라는 건 잘 알고 있었다. 나는 소용없다는 걸 알면서도 몇 번이고 다시 시도해보았고, 그러는 동안 땀 때문에 옷자락이 등에 달라붙었다. 에어컨도 켜지지 않았다. 이 뜨거운 차에서 헤이든을 데리고 최대한 빨리 나가야 했다. 나는 주먹으로 운전대를 내리치면서 입속으로 욕설을 중얼거렸다. 엄마가 또 소리 내서 욕하는 걸 헤이든이 듣게 해서는 안 되니까. 아이는 엄마가 미친 짓을 하는 걸 이미 충분히 볼 만큼 봤다.

바닷가에 가자고 헤이든과 약속했는데 이젠 어쩌나? 차가 없으면 긴긴 하루가 될 것이었다. 걸어서 공원에 갈 수는 있겠지만, 아침부터 이미 푹푹 찌고 있었다. 미니버스 택시*도 좋은 선택은 아니었다. 마크는 너무 위험하다며 헤이든과 같이 다닐 때는 미니버스 택시를 타지 말라고 했고, 나도 거기에는 동의할

*14~16명이 탑승하는 소형 버스로 남아프리카 고유의 교통수단.

수밖에 없었다.

나는 아이를 카시트에서 풀어 차에서 내렸다. 이상하게도 아이는 왜 그러는지 묻지도 않고 계획이 바뀐 데 대해 짜증을 부리지도 않았다.

"이봐요."

돌아보니 옆집 남자가 있었다.

"안녕하세요, 카림."

그를 향해 미소를 지으려 했지만 간신히 얼굴만 일그러뜨릴 수 있었다.

"차에 문제가 있어요?"

"네. 내 잘못이에요. 제너레이터를 갈았어야 했는데 계속 능청 부리다가 이젠 배터리가 죽어버렸네요."

"점퍼 케이블로 연결해주면 좋은데 나도 스쿠터밖에 없어서요."

"고마워요. 그냥 바닷가에 가려던 길이었는데요, 뭐."

헤이든이 그에게 수줍게 손을 흔들었다.

"잠깐 들어가서 커피 한잔할래요?"

미처 생각도 하기 전에 말이 튀어나왔다.

그가 놀라며 말했다.

"지금요?"

"네. 그냥 지난번에 했던 말이 생각났어요. 시간 없다고 말해도 괜찮아요."

그는 휴대폰으로 시간을 확인했다.

"괜찮아요. 안 될 거 있나요? 일하러 가야 하긴 하지만, 커피 마실 시간은 있어요."

"잘 됐네요!"

이번에 지은 미소는 진짜였다. 그는 그냥 친절하게 구는 것뿐이고, 내 눈에 서린 절박함을 읽었을 것이라는 사실은 모른 척했다.

내가 커피를 만들 동안 그는 헤이든과 바비 인어 인형과 〈겨울 왕국〉 놀이를 하며 같이 놀아주었다. 착한 사람이었다. 나는 마음이 설레고 들뜨는 것을 느꼈다. 꼭 데이트를 하는 것처럼. 이 말이 어떻게 들릴지 안다. 그러나 당시의 나는 내 또래와 어울린 게 너무 오랜만이었다.

"어젯밤 일은 미안해요."

헤이든이 엘사 공주와 듀플로 성을 가지고 열심히 노는 동안 (그 빌어먹을 바비 인어 인형은 도대체 어디로 간 걸까) 부엌으로 들어온 그에게 말했다. 그는 부엌 조리대 앞에 나와 함께 앉았다.

그는 혼란스러워 하며 날 바라보았다.

"또 뭐가 미안해요?"

"우리 경보기요. 어젯밤에 또 고장이 났어요. 사람을 불러서 곧 수리할게요. 약속해요."

아마 새 제너레이터를 먼저 사야겠지만. 나는 속으로 그렇게 생각했다.

"아, 난 못 들었는데요."

"어젯밤에 집에 늦게 왔나 보죠?"

"아뇨. 집에 있었어요. 그 소리에 깨지 않았다니 이상하네요. 난 잠귀가 밝은데. 이봐요. 전부터 물어보려고 했는데, 어디 가셨던 거예요?"

"어디요?"

"지난번에 휴가 다녀오셨다고 했었잖아요."

나는 델 것 같이 뜨거운 커피를 한 모금 마셨다.

"파리요."

"와, 멋지네요."

"꼭 그렇진 않아요."

그러고 나서 나도 모르는 사이에 그에게 모든 걸 다 얘기하고 있었다. 거의 모든 걸. 남편이 죽은 고양이를 붙들고 있는 걸 발견했다는 부분은 얘기하지 않았다. 카림은 남의 얘기를 잘 들어 주는 사람이었다. 조용히 내 얘기를 듣다가 마크가 옷장 안에서 머리카락을 발견했다는 얘기에서만 딱 한 번 끼어들었다.

"잠깐만요……. 머리카락? 무슨 머리카락이요?"

"자른 머리카락 같은 거예요. 마크 말이 머리카락으로 가득 찬 양동이가 몇 개나 있었대요."

마크가 그걸 버리고 돌아온 후 계속해서 불안한 행동을 보였다는 말도, 실제로 그걸 내가 보지도 못했다는 사실도 말하지 않았다.

"웩."

나는 그날 밤 기이한 소음을 들은 얘기와, 그렇게 좋은 위치에 있는 건물에 거주자가 아무도 없다는 것도 이상했다고 말했다. 그러고 나서 미레유의 자살 얘기를 해줬다. 그걸 다른 사람 앞에서 말로 표현하려니 우리가 실제로 겪었던 일이 얼마나 기괴하고 무서웠는지 새삼 새롭게 느껴졌다. 또 다른 사람이 들을 때는 이치에 맞지 않게 들릴 거라는 것도 잘 알고 있었다.

"정신없었겠군요."

내가 이야기를 마치자 그가 말했다. 끝으로 프티 부부가 자기 집 리뷰를 부탁하는 메일을 보냈다는 얘기를 덧붙이면서 대단원의 막을 내렸다.

그가 이 이야기를 믿는지 믿지 않는지 판단하기는 어려웠다. 애초에 잘 모르는 사람이었으니까.

그는 머그잔을 단숨에 비웠다.

"저기요. 커피 고마워요. 하지만 이젠 가야겠어요."

"정말요? 한 잔 더 만들어줄 수 있는데."

애걸복걸하는 것처럼 보일 거라는 건 알았지만 한 번 더 뻔뻔해지기로 했다. 혼자 있고 싶지 않았다. 마크가 집에 올 때까지 헤이든과 단둘이서 시곗바늘 돌아가는 것만 쳐다보고 싶지 않았다.

"미안해요."

그는 문을 향해 걸어 나갔다.

"늦을 것 같은데요. 그래도 커피는 굉장히 맛있었어요."

그는 헤이든에게 손을 흔들었고 나는 현관문까지 그를 따라 나갔다. 문을 열어주는데 내 맨팔이 그의 팔을 스쳤다.

"얘기 들어줘서 고마워요."

"흥미진진했어요. 그리고 커피도 고마웠어요."

"카림……. 내가 파리에 대해 얘기했던 거요. 그거 전부 사실이에요. 나도 그 얘기가 어떻게 들릴지 알아요. 그런 얘기를 당신한테 털어놓아서 미안해요. 우리는 서로 잘 알지도 못하는데, 당신은 아마 내가……."

그는 말없이 손을 저었다.

"당신이 나한테 헛소리를 했을 거라고는 생각하지 않았어요. 나한테 그런 얘기해줘서 고마워요. 그리고 두 분이 그런 일을 겪었다니 안타까워요."

그는 잠시 말을 멈췄다.

"나중에 또 얘기해요."

그 순간 우리 사이에 순간적인 전류 같은 것이 흐르는 걸 느꼈다. 나 혼자만의 상상이거나 자존심을 세우기 위해서는 절대 아니었다고 확신한다. 그리고 그는 떠났다.

여전히 설레며, 그러나 아까보다는 한결 가볍고 덜 불안한 마음으로 마크에게 다시 전화를 걸었고, 음성 사서함에 차에 문제가 생겼으니 제너레이터를 사 오라는 메시지를 남겼다. 빌어먹을 돈. 집 안을 청소하면서 위치가 틀어진 물건들은 고맙게도 더 이상 눈에 띄지 않았다. 그러고 나서 저녁에 해 먹을 것이 있는지 냉장고를 뒤졌다.

시간은 흘러갔다.

여섯 시가 되어도 마크는 돌아오지 않았다. 나는 헤이든에게 밥을 먹이고 목욕을 시켰다. 그의 휴대전화로 계속 전화를 걸어도 연결되지 않았다. 마지막 강의는 3시였고 학교에서 야간 강좌 대리 강의를 부탁하지 않는 한 몇 시간 전에는 집에 돌아왔어야 했다. 행여 대리 강의를 하게 되는 경우에는 언제나 미리 나에게 알렸다.

7시를 넘어 7시 30분이 되었다. 헤이든을 침대에 눕히니 아이는 곧장 곯아떨어졌다. 나는 병원에 전화를 해야 하나, 경찰에 신고를 해야 하나 고민하며 서성였다. 그러나 그는 어제도 심리 치료가 끝나고 나서 지금처럼 이렇게 늦었었다. 동네에서 일상적으로 들리는 둔탁한 소음들, 이웃집 개가 짖는 소리, 차가 급정거 하는 소리, 그런 소리들이 으스스하고 무시무시하게 들렸다.

마침내 나는 항복하고 칼라에게 전화를 걸었다.

"마크 거기 같이 있어요?"

칼라가 전화를 받자마자 나는 대뜸 소리를 질렀다.

"아뇨. 마크가 왜 나랑 같이 있어요? 오늘 그 사람 심리 치료사 만나러 가는 날 아닌가요?"

그랬나? 그런데 왜 나에겐 그 얘길 안 했지?

"아직 안 와서요."

"휴대전화로 전화해봤어요?"

"여러 번요. 전화를 안 받아요."

그녀가 우리 결혼에 문제가 있다고 생각할지도 모른다는 염려도 더 이상 안중에 없었다.

"스트레스를 받은 것 같네요, 스테프."

"그보다도 더 나빠요."

"안됐어요, 스테프. 많이 힘들죠. 나도 알아요. 그리고 파리에서의 일은 정말 유감이에요. 다른 무엇보다도……."

뒤쪽에서 희미하게 말소리와 웃음소리가 들렸다. 파티 중인 모양이었다. 아마 레스토랑에 있는 거겠지.

"이봐요. 마크가 그러는데 물건들을 누가 건드린 것 같다면서요. 생각해봤는데, 아마 내가 집 점검하러 들어가서 몇 가지 물건은 먼지떨이로 털면서 건드린 것 같아요. 하지만 의도적으로 뭘 만지지는 않았어요. 거기선 커피 한 잔도 안 마신걸요."

여기에 대해서는 뭐라고 대답해야 할까? 어쩌면 이 모든 일이 그냥 내 상상이었을지도 몰랐다. 파리로 떠나기 직전에 정신없이 대청소를 하면서 침실의 책을 다시 꽂아놓고 완전히 잊어버린 건 아닐까? 칼라에게 화를 낸 것에 대해서는, 비록 남편을 통한 것이긴 해도, 직접 사과를 해야 할 것 같았다. 그러나 솔직히 나는 여전히 그녀가 그저 먼지떨이로 가구들을 청소한 것 이상의 뭔가를 했다고 의심하고 있었다. 결국 이 정도 선에서 만족해야 했다.

"집이 이상해요."

"물론 그럴 거예요, 스테프. 그 집에서 험한 일을 당했잖아요. 충분히 이해할 수 있어요. 그리고 파리에서도 거지 같은 일을 겪었고. 그 집에서 5분이라도 견디는 게 용해요. 아무튼 지금 마크가 집에 없다는 거죠? 내가 그리로 갈까요?"

"아뇨! 내 말은, 고마워요. 하지만 그런 걸 부탁할 순 없죠. 어디 바깥에 계신 것 같은데."

"중요한 일 아니에요. 게다가 마침 근처에 있으니 가는 게 어렵지도 않고. 10분 안에 갈게요."

그녀는 내가 만류하기도 전에 전화를 끊었다. 그러나 내심 혼자 있지 않게 되어 마음이 놓이기도 했다. 칼라를 기다리며 〈마스터 셰프〉 호주 편을 잠깐 보다가, 초인종이 비명 소리처럼 울리자 기다리고 있었는데도 화들짝 놀랐다. 칼라는 무슨 티베트 승려가 입을 법한 금실 장식이 된 옷을 입고, 술 냄새를 폴폴 풍기고 있었다. 전화할 때 그렇게 친절했던 게 술 때문이었던 것도 같다. 그녀는 허공에 키스를 날리며 나에게 인사를 건넸다.

"나도 마크에게 전화해봤어요." 칼라는 안으로 들어서자마자 말했다. "안 받더라고요."

그녀는 차가운 손으로 내 손목을 움켜쥐고 나를 부엌으로 이끌었다.

"이리 와요. 당신은 술이 좀 필요해요."

미처 말리기도 전에, 칼라가 마크의 미어러스트 와인병을 꺼내고 서랍에서 와인 병따개를 찾아냈다. 그 와인은 마크의 오랜 대학 친구가 선물한 것이었다. 칼라는 잔 두 개에 와인을 따르고, 마치 자기 부엌인 양 확신에 찬 걸음걸이로 부엌을 휩쓸고 다녔다.

그녀는 조리대에 몸을 기대고 와인을 한 모금 마셨다.

"저 말이죠. 당신이 이 집에 대해 애기했던 것들을 줄곧 생각해봤어요. 그 나쁜 기운에 대해서."

나도 잔에 든 와인을 한 모금 삼켰다. 와인은 부드럽고 나무향이 났다. 마크는 이 와인을 특별한 경우를 위해 아껴놓고 있었는데 왜 그랬는지 알 것 같았다.

"그건 아마도 내가……."

칼라는 손을 들어 내 말을 막았다.

"나도 내 말이 어떻게 들릴지 알아요. 나쁜 기운 어쩌고저쩌고. 물론 그냥 헛소리죠. 하지만 내 말 잘 들어요."

그녀는 연극을 하듯 와인을 벌컥벌컥 마셨다.

"와, 이거 좋네. 아무튼. 누군가 그걸 없애줄 수 있다면, 거기에 대해 어떻게 생각해요?"

"뭘 없애요?"

"나쁜 기운."

"엑소시스트 같은 건가요?"

"주술사 같은 거죠. 치유사."

나는 웃었다. 칼라는 웃지 않았다.

"지금 진담이에요?"

칼라는 고개를 끄덕였다.

"진담이에요."

"칼라. 마크와 나는 무신론자예요. 우리는 영적인 성향이라고는 눈곱만큼도 없어요."

"네, 나도 알아요. 하지만 해로울 것 없잖아요? 어쩌면 그건 모두 당신의 머릿속에 있는 것일지도 몰라요. 어쩌면 그냥 상상일지도 모르죠. 하지만 그래도 말이에요. 어쩌면 당신이 파리에서 어떤 나쁜 기운을 얻어서 그걸 가지고 여기 돌아왔는지도 몰라요. 당신들 두 사람은 거기에서 힘든 시간을 보냈잖아요. 이런 일에 대해서 개방된 마음을 가져보는 게 어때요?"

자살하기 직전 미레유가 했던 말이 떠올랐다. 이제는 그 말이 헛소리라기보다는 경고처럼 느껴졌다. 난 어쩌면 그게 지난번 그 사람들과 함께 가버렸을 거라고 생각했어요. ……이제 내가 그걸 가지고 가야 해요. 아니면 그게 당신들과 함께 있게 될 거예요.

"하지만 주술사라니. 주술사한테 어떻게 연락을 해요?"

내가 아는 주술사라고는 케이프타운의 기차역 광고판 같은 데에서 본, 결핵부터 발기부전까지 모두 치료할 수 있다고 광고하는 사기꾼들이 전부였다.

"내가 한 사람 알고 있어요. 그 여자는 10년 전에 부르심을 받고 네덜란드에서 여기로 왔죠."

"잠깐…… 그럼 백인이에요?"

그녀는 슬프게 고개를 저었다.

"네덜란드 사람이라고 해서 전부 백인은 아니에요, 스테프."

그러나 칼라도 내가 비아냥대는 말투를 견딜 기분이 아니라는 걸 곧 알아차리고 말투를 바꾸었다.

"하지만 맞아요. 그 여자는 어쩌다 보니 백인이에요."

"그 여자를 사용해본 적 있어요?"

만일 그렇다면, 무슨 목적으로?

"아뇨. 친구의 책 출간 기념회 때 만났는데 나랑 죽이 잘 맞았죠."

흠, 그럼 괜찮겠네. 나는 그녀의 얼굴을 마주 보고 웃고 싶었다. 암스테르담에 살던 사람이 도대체 어떻게 '부르심'을 받을 수 있는 건지 물어보고 싶었지만, 문화적 차이에 대해 심도 깊은 토론에 말려들고 싶은 마음은 없었다. 그래서 그냥 단순하게 대답했다.

"물론이죠, 안 될 거 있나요?"

그러면서 속으로 그다음엔 신부님을 초대해보고, 그다음엔 랍비를, 그 사람들이 다 실패하면 마지막으로는 이혼 전문 변호사를 부르면 될 거라고 생각했다.

칼라는 이미 휴대폰에 문자를 입력하고 있었다. 답장은 곧바로 날아왔다. 이 모든 게 미리 다 계획된 일이었던 것처럼.

"내일모레 올 수 있대요."

막 대답을 하려는데 헤이든이 나를 찾는 소리가 들렸다.

"금방 올게요."

칼라는 손을 들어 나를 보내고 와인병을 집어 자기 술잔에 술을 더 따랐다.

헤이든은 의자에 일어나 앉아 있었다. 머리카락은 엉켜 있고, 야간 조명등의 공주 무늬 그림자가 벽에 맺혀 있었다.

"왜 그래, 아가?"

"엄마, 아래에 있어. 소리가 들려."

"어디 아래?"

"침대 아래."

이제 아이는 속삭이고 있었다. 아이는 무서워하는 건 아니었고 그저 피곤해했다.

"뭐가? 또 그 여자가?"

"나도 몰라."

"저 아래엔 아무것도 없어, 헤이든. 하지만 엄마가 살펴볼게. 알겠지?"

"알았어."

나는 다시 네발로 엎드려 침대 밑 어둠을 살펴보았다. 그 순간, 검은 그림자가 재빠르게 지나갔다. 평평하고 아무 감정 없는 얼굴에, 다리가 여러 개 달린 것이 파리를 향해 돌진하는 거미처럼 나를 향해 곧장 달려들었다. 나는 놀라 벌떡 일어서다가 머리를 침대 모서리에 부딪쳤다. 잠시 숨을 돌린 후 눈을 깜박이고 다시 침대 밑을 보았다. 거기엔 전에 보았던 양말 한 짝 말고는 아무것도 없었다.

19
마
크

"따라서 포가 진정으로 말하고자 하는 것은 육화된 욕망이며, 출구가 허용되지 않는 불법적 갈망을 생리적, 심리적으로 표현하는 것입니다. 그들의 도플갱어는 상류층에서는 절대 허용되지 않는 욕망을 표출하는 것이 허용됩니다. 이것은 물론 《지킬 박사와 하이드 씨》에서도 마찬가지죠. 그리고 조지 스티븐슨, 브램 스토커, 길먼을 통해 알 수 있듯이 상류사회의 구조는 남용과 부패의 오수 구덩이를 덮는 조잡한 겉치장에 불과한 것입니다."

고개를 들어 학생들을 보기가 두렵다. 어쩌다 보니 나는 이 강의를 즐기게 되었다. 오늘 강의는 지난 몇 년간의 다른 강의보다 훨씬 더 능동적으로 진행되면서도 힘도 덜 들고 더 즐거웠다. 내 안에서 뭔가가 켜졌고, 처음 이 학문에 뛰어들었을 때처럼 주제에 집중할 수 있었다. 그러나 고개를 들면 내 앞에 스물세 개의 지루해죽을 듯 멍한 얼굴들로 이루어진 우울한 벽과 마주치게 되겠지. 그래, 1학년들은 이해한다. 달달 외우기만 하면 쉽게 학점을 딸 수 있는 과목을 기대하고 들어왔다가 지금쯤은 큰 실수를 했다는 걸 깨달았겠지. 그러나 충분한 정보를 가지고 섹스와 죽음과 악몽과 피로 점철된 이 과목을 선택한 3학년 학생들의 무관심과 냉담은 당황스럽다. 왜 애들은 이런 식으로 자학을 하는가? 왜 애들은 여기 앉아 있는 걸까?

나는 강의 노트를 훑어보며 관자놀이를 문지른다. 이 꾸준한 피로에는 익숙해졌지만 그렇다고 잠에 대한 열망에서 벗어날 수는 없었다. 어젯밤에 또 그 지겨운 경보기가 고장 났다(사실은 오늘 아침이지만, 아무튼). 스테프는 거의 미칠 지경이 되었고 헤이든은 울음을 터뜨렸다. 물론 아이는 엄마가 공포에 질린 걸 보면 그런 식으로 반응할 수 있다. 나로 말하자면, 나는 경보기가 고장 난 원인을 찾아 돌아다니면서 놀라우리만치 차분하게 행동했다. 내가 나아지고 있다는 또 다른 증거라고 생각한다. 이제 상황과 나를 분리할 수 있다. 최악의 상황이 발생해도 우리는 괜찮을 거라는 걸 믿기 시작했다. 놈들은 돌아오지 않을 것이란 것도. 우리는 파리에서 최악을 경험했고 살아남았다. 우리는 괜찮을 것이다.

나는 괜찮다. 정말이다. 심리 치료는 지적인 운동처럼 재미있었다. 심리 치료에서 다루는 그 모든 정신역학적 주제들이 이번 학기에 가르치는 소설들 안에서 어떻게 작동하는지 살펴볼 수도 있다. 정말 도움이 필요한 사람은 사실 스테프다. 그녀는 언제나 헤이든하고 집에만 있다. 밖에 나가서 사람도 만나고 하면 좋을 텐데. 그리고 어젯밤 그 일이 있고는 혹시 스테프에게 뮌하우젠 증후군 같은 것이 있는 건 아닐까 걱정이 되었다. 헤이든을 잔뜩 겁에 질리게 한 뒤 아이가 엄마를 찾으면 달려가 도움을 주는 데에서 쾌감을 느끼는 건 아닐까. 만일 그렇다면 그냥 놔둘 일이 아니다.

앞에서 킥킥대는 소리가 들려서 나는 생각보다 오래 입을 다물고 있었음을 깨달았다.

"미안합니다. 어디까지 했죠?"

린디는 내가 사무실 주방에서 학생들의 무관심에 관해 불평

할 때마다 나를 일깨워주곤 했다.

"걔넨 그냥 애들이에요. 지쳐서 그래요. 수업료나 약 살 돈을 버느라고 밤새 아르바이트를 하잖아요. 그러고는 공황 발작과 악몽에 시달리며 산산조각이 나는 거죠. 걔네들 인생은 다이내 믹하고 소모적이에요. 그걸 개인적으로 받아들이지 않도록 노력해요."

그래서 나는 고개를 숙이고 강의를 계속한다.

"이 이야기에서 포가 보여주는 상황들이 단순히 화자의 히스 테리화된 상상에서 등장하는 증상인지 아니면 정말로 일어난 일인지 독자는 절대 알 수 없습니다. 보다시피……."

"잠깐만요."

귀 기울이지 않고 계속 주절거리는데 뭔가 움직이며 삐걱거 리는 소리에 결국 나는 입을 다물었다. 데스크톱 속에 있는 말 잘 듣고 열의 넘치는 가상의 학생들에게서 고개를 들어 내 앞에 있는 진짜 학생들을 보니, 그 애들도 목을 길게 빼고 교실 뒤를 바라보며 누가 질문을 던졌는지 찾고 있었다. 먼 곳에 초점이 잘 안 맞춰져 질문자를 확인하는 데 시간이 좀 걸렸다. 밝은 햇 빛이 넓은 창문에 내린 블라인드 틈새로 비쳐 들면서 교실 안에 그림자가 드리워져 있었다.

나는 눈을 가늘게 뜨고 목소리가 들리는 쪽을 바라보았다. 여 학생 하나가 둥글둥글하고 이국적인 억양으로 질문을 이어가고 있었다.

"'정말로 일어난 일'이라는 게 무슨 뜻인가요? 이건 소설이잖 아요. N'est-ce pas(그렇지 않나요)?"

그녀는 강의실 뒤쪽에 있었고 바로 앞줄에 책상을 나란히 붙 여 앉은 세 학생에게 완전히 가려져 있다. 다른 아이들은 알겠는데 이 여학생의 목소리는 귀에 설다. 하지만 지금은 학기 초니까 다른 과에서 전과해 온 학생일지도 모른다. 게다가 어딘가 낯익은 구석도 있는 것 같다. 따스하게 공명하는 무언가가.

"아, 그렇죠. 이건 소설입니다. 하지만 이야기의 구조에 따라 작가, 화자, 주인공과 독자 사이의 현실에는 몇 가지 수준이 존재하죠." 나는 이론적 토론이라는 방패를 들고 방어적으로 말한다. "이 경우 내가 말하는 것은 내러티브 수준에서의 현실성입니다. 화자가 묘사하는 것은……."

그때 여학생 앞에 앉아 있던 남학생 중 하나가 틀었던 몸을 돌려 똑바로 자리에 앉았고, 그 여학생은 블라인드가 갈라놓은 햇살을 받으며 모습을 드러낸다. 나는 말문이 막혔다. 저 아이를 안다. 나는 그 아이를 한눈에 알아보았다. 내 생각 속에서 매일 등장했던 아이. 매일 밤 잠이 들려고 뒤척거리며 애쓸 때마다 저 아이를 생각했었다. 밀랍 인형 박물관에서 봤던 그 소녀. 조이. 햇살 아래에서 황금빛으로 빛나는 조이. 열네 살의 살아 있는 조이. 나는 고개를 돌리고 시선을 아래로 깔았다.

나머지 수업을 어떻게 끝냈는지 모르겠다. 이윽고 의자 끄는 소리가 요란하게 울리고 책상들이 덜커덩거렸다. 그때에도 감히 고개를 들 엄두도 나지 않았다. 그러나 학생들이 썰물처럼 빠져나가자 혹시 내가 그 소녀를 상상했던 것이 아닐까 하는 의심이 들었다. 요란스럽게 강의실을 나가는 학생들 중에 오데트를 닮은 금발의 천사 같은 학생은 없었기 때문이다.

학생들이 나가는 걸 지켜보는데 마지막 두 명이 뒤를 돌아보며 웃었다.

"올랄라."

한 명이 중얼거리고 다른 하나는 깔깔거린다. 그들은 내 어깨

위를 보고 있다.

나도 돌아섰다. 소녀가 조용히 내 뒤에 서 있었다. 긴 머리카락을 손가락으로 꼬면서 트레이닝복에 그려진 스쿠비두의 발가락을 긁으며. 그 트레이닝복은 내가 조이의 마지막 겨울에 사주었던 것과 같은 세트다. 소녀는 회색 카펫 타일 앞에 서 있다.

"Viens, Papa. Regards(어서요, 아빠. 이거 봐요)."

나는 돌아서서 교실을 훑어본다. 교실 안이 다 비고 우리만 남았는지 확인하기 위해, 그리고 내가 다시 돌아보았을 때는 그 소녀가 사라졌길 바라면서. 그러나 소녀는 사라지지 않았다. 나는 주머니에 지갑과 열쇠를 넣고 소녀를 따라 복도로 나가 계단실 문으로 들어섰다. 아무 말 없이 뒤도 돌아보지 않고, 소녀는 나를 이끌고 건물의 6층으로 올라간다. 생기 넘치는 소녀의 걸음을 따라잡기 위해 안간힘을 쓰며 쫓아 올라갔고, 소녀는 마지막 계단참을 돌아 옥상으로 향하는 문을 밀고 밖으로 나간다. 나도 평소에는 흡연자들이 페인트 깡통을 받쳐두어 항상 열려 있는 묵직한 비상문을 어깨로 간신히 밀어 열고 나간다. 눈이 은색의 환한 햇빛에 서서히 적응되고 턱까지 차오른 호흡이 가라앉자, 벽 난간 위에 무심히 앉아 다리를 흔들고 있는 소녀가 보였다.

내가 다가가자 마침내 소녀가 나를 돌아보았다. 드디어 밝은 햇빛 안에서 소녀를 자세히 볼 수 있었다. 조이가 아니었다. 놀랍도록 닮았지만 그녀의 얼굴은 가면이었다. 편안하게 미소 짓고 있었지만 그녀의 눈에는 억지로 노력한 흔적이 보였다. 마치 자신의 역할을 연기하기 위해 무척이나 집중하고 있는 것처럼. 적어도 나 자신에게는 그렇게 말할 수 있었다. 왜냐하면 조이는 예전에 죽었으니까.

"와서 봐요."

소녀가 다시 말했다. 그녀의 풍부한 악센트가 귀에 감긴다.

나는 몸을 끌어 올려 소녀 옆에 앉는다. 싸구려 은박을 입힌 난간에 손을 대고 누르니 손이 불타는 것 같다. 건물의 난간은 좁은 골목 건너 낮은 지붕을 내려다보고 있는데, 지붕 위에는 더러운 비둘기 떼가 목을 까닥거리며 파이 부스러기에 덤벼들고 있다. 그런 비둘기들을 상자 더미 뒤에서 고양이 하나가 숨어 지켜보고 있다. 그림자 안에 흩어진 네모난 빌딩들 위로 테이블 마운틴이 보이고, 레스토랑이 풍기는 음식 냄새, 쓰레기 냄새, 배기가스의 악취가 섞인 산들바람이 얼굴을 짓눌렀다. 바람이 소녀의 머리카락을 눈으로 날렸고, 소녀는 머리카락을 손가락으로 떼어 교실에서 그랬던 것처럼 배배 꼬았다.

소녀가 머리카락 꼬는 것을 멈추자 손가락에 붙어 있던 머리카락 몇 올이 내 셔츠에, 내 얼굴에 날아든다. 그것을 떼어내려고 손을 쳐들었는데, 소녀는 막연한 미소를 지으며 시선을 돌렸다. 나는 나도 모르게 그 머리카락을 한데 감아서 주머니에 넣었다.

"나한테 뭘 보라는 거지?"

그녀는 눈살을 찌푸린다. 지금까지 유지해온 위장을 내가 계속 지키는 것에 실망한 것처럼.

회색 고양이는 우리의 존재가 못마땅한지 꼬리를 휘저으며 노란 눈으로 우리를 지켜보고 있다. 이제 고양이는 방향을 틀어 엉덩이를 실룩거리며 새들의 뒤를 쫓는다.

"저거 봐요."

"뭘?"

"저 구역질나는 거."

"뭐 말이야?"

"고양이요, 아빠. 난 고양이가 싫어요."

그녀의 목소리에 뭔가 차가운, 귀에 거슬리는 부분이 있다.

"고양이 때문에 숨이 막혀요."

내 심장이 경련을 일으킨다.

"너 누구야? 왜 여기 있는 거야?"

소녀는 그저 어깨를 으쓱할 뿐이다.

"그 아이에게 무슨 짓을 한 거야?"

그제야 소녀가 돌아본다.

"그 아이 누구요?"

그 아이 뉴규요?

"내 딸. 조이에게. 그 아이가 어렸을 때."

"그 아인 다 자랐어요."

그녀의 녹색 눈이 내 눈을 똑바로 바라본다. 이 아이가 밀랍 인형 박물관에서처럼 나에게 달려들어 키스하고 깨물까 봐 두렵다. 내 허벅지는 뜨거운 난간 때문에 뜨겁게 달아오른다. 맞은편 옥상 위에서 시끄러운 파열음이 들려서 난간에서 벌떡 일어섰다. 고양이가 비둘기들을 덮친 것이다. 새들은 공포에 질려 허공으로 흩어지면서 우리를 향해 곧장 날아들었다. 나는 얼굴과 머리를 보호하려고 손을 들어 올렸다. 새의 날개와 발톱이 날 할퀴는 것이 느껴진다. 이건 분명한 사실이었다. 새들은 방향을 틀어 멀리 날아가버렸다.

간신히 진정이 되자 옥상 난간에 앉은 소녀를 바라보았다. 그녀는 다리를 들어 올려 건물 바깥쪽을 향해 돌아앉아 있었다. 나는 그녀에게 서둘러 달려갔다. 그녀는 앉아서 두 손을 들어 머리카락을 얼굴에서 모두 훑어 올린 후 뒤쪽으로 틀어 느슨한 매듭을 만들고 있었다.

"안 돼! 조심해!"

그녀가 나를 돌아본다.

"Pourquoi, Papa(왜요, 아빠)?"

"왜냐하면 내가…….."

"난 언제나 여기 있어요."

그녀는 몸을 앞으로 숙이더니 난간 밖으로 떨어졌다.

물론 아래로 달려 내려갔을 때 바닥에는 아무것도 없었다.

사무실로 돌아와서도 내 몸은 떨리고 있었다. 다행히 린디의 방 문은 닫혀 있어서 린디가 던지는 선의의 질문들은 피할 수 있었다. 학생 상담 시간인데도 불구하고 나는 문을 걸어 잠그고 책상 앞에 앉았다. 그냥 내 상상일 뿐이야. 나는 스스로에게 그렇게 되뇌었다. 그러나 내 마음과 몸 사이에는 기분 나쁜 괴리가 있었다. 어떤 일들은, 적어도 일부는 진짜로 일어난 일이었지만 어디서부터 또는 언제 현실이 상상으로 바뀌었는지는 알 수 없었다. 나는 사건이 일어난 순서대로 일을 회상하려고 애썼지만 이성의 지배를 벗어나는 빈 구멍들이 그 위에 포진해 있었다.

스스로 납득할 수가 없어서 칼라에게 전화를 걸었고 밀랍 인형 박물관에서 조이를 본 이야기며, 그 아이가 어떻게인지는 몰라도 여기까지 나를 쫓아왔다는 얘기를 했다.

"이해가 가, 마크. 넌 섬세한 마음을 가졌어. 그 마음이 널 트라우마에서 건져내주려고 하는 거야. 나쁜 일이 하나도 일어나지 않았던 세계로 데려다주려고. 조이가 살아남은 그 세상으로. 물론 그 생각은 몇 겹의 죄책감과 연관이 있겠지. 넌 스스로를 비난하고 있잖아. 우리가 그렇게 네 잘못이 아니라고 말했는데도 불구하고. 우리는, 네 친구들은 그 말이 먹힐 때까지 너한테 계속 그 얘기를 해줘야 할 거야."

"하지만 이건 그냥 내 마음이 한 일이 아니라고, 칼라. 이런 일을 한 번도 경험해본 적이 없어. 나는 생생한 환각에 사로잡혀 헤매고 다니는 그런 사람이 아니란 말이야."

칼라는 대답하지 않았고 그녀의 침묵에서 내 말을 재단하는 분위기를 느꼈다. 이게 꾸며낸 얘기가 아니라는 것을 증명해야만 했다. 칼라에게, 나 자신에게. 그러다 기억이 났다. 바지 주머니를 뒤져보니, 거기에 있었다. 나는 아까 주머니에 넣었던 금발 머리카락 매듭을 꺼냈다. 꽤 긴 머리카락이었다. 내 옷에서 떼어낼 때 기억했던 것보다 훨씬 더. 그러나 아무튼 있었다. 무슨 일이 있었다는 증거. 내가 긴 머리 소녀와 기묘한 대화를 나눈 것이 완전히 상상만은 아니라는 증거.

"그건 그렇고, 말리즈한테 전화할 때가 된 것 같네."

"말리즈?"

"수백 번도 더 말한 거 같은데, 마크. 내 네덜란드인 친구 말이야. 주술사. 요즘은 이름을 고고 뎀비라고 바꿨어."

이제 기억난다. 강도 사건 이후로 줄곧 칼라는 우리 집에서 악의 기운을 씻어내야 한다고 협박 아닌 협박을 해왔다. 그냥 평범한 강신론자를 부르자는 건 줄 알았는데, 네덜란드에서 온 주술사 말리즈라니.

"그 여자가 뭘 하는데? 닭 뼈랑 시럽 와플로 트라우마를 몰아내는 건가?"

"좀 더 개방적인 태도를 취할 순 없겠어?"

목소리가 냉랭했다. 나의 비아냥대는 말 때문에 기분이 상한 모양이었다.

"바로 그게 네 문제라니깐. 이 나라 사람들의 80%는 문제가 생기면 주술사를 불러. 네가 그렇게 잘난 사람인 것도 아니잖아. 이것도 정당한 치료의 한 형태야. 그 여자가 집을 정화시켜줄 거야. 너도 같이."

그녀의 진보적인 모욕이 나를 도발했다.

"언제부터 그렇게 아프리카 토속 의학의 수호자가 됐어? 지난번에는 고지방 저칼로리가 인생을 구원해주고 더 나은 사람으로 만들어줄 거라더니."

"아, 그만 좀 해, 마크. 난 도우려고 하는 거야. 네 안에는 어둠이 있어. 물론 그게 그럴 만했다는 건 알아. 하지만 위안을 얻고 싶지 않아? 그 강도 사건 이후로 너의 모든 게 나빠지고 있어. 그리고 네 가족도. 지금 네 상황을 개선해줄 뭐라도 시도해보고 싶지 않아?"

"맙소사, 칼라. 우린 빌어먹을 정화 따윈 필요 없어. 나한테 필요한 건 잠이야."

"넌 절대 도움을 요청하는 법이 없어. 좀 다른 얘기지만 그건 너의 또 다른 문제라고." 그녀는 웃었다. "도움이 필요한 순간에 저 밖에는 우리를 도와줄 수많은 사람들과 수많은 시스템이 있어. 인간 가족은 광대하거든. 그리고 좋은 사람들이기도 하고, 마크. 그걸 믿어볼 수 없겠어?"

나는 아무 말도 하지 않는다.

"아무튼, 네 생각이 어떻든 아프리카의 치유술은 마술도 마법도 아니야. 그건 철학이야. 다른 종교나 세속적인 철학들처럼 그것 역시 타당한 철학이고 치료 시스템이야. 힘든 시기를 보내는 사람들에게 해결책을 제공해주지. 누구도 진짜 유령은 믿지 않지만, 신부님이나 심리 치료사나 세속적인 유럽의 무신론자나 철학자들과 마찬가지로 주술사들도 꿈을 해석하고 이해하는 걸 도와줘. 생활과 관련된 충고를 해주고 유령을 쫓는 걸 도와준다고."

칼라는 주술이 마치 해롭지 않은 영혼의 양식이라도 되는 양 설명하고 있었고, 나름 일리 있는 주장처럼 들렸다.

"어쩌다 그렇게 갑자기 전문가가 되셨어?"

"며칠 전 밤에 다큐멘터리를 봤지."

나는 코웃음을 쳤다.

"설령 그럴 맘이 생긴다고 해도 그런 데 낼 돈이 없어." 늘 대는 핑계다. "장인어른이 설치한 빌어먹을 경보 시스템에 내야 할 돈만으로도 대출을 최대치까지 끌어 썼다고. 아무튼, 스테프도 그런 사람을 집에 들이는 건 절대 동의하지 않을 거야."

"걱정 마. 스테프는 내가 설득할 테니까. 너도 알다시피 난 아주 설득력이 강한 사람이잖아. 특히 널 돕기 위한 문제라면 더더욱 그렇지, 친구."

집에 늦게 와보니, 칼라가 거실에 앉아서 제프가 UCT 송별회 때 준 미어러스트 와인을 마시며 TV를 보고 있었다.

그러고는 마치 내가 이 집의 침입자인 것처럼 나를 위아래로 훑어보았다.

"밖에서 무슨 짓을 한 거야?"

"스테프는 어딨어?"

그녀는 내가 손에 들고 있는 것을 바라본다.

"그거 어디다 두고 먼저 좀 씻는 게 어때?"

나는 부엌으로 가서 전기 주전자를 켜고 짐을 식품 저장실의 상자 안에 넣었다. 그러고 나서 욕실에서 손과 팔을 씻었다. 침실로 가서 입고 있던 셔츠를 바구니에 던져 넣고 깨끗한 티셔츠로 갈아입은 후 다시 칼라를 만나러 거실로 나간다. 그러나 복도에 발을 내딛는 순간, 스테프가 조심스럽게 헤이든의 방에서 뒷걸음질로 나오는 것을 보았다. 그녀는 돌아서서 나를 보고는 깜짝 놀랐다. 무방비 상태였는지 얼굴이 하얗게 질리고 눈은 커다래졌다. 그러다가 다시 자신을 추스르고, 눈살을 찌푸리며 나를 부엌으로 끌고 갔다.

스테프는 팔짱을 끼고 나에게서 3미터 정도 떨어진 곳에 섰다. 이 공간에서는 가장 멀리 떨어져 있을 수 있는 거리다.

"어디 갔었어?"

"칼라는 누가 부른 거야?"

나는 식식댔다.

"물론 자기가 직접 온 거지."

스테프는 굳이 목소리를 낮추려고도 하지 않았다.

"어디 갔었냐고!"

"심리 치료 갔다 왔어. 길이 많이 막혀서."

스테프는 이를 악물고 험한 말을 하지 않으려고 억지로 힘을 주고 있었다. 나한테 마구 퍼붓지 않으려고, 칼라가 여기 있는 동안은 싸움을 시작하지 않으려고. 그러나 결국 분을 이기지 못해 벽시계를 힐금 쳐다본다. 9시가 넘었다.

"헤이든은 괜찮아?"

스테프의 주의를 다른 곳으로 돌리려고 질문을 던졌다.

"맙소사, 마크. 아니, 헤이든은 안 괜찮아. 걘 지금 심각하게 불안정한 상태야. 깊은 잠을 자지 못해서 아무래도 다시 아플 것 같단 말이야."

아까 했던 걱정이 다시 들었다. 스테프가 헤이든을 아프게 만들고 있는 건 아닐까. 아니면 적어도 그녀의 불안이 아이에게 나쁜 영향을 주고 있는 건 아닐까.

거실에 있던 칼라가 조용히 부엌 문 앞에 서 있었다. 나는 개의치 않고 말한다.

"저기, 스테프. 아무래도 당신, 이 집에서 너무 오래 혼자 지낸 것 같아. 헤이든은 어린이집에 보내도 괜찮으니까. 이젠 당신도 나가서 일을 찾아볼 때가 된 것 같아."

이틀 후 주술사 말리즈가 왔을 때 기분이 영 좋지 않았다. 그녀는 문자 그대로 달그락달그락 소리를 냈다. 구슬 팔찌와 주렁주렁한 목걸이들과 어깨에 늘어지게 멘 헝겊 가방이 손에 든 북을 두드리며 요란스런 소리를 냈다. 그녀는 기아 차를 길 건너에 주차하고, 약에 취한 부랑자 둘이 이웃집 벽에 기대어 소리 지르는 것은 거들떠도 보지 않고 집으로 다가왔다.

나는 창문을 통해 그 여자를 계속 지켜보았다. 여자는 대문을 열고 잠시 멈춰 서서, 북과 가방을 내려놓고 우리 집을 바라보며 눈살을 찌푸렸다. 머리에는 구슬 달린 헤드밴드를 하고 롱스커트를 입고 있었는데, 땅딸막한 체형에 살은 여기저기 축 늘어졌고, 헝클어진 옅은 색 머리카락은 뒤로 빗어 넘겼다. 대충 봤을 때 내 나이 또래인 40대 후반쯤 되어 보였다. 여자는 잠시 공기의 냄새를 맡는 것 같더니, 북과 가방을 집어 들고 돌아서서 대문을 밀고 나가, 다시 멈춰 섰다. 집에 들어오는 걸 주저하는 것 같았다.

나는 그녀의 선택을 돕기로 마음먹었다. 어차피 여기까지 왔는데 아무것도 안 하고 그냥 떠나는 건 의미가 없지 않은가? 나는 문을 열고 나가서 인사를 했다.

"안녕하세요, 말리즈?"

차마 '고고 뎀비'라고는 부를 수 없었다.

그녀는 나를 보았고, 집을 볼 때와 마찬가지로 머뭇거리는 시선으로 나를 훑어보았다.

"괜찮아요? 제가 좀 도와드릴까요?"

나는 현관 아래로 내려서서 그녀에게 다가갔다.

"아뇨. 괜찮아요."

"그럼 들어오시겠어요?"

그녀는 깊이 숨을 들이마시고 내 뒤를 따른다. 그러면서 무슨 말을 낮게 중얼거린다. 그게 네덜란드 말인지 코사어*인지 엘프어**인지는 모르겠지만 알아들을 수 없었다. 현관문 안으로 들어서자 그녀는 등 뒤로 문을 닫았다. 마치 이 거래가 부끄러운 듯, 그녀는 물건들을 복도에 내려놓고 손을 허리에 얹은 후 집 안을 훑어본다.

"아내와 아이는 밖에 있죠?"

"네."

스테프와 나는 이 일에 헤이든이 얽힐 필요가 없다는 데 동의했다. 최근 들어 우리 둘이 드물게 이룬 합의였다.

"좋아요. 아이는 여기 없는 게 좋아요."

잠시 동안 나는 정상적인 균형 감각을 되찾은 것 같은 기분이 든다. 칼라가 추천한 다큐멘터리는 유튜브에서 찾아보았는데, 인류학 교수가 합리적으로 정리한 멘트 외에(칼라의 설득력 있는 철학과 치료 시스템에 관한 주장은 이 사람 말에서 주워들

*아프리카 토착어의 일종.
**톨킨이 만든 언어.

은 것이었다) 교외 지역 주술사에 관한 내용 자체에 관해서는 믿을 만한 것이 하나도 없었다. 내가 보기엔 그저 우스꽝스러울 뿐이었다. 늙어가는 히피들이 극적인 연출과 울부짖음에 대한 욕구를 채우고, 중산층 말씨로 가끔씩 '에이쉬!', '웨나!', '아이코나!' 같은 기이한 말을 터뜨리며 의식을 행하고, 근무 중이 아닐 때 허브 차를 마시고 《마담과 이브》 만화를 읽으며 시간을 보내는 것이다. 물론 주술사들을 훈련시킨 선배들은 제자들 덕에 쉽게 돈을 벌 수 있다. 왜 아니겠는가? 주술사 중에는 리버풀에서 온 전직 우편배달부도 있었다. 그가 들고 온 영국 파운드화는 스승의 마을 경제를 발전시키는 데 큰 도움이 되었을 것이다. 다큐멘터리에는 샌드톤에서 온 채식주의자 주술사도 나왔는데 그녀의 스승은 제자를 위해 옆에서 양과 닭을 손수 도살해주었다.

그래도 말리즈는 복장만 눈감아주면, 일반인처럼 행동하고 있고 과장된 행동은 하지 않는다. 그녀 스스로 확신이 선 모습을 보여주고 있었고, 그 덕에 옆에 있는 나는 이 가식적인 행위 안에서 마음을 놓을 수 있었다. 이 일을 개방적인 태도를 갖는 계기로 삼아야지. 이건 그냥 잠시 동안 다른 사람의 이야기를 듣는 것과 비슷하다. 그게 전부다.

말리즈는 집 안을 돌아다니기 시작했고 나는 그녀의 뒤를 따랐다. 우리는 거실로 들어선다.

"하지만 당신의 다른 딸은."

말리즈는 책꽂이 위의 사진들과 천장 주위의 구슬 장식을 바라보며 말했다.

"그 아인 아직 여기 있어요."

기분이 순식간에 바뀌었다. 빌어먹을 칼라. 내 얘기를 이 여자에게 다 말했구나. 도대체 칼라는 내 과거가 다른 사람들과 상관없는 일이라는 걸 언제쯤 이해할까?

"아뇨. 다른 딸은 없습니다."

말리즈는 뒤를 돌아보지도 않고 나에게 말한다.

"당신은 내가 그 아이를 몰아내주길 원하죠."

아뇨. 아뇨. 내 안에서 뭔가 잡아당기는 느낌이 든다. 마치 내 속으로 갈고리 같은 것이 들어와서 쭉 찢어놓는 느낌이다.

"조상님들께 간청하고 그분들의 계획이 무엇인지 물어봐야 해요."

나는 조이를 지우고 싶지 않다. 그 애가 나를 떠나는 걸 결코 원치 않는다. 이건 내가 원하는 게 아니다. 나는 말리즈에게 서둘러 다가가서, 그녀에게 손대지 않고 복도로 몰아내려 했다.

"그냥 놔둬요. 괜찮아요. 사실 이건 내 아내가 원했던 겁니다. 가져도 돼요. 이건 나중에 합시다."

나는 온 힘을 다해 목소리를 차분하게 유지했다.

마침내 그녀가 나를 올려다보았다. 아주 잠깐 동안. 그리고 말했다.

"이제 이 문제는 당신 손을 떠났어요."

그러더니 거실 한쪽 구석으로 가서 부드럽게 입속으로 무슨 말을 중얼거린다. 집 안의 그림자들을 유혹하려는 것처럼.

몸은 잔뜩 긴장을 하고 마음은 동물적 본능으로 집중하기 시작했다. 저 여자가 내 아이에게 직접적인 위협이 되고 있었다. 갈고리가 다시 안으로 파고들어와 내 안의 더 많은 걸 끄집어내려 하고 있었다. 그래도 여전히, 이 여자를 감히 만질 수가 없다. 그 여자에게 달려들어 집 밖으로 내던질 수가 없다. 어쩐지 뭔가가 이 여자를 보호하고 있는 것 같은 기분이다.

그래서 나는 문가에 서서 말한다. 이 모든 걸 바로잡을 수 있도록 힘 있는 목소리로, 권위적인 말투로 말하려고 노력하면서.

"저기요. 여긴 내 집이에요. 이제 나가세요."

그러나 말리즈는 내 말을 듣고 있지 않다. 구석에 쪼그리고 앉아 뭔가를 태우기 시작하더니, 이제는 알아들을 수 없는 말을 횡설수설 큰 소리로 중얼거리고 있다.

"내 말 안 들려요? 나가라고요."

나는 말리즈에게 다가간다. 그러나 그녀가 피우는 짙고 독한 구린내를 풍기는 연기 때문에 앞으로 더 나아갈 수가 없다. 뭣 때문인지, 그 연기를 뚫고 지나갈 방법을 찾을 수가 없다.

동시에 마녀가 일어서서 불붙은 나뭇잎을 내 얼굴 밑에서 흔들며 소리를 지르고 있다. 마녀의 눈알이 뒤로 구르고, 입술과 턱의 경련이 몸 전체로 번져 나가고 있다. 여자의 가슴에서 나는 소리는 너무 낮고 너무 커서, 나는 멈칫 뒤로 물러섰다. 숨이 컥컥 막혔고, 숨 하나 가득 연기를 들이마셨는데 그것 때문에 다시 숨이 컥 막혔다. 연기를 뱉어내야 했지만 내 가슴은 경련으로 녹초가 되어 있었고 그 사이에 연기는 몸 안으로 온통 스며들었다. 연기가 몸 안의 세포 하나하나를 전부 뚫고 들어오는 것이 느껴졌다.

이제는 눈이 이상해지는 것 같았다. 회색 연기를 배경으로 번쩍이는 불빛이 보였고 안개 속에서 어떤 형체가 만들어지는 것이 보였기 때문이다. 어기적거리는 곱사등이가 보인다. 옛날 옷을 입은 남자는 가슴에 칼에 찔린 상처를 부여잡고 있다. 금속 가면을 쓴 얼굴이 나를 향해 휘청대며 다가왔는데, 철컹대는 열린 틈새로 해골만 드러나 보였다. 밀랍을 입힌 나치 병사가 내 얼굴로 너무 바짝 다가왔고 썩은 냄새가 그 뒤를 따라왔다. 몸이 부서진 사람이 작고 움츠린 물체를 향해 손도끼를 휘두른다. 방한모를 쓴 덩치 큰 괴한 세 명이 나무 복도를 천둥처럼 달리며 명령을 내리고 있다.

이건 현실이 아니야. 이건 전에 봤던 거야. 이건 기억이야.

이것이 주문이었던 것처럼, 순식간에 안개가 걷히면서 우리 집 거실이 드러났다. 평소의 그 모습으로. 그러나 조금 전까지 아침 햇살이 비쳐들던 거실이 지금은 어두웠다. 안개의 마지막 자락까지 걷히고 나자 하나의 형체만 남아 있다. 어린 소녀. 아이가 고개를 꼿꼿이 세우고 날 바라보고 있다.

이럴 수가 없는데, 아이가 여기에 있다.

나는 뒤를 돌아보았다. 주술사는 가고 없었지만 흐느끼는 숨소리는 여전히 들린다. 공기 중에는 아직도 연기가 남아 있지만 이제는 방향제처럼 달콤한 향을 풍긴다.

조이가 날 바라보고 있다. 짙은 푸른색 테두리가 둘린 눈동자는 화가 나 있고, 턱에는 토사물 얼룩이 묻어 있다. 아이가 움찔거리며 울기 시작한다. 아이가 아끼던 것이 바로 눈앞에서 부서져버린 것처럼. 갈고리가 다시 내 안에서 잡아당겨진다. 아이도 나와 같은 것을 느끼고 있다는 걸 나는 안다.

나는 아이에게 다가간다.

"괜찮아, 아가. 저 여자가 널 데려가지 못하게 할게."

그러나 아이는 날 못 본 척 계속 쳐다보고 있다. 내가 아까 서 있던 그곳을, 마치 내 말을 못 듣는 것처럼 나에게 말한다.

"보여줄 게 있어요."

아이가 자기 목소리가 아닌 다른 목소리로, 고통스럽게 이를 갈며 말한다. 귀의 뒤쪽에서 노크하는 소리가 들린다.

나는 아이의 뒤를 따라 부엌으로 간다. 아이는 식품 저장실의 부풀어 오른 문을 밀어 연다.

그러고는 내가 사용하는 판지 상자를 연다. 겨울용 가스통 뒤에 넣어두었던 상자다.

"무슨 짓을 한 거예요, 마크?"

아이가 말했다.

나는 고개를 숙여 상자를 들여다본다.

"난 너를 낫게 하고 싶었어. 널 다시 데려오고 싶었어, 아가."

"아뇨." 아이가 말한다. "이건 살아 있어야 해요."

"엄마, 전부 다 이상한 냄새 나."

헤이든은 현관문을 들어서자마자 코를 쥐어 막았다. 마크와 나는 칼라가 부른 주술사가 볼일을 볼 동안 아이를 데리고 나가는 게 최선이라고 합의를 봤다. 차는 다 고쳐놓았고, 아이를 데리고 바닷가에 갔다가 오후에 픽앤페이에 들러 시간을 보냈다. 좀 더 있다 오고 싶었지만 슈퍼마켓에서 헤이든의 짜증이 점점 심해졌다. 낮의 더위 때문에 예민해진 것이었다. 아무튼 헤이든이 말한 대로였다. 주술사가 '정화하기 위해' 사용한 태운 세이지인지 뭔지의 악취가 집 안 전체에서 풍기고 있었다.

마크가 인사말을 중얼거리며 부엌에서 나오더니, 의무적으로 식료품 비닐 봉투를 받아들었다. 포르노를 보다 들킨 것처럼 뭔가 불편한 기색이었다.

"그래서?" 나는 헤이든을 보다 편안한 자세로 안으며 물었다. "어떻게 됐어?"

그는 고개를 저었다.

"당신이 기대했던 그대로야. 내가 도대체 왜 그런 걸 하자고 동의했는지 모르겠네."

"우리가 동의한 거잖아."

"맞아."

"냄새가 심한데. 그 여자가 여기에서 뭘 한 거야?"

그리고 왜 그 여자가 그런 걸 하게 내버려뒀어?

그는 어깨를 으쓱했다.

"몰라."

나는 헤이든을 의자에 앉히고, 치즈 파스타를 만들어주겠다고 약속하고는 장 본 것을 정리하기 시작했다. 냉장고 문을 잡아당겨 여는데 문이 열리지 않았다. 낡은 냉장고라 가끔씩 그랬다. 냉장고를 위로 넘어질 정도로 세게 잡아당기자 이번에는 문이 벌컥 열리면서 식초와 상한 고기의 악취가 훅 쏟아져 나왔다. 썩은 고기 냄새라면 반쯤 먹은 베이컨 팩밖에 날 데가 없는데, 베이컨이 그렇게 금방 상할 리는 없었다. 그리고 식초 냄새는 식초에 절인 청어 병의 뚜껑이 열려 있어 나는 것이었는데 이건 산 기억이 없었다. 그게 전부가 아니었다. 토마토소스 병이 열려 채소 칸 위로 내용물이 쏟아져 말라붙어 있었다.

"당신이 이랬어, 마크?"

"응?"

마크는 식품 저장실에서 스파게티를 선반에 넣다가 순간 얼어붙었다.

"냉장고 안의 물건들 건드렸어?"

"아니. 당연히 내가 안 했지."

그는 짜증이 난 듯했다. 내가 그의 생각을 방해한 것이 못마땅한 것 같았다.

"내가 왜 그런 짓을 해?"

"글쎄, 누군가 이래 놨는데."

나는 그가 냉장고 안을 직접 볼 수 있도록 옆으로 한 발 비켜섰다. 망할 칼라. 그 여자밖에 없다. 주술사가 주술을 할 때 칼라가 왔었나 보다. 그런 일을 눈앞에서 볼 기회를 놓칠 사람이 아니니까.

그는 이 난장판에도 놀란 기색을 보이지 않았다.

"내가 치울게."

"그런데 어떻게 이렇게 됐지? 혹시 칼라가……."

"이번엔 아니야, 스테프."

그는 의미심장한 눈빛으로 헤이든을 바라보았다.

"마크……."

"냉장고에 우연히 부딪쳤을 거야. 그……." 그는 손을 머리 위에서 펄럭거렸다. "그 '정화' 과정 중에."

"내가 보기엔 고의로 이런 것 같은데."

그는 대답하지 않고, 말없이 싱크대 아래에서 표백제와 행주 한 묶음을 꺼냈다.

내가 헤이든이 먹을 저녁을 만드는 동안, 그는 고집스럽게 냉장고의 물건들을 꺼내고 선반을 뽑아내 수돗물로 닦았다. 그는 의도적으로 날 바라보는 걸 피하는 것 같았다. 나는 마크에게 뭘 좀 먹겠느냐고 두 번이나 물었고, 그는 아까 먹었다며 웅얼거렸다. 집 안을 가득 채운 탄 악취 때문에 나도 식욕이 싹 사라져 있었다.

헤이든은 건성으로 파스타를 집어 먹으며 하품을 했다.

"배가 이상해, 엄마."

마크는 싱크대를 닦던 행주를 내던지고 아이에게 다가갔다.

"아빠랑 같이 영화 볼까?"

그가 진심으로 아이와 함께 시간을 보내고 싶은 건지, 아니면 나에게서 벗어날 구실을 찾고 있었던 건지 알 수 없었다. 아이는 고개를 끄덕이며 다시 하품을 하고는 아빠에게 팔을 뻗었다. 나는 그에게서 아이를 낚아채 달아나고 싶은 마음을 애써 눌렀고, 그 대신 부엌 조리대에 기대서 〈레고 무비〉의 주제가를 들었다. 나는 '정화'를 지켜볼 수 없었다. 그냥 주술사의 부적이든 뭐든 그게 제대로 먹혀들었고, 이 집은 이제 더러움으로부터 깨끗해졌다고 믿고 싶었다. 그러나 엉망진창이 된 냉장고가 나를 뒤흔들었다. 칼라였을 거라고 생각했지만, 그 생각을 완전히 믿을 수가 없었다. 연기 냄새는 가시지 않았다. 아니, 오히려 점점 더 강해졌다. 그리고 나는 차마 창문을 열 수가 없었다.

마크와 헤이든을 확인하기 위해 거실 쪽을 힐긋 보았다. 둘은 멍한 얼굴로 화면을 바라보고 있어 내가 엿보는 것을 눈치채지 못했다. 나는 다시 부엌으로 돌아와 숙박 교환 사이트에서 프티 부부에 대한 나의 항의성 이메일에 답장을 했기를 바라며 노트북 컴퓨터를 켰다. 답장은 없었다. 그뿐만 아니라 출판 에이전트에서도 답이 없었다. 원고 전체를 보낸 지 겨우 일주일밖에 되지 않았으니 이해할 수 있었다. 나는 멍하니 내 책이 출간되면 어떨까 생각하면서, (지금 생각하면 부끄럽지만) 인파로 북적이는 서점 뒤쪽에서 칼라가 질투심에 휩싸여 부글부글 끓어오르는 모습을 상상했다. 차라리 이럴 바엔 일자리 알선소에 가입해 정보를 찾는 게 나을 것 같았다. 이틀 전 마크는 칼라 앞에서 나에게 다시 일을 찾아보라는 식으로 말했었다. 적어도 그런 말은 그 여자가 듣지 않는 자리에서 했었어야지. 화가 치밀어 올라 일어서서 차를 한 잔 만들고는 다시 컴퓨터 앞에 앉았다. 천천히 인터넷을 돌아다니면서 일자리는 내일 아침에 찾아봐야겠다고 다짐했다. 갑자기 파리의 잘생긴 부동산 직원이 했던 말이 생각났다. 사장이 앞으로 일주일 정도는 휴가라 우리를 도와줄 수 없다고 했지만, 이메일을 보내놓는 거야 해로울 게 없지 싶었다. 나는 가방을 뒤져 명함을 찾아내고는, 부동산 사장에게 이러저러한 사정으로 프티 부부의 아파트에 대한 이력을 알아보고 있으며, 왜 그 건물이 비어 있는지 궁금하다고 묻는 메일을 보냈다.

페이스북에 로그인을 하니 카림이 나에게 친구 요청을 보내놓았다. 죄의식과 동시에 설레는 마음이 몰려들었다. 요청을 수락하고 잠시 후, 그가 보낸 메시지가 화면에 떴다.

저기요, 그 이야기에 대해 생각해봤는데요. 다른 사이트는 확인해보셨어요?

안녕하세요! 어떤 사이트요?

에어비엔비나, 카우치서퍼닷컴 같은 데요. 아파트 주인이 그런 데에도 광고를 올렸을지 모르잖아요.

그가 요점을 짚은 것이었다. 미레유가 다른 사람들도 그 아파트에 묵었었다는 말을 했던 걸 잊지 않고 있었는데. 프티 부부가 다른 수단을 통해 자기들 집으로 사람들을 유혹했다는 것은 충분히 있을 법한 일이었다. 내가 먼저 생각했어야 했는데.

고마워요.

별말씀을요.

나는 잠시 멈췄다가, 이렇게 썼다.

내일 커피 한 잔 어때요?

1, 2분 정도 답이 없다가 메시지가 왔다.

좋아요. 몇 시에? 강의는 1시에 끝나고 5시엔 일하러 가야 해요.

기대감에 전율이 일었다. 마크는 10시부터 4시까지 일하러 나간다.

3시?

그럼 그때 봐요.

그런 다음 나는 구글 검색 창에 건물의 주소와 '파리의 임대숙소'라고 입력했다. 빙고. 확실하진 않았지만 다른 숙박 교환 사이트에도 이 주소가 올라왔던 것 같은데, 링크를 클릭하자 아무것도 뜨지 않았다. 링크들을 계속 훑다가 저렴한 숙소를 찾는 미국인 여행자들을 위한 사이트인 '파리스드리밍닷컴'을 찾았다. 내가 가입한 사이트에 올라온 것과 똑같은 욕실 사진이 올라와 있고, 그 아래에 단 한 건의 리뷰가 있었다. '여기 묵지 마세요. 악취 장난 아니고 에어컨도 없어요. 싸게 들어간다고 속지 말아요. 그 돈만큼의 가치도 없어요. 우리는 이틀 있다가 나왔어요.' 리뷰는 작년 7월에 올라온 것이었지만 내가 리뷰를 남길 대화창은 보이지 않았다. 사이트의 고객 센터를 클릭하니 페이지를 찾을 수 없다는 문구가 떴다. 분노가 치밀어서 뒤로 가기 버튼을 눌렀지만, 30분을 뒤져도 그 페이지를 다시 찾을 수 없었다. 거의 포기하려는데 영국인 국외 거주자들을 위한 숙소 정보 공유 게시판에서 우연히 링크를 하나 발견했다. 첫 글은 작년 9월에 올린 Mrbaker9981의 글에서부터 시작되었고, 제목은 '여기 묵지 마세요'였다. 게시글을 쓴 사람은 프티 부부의 주소를 대문자로 큼직하게 써놓고, 이런 글을 남겼다. '이 기분 나쁜 소굴은 지금은 문 닫은 저가 숙소 사이트에서 찾았습니다. 내가 지금껏 가본 중에 최악의 장소예요. 덥고 냄새 나고 주인은 나타나지도 않고 일찍 나왔는데 환불도 거절당했어요. 게다가 귀신도 나옵니다. 그것도 안 좋은 방식으로요. 절대 가지 마세요.'

밑에 댓글이 두 개가 달려 있었다. '알려줘서 고마워요'와 '귀신이 좋은 방식으로 나올 수도 있나요?'라는 내용이었다. 그러나 Mrbaker9981은 이 두 글에 댓글을 달지 않았다.

심장이 거세게 뛰는 것을 느끼며 나는 사이트에 가입해서 글을 남겼다. 나도 같은 '기분 나쁜 소굴'에 묶였었고, Mrbaker9981님에게 나에게 연락을 좀 해주셨으면 좋겠다고 애걸하는 내용이었다. 내 이메일 주소도 올렸다. 이것 때문에 스팸 메일을 받게 되더라도 상관없었다.

그가 다른 게시판에도 같은 아이디로 가입해 있지 않을까 하는 마음에 충동적으로 그의 아이디를 구글에서 검색했다. 그리고 노다지를 캤다. 그는 그 아이디로 다른 사이트 두 곳에서도 활동을 하는 것 같았다. 〈가디언〉지의 자유 투고란과 기혼자들의 '별도의' 만남 사이트인 'loveulots.co.uk'였다. 나는 주저 없이 사이트에 가입해서(그러기 위해 200랜드를 지불하고 설문지를 채워야 했다) 그의 프로필을 검색했고, 찾자마자 스크롤을 곧장 내려 '메시지를 남겨주세요' 버튼을 눌렀다. 그러고는 아까보다 조금 더 절박하게 만일 숙소 공유 게시판에 글을 올리신 분이라면 정보를 공유하기 위해 연락을 해달라고 간청했다. 사이트의 규칙에 따라 그가 내 메시지에 회신하기 전에는 내 이메일 주소를 남길 수 없게 되어 있었다.

탐정 놀이에 완전히 몰입해서 그 사이에 영화가 끝나고 집 안이 완전히 조용해진 걸 전혀 눈치채지 못하고 있었다. 거실에서 마크와 헤이든이 소파 위에 누워 잠들어 있었다. 아이는 아빠의 가슴 위에 누워 있고, 그이의 팔은 아이 위에 가볍게 놓여 있었다. 보통 때였다면 따스한 사랑의 감정에 압도되었어야 마땅했겠지만 나는 여전히 불편한 기분을 느꼈다. 그가 올린 팔이 아이를 보호하기 위한 게 아니라 소유하려는 것처럼 보였다. 나는 그의 팔을 풀고 헤이든을 조심스럽게 안아 올렸다. 그래도 그는 잠에서 깨지 않았다. 마크의 피부는 땀으로 끈적끈적했다. 아이는 게슴츠레하게 반항하다가 원숭이처럼 팔을 내 목에 두르고 다리로 내 허리를 감았다.

평소처럼 야간 조명등을 켜고 아이 옆자리에 누웠다. 그리고 평소와는 달리 이 방에 우리만 있는 게 아니라는 느낌이 순간적으로 들었다. 고개를 옆으로 돌리자 뭔가 어두운 것이 방구석에, 서랍장 옆에 도사리고 있는 것이 보였다. 표정 없는 얼굴에 다리가 여러 개 달린 것이 구석에서 몸을 뒤트는 것이 보이자 비명이 목 안에서 잠겨버렸다. 나는 눈을 깜박였고, 그러는 사이 그것은 사라졌다. 공포에 몸이 얼어붙은 채 적어도 1분 동안은 꼼짝도 하지 못했다. 그러다 천천히 일어섰다. 겁에 질려 울음을 터뜨리며 종종걸음으로 스위치를 찾아 불을 켰다. 또 다시 방이 텅 빈 느낌이 들었다. 굳이 심리학자를 데려오지 않아도 그때 뭘 떠올렸는지는 쉽게 알 수 있었다. 내 잠재의식에 남은, 우리 집에 쳐들어와 우리를 공포에 떨게 했던 남자들의 괴물 같은 복합물. 나는 그것을 본 것이었다. 다시금 침대 아래를 천천히 살펴보니 그 아래에는 헤이든의 양말 한 짝만 덩그러니 놓여 있었다. 양말이 날 물어뜯기라도 할 것처럼 한참 동안 내가 가진 용기를 전부 끌어 모은 다음, 침대 아래로 손을 뻗어 양말을 집었다. 그런데 그 뒤로 50센티미터쯤 떨어진 곳에 뭔가 다른 게 있었다. 조이의 헤어브러시. 서랍장 뒤쪽에 떨어져 있던 것이었다. 아니, 어쩌면 조이의 것이 아닌지도 모른다. 상관없다. 빌어먹을, 도대체 그게 왜 여기 있는 것인가? 나는 쓰레기통에 버릴 생각으로 양말로 브러시를 싸서 끄집어냈다.

헤이든을 혼자 남겨둘 수도 없었고 잠을 잘 수도 없었다. 환한 불빛 안에서 나는 그림책이 가득 찬 아이의 책장을 똑바로 바라보며 아침 햇살이 비칠 때까지 깨어 있기로 마음먹었다. 몇 시간 후 조금씩 졸았던 것 같은데, 밖에서 샤워기의 물소리가 들렸다. 헤이든은 여전히 꿈나라에 가 있었다. 주먹은 꼭 쥔 채로 가슴에 묻고 머리카락은 이마에 붙어 있었다. 아이를 깨우지 않도록 조심하며 일어서서 발끝으로 복도를 걸어 욕실로 향했다. 반쯤 열린 문으로 마크의 중얼거리는 소리가 새어 나왔다. 전화를 거는 걸까? 그럴 리가 없지. 지금 샤워 중인데. 나는 부드럽게 문을 열고 귀를 기울였다. 물이 튀는 소리에 단어를 또렷하게 알아들을 수는 없었지만, 곧 격앙된 말투로 또박또박 내뱉는 소리가 들렸다.

"널 위해 그런 거야. 널 위해 그랬던 거라고."

나는 샤워 커튼을 젖혔고, 그는 화들짝 놀라며 돌아보았다.

"왜 혼잣말을 하는 거야?"

"혼잣말 안 했는데……. 이봐. 우리 집에 프라이버시는 없는 건가?"

그는 빙긋 웃으려 했지만 죽어가는 사람이 하는 말 같았다. 이 사람은 내가 결혼했던 그 남자가 아니었다. 한때 내가 욕망을 품었던 사람이 아니었다. 그가 어떤 정신적 전투를 벌이고 있는지는 몰라도, 그의 몸은 서서히 잠식당하고 있었다. 체중도 눈에 띄게 줄어서 갈빗대가 하나하나 드러나 보였다. 피부는 시체처럼 하얗고 따뜻한 물과 수증기에도 불구하고 소름이 잔뜩 돋아 있었다. 그리고 팔에는 긁힌 상처와 베인 자국이 가득했다. 종아리에는 푸르스름한 정맥들이 부풀어 올라 있었다. 늙었어. 당신은 늙었어. 나는 속으로 생각했다. 그는 수돗물을 잠그고 허리를 숙여 수건을 집었다.

"헤이든은 일어났어?"

"아니, 마크. 당신 어떻게 된 거야?"

"무슨 말인지 모르겠는데."

"파리에서 돌아온 이후로 나와 헤이든을 멀리하고 있잖아."

그건 사실이 아니다. 실은 그 전부터 그랬다. 훨씬 더 전부터. 강도들이 우리 집에 쳐들어왔던 그날 밤부터.

그는 서둘러 몸을 닦았다. 체중이 심각할 정도로 준 것 같았다. 예전에 내가 욕망을 느꼈던 그 단단한 몸을 기억하려고 해봤지만, 내 눈에 보이는 것은 지저분한 팔과 오목한 가슴과 축 늘어진 뺨뿐이었다.

"나는 도움을 받고 있어, 스테프. 그게 당신이 원했던 거잖아. 안 그래? 난 당신이 시킨 대로 전문가를 만나고 있어."

"마크, 제발 말해줘."

"가서 커피 좀 만들어줘. 그럼 얘기하자."

"정말?"

그는 미소를 지었다.

"정말."

내가 잠깐 스쳐 지나가는 늙은 마크의 환영을 봤던 것일까? 그러나 내가 아무리 간절하게 모든 걸 통제하려고 안간힘을 써도, 그건 단지 내 갈망에 불과하다는 걸 잘 알고 있었다.

부엌으로 내려가는 길에 헤이든을 들여다보았다. 평소답지 않게 아이는 아직도 자고 있었다. 나는 망설이다가 침대 아래를 들여다보았다. 아무것도 없었다. 물론 아무것도 없어야지. 나는 헤이든의 쓰레기통에 헤어브러시를 버리고 나중에 쓰레기통을 비우기로 했다.

부엌에는 아직도 그 고약한 탄 냄새가 배어 있었다. 식기세척기는 정리가 안 됐고 가스스토브에는 기름때가 군데군데 튀어 있고, 전자레인지 문은 어제 헤이든의 저녁을 만들 때 묻은 녹은 치즈 조각이 흩뿌려져 있었다. 나는 선반을 뒤져 깨끗한 머 그잔을 찾았다. 맛있는 커피는 바닥이 드러나 보였다. 카림이 오후에 올 거라는 생각이 들어, 비상용 싸구려 커피 가루를 스 푼으로 떠서 커피 메이커에 넣었다. 마크가 눈치채더라도 상관 없었다.

몇 분 후 그는 정장을 입고 들어왔다. 우리 결혼식과 시아버 지 장례식 때 입었던 옷이다. 그는 나의 미심쩍어하는 표정을 읽었다.

"다른 옷들은 다 더러워서."

빨래를 안 했다고 시위하는 건가? 그러나 그의 표정이 평온 한 걸 보고 거의 안도감마저 들었다.

"내가 그동안 좀 바빴어."

"정확히 뭘 하느라고?"

헤이든이 태어난 후로 우리는 집안일에 대해 트집을 잡으며 다투지 않으려고 노력해왔다. 그는 그런 싸움은 이미 오데트와 실컷 했다고 말했다. 사실 그런 말다툼은 금세 소모적인 감정싸 움으로 변질되었다. 우유가 없다니 무슨 소리야? 내가 일하러 나가 있는 동안 하루 종일 집에 있지 않았어? 집을 나서기 전에 최소한 식기세척기는 정리해놔야 하는 거 아냐? 어쩌고저쩌고. 주제에서 벗어난 그의 비난을 모른 척 흘려버렸어야 했는데. 그 러나 그 대신 한마디 쏘아붙였다.

"당신의 빌어먹을 딸내미를 돌보느라고."

"내 딸…… 내 딸은……."

"당신 딸이 뭐, 마크?"

대답 없이 몇 초가 흘렀다. 커피 머신이 삑 소리를 내며 김을 내뿜었다.

"마크? 헤이든이 뭐?"

"그 앤 지금 잘 자고 있잖아. 안 그래, 스테프?"

그는 애원하듯 말했다.

아, 맙소사.

"그래." 나는 목청을 가다듬었다. "커피 줄까?"

"아니. 나가야 돼."

"얘기를 하자고 했던 것 같은데?"

"할 거야. 지금은 말고."

7시 5분이었다. 강의는 대부분 10시 전에는 시작하지 않는데. 그는 가볍게 고개를 까닥하고는 돌아서서 복도로 나갔고, 테이블 위에 놓인 자동차 열쇠를 집었다. 그러고는 잠시 망설이다가, 부엌으로 돌아와 나를 지나쳐 식품 저장실로 들어갔다. 나는 그가 뭘 하는지 묻지 않았고, 그가 팔 아래 끼고 나가는 낡은 신발 상자 안에 뭐가 들었는지도 묻지 않았다. 그는 날 쳐다보지도 않고 등 뒤로 문을 쾅 닫았다.

치미는 화를 꾹 참고 헤이든을 깨우러 갔다. 아이는 잠에 취해 흐느적거리며 목이 아프다고 칭얼댔다. 이마가 따끈했지만 워낙 감기에 자주 걸리는 아이라 크게 걱정하지는 않았다. 나는 아이를 소파에 눕히고 아이패드를 가지고 놀게 했다. 그러는 동안 샤워를 하고 나서 소독제로 부엌을 청소했다. 쏘는 듯한 냄새가 병원을 떠올리게 했지만, 적어도 그 냄새 때문에 연기의 악취가 많이 덮이긴 했다. 그다음엔 더러운 옷들을 모두 모아 고온 모드로 세탁기를 돌렸다. 마크에 대해 깊이 생각하고 싶지 않았다. 파리에서 돌아온 이후로 우리는 선을 여러 번 넘었다. 모든 게 엉망진창이었다. 그 대신, 나는 카림을 생각했다. 그의 살결, 그의 머리카락, 티셔츠 소매 밖으로 살짝 보이는 검은색의 작은 문신(무슨 모양인지는 몰랐다. 지금도 모르겠다). 그는 마크가 아닌 모든 것이었다. 그래. 인정한다. 나는 허용되는 것 이상으로 카림에 대해 생각하고 있었다. 그러나 그도 내 생각을 하고 있을 것 같다는 생각은 들지 않았다.

2시 30분이 되자 2층으로 달려 올라가 옷을 갈아입고, 어차피 더위 때문에 오래가지도 않을 파운데이션을 서둘러 얼굴에 발랐다. 아이라이너를 그리는데 손가락이 떨려서 애써 그린 걸 닦아버리고 다시 그리기 시작했다.

정확히 3시에 초인종이 울렸다. 방금 전에 샤워를 했는지 카림에게서 비누와 셰이빙폼 냄새가 났다. 헤이든은 그를 본 순간 안아달라고 팔을 뻗었고, 그는 소파 옆에 무릎을 꿇고 아이에게 인사했다. 나는 헤이든에게 〈겨울 왕국〉을 틀어주었다. 그거라면 적어도 한 시간은 집중해서 보겠지. 카림은 날 따라 부엌으로 들어왔다. 나는 땀투성이였고 그의 시선을 의식하고 있었다. 내가 커피를 준비하는 동안 아무도 입을 열지 않았다. 나는 충동적으로 불쑥 말했다.

"커피를 마시기엔 너무 덥네요. 맥주는 어때요?"

"진담이에요?"

"그럼요. 안 될 거 있나요?"

그러나 벌써 후회가 되었다. 그가 날 알코올중독자라고 생각하면 어쩌지?

그는 미소를 지었다.

"좋아요. 안 될 거 없죠. 해롭지도 않고."

이번에는 냉장고 문이 제대로 작동했다. 나는 칼라와 그녀의 남자 친구가 왔던 날 저녁에 먹고 남은 맥주 두 병을 꺼내서 한 병을 카림에게 건넸다. 병을 부딪치고 서로의 눈을 힐금 본 후,

내가 말했다.

"하나 물어봐도 돼요? 바보같이 들릴 것 같지만."

"물어보세요."

"유령을 믿어요?"

"왜요?"

"그냥……."

그리고 나는 헤이든의 침대 아래 있던 물건에 대해 얘기했다. 얘기가 너무 술술 나왔다. 파리의 아파트 안에 우리만 있는 게 아닌 것 같은 느낌, 경찰서에 갔던 밤 아파트로 돌아왔을 때 미레유를 본 것 같은 느낌.

그는 지난번과 마찬가지로 신중하게 내 얘기를 들었다. 나는 그가 무슨 트라우마나 상상 같은 얘기를 할 거라고 기대했다 (알고 보니 그는 심리학과 학생이었다). 그러나 그는 뜻밖의 얘기를 했다.

"사람들이 유령을 보는 데에는 여러 가지 이유가 있는데 대부분 합리적인 것들이에요. 이를테면 초저주파 불가청음이나 일산화탄소중독 같은 거요. 심지어 환각의 원인으로 드는 것 중에 곰팡이도 있어요."

"곰팡이?"

나는 맥주병을 내려다보았다. 비어 있었다. 마신 기억이 없었는데. 심지어 취한 기분조차 들지 않았고.

"이걸 봐요."

그는 휴대폰을 꺼내 뭔가를 두드리고는 내게 휴대폰을 내밀었다. 어느 연구팀이 오래된 건물에서 발견된 곰팡이의 독성 포자와 환각 사이의 상관관계를 발견했다는 기사였다. 물론 그 이론에 대한 확실한 증거는 없었고, 기사는 영국 타블로이드에서 사실 확인 없이 실은 것이었다.

나는 그의 휴대폰을 돌려주었다.

"재밌네요."

우리가 파리에서 뭔가를 가져왔다는 게 가능한 얘기일까? 나는 내 뇌 안의 신경관이나 뭐 그런 것 안에서 자라나는 곰팡이 포자를 떠올리며 몸서리를 쳤다. 어쩌면 그게 마크의 기이한 행동을 설명해줄지도 모르겠다. Mrbaker9981의 리뷰에도 그 집이 귀신 들렸다는 얘기가 있었다. 이론은 설득력이 없었고 증거도 없었지만, 마크와 내가 기본적으로 미쳐가고 있다는 다른 가설보다는 훨씬 나아 보였다.

"두 분이 머물던 아파트에 곰팡이가 있었나요?"

"사실은 네, 있었어요. 게다가 냄새도 고약했고요. 다른 건 또 뭐였죠? 초저주파?"

"네. 그건 좀 불편한 느낌이 드는 진동을 유발하죠."

그는 다시 씩 웃으며 휴대폰을 내밀었다.

"이것도 좀 보세요."

나는 휴대폰 화면을 보기 위해 그에게 가까이 다가갔다. 내 어깨가 그의 팔을 스쳤다. 누가 먼저 시작했는지는 모르겠다. 이건 정말 솔직히 말하고 있는 거다. 어느 순간 나는 그의 품에 안겨 그에게 키스를 하고 있었다. 그의 혀에 묻은 맥주의 맥아 향을 맛보고, 셔츠 아래로 단단한 근육의 무게를 느꼈다. 마크와는 아주 달랐다. 그의 손이 내 셔츠 아래로 파고들어왔다. 그때 헤이든이 부르는 소리가 들렸다. 나는 화들짝 놀라 그에게서 떨어졌다.

"저기, 그만 가는 게 좋겠어요."

"그래요."

그는 휴대폰을 주머니에 넣고 나를 따라 현관문으로 나왔다. 우리는 서로의 시선을 피했고, 현관문을 열고 그를 내보낼 때에는 어마어마하게 어색한 기분이 들었다. 얼굴이 화끈화끈 달아올랐는데 정확히 말하자면 수치심 때문이 아니라, 헤이든이 부엌에 들어왔을 수도 있다는 생각에 치욕적인 감정이 들어서였다. 나는 서둘러 거실로 갔다.

"엄마, 나 아파."

아직도 열이 있었지만 고열은 아니었다. 나는 혹시나 싶어 아이에게 해열제를 먹였다. 그러고는 부엌에서 보이는 자리에 다시 눕히고 부엌으로 돌아갔다. 낮술의 증거들은 재활용 쓰레기통에 숨기고 컴퓨터를 켰다. 헤이든이 조는 동안 유령을 유도하는 곰팡이에 대한 기사를 구글에서 찾아볼 생각이었다. 그러면서 방금 전 카림과 있었던 일의 죄책감에서 벗어나고 싶었다. 술 탓으로만 돌릴 수 없는 일이었다.

스팸 폴더가 데이트 사이트에서 온 메시지로 넘쳐났다. 프로필은 아주 간단히 적고 사진도 올리지 않았는데도 사이트의 회원들은 단념하지 않았다. 메시지들을 한꺼번에 지우려는데, 그중 Mrbaker9981에게서 온 메일을 발견했다.

스테퍼니 씨에게.

제 이름은 엘리 베이커예요. 당신은 이 사이트의 제 아버지 계정으로 메시지를 보내셨습니다. 아버지는 어릴 때 아동 학대와 그 밖의 여러 가지 문제들을 겪으셨어요. 자세한 얘기는 안 하겠지만 아버지는 탈출구를 찾고 싶으셨고 그건 아버지 잘못이 아닙니다. 아버지의 이메일은 제가 계속 확인하고 있었어요. 그러다 여기 사이트의 회원 가입 회비 청구를 취소하는 걸 잊어버려서 당신의 메시지를 보게 된 것입니다. 평소라면 이런 메시지는 무시했겠지만 당신은 좋은 분 같아서 답장을 하기로 마음먹었습니다. 아버지는 어머니와 작년 8월에 프랑스로 여행 가셨을 때 그 아파트에 묵으셨어요. 하지만 당신의 문의에는 도움을 드릴 수 없을 것 같아요. 아버지와 어머니는 지난 10월에 사고로 돌아가셨습니다.

 엘리.

 이메일의 아래쪽에 기사의 링크가 첨부되어 있었다. 링크를 클릭하지 않아도 헤드라인이 곧바로 보였다. '교통사고로 2명 사망. 살인 또는 자살 추정.'

플럼스테드 공동묘지의 소나무들이 바람에 잉잉거린다. 아이들의 무덤을 보니 또 다시 눈물이 난다. 얼굴이 깨진 인형들과 시든 꽃, 축 늘어진 알록달록한 셀로판 풍선들이 꼭 갑작스런 비극 때문에 버려진 생일 파티장의 장식처럼 보인다. 천사를 영원한 안식으로 떠나보내야 했던 가족들의 고통을 나는 잘 안다. 그 무엇으로도 비탄에 빠진 그들을 건져내지 못한다. 앞으로도 영원히 그들은 원래 상태로 돌아오지 못할 것이다. 새로 생긴 바니의 무덤을 물끄러미 바라보다가 해묵은 고통이 되살아났다. 그러다 다른 사람들의 눈을 의식하면서 눈물을 훔쳤다. 세상을 온통 보라색으로 칠할 수도 있고 절망에 사로잡혀 펑펑 울 수도 있지만, 그런다고 아이가 돌아오지는 않는다.

여기에서 내가 뭘 하는지 스테프에게 어떻게 설명할 수 있을까. 왜 지금, 왜 이렇게 한참 시간이 지난 지금에야? 스테프는 내가 모든 걸 벌써 극복했어야 하고 이제는 그 대신 헤이든을 염려해야 한다고 생각하고 있다. 그녀는 내 비통한 감정을 제멋대로 벌써 마무리 지어버렸다.

그러나 사실 이건 스스로에게도 잘 설명할 수가 없다. 그렇다. 조이는 언제나 이런저런 방식으로 나와 함께 있었다. 그러나 파리 여행 이후 조이는 나의 훨씬 더 깊숙한 곳에 들어와 있다. 스테프에게 설명할 수가 없다. 내가 왜 조이를 위해 그런 걸 모으는지도. 그녀는 그냥 내가 미쳤다고 생각할 것이다. 그녀는 언제나 그렇게 생각한다.

뿔닭 떼가 무덤들 사잇길을 따라 느릿느릿 걸어 다닌다. 우스 꽝스럽고 정확하게 점점이 걷는다. 닭도 잠깐 생각해보았지만 아무래도 아니다. 깃털은 여기에 맞지 않는다.

왜 상실을 겪은 사람이 평정을 유지해야 하나? 아이를 잃은 내가 왜 제정신이고 침착하고 냉정해야 하는가? 조이가 지금 이렇게 나를 홀린 이유가 바로 그거다. 조이를 내 안으로 꾹꾹 눌러 숨겨놓고는, 내 인생이 다시 정상적이 될 수 있다고 믿고 노력했기 때문이다. 내 상처가 낫도록 놔둬서는 안 된다. 조이 를 잊도록 나를 억누르는 스테프를 그냥 놔둬서는 안 된다. 내 인생은 내 상처에 의해 정의되고 그걸 부인하는 건 내가 조이를 그토록 사랑했던 사실을 부인하는 것이다. 나는 조이의 목소리 를, 그 애가 내게 미쳤던 영향들을 애써 지우고 있었다. 그러나 강도 침입 사건을 겪으면서 초점은 나에게로 맞춰졌다. 고통이 없으면 나는 아무것도 아니다. 분노와 공포가 없으면 나는 아무 것도 아니다.

나는 오데트의 가족묘 구역에, 외할아버지와 증조할머니와 삼촌 사이에 놓인 조이의 묘비 옆에 쪼그리고 앉는다.

조이 서배스천

묘비에는 그렇게 쓰여 있었다. 그리고 아이가 우리와 함께 살 았던 7년 3개월 1일이 새겨져 있었다.

널 사랑하는 마크와 오데트가.

우리는 너를 평생 그리워할 거야.

이 말로는 조이를 기리기에 충분하지 않다. 이제야 그걸 알겠 다. 여기 우리가 새긴 글, 오데트와 내가 썼던 글은 조이를 영원히 잊지 않겠다는 약속이었다.

처음부터 그러려고 했던 것은 아니었다. 산테와의 첫 번째 상담을 마친 그날 오후, 먼지 이는 도로 옆 풀밭과 배수로를 따라 쌓인 돌무더기 안에서 뭔가 검은 물체가 뻣뻣이 굳어 있는 것을 발견했다. 한눈에 봐도 차에 치인 동물이었다. 혹시라도 아직 살아 있을 경우를 위해 차를 세웠다. 어쩌면 내가 뭔가 해줄 수 있는 일이 있을지도 모르니까. 나는 차에서 내려 놈에게 겁을 주지 않기 위해 천천히 다가갔다. 제법 덩치가 큰 놈이었다. 쥐보다는 크고 개보다는 작았다. 흰담비나 수달 같은 야생동물처럼 보였다. 왜인지는 모르겠지만 놈의 생명력과 생존에 대한 절박함이 본능적으로 느껴졌고, 그래서 야생동물일 것이라 생각했다.

그러나 가까이 다가가 보니 그냥 집에서 기르는 고양이였고 죽어서 배가 갈라져 있었다. 아주 빠른 속도로 달리던 차에 치여 즉사한 것이 분명했다. 그 몸에 매료되어 쪼그리고 앉아 자세히 들여다보았다. 한쪽 가죽의 상처는 벗겨져 근육이 들여다 보였다. 요리 프로그램에서 봤던 가죽 벗긴 토끼 같았다.

그때 프티의 아파트에서 발견한 머리카락 양동이가 생각났고 불현듯 그 의미를 이해했다. 내가 기억하는 한 그렇게 명료하게 생각이 정리된 적은 처음이었다. 머리카락은 활력, 성(性)적인 열의, 생명력의 전형적인 상징이었다. 삼손과 델릴라, 라푼젤, 오필리아를 생각해보면, 머리카락을 자르는 것은 전 세계 모든 문화권에서 수치심을 안겨주기 위해 시행되는 의식이다. 머리카락은 그냥 쓰레기가 아니라 비뚤어진 수모의 상징인 것이다. 프티 부부는 (그들이 누구였든 간에) 아파트 안에 생명과 활력을 모으고 있었고, 건물의 생기를 빨아먹는 냉기에 대항하기 위한 부적을 모았던 것이다. 누군가 나에게 길을 보여주는 것 같은 기분이 들었다. 나의 불안하고 불안정한 인생에서 마침내 강렬하고 뚜렷한 목표를 느꼈다. 조이는 그동안 내내 답을 알고 있었다. 아이의 머리카락 수집은 성공적이었다. 결국 오데트는 병이 낫지 않았는가. 어쩌면 너무 늦었을지도 모르지만 조이는 나에게 시도해보라고 설득하고 있었다. 뭘 해야 할지를 결정하자, 내 안에 조이의 모양으로 낙인찍혀 있던 데인 상처는 편안해졌고 심장을 뚫고 있던 갈고리도 잠시나마 상처를 후벼 파는 것을 멈췄다. 나는 조이가 허락해줄 것임을 알고 있었다.

생물학자나 박제사가 아닌 이상 죽은 고양이의 털가죽을 벗겨 간직하는 게 일반적이지는 않다는 건 잘 안다. 그러나 나는 그렇게 했다. 당시의 나에게는 더할 나위 없이 합리적인 행위였다. 머리카락은 증류된 생명력이고, 심지어 죽은 후에도 머리카락은 육체와 함께 썩어 없어지지 않고 영원히 남는다. 머리카락을 조금씩 모으면 내 주위에 도사리고 있는 죽음에 대한 나만의 부적이 될 것이다. 어쩌면 다시 삶을 시작하는 데 도움이 될지도 모른다.

이제 내 딸의 묘비 앞에서 일어서서, 손을 뒤집어 지난 며칠간 생긴 베인 상처와 물린 상처, 그리고 깊은 자상을 손가락으로 어루만진다. 상처들은 소독을 했는데도 쓰라렸다. 어디서 생긴 상처인지는 정확히 모르겠다. 아마 잡초에 긁혔거나 풀밭 사이에 숨겨진 날카로운 철조망에 베인 것이겠지.

처음엔 그저 조이에 대한 추모의 의도로 시작한 것이었다. 조이가 여기 끼어드는 건 기대하지 않았다. 그러나 그다음 날 강의실에서 그녀가 나에게 다가와 자기 머리카락을 주었을 때, 나는 내가 옳은 방향으로 나아가고 있다는 것을 알았다. 다음 날

311

오후 산테와의 심리 치료를 마치고 돌아오는 길에도 길에서 죽은 동물 사체를 많이 발견했다. 나는 내가 옳은 일을 하고 있다고 생각했지만 지금은 확실히 모르겠다. 어제 주술사가 왔을 때 조이는 살아 있는 것이라야 소용이 있다고 말했었다.

외곽 도로를 따라 운구차 행렬이 들어온다. 사람들이 이쪽으로 올 경우에 대비해 자리를 떠야겠다고 생각했지만, 차들은 새로 터를 닦은 먼 구석으로 이동했다. 추모객들이 차 뒤를 따라 걸어갔다. 꽃으로 화려하게 장식된 고인의 사진 액자를 든 사람이 지나가면서 나를 곁눈질한다. 나도 나 자신을 바라본다. 정장을 입은 녹초가 된 슬픈 남자. 빛바랜 무덤 위에 낡은 신발 상자를 들고 쭈그리고 앉아 있는 남자.

내가 왜 이러는 걸까? 무덤에는 꽃을 가져왔어야지. 털이 든 상자가 아니라.

나는 조이의 무덤가에 앉아 상자 뚜껑을 열었다. 한쪽 구석에는 꼬아놓은 황금빛 머리카락이 있다. 이건 동물 털가죽과 따로 보관하려고 신경을 썼다. 털가죽에서는 냄새가 나기 시작했다.

살아 있는 것이어야 해요.

조이는 내게 그렇게 말했다. 이게 내 마음속에서 나온 메시지라는 건 나도 알고 있다. 또 조이가 육체적 형태로 존재하지 않는다는 점도 잘 안다. 조이는 죽었다. 내가 지금 경험하는 것은 유독 생생히 부각되는 상징적 이미지의 집합일 뿐이며, 결국 이것이 조이의 죽음을 받아들이는 걸 도와줄 것이다. 심리 치료를 통해 나의 생각이 상징적 패턴으로부터 벗어나 더욱 견고해지게 할 수 있을 것이라 확신한다. 그렇다고 해서 내 무의식이 나에게 거는 말을 무시해도 된다는 뜻은 아니다.

다람쥐가 소나무를 타고 위아래로 달음질치다가 묘비 사이로 사라진다. 조이는 다람쥐를 다랑쥐라고 불렀었다. 그게 너무 귀여워서 오데트와 나는 굳이 바로잡아주지 않았다. 나는 땅콩 봉지를 꺼내 주둥이를 벌리고 땅콩 한 개를 몇 미터 앞 오솔길 위에 던졌다. 다람쥐가 접근하기까지는 오래 걸리지 않았다. 다람쥐는 땅콩을 주워 들고 뒷다리로 꼿꼿이 서서 나를 바라보더니 몸을 떨다가 냄새를 킁킁 맡았다. 여기 동물들은 먹이를 받아먹는 데 익숙한 것 같았고, 도시 공원의 뻔뻔한 다람쥐 떼만큼이나 사람 손에 길이 들어 있었다.

땅콩 하나를 그놈과 나 사이 절반쯤 되는 곳에 던진다. 다람쥐가 더 가까이 다가온다. 그리고 또 한 알을, 거의 30센티미터 정도 되는 곳까지 던진다. 그런 다음 주위를 슬며시 둘러보고 지켜보는 사람이 없다는 걸 확인한 후, 손바닥에 땅콩을 놓고 기다린다.

다람쥐와는 팔 하나 거리만큼 떨어져 있다. 녀석은 가까이 다가오는 걸 망설인다. 초조한지 동료들이 있는 뒤쪽을 힐금힐금 쳐다본다. 그러나 도저히 참을 수가 없다. 다람쥐는 땅콩을 향해 달려들고, 나는 왼손을 꽉 쥐어 놈을 어깨 위로 번쩍 들어올린다. 다람쥐는 몸을 뒤틀며 할퀴고 깨물려고 용을 쓰지만, 내가 다리와 몸을 한꺼번에 꽉 움켜쥐고 있어 움직일 수가 없다.

다람쥐의 심장이 너무 빨리 뛰어서 터져버릴 것 같다. 다람쥐의 따뜻하고 부드러운 털이 느껴진다. 불과 몇 초 전까지만 해도 놈은 나를 신뢰했었는데.

"다랑쥐야, 미안해."

나는 다람쥐를 놓아준다. 그리고 가는 길에 집어가도록 땅콩 한 줌을 길 위에 멀리 뿌려준다. 진짜 조이는, 7년 전 돌이킬 수 없이 세상을 뜬 내 딸은 자기를 위해 아빠가 짐승을 죽이는 걸 절대 원치 않았을 것이다. 나는 상자를 돌아본다. 판지 상자 안의 갈색 피와 반짝이는 살덩어리들이 기운 없이 빛나고 있다. 조이라면 이런 것도 원치 않았을 것이다. 나는 상자에서 금발 머리카락 한 타래를 집어 주머니 안에 넣었다. 공동묘지를 나오면서 눈에 띈 쓰레기통에 냄새나는 상자를 던져버렸다. 조이를 구하기엔 너무 늦었다. 그걸 이제야 깨닫다니. 나는 결코 그 애를 구해줄 수 없을 것이다.

　　차를 몰아 남쪽으로, 집으로 가는 길이 아닌 다른 방향으로 달리면서 나는 조이의 묘비를 생각했다. 이 세상에서 유일하게 우리 이름이 함께 새겨진 돌. 조이, 오데트, 나. 나는 버그플리트의 작은 쇼핑센터 바깥에 바다를 향하는 방향으로 주차하고 전화를 걸었다.

　　"여보세요, 오데트."

　　침묵, 긴장, 추측. 브리스톨과 케이프타운 사이의 거리.

　　"마크, 안녕."

　　"내가 방해가 됐나?"

　　"아니, 아니야. 늘 그렇지 뭐."

　　뒤쪽에서 아이들 소리가 들린다. 아마 아이가 둘이었지. 그녀는 재혼하지 않았다. 마지막에 들었을 때는 다른 남자와 살고 있다고 했는데 그 아이들의 아빠는 아니었다.

　　"토요일 아침이야. 알잖아. 축구랑 쇼핑이랑."

　　"어떻게 지내?"

　　"괜찮아. 당신은?"

　　"나도 괜찮아. 고마워."

　　그러다 오데트에게 유쾌한 거짓말이나 하자고 전화를 한 게 아니라는 사실을 깨닫는다.

"나 요즘 심리 치료 받아."

"아."

순간적인 경계.

"응. 요즘 들어……." 유령들? "기억들이 자꾸 떠올라서."

"당연하지. 그럴 거라 생각해."

그녀가 예의를 차리려고 노력하는 게 들린다.

"방해하고 싶진 않았는데. 기억하고 싶은 게 하나 있어서. 기억력이 이렇게 흐려지다니 끔찍하네. 좀 웃긴 질문일 수도 있는데 조이가 고양이를 좋아했나, 개를 좋아했나?"

"그거 물어보려고 전화한 거야?"

"모르겠어. 갑자기 생각나서. 조이가 고양이를 싫어했지? 그랬지?"

"고양이를 싫어해? 아냐. 좋아했어. 기억 안 나? 일곱 살 생일 때 당신이 헬로 키티 트레이닝복을 선물로 사줬잖아."

"헬로 키티? 그럴 리가."

"그랬어, 마크."

"아냐. 스쿠비두가 그려진 작은 검은색 운동화를 사줬었지."

"아유. 걔가 왜 그런 걸 바랐겠어? 걔는 그 만화 싫어했는데. 그것만 보면 아주 겁에 질렸다고. 조이는 쉽게 겁에 질렸지. 정말 진심으로 기억이 안 나는 거야?"

오데트의 목소리가 흐트러지기 시작했다. 그녀는 아직도 나에게 화가 나 있다. 그녀는 날 절대 용서하지 않을 것이고, 나도 그녀가 날 용서해야 할 이유를 찾지 못했다.

"알았어, 고마워. 방해해서 미안해."

내 불편한 마음을 읽었는지 그녀는 이내 수그러들어 이런저런 위로의 말들을 늘어놓는다.

"확실히 헬로 키티였어. 당신이 그런 여성성을 강조한 캐릭터를 달가워하다니 이상하다고 생각했던 게 기억나. 사실은 그 사진, 아직 내 컴퓨터에 저장돼 있어. 확실해. 찾아서 이메일로 보내줄게."

그녀는 언제나 이렇게 친절하다. 우리는 한때 서로 사랑했던 사이다.

"고마워."

나는 전화를 끊고 쇼핑센터에 있는 작은 술집 간판을 보았다. 캐슬 라거, 월터스 배럴 같은 곳의 지원을 받은 싸구려 철제 간판이다. 안 될 게 뭐야? 어차피 스테프는 내가 4시에 돌아올 거라고 알고 있는데.

차에서 내려 문을 잠그니 갑자기 내 옷이 이런 곳에서는 기이하게 보일 거란 생각이 들었다. 하지만 달리 선택이 없다. 셔츠에는 피도 묻어 있다. 나는 백미러로 대충 점검을 하고, 재킷 단추를 단단히 채우고 술집으로 들어선다. 12시밖에 안 됐지만 바 안에는 사람들이 꽤 많았고 어젯밤의 땀 냄새, 담배 연기, 기름 냄새와 오늘의 맥주 냄새가 배어 있다. 정면 벽의 창문은 광고로 완전히 덮여 있어 안을 자세히 들여다볼 수 없었다. 군데군데 남자들이 좀 있고 여자들도 두어 명 있었는데, 다들 TV의 럭비 경기를 보고 있다.

바에 앉자 카운터 뒤의 남자가 마치 내가 남의 자리에 앉은 것처럼 쏘아본다. 평소라면 이쯤에서 포기하고 밖으로 나와 우리 동네의 익숙하고 편안한 카페를 찾아갔을 테지만, 오늘은 아니다. 나는 꼿꼿이 앉아 생맥주를 주문했다. 바 주인은 말없이 술을 따랐다.

"결혼하셨소?"

두 자리 떨어진 곳에 앉은 남자가 나를 돌아보며 친근하게 미소를 지었다. 그는 내 옷을 쳐다보았다. 그도 운동복 바지에 얼룩 묻은 티셔츠를 입고 있었다.

"아니면 자유인으로서의 마지막 한 잔이오?"

"어, 아뇨. 미팅이 있어서. 뭐 그렇고 그런 고객하고."

"그렇군요."

그는 다시 벽에 걸린 TV 쪽으로 고개를 돌린다.

"어느 팀 경깁니까?"

내가 물었다.

"스토머스와 포스요."

"럭비를 하기엔 좀 이른 시간인데요. 안 그런가요?"

"호주 퍼스에서 열리는 경기예요."

그는 나에게서 조금 떨어져 앉으며 고개를 다시 화면 쪽으로 돌린다.

"네, 그래요. 무슨 수퍼 럭비 그런 거요."

그를 실망시킨 것 같은 기분이 들었다. 잠깐 동안 여기에 재미난 이야기를 들고 왔으면 좋았겠다는 생각이 든다. 난감한 일을 피해 달아난 얘기나 어젯밤에 만난 매춘부 얘기같이 잠시 일상을 벗어날 수 있는 그런 이야기.

나는 맛없는 맥주를 한 모금 가득 마시고 술집 안을 둘러본다. 이제는 눈이 어둠에 익숙해져서 얼룩이 묻고 긁힌 자국이 있는 어울리지 않는 짙은 색 가구와, 말없이 TV를 바라보며 술을 마시고 있는 사람들을 알아볼 수 있었다. 그들은 마치 자신의 인생으로부터 빠져나와 영원히 문을 닫아 건 사람들 같았다. 지금은 유쾌하게 술 한 잔 걸치기엔 너무 이른 시간이었고, 럭비 경기에 흥분하기엔 계절이 너무 일렀다. 술집 안에는 당구대가 몇 개 놓여 있었고, 가짜 주크박스가 하나 놓여 있었다. 가짜 주크박스는 주형 플라스틱으로 만든 전면 패널 안에 스피커를 숨겨놓은 것이었고, 위성 방송국이 의무적으로 틀어주는 라디오 팝송이 흘러나오고 있다. 젊은 여자 둘이 음악에 맞춰 무심히 흐느적거리고 있다. 그들이 술에 취했는지 약에 취했는지 아니면 그냥 피곤한 건지 알 수 없었지만, 대낮에 저렇게 움직인다는 건 뭔가 한참 잘못된 것이었다.

나도 같이 TV를 보고 있는데 잠시 후 휴대폰의 진동이 느껴졌다. 내 앞에 놓인 잔은 이미 비어 있었다. TV에서는 전반전이 끝나고 자동차 광고가 나오고 있었다. 재킷 주머니에서 휴대폰이 다시 한 번 진동했다. 술집 주인이 한 잔 더 하겠느냐는 신호로 내 맥주잔을 가리켰고, 나는 고개를 끄덕이고 휴대폰을 확인했다. 메일이 도착해 있었다.

좀 희한하긴 했지만 소식 들어서 반가웠어. 목소리가 좀 이상하던데. 괜찮은 거지? 그러길 바라. 여기 사진 보내.

나는 바에서 일어선다. 사람들이 나를 바라보는 것 같은 막연한 기분이 느껴진다. 낡은 나무 바닥 위에서 발을 헛디디며 본능에 따라 화장실을 찾는다. 당구대를 지나, 아치형 문을 통과해 소변 냄새와 분홍색 공기청정제 덩어리의 냄새를 향해 나아간다. 그러다 화장실 문을 세게 닫고 충격의 고통에 숨을 헐떡거린다.

다시 정신을 수습한다. 높은 창으로 새어드는 환한 햇빛에 비친 세면대에 낀 물때를 애써 외면하고 물을 얼굴에 뿌렸다. 나는 다시 휴대폰을 켜고, 그 사진에 익숙해지도록 계속 노려본다. 전에도 봤던 사진이다. 나한테도 그 사진이 있었지만 지금은 켜지 않는 옛날 컴퓨터에 저장되어 있었고, 거기 사진들은 전부 드라이브에 백업한 후 한 번도 쳐다보지도 않았다. 사진 속의 조이가 생일 선물로 받은 신발을 신고 있다. 아이의 미소는 또다시 나를 갈기갈기 찢어놓았다.

한참 후 노크 소리가 들렸다.

누가 뭐라고 말을 하고 있다. 부드러운 여자의 목소리다.

나는 일어서서 몸을 꼿꼿이 펴려고 애쓰면서, 얼굴을 다시 적셨다. 거울 안에 셔츠에 묻은 피가 보인다.

또 다시 노크. 목소리. 무슨 말을 하는지 알아들을 수가 없다.

문이 열린다.

"Qu'est-ce qu'il y a, Papa(무슨 문제 있어요, 아빠)?"

그 여자애다. 그때 그 소녀. 오늘은 별 그림이 있는 분홍색 티셔츠와 초록색 바지를 입고 있다. 신발에는 바보 같은 스쿠비두 그림이 그려져 있다.

"넌 그 애가 아니지? 그렇지?"

"누구요?"

뉴규요?

"내 딸. 죽은 내 딸."

소녀가 나에게 가까이 다가온다. 바로 코앞까지. 그녀의 몸에 흐르는 전기가 느껴지고, 그 전기가 내 살갗의 모낭들을 전부 대전시킨다. 소녀의 그림자가 창에서 들어오는 빛을 덮었지만, 그녀는 키를리안 사진처럼 보라색과 빛나는 검은색의 아우라를 뿜어내고 있다. 그녀의 에너지가 나에게 닿아 스파크가 튀고, 나를 뚫고 들어와 불타오른다. 그녀는 입술을 열어 말했다.

"난 당신 것이에요. 난 당신이 원하는 무엇이든 될 수 있어요."

그녀의 숨결은 너무 익은 과일처럼 지독하게 달콤하다. 그녀는 혀로 내 입술을 핥고 깨물었다.

"나한테서 뭘 원해?"

"날 살아 있게 만들어줘요."

이제 소녀는 내 얼굴을 어루만진다. 손가락으로 내 관자놀이에 붙은 가느다란 머리카락을 훑었고 나는 안개처럼 부연 이미지에 앞을 볼 수가 없다. 그러나 나는 손을 뻗어 머리카락을만진다. 머리카락을 갈라 헤쳤지만, 그런데도 더 많은 머리카락이 있다. 나는 이 안에 고치처럼 갇혔다. 사과 샴푸 냄새와 과일 향을 풍기는 부드러운 고치 안에. 이것은 생명이다.

조이를 품에 안고 그 애의 냄새를 들이마시곤 했었는데. 아이의 땀, 때, 유분, 사과 향 샴푸. 그것은 사랑이었다. 나는 조이를 너무나도 사랑했고 그 애는 숨을 쉬지 못했다. 아이는 내 안에 있었다. 아이의 분자들이 아직도 내 폐 안에 있었다.

쾅. 철썩. 소녀는 사라졌고 내 턱에는 한 줄기 피가 흘러내리고 있다.

"이봐! 도대체 디에드라한테 무슨 짓을 한 거야?"

남자의 첫 번째 따귀는 느리게 다가왔고 나는 그 아래로 피했다. 그리고 어떤 여자가 공포와 호기심이 뒤섞인 얼굴로 마치 내가 전시 중인 동물인 것처럼 나를 바라보고 있었다. 30대쯤 되어 보이는 짙은 색 머리카락의 못생긴 여자였고, 초록색 바지와 별 그림이 있는 분홍색 티셔츠를 입고 있었다.

돌아서다가 남자의 두 번째 펀치에 뒤통수를 맞았다. 나는 바닥에 쓰러진다. 옷이 바닥의 소변에 젖어 묵직해졌다. 등 위로 조금 약해진 주먹이 계속 내리꽂히는 게 느껴지다가, 갑자기 몸이 번쩍 들어 올려졌다. 나는 밖으로 끌려나와 내 차에 밀어 넣어졌다. 술집 주인이 차 열쇠와 지갑을 던져준다.

"팁은 고마워요, 친구. 직접 챙겼는데 기분 나빠하진 마쇼."

늦은 밤이 돼서야 집에 도착했다. 나는 계속 생각하고 있다. 내가 헤이든을 얼마나 무서워하는지, 그 애를 얼마나 사랑하는지, 그래서 그 애의 생명을 필요한 만큼 빨아내고 싶은지. 나는 조이를 죽였고 되살릴 방법이 없다는 걸 잘 알면서도 그 애의 영혼만큼은 살리고 싶었다.

내가 들어왔을 때 스테프는 소파 위에서 쓰러져 자고 있었다. 커피 테이블 위에는 빈 와인병이 놓여 있었다. 헤이든은 안락의자에서 자고 있었다. 부엌에는 재활용 쓰레기통에 맥주병이 버려져 있고, 손님용으로 쓰는 고급 커피 머그잔이 싱크대에 들어 있었다.

질투심은 한옆으로 치웠다. 스테프에게도 손님을 초대할 권리가 있다. 그리고 이제는 시작해야 했다. 스테프가 취해 있어서 다행이었지만 언제라도 깰 수 있었다. 나는 냄새 나는 재킷을 화장실 바닥에 던지고 서랍에서 가위를 꺼내 들고 헤이든에게 다가간다. 아이는 그 나이 또래의 아기들처럼 깊이 잠들어 있다. 나는 아이 옆에 앉아 부드럽게 머리카락을 얼굴 뒤로 넘긴다.

시작할 때는 조금만 할 생각이었다.

22
스 테 프

사각사각.

카림이 가고 난 다음 마신 와인 때문에 머리가 흐리멍덩했지만 간신히 깼다. 소파에서 불편한 자세로 자서 목이 뻣뻣했다.

사각.

텔레비전 화면의 불빛만이 거실을 비추고 있었고, 텔레비전에서는 홈쇼핑 채널이 나오고 있었다. 누군가가 헤이든이 자고 있는 안락의자 위로 몸을 굽히고 있었다. 나는 소리를 내지 않았다. 낼 수가 없었다. 숨을 쉴 수가 없었다. 찰나의 순간 나는 그것이 다리가 여러 개 달린 괴물이라고 생각했다. 헤이든의 침대 아래 살고 있는 그것. 잠시 후 그것이 위치를 조금 옮기자 그것을 알아볼 수 있었다. 마크였다. 당연하지. 그것은 그냥 마크였다.

사각.

나도 모르게 속삭이며 말했다.

"뭐 해?"

그가 얼어붙었다. 그러더니 어깨 너머로 나를 바라보았다. 너무 어두워서 그의 눈은 보이지 않았지만, 오른손에 들고 있는 금속성 물체에 텔레비전의 불빛이 반사되어 튕겨 나왔다. 아, 맙소사. 그는 칼을 가지고 있었다. 나를 무시하고 그는 다시 헤이든에게 돌아섰다.

사각.

나무 마루 위로 짙은 색의 곡선이 떨어졌다. 헤이든의 머리카락이다. 저 사람이 지금 아이가 자는 동안 아이의 머리카락을 자르고 있어.

"걔한테서 떨어져, 마크. 지금 당장 헤이든한테서 물러나."

내 안에서 차갑고 냉정한 목소리가 나왔다. 나는 공포를 감당할 수 없었다. 그에게 달려들거나 헤이든이 갑자기 깨면 아이가 심각하게 다칠 수도 있었다. 냉철한 이성의 내가, 미레유가 눈앞에서 자살했을 때 잠시 나타나 나를 장악했던 또 다른 나의 자아가, 필요한 순간에 다시 돌아왔다.

마크는 내 쪽으로 고개를 홱 돌리더니 안락의자에서 몇 걸음 뒤로 물러났다. 그러더니 공허하게 "미안해"라고 중얼거리며, 가위를 커피 테이블 위에 올려두고 거실을 나갔다.

나는 헤이든에게 달려갔다. 신께서 도와 아이는 아직도 자고 있었다. 나는 잘린 머리카락을 아이의 얼굴에서 털어냈다. 안이 어두워서 얼마나 잘렸는지 가늠할 수 없었지만 손가락으로 훑자 머리카락 조각이 손에 묻어났다. 아이가 몸을 뒤틀었다.

"엄마. 헤이디 지금 피곤해."

"알아, 원숭아."

얼음처럼 냉정한 나에게 몇 분만 더 함께 있어달라고 애걸하며, 열이 나고 졸려 하는 헤이든을 들쳐 안고 위층으로 달려갔다. 게슴츠레한 눈으로 뻗대는 아이를 한 손으로 잡아 허리에 얹고, 가방을 꺼내 내 옷과 속옷 들을 쑤셔 넣었다. 그런 다음 가방을 헤이든의 방으로 끌고 가서 티셔츠, 반바지, 장난감을 아무거나 손에 잡히는 대로 집어넣었다. 마지막으로 화장실로 가 욕실 용품을 챙겼다.

그러자 파리에서 그랬던 것처럼, 침착함이 썰물처럼 빠져나가고 공포로 몸이 달아오른 나만 남았다. 달아나, 달아나.

헤이든과 가방의 무게로 등과 허리가 비명을 질러댔지만 나는 아래층으로 내려갔다. 어둠 속에서 마크가 튀어나와 달려들 것 같았다. 아니면 다리가 여러 개 달린 괴물이 그림자 뒤에서 우리를 향해 뛰쳐나올 것 같았지만(이번에는 마크의 얼굴을 하고 있었다), 거실에는 우리 밖에 없었다. 나는 가방을 뒤져 자동차 열쇠를 찾고, 현관문을 소리 나게 닫은 후 차를 향해 뛰었다. 이제는 헤이든도 완전히 잠이 깨서 눈물 콧물을 흘리며 훌쩍이며 울었다. 아이를 달래기 위해 멈추기에는 너무 무서웠다. 나는 아이의 눈물은 완전히 무시하고 카시트에 앉힌 후 허둥지둥 벨트를 묶었다. 그러고는 차를 급출발시켰다.

그날 밤 교통사고가 나지 않은 것은 기적이었다. 마크에 대한 분노가 온몸을 집어 삼켰고, 그 분노가 너무나도 뜨겁고 생생해서 다른 생각은 할 수가 없었다. 돌이켜보면 헤이든을 데리고 집을 뛰쳐나온 건 바보짓일 뿐만 아니라 무척 위험한 짓이기도 했다. 카림과 맥주를 나눠 마시고 빈속에 와인도 반병이나 마신 후라 내 주량을 한참 넘어선 상태였던 것이다. 워체스터 근처까지 오니 어느 정도 정신을 차릴 수 있었다. 나는 가속페달을 밟고 있던 발을 떼고 느린 차선으로 차선을 옮겼다. 카시트에 앉힌 후 처음으로 백미러를 통해 아이를 확인했다. 아이는 고개를 옆으로 떨구고 잠들어 있었다. 왼쪽 머리카락이 잔디 인형처럼 삐쭉삐쭉 솟아 있었다.

고속도로를 빠져 나와 외진 도로로 접어들어서야 부모님 집으로 달아나기로 한 걸 후회하기 시작했다. 다시 차를 돌려 호텔을 찾아볼 것도 고민했지만, 내 편을 들어줄 사람들이 필요했다. 헤이든은 머리카락을 바짝 잘려 두피가 훤히 드러나 보일 정도였다. 부모님께 헤이든의 이런 모습을 보여드릴 수는 없었다. 주위에 의심스러운 사람이 없다는 걸 확인하고, 애시베리 근처 버려진 농장의 마구간 밖에 차를 세우고 헤이든을 깨웠다. 그러고는 가방에 쑤셔 넣은 손톱 가위를 이용해서 최선을 다해 아이의 머리카락을 다듬었다. 헤이든은 전혀 저항하지 않았다. 어쩌면 그 애도 나의 절망을 어렴풋이 느꼈는지도 모르겠다. 아이는 그냥 기운 없이 "지금 뭐 해, 엄마?"라고 묻고 나서, 꼼지락대지도 않고 얌전히 시트에 앉아 내 손에 몸을 맡겼다. 아이가 순순히 상황을 받아들이는 것을 보니 오히려 더 분노가 치밀었다. 머리카락을 다 정리하고 자른 머리카락을 가지고 가고 싶은 마음이 들었다. 이유는 모르겠지만 그걸 버리고 가는 게 어쩐지 잘못된 일인 것 같고 위험하게 느껴졌다. 그러나 나는 그것을 바위 아래 묻고, 차를 몰고 떠났다.

부모님의 집 앞 진입로에 도착했을 때는 새벽 한 시가 넘어 있었다. 민박집은 어둡고 조용했다. 인터콤 앞에 서서 잠시 망설였다. 얘기를 미리 잘 꾸며놨어야 했는데. 도대체 뭐라고 말하나? 사실 그대로 말하는 건 절대 안 될 일이었다. 그랬다간 부모님은 마크에게 영원히 등을 돌리게 될 것이었다.

"네?"

아빠의 목소리가 인터콤을 통해 울렸다.

"저예요. 들어갈 수 있어요?"

"스테퍼니? 너라고?"

뒤에서 엄마의 목소리도 들렸다.

"문 좀 열어주세요, 아빠."

"기다려라. 지금 내려간다."

그때에서야 눈물이 솟구쳤고 스스로를 진정시키기 위해 안간힘을 쓰며 눈을 비볐다. 두 분 앞에서는 차분한 모습을 보여야했다. 문이 삐걱 소리를 내며 열렸다. 나는 집 앞에 차를 주차하고 차에서 내려 아빠의 품에 안겼다. 엄마는 옆에서 호들갑을 떨었다.

"헤이든 좀 내려주실래요, 엄마?"

나는 최대한 차분하게 말했다.

"물론이지. 스테퍼니, 무슨 일이니? 무슨 일이 생긴 거야? 왜전화 안 했어? 지금 케이프타운에서 바로 운전하고 온 거야?이 시간에? 마크는 어딨고?"

"다 괜찮아요. 그이랑 좀 싸웠어요, 엄마. 걱정 마세요. 심각한 건 아니에요. 그냥 잠시 집을 나왔어야 했어요." 나는 후회하는 미소를 지어 보였다. "내가 좀 과잉 반응한 거예요. 요즘 우리 둘 다 스트레스를 많이 받았잖아요."

두 분은 내 말을 믿지 않으셨지만 아빠가 엄마에게 슬쩍 눈짓을 하는 게 보였다. 지금 당장은 더 캐묻지 말라는 신호였다. 나는 아빠의 그런 점을 사랑한다.

엄마는 몹시 격분해서 말했다.

"아, 스테피. 아빠가 널 데리러 갈 수도 있었는데."

엄마가 헤이든을 안고 손님방으로 데려갔다. 여기 오니 헤이든의 호흡이 훨씬 편안해졌다. 아이는 엄마가 이불을 덮어주자마자 곯아떨어졌다. 나는 신발을 벗고 나머지 옷은 벗지도 않은채 곧장 아이 옆에 누웠다. 엄마에게는 지금 나한테 필요한 건숙면뿐이라고 안심시켰다. 부모님은 마침내 두 분 방으로 돌아가셨고 나는 어둠 속에 남겨졌다.

다음 날 거의 2시가 되어서야 잠에서 깼고, 방향감각이 없어서 한참을 헤맸다. 헤이든은 옆에 없었다. 나는 벌떡 일어났다. 아무 근거도 없이 마크가 어젯밤 몰래 찾아와 아이를 훔쳐 갔다는 생각에 온몸이 얼어붙었다. 그때 정원에서 웃음소리가 흘러들어왔다. 창밖을 내다보니 헤이든이 할머니와 함께 민박집 잔디밭과 화단의 잡초를 뽑고 있었다. 두려움이 옅어지고 그 자리를 분노가 채우기 시작했다. 빌어먹을 마크. 개자식.

잇몸에서 피가 날 정도로 세게 양치질을 하고, 깨끗한 티셔츠로 갈아입고 음악 소리처럼 영롱한 웃음소리를 들으러 아래층으로 내려갔다. 헤이든은 나에게 산만하게 손을 흔들고 나서 다시 열심히 땅을 팠다. 아이는 훨씬 좋아 보였고, 코를 훌쩍이는 것도 한결 덜해 보였다.

엄마가 허둥지둥 나에게 달려왔다.

"잘 잤니?"

"네, 고마워요."

나는 반사적으로 말했다. 이렇게 푹 잔 것이 거의 일주일 만이라는 생각이 들었다. 어쩌면 그보다 더 오래됐을 수도 있었다. 숙취의 흔적이 조금 남아 있었지만 머릿속은 얼음물에 씻어 낸 것처럼 훨씬 더 명민하게 느껴졌다.

"헤이든 머리카락은 어떻게 된 거냐?"

자, 이제 시작이구나.

"아, 껌을 씹다가 머리카락에 묻었어요. 잘라내려고 하다가 엉망을 만들어놨네요."

엄마는 나를 쓱 째려보았다.

"정말? 쟤가 껌은 어디서 났대?"

나는 엄마에게 가장 환한 미소를 지어 보였다.

"모르겠어요."

헤이든이 웃으며 꽃과 잡초 한 다발을 내밀었다. 엄마는 아이에게 빈 화분을 내주고는 발을 끌며 나에게 다가왔다. 엄마는 목소리를 낮췄다.

"네 아버지가 너한테 묻지 말라고 하더라마는. 어젯밤 왜 그렇게 갑자기 여기 왔는지 말해줄 수 있겠니? 걱정이 돼서 그래. 마크랑 무슨 일이 있었던 거야? 마크가 혹시……."

"지금은 말고요, 엄마."

엄마가 움찔하자 나는 최대한 부드럽게 말했다.

"뭐 좀 만들어 먹어도 돼요?"

엄마는 손에 묻은 흙을 털어냈다.

"내가 해줄게."

"괜찮아요, 엄마. 헤이든이랑 같이 계세요."

"있고 싶을 때까지 있어도 돼. 다음 주까지는 예약된 손님이 없거든. 예약이 있어도 방은 많으니까. 여긴 네 집이야."

정말요? 나는 속으로 생각했다. 내 집은 케이프타운에 있는, 마크와 함께 사는 그 집이어야 했다. 나는 정말이지 문제가 생길 때마다 엄마 아빠에게 달려오는 것만은 피하고 싶었다. 하지만 이건 문제를 넘어섰다. 결혼을 무르는 정도의 문제가 아니었다. 어젯밤의 분노의 기운이 다시 표면으로 올라왔다.

나는 엄마의 뺨에 키스를 하고 어수선하고 익숙한 부엌으로 돌아왔다. 투박하게 그을린 타일, 하늘하늘한 꽃무늬 커튼, 엄마가 모아놓은 요란한 물건들이 있는 곳. 이곳에 있으니 마음이 놓였다. 여긴 안전했다. 오랫동안 안전하다는 기분을 느끼지 못하고 살았다. 나는 냉장고에서 베이컨을 꺼내 기계적으로 프라이팬에 올렸다.

이제는 다음 수를 생각해내야 했다. 내 결혼 생활은 끝난 것일까? 자기 연민이 몰려왔다. 나는 직업도 없고 가진 돈도 없었다. 베이컨 기름이 지글거리며 손등에 튀었지만 알아채지 못했다. 나는 베이컨을 두꺼운 흰 빵 두 조각 위에 올리고 꾹 눌러서 간단한 샌드위치를 만들고, 배고프지 않았지만 숨이 막히도록 꾸역꾸역 먹었다. 싱크대 앞에 서서 창밖을 멍하니 바라보면서.

갑자기 어깨에 올라온 손의 무게에 깜짝 놀라 돌아보았다.

"너무 서둘러 먹지 마라, 아가."

아빠가 창밖에 서 있었다.

"헤이든이 여기 와 있으니 엄마가 좋아하는구나." 아빠는 목청을 가다듬었다. "네 엄마에겐 널 괴롭히지 말라고 했지만, 난 좀 알아야겠다. 마크가 너나 헤이든에게 무슨 짓을 한 거냐?"

아빠의 신중한 얼굴에는 아무 표정도 없었지만 눈빛만큼은 단단했다.

"아뇨, 아빠. 우린 그냥 잠시 떨어져 지내는 시간이 필요했던 거예요. 그게 다예요. 헤이든하고 최대한 빨리 돌아갈 거예요."

"아가, 여긴 네 집이다."

아니, 여긴 내 집이 아니에요.

"아빠가 마크를 인정하시지 않았던 거 알아요."

무의식적으로 과거 시제가 나왔다. 우리 관계가 정말로 끝났다는 듯.

"그래, 맞아. 부인하지 않겠다. 하지만 마크는 네 남편이야. 그건 네 선택이었고. 네가 어떤 결정을 내리든 우린 언제나 네 옆에 있을 거다."

왜인지 모르겠지만 수수했던 우리의 결혼식이 떠올랐다. 우리는 케이프타운 시청 청사에서 결혼했고, 식을 마치고 부모님, 칼라, 그리고 마크의 가까운 친구들 몇 명과 함께 파이브 플라이즈 레스토랑에서 간단한 점심을 들었다. 음식은 훌륭했지만 어색한 기류가 흘렀고, 하객들은 자연스럽게 둘로 나뉘었다. 부모님이 테이블 한쪽에 뻣뻣하게 앉아 있었고, 칼라와 나머지 손님들이 다른 쪽에 모여 앉았다. 누군가가, 아마도 칼라였을 텐데, 심술궂게도 아버지에게 한 말씀 해달라고 제안했다. 사람들의 시선을 꺼리는 아버지로서는 괴로운 일이었을 것이다. 그러나 아버지는 꿋꿋하게 해냈고, 내 새 남편에 관해서도 애써 긍정적인 이야기를 한마디 해주셨다. ("마크가 일하는 케이프타운 대학교는 평판이 좋은 곳입니다. 아무튼 뭐 그렇다고 들었습니다.")

"고마워요, 아빠."

아빠는 잠시 옆에 있다가, 다시 하던 일을 하러 돌아갔다.

헤이든이 행복하게 놀이에 몰두하는 동안, 나는 부엌을 청소하고 조용히 위층으로 올라가 유일한 피난처인 노트북을 켰다. 이메일은 무시하고, 여기저기 온라인 구직 사이트에 열심히 글을 올리고 일자리 알선소 세 군데에 가입했다. 몇 달 전에 했어야 했던 건데. 이렇게 미친 듯이 현실적인 행동을 하는 게 지금의 나에게 큰 도움이 되었다. 앞날이 마냥 어둡게만 보이지도 않았다. 그냥 그렇게 생각해. 이제부터 진짜 작가의 길에 들어서는 거라고. 나는 속으로 공허하게 되뇌었다. 내일쯤 화가 조금 가라앉으면 마크에게 연락을 해봐야겠다고 마음먹었다. 정부가 지원하는 치료 과정에 지원하던가 아니면 적절한 곳에 도움을 요청해보라고 해야지. 그리고 상태가 좀 나아질 때까지 그집에서 떨어져 있으라고 강력하게 주장해야겠다. 어젯밤 사건 전까지는 그 집에서 나가야 할 사람이 마크라는 생각이 들지 않았다. 다만…… 나는 정말로 그 집에 돌아가고 싶은 것일까?

그 그림자같이 꿈틀대는 것을 어젯밤에는 못 봤다는 생각이 들었다. 나는 방 안을 둘러보았다. 하늘거리는 커튼과 파스텔색 벽에 엄마가 가구 창고에서 도매로 사들인 유순한 수채화가 장식으로 걸려 있었다. 그게 무엇이었는지는 몰라도 여기까지 우리를 쫓아오지는 않았다.

그날 나는 마크에게 전화하지 않았고, 마크도 나에게 연락하지 않았다. 휴대폰을 수시로 확인했지만 날아오는 건 스팸 메시지뿐이었다.

엄마는 그날 밤의 일에 대해 계속 알아내려고 했지만 나는 마크가 직장에서 스트레스를 많이 받아 혼자 있는 시간이 필요하다는 둥 헛소리로 엄마를 달랬다. 엄마가 헤이든을 씻기고 밥을 먹이는 동안 나는 아빠와 말없이 럭비 경기를 보았다. 엄마가 아이에게 몸에 안 좋은 피시 스틱과 설탕 소스를 먹이는 것을 보고도 치미는 짜증을 눌러 숨겼다. 나는 일찍 잠자리에 들었다.

다음 날 역시 꿈도 꾸지 않고 푹 잔 후 느지막이 일어났다. 몇 시간 뜨거운 목욕물에 몸을 담갔던 것처럼 한결 몸이 가볍고 편안했다. 침대 옆에는 작은 커피 주전자와 토스트 접시가 놓여 있었다. 토스트는 식었고 커피는 미지근했지만 아직은 먹을 만했다. 나는 기지개를 켜고 창가로 갔다. 창 아래쪽에 헤이든이 할머니를 도와 깔깔대며 빨래를 널다가, 햇살이 드리운 잔디밭 위에 뿌려놓은 아침 빵 부스러기를 쪼아 먹는 새들을 뒤쫓으며 놀고 있었다. 나는 노트북을 들고 이불 속으로 파고들었다.

캐나다의 출판 에이전시에서 이메일이 와 있었다. 그걸 보니 심장이 걷잡을 수 없이 뛰었다. 정중한 거절 메일을 예상하며 메일의 내용이 몸 안에 스며들 때까지 두 번 읽었다. 내 책을 출간할 출판사를 찾아주겠다고 제안하는 내용이었다. 제일 먼저 든 생각은 마크에게 이 기쁜 소식을 알리자는 것이었다. 이 소식을 그와 함께 나누고, 그의 얼굴에 떠오르는 자랑스러운 표정을 보고, 기뻐하는 그의 목소리를 듣고 싶었다.

그러면 안 돼. 그를 내버려둬. 그를 그 집에 내버려두고 넌 달아나.

그가 헤이든에게 한 짓을 생각하면 나는 그에게 화를 낼 권리가 있었다. 당연하다. 그러나 그는 상태가 좋지 않았다. 그는 극도의 신경쇠약으로 괴로워하고 있었다. 그리고 그를 돕는 대신 나는 달아났다.

나는 그를 그 집에 혼자 남겨두었다.

수치심을 느끼며 전화기로 손을 뻗다가 커피 주전자를 떨어뜨릴 뻔했다. 그의 휴대폰으로 전화를 걸었지만 곧장 음성 사서함으로 연결되었다. 나는 전화해달라고 문자를 보냈다.

배가 고파서라기보다는 초조한 심정으로 눅눅하고 뻣뻣한 토스트를 먹었다. 그러고는 한 번 더 출판 에이전시의 메일을 읽었다. 나는 그녀의 제안을 수락하는 답장을 쓰면서 내 메일이 지나치게 열성적이고 흥분한 것처럼 보이지 않기를 바랐다.

그 메일을 마크에게 전달하고 나머지 메일을 훑어보았다. 카림이 나에게 페이스북으로 메시지를 보냈는데, 이것도 내가 느끼는 수치심에는 썩 도움이 되지 않았다. 카림의 메시지는 읽지 않고 삭제했다. 올리비에라는 사람에게서 메일이 와 있었는데, 그 이름을 알아보고 클릭할 때까지 조금 시간이 걸렸다. 프티 부부의 아파트에 대해 문의했던 부동산 업자가 답장을 보낸 것이었다. 메일을 열면서 특별한 감정은 없었다. 출판 에이전시의 소식과 마크에 대한 모순된 감정에 온통 정신이 팔려 있었기 때문이었다.

서배스천 부인께.

요청하신 정보를 알려드리고자 이 메일을 쓰고 있습니다만, 이후로는 제가 더 이상 도와드릴 수 없으며 저에게 다시 연락을 주지 않기를 정중하게 요청드리는 것을 양해해주시기 바랍니다.

문제의 건물은 거의 20년쯤 전 필리프 구에린 씨가 건물의 에이전시를 구할 때 저에게 의뢰하셔서 알게 되었습니다. 그 건물은 몇 년 동안이나 주인 없이 방치되어 있던 것을 구에린 씨가 매입해 아파트로 개조했고, 저는 광고를 내서 세입자들을 구하도록 지시를 받았습니다.

처음에는 그 일이 쉬울 거라 생각했습니다. 건물의 입지도 좋았고 아파트들도 널찍널찍하게 빠져서 관심을 갖는 사람들이 많았으니까요. 그러나 아파트를 보러 온 사람들이 입주를 거부하는 일이 몇 번이고 생겼습니다. 어떤 사람들은 '나쁜 분위기'를 경험했다고 말했습니다. 그러나 대부분은 왜 그 건물 안에서 불편함을 느꼈는지 정확히 설명하지 못했습니다. 나 자신도 이해할 수가 없었는데, 나는 그런 것을 경험하지 않았기 때문입니다. 결국 임대료를 점점 낮춰서 세입자들을 끌어모으게 됐지만 이사를 들어온 사람들은 누구도 오래 머물거나 계약을 갱신하지 않았고, 건물은 반도 채워지지 않았습니다. 그게 다가 아니었습니다. 그렇게 몇 년이 흘렀습니다. 건강이 좋지 않았던 구에린 씨는 건물을 팔고 싶어 했지만 그럴 수가 없었습니다. 그분은 자본을 과대평가했고 더 많은 돈을 잃었습니다. 그리고 당시에는 프랑스가 불경기를 겪고 있기도 했고요.

저는 제가 세입자들을 안심시키지 못한 데 화가 치밀었습니다. 나중에 구에린 씨가 다른 에이전시들은 좀 낫지 않을까 하는 마음에 저 말고 다른 에이전시들을 고용했다는 것도 알았습니다. 하지만 내가 아는 한에서는 그들도 별다를 것은 없었습니다. 구조적인 조사가 진행되었지만, 무엇이 그런 분위기를 만들어내는지 원인은 발견할 수 없었습니다. 왜 그토록 많은 사람들이 그곳을 혐오스럽게 생각하는지 이유를 알 수 없어 혼란스러웠던 나는 그 건물의 과거를 직접 조사하기로 결심했습니다.

이쯤에서 나는 유령을 믿지 않았으며 지금도 믿지 않는다는 것을 말해야겠습니다. 또 나 자신이 구에린 씨의 대리자로서 그 건물에서 일하는 동안 나쁜 일이나 나쁜 기분은 경험한 적이 한 번도 없다는 점도 말해야겠습니다.

그 건물은 과거에 주인이 여러 번 바뀌었습니다. 따라서 믿을 만한 정보를 얻기가 꽤 어려웠습니다. 여러 곳을 돌다 이웃의 부동산 업자를 찾아갔는데, 그 사람으로부터 1970년대에 그 건물에서 어떤 끔찍한 일이 있었다는 소문을 들었습니다. 자세한 내막을 전부 아는 사람은 아무도 없었지만 우연히 그 근처에서 오래 장사를 한 담뱃가게 주인과 안면을 트게 되었습니다. 저는 밤마다 그 담뱃가게에 들러 술을 마셨고, 그 주인도(지금은 세상을 떴습니다) 나를 신뢰하기 시작했습니다. 저는 친화력이 좋은 편입니다. 그래서 어느 날 밤 저는 능력을 발휘해 고급 파스티스 술 한 병을 들고 가 그가 입을 열게 만들었습니다.

그 사람 말에 따르면, 그 건물은 좀 낡긴 했지만 많은 가족들이 살았다고 합니다. 그리고 (정확한 호수는 모르겠지만) 건물의 관리인도 아내와 두 딸과 함께 살고 있었습니다. 담뱃가게 주인은 이 남자를 잘 몰랐지만 대략 듣기로 알제리 전투에 참전한 참전용사로 그곳에서 부상도 당했고, 잔혹 행위도 많이 목격한 탓에 정신적 외상을 심하게 입었다고 합니다. 그는 알제리 사람인 아내와 함께 프랑스로 돌아왔고, 건물의 관리인 자리를 구했습니다.

몇 년 후 그들은 두 딸을 얻었습니다. 가게 주인 말로는 관리인이 조용한 사람이고 아내에게 많이 의존했다고 했습니다. 가족은 가난했지만 무척 행복해 보였다고요. 그러다가 관리인의 아내가 많이 아프게 되었습니다. 오랫동안 아팠다더군요. 그녀는 몇 달이나 생과 사를 넘나들다가 결국 세상을 떠났습니다.

관리인은 술을 위로로 삼았고 일도 하지 않은 채 딸들을 방치하기 시작했습니다. 아파트 주민들로부터 수많은 경고를 들었지만 고쳐지지 않았습니다. 담뱃가게 주인은 사람이 완전히 바뀐 것 같다고 말했습니다. 그와 그의 아내는 거대한 열정을 공유하고 있었습니다. 그러나 아내가 죽고 그의 기운은 완전히 꺾여버렸습니다. 그의 심장은 무너졌습니다. 그는 빚을 많이 졌고, 곧 쫓겨나게 되었습니다. 그는 갈 곳이 없었습니다.

그의 시체는 건물의 정원에서 학교에서 돌아온 큰딸에 의해 발견되었습니다. 창문에서 몸을 던진 것으로 추정되었습니다.

커피가 목 안에서 담즙처럼 쓰게 느껴졌다. 미레유! 미레유가 생각났다. 나는 계속 읽어 내려갔다.

그러나 비극은 따로 있었습니다. 큰딸은 어린 동생의 시체를 건물의 창고에서 발견했습니다. 그녀의 아버지가 그런 짓을 한 겁니다. 아이가 죽기 전에 그런 끔찍한 짓을 한 겁니다. 신체 절단을 한 것이죠.

담뱃가게 주인은 살아남은 큰딸이 이 모든 걸 발견한 후 어떻게 되었는지 모르겠다고 했습니다.

미레유가 그 사라진 딸일까? 나는 계산을 해보았다. 미레유가 60년대에 태어났다면 가능했다. 메일을 읽다 보니 미레유의 다락방과 그녀가 그린 슬픈 눈을 한 아이 그림이 떠올랐다. 또 프티의 아파트 부엌 서랍에서 발견했던 그 종잇조각. 그 글을 쓴 아이는(미레유의 여동생이었을까?) 엄마의 병 때문에 아빠가 자기를 혼냈다고 썼었다. 관리인은 그래서 자신의 어린 딸을 살해했던 것일까?

이메일의 끝부분에서 부동산 업자는 이렇게 썼다.

앞서 말씀 드렸듯이 저는 더 이상 도와드릴 수 없습니다. 이 비극적인 이야기는 부인께서 직접 예전 파리 지역신문들을 검색하시면 확인할 수 있을 겁니다. 그 건물이 여전히 구에린 씨 소유인지 아니면 저한테 프티 부부에 대한 정보가 있는지는 저도 확실히 모르겠습니다.

서명 밑에는 추신이 있었다.

이것이 제가 구에린 씨에게 마지막으로 받은 전화번호입니다. 아마 그분이 당신을 좀 더 도와줄 수 있을 겁니다.

이것으로 메일은 끝이었다. 메일에 적힌 전화번호의 지역 코드는 02였다. 구글에서 검색해보니 파리 외곽 지역의 지역 번호였다.

민박집의 와이파이 신호는 스카이프를 쓸 만큼 세지 않아서 아래층으로 내려가 무선전화를 들고 다시 조용히 방으로 돌아왔다. 무슨 말을 할지 특별한 계획도 없이 무작정 다이얼을 눌렀다. 신호음이 계속 울렸지만 기다렸다. 정말로 누군가 전화를 받기를 바라는 건지 아닌지도 알 수 없었다. 수화기를 잡은 손에서 땀이 배어 나왔다. 나는 조용히 신호음을 셌다. 스물. 스물다섯. 그러다 딸깍 소리가 나고 목청을 가다듬는 소리가 나더니, 'Oui?' 하는 소리가 들렸다.

나는 놀라 펄쩍 뛰며 허둥댔다.

"아, 안녕하세요…… 여보세요. 파를르 부 앙글레(영어 하실 수 있으세요)?"

긴 침묵.

"네. 조금." 그리고 쿨럭대는 소리. "누구시오?"

남자의 목소리였다. 나이 많은 남자의 목소리가 산소마스크로 호흡을 하고 있는 것처럼 색색거리는 소리와 섞여 들렸다. 꼭 다스베이더랑 얘기하는 것 같았다.

나는 눈치 없는 웃음을 꾹 눌러 참았다.

"제 이름은 스테퍼니예요. 스테퍼니 서배스천이요. 구에린 씨이신가요?"

"네." 침묵 후 색색거림. "그렇습니다만."

"무슈, 방해해서 죄송합니다. 혹시 아직도 파리의 건물을 소유하고 계신지 말씀해주실 수 있나요?"

나는 주소를 줄줄 불렀다.

"네, 그런데요?"

"제가 최근에 그 건물의 아파트 중 하나에 묵었었는데요. 혹시 구에린 씨께서……."

"아뇨, 부인. 그건 불가능합니다."

"네?"

"그 건물은 비어 있어요. 아무도 살지 않아요."

또 한 번의 색색거림, 그리고 침묵.

"아…… . 잠깐만요."

그러고는 또 침묵이 흘렀다. 이번 침묵은 길었다. 그러다 뒤쪽에서 폭풍 같은 말소리가 들렸다. 중간중간에 알아들을 수 있는 말은 '아버지'나 '영국 사람' 정도였다. 그러다가 지직거리는 잡음과 함께 주저하는 목소리가 들렸다. 젊은 남자의 목소리가 전화선을 타고 들렸다.

"Allo? Qui est-ce? 누굽니까?"

나는 내 이름을 반복했다.

"제 아버지는 영국 사람을 알지 못합니다. 잘못 거셨습니다."

"잠깐요! 전 영국 사람이 아니에요. 전 남아프리카 사람입니다. 아프리크 뒤 쉬드."

"이 전화번호요. 어떻게 아셨습니까?"

화가 났다기 보다는 조심스러운 목소리였다.

"르 크루와 씨에게서 받았어요. 그분은 구에린 씨의……." 나는 잠깐 적당한 말을 찾았다. "부동산을 담당하는 분이었어요. 구에린 씨와 얘기하고 싶은 게 있는데……."

"불가능합니다. 아버지는 많이 편찮으세요."

"이해합니다. 하지만…… 무슈, 제발요. 이건 중요한 문제예요. 그럼 당신이 절 도와주시겠어요?"

"당신을 도와요? 아뇨. 도와줄 수 없습니다. 이제 가봐야 하는데……."

나는 그가 전화를 끊지 않기를 바라며 불쑥 끼어들었다.

"제발, 제발요. 5분만. 딱 5분이면 돼요. 저는 꼭 답을 들어야 해요."

한숨이 선을 타고 들려왔다. 나는 이것을 계속하라는 신호로 받아들였다.

"피갈 근처에 있는 아버님 건물의 아파트 중 하나에 프티 부부라고 하는 사람들이 사는 것 같아요. 그 사람들이 숙박 교환 사이트에 아파트를 올려놨어요. 제 남편과 저는 그 아파트에 묵었고 그들은 남아프리카의 우리 집에 들어오기로 되어 있었는데 나타나지 않았고요."

침묵. 이제는 숨 쉬는 소리도 들리지 않았다.

"여보세요? 무슈? 여보세요?"

"듣고 있습니다."

"아무리 봐도 프티 부부란 사람들은 존재하지 않는 것 같아요. 경찰이 당신이나 당신 아버님께 연락을 했을 텐데요. 우리가 그곳에 묵고 있을 때 어떤 여자가, 미레유가 죽었어요. 자살했죠. 무슈 프티, 저는…….

날카롭게 헉, 하고 숨 막히는 소리. 그를 그렇게 부를 생각은 아니었는데 나도 모르게 저절로 말이 나와버렸다.

"당신하고는 더 이상 말할 수 없습니다. 도와줄 수 없어요."

"제발요."

"미안합니다."

"그 건물의 과거에 대해 알아요. 거기에서 뭔가 안 좋은 일이 일어났던 것도 알아요. 나는…….." 우리가 당신 아파트에서 묵은 이후로 내 남편이, 안 그래도 이미 부서질 대로 부서진 내 남편이 완전히 미친놈이 되어버렸고, 우리 집에는 뭔가 사악하고 위험한 것이 도사리게 되었다는 것도 알아요. "당신이 우리랑 연락했던 그 사람인가요? 당신이 무슈 프티예요?"

"그건 내 이름이 아닙니다."

목소리는 차가웠지만 그는 아직도 전화를 끊지 않았다.

"왜 우리를 그 아파트로 불렀나요? 제발요, 무슈 프티……

무슈 구에린…… 그 이유를 말해주세요. 도와주세요. 당신은 몰라요. 내 남편이…… 남편이…… 그이가…….”

미쳤어. 그이가 미쳐가고 있어. 우리가 뭔가를 가지고 돌아왔어. 우리가 당신 아파트에서 뭔가를 가지고 돌아왔어.

“미안합니다.”

그는 이제 속삭이고 있었다.

“뭐가 미안한데요, 무슈 프티?”

또 한 번의 긴 침묵.

“그게 당신이어서 미안합니다. 고마워요. 안녕히 계세요.”

딸깍. 그리고 죽은 공기. 나는 번호를 다시 눌렀지만 전화는 걸리지 않았다.

고마워요. 그는 나에게 뭐가 고마웠을까?

Je suis désolée(미안해요).

미레유는 뭐가 미안했을까?

마크, 마크에게 얘기해야 한다. 여전히 그는 전화를 받지 않았고 곧장 음성 사서함으로 연결되었다. 나는 다시 전화를 걸었다. 한 번 더. 그래도 받지 않았다. 나는 또 문자를 보냈다. 그러고 나서 절박한 심정으로 칼라에게 전화를 걸었다. 그녀도 받지 않았다. 어쩌면 칼라가 마크와 함께 있을지도 모르겠다. 이번만큼은 둘이 함께 있다는 생각에도 불안한 마음은 들지 않았다. 오히려 마음이 놓였다. 나는 칼라에게 마크가 전화를 받지 않아 걱정이 되는데 혹시 마크가 어떤지 집에 들러보고 나에게 알려주면 고맙겠다는 문자를 보냈다. 왜 그를 걱정하는지 정확하게는 말하지 않았다(거기 갈 때는 가위는 숨겨놓는 게 좋을 거예요). 만일 그때 내가 정확하게 전부 얘기했다면 모든 게 지금과는 다르게 진행되었을까.

이것 때문에 나 스스로 자책해야 하는 것일까? 지금도 잘 모르겠다.

당시 내가 할 수 있는 일은 그간 있었던 일들을 생각하며 그저 기다리는 것뿐이었다.

23
마크

　자동차 전조등 불빛이 거실 안을, 내 책 위를, TV를, 선반에 놓인 사진 액자의 유리를, 스테프가 사서 걸어둔 가면과 철사 조각품들을 훑는다. 어둠 속에 몇 시간이나 앉아 있었다는 것을 깨닫는다. 이웃집의 독일 셰퍼드가 컹컹 짖기 시작하지만, 스테프와 헤이든이 없으니 두렵지도 않다.

　그들의 목소리와 부츠 신은 발로 발 구르는 소리가 내 안으로 날카롭게 스며든다. 그때 나는 무서웠던 게 아니었다. 내 유일한 관심은 오로지 스테프와 헤이든이었다. 나는 내가 가진 초인적인 힘을 그 두 사람을 보호하는 데 쏟았다. 바보 같은 말처럼 들린다는 걸 안다. 그러나 그들이 떠났을 때, 스테프와 헤이든이 다치지 않고 모든 게 끝났을 때, 나는 내가 제대로 해냈다고 느꼈다. 중요한 건 그게 전부였다. 지금도 그게 제일 중요하다.

　하지만 지금은 나뿐이다. 경보기도 설정하지 않았다. 들어오려고만 하면 그들은 얼마든지 들어올 수 있다. 어차피 그들이 가져갈 만한 건 아무것도 없다.

　지금과 같은 어느 날 밤, 내 옆에 술이 있었던 것 같다. 그러나 오늘 밤은 아니다. 지금 여기는 목이 졸릴 정도로 어둠이 너무 짙어서 아무것도 삼킬 수가 없다. 하릴없이 자살에 대해 생각해보지만 그럴 만한 용기가 없다. 심지어 일어설 수도 없다. 어디에서부터 시작해야 할지 모르겠다. 어쩌면 여기 아주 오래 앉아 있기만 하면 이 짙은 어둠이 나를 끝장내버릴 것 같기도 하다. 예전의 그 매캐한 연기 냄새가 난다. 달아나야 한다.

옆집 학생들이 토요일 밤 외출에서 돌아와 집 앞 길가에서 웃고 있다. 잠시 후에, 길 건너 대문이 삐걱대며 열린다. 간호사가 새벽 교대를 하러 나가는 것이다. 새들이 서로를 향해 지저귄다. 새벽을 알리는 소리에 자극을 받아 마침내 자리에서 일어선다. 화장실 거울에 비친 내 얼굴을 애써 외면하며 소변을 보고 식품 저장실로 향한다. 눈이 어둠에 적응되어 있었음에도 불구하고 부엌 조리대 구석에 엉덩이뼈를 부딪친다. 그게 저 혼자 고의로 내 앞으로 불쑥 옮겨진 것처럼.

다섯 살 때 나는 우리 집 식품 저장실에 가는 걸 무서워했다. 거기에는 밴시*가 살고 있다고 여덟 살 난 사촌 형 제임스가 말해주었다. 밴시는 비명을 지르며 영혼을 빨아먹는다고 했다. 어떤 날 밤에는 침대에 누우면 끝도 없이 이어지는 밴시의 낮은 신음 소리가 들렸다. 한번은 엄마에게 이 얘기를 했더니 엄마는 밴시 같은 건 없다고 하셨다. 아빠는 웃었다. 마키, 너 식품 저장실에서 과일 통조림 꺼내 먹고 싶지? 그럼 밴시 같은 것한테 겁먹지 않을 만큼 용감해야 하는 거야.

어느 일요일 오후 제임스와 그의 부모님이 점심 식사를 하러 우리 집에 왔다. 제임스 형은 나를 식품 저장실에 가두고 돌아오지 않았다. 몇 시간은 흐른 것 같았다. 나는 밴시를 깨우지 않으려고 꼼짝도 않고 가만히 있었다. 울지 않으려고 안간힘을 썼다. 밴시는 그 어떤 것보다도 공포와 슬픔을 좋아한다는 걸 알고 있어서였다. 밴시는 네 공포를 냄새 맡을 수 있어. 언젠가 제임

---

*아일랜드 전설에서 죽음을 예언한다고 여겨진 여자 요정.

스가 그렇게 말했었다. 부엌에서 나는 로스트 치킨 냄새가 식품
저장실까지 풍겨왔다. 엄마와 페트라 숙모는 대화를 나누고 있
었고, 제임스는 밖에서 개와 놀고 있었다. 그들은 나를 까맣게
잊고 있었다. 내가 움직이면 밴시가 깨어날 것이었다. 마침내
재채기가 나려고 했다. 오줌을 지리기 직전이었다. 다리에는 쥐
가 났다. 나는 탈출해야만 했다. 꼭대기 선반 위에 달린 작은 창
문을 눈여겨보다가 첫 번째 선반을 밟고 올라섰다. 뒤는 돌아보
지 않았다. 뒤를 돌아보지 않으면 지금 내 목 뒤에서 숨을 내쉬
는 것은 아예 존재하지 않는 거고, 그럼 날 다치게 하지도 않겠
지. 나는 숨을 쉴 수가 없었고, 내 몸에서 나는 소리를 죽이려고
안간힘을 썼다.

공포에 대해서는 생각하지 마. 눈을 감고, 기어올라.

짧은 팔을 위로 쭉 뻗으니 다음 선반에 손이 닿았다. 쌀자루
가 옆으로 넘어가고 오렌지 스쿼시 병 두 개가 달그락거렸다.
소리가 약간 났지만 곧 잦아들었다. 그러다 무슨 보따리가 굴러
떨어졌다. 그때 나는 들었다. 밴시였다. 그 웅웅거리는 소리는
지금까지 내가 들었던 소리들 중에 가장 컸다.

깨어났어.

바로 내 뒤에서.

나는 손으로 귀를 막고 몸을 둥글게 웅크린 채 바닥으로 떨어
졌다.

아마도 비명을 질렀던 것 같다. 좀 울었던 것 같기도 했다. 나
는 아빠가 들어와 나에게 소리를 지르던 것을 기억한다.

"조용히 해! 그냥 빌어먹을 장난감이라고."

밴시의 정체는 건전지로 작동하는 플라스틱 키보드였는데,
고장이 나서 미 음이 고정되어 있었다. 밴시는 존재하지 않았

다. 그날 나는 제임스와 페트라 숙모와 레온 삼촌과 로스트 치킨을 먹은 기억이 없다.

이제 부엌 문을 닫으면 나를 둘러싼 빈 공간으로부터 밴시가 나타날 것이다.

기다리다가 갈라진 입술을 혀로 핥는다. 손톱으로 갈라진 상처를 누르고, 엄지손가락으로 껍질을 벗겨 열고, 피 맛이 나는 너덜너덜한 상처에 집중한다. 그러나 밴시는 오지 않는다.

햇빛이 비쳐서 커튼을 닫는다. 그러나 헤이든의 방에서는 디즈니 공주가 아직도 너무 환하게 빛나고 있어서 그것들을 뜯어 내버린다.

거실의 카펫 위를 기어 다니며 우리가 남겨놓은 머리카락을 모두 줍는다.

이 침대는 오데트의 것이다. 그녀가 먼저 소유했었다. 조이가 태어나기 전, 젊고 몸이 뜨겁고 아직은 고통이나 죄책감 없이 자유롭게 욕망을 표현할 수 있던 시절에 오데트는 이 침대를 자기 것으로 만들었다. 스테프는 새 매트리스와 새 시트를 고집스럽게 깔았지만 이 침대는 오데트의 것이다.

나는 스테프 자리에 걸터앉아 침대 옆 탁자의 서랍을 연다. 마치 침입자처럼 다른 건 흐트러지지 않게 조심하면서. 넣어두고 잊어버린 문고판 책. 나로부터 숨기고 싶어 했던 책이었을 것이다. 그리고 동화의 플롯을 적은 노트패드, 헤이든이 가지고 논 뒤 엉킨 그대로 넣어둔 목걸이와 팔찌 덩어리, 뭉친 휴지, 뚜껑 없는 갈라진 립스틱. 나는 존재하지 않는 그녀의 단서를 찾는다.

서랍을 닫고 방을 한 바퀴 둘러보며 다른 기분을 느껴보려 애쓴다. 이 침실에서 굉장히 많은 일이 일어났지만 이제는 모두 먼지로 뒤덮여버렸다. 바로 나, 지금, 모든 게 다 그렇게 되어버렸다. 내 인생을 소비했던 사랑, 기쁨, 분노, 열띤 언쟁 중 그 어느 것도 내가 여기, 혼자 있다는 사실을 해결해주지는 못한다. 그 모든 것들이, 내 인생이, 그토록 중요해 보였었는데.

한동안 앉아서 그녀가 오기를 바랐고 잠깐 동안은 그녀가 왔다고 생각했다. 화장대 아래에서 뭔가 움직이는 게 보였기 때문이다. 그러나 그것은 그녀가 아니었다. 화장대 아래에 쭈그리고 앉아 들여다보았지만 비듬 말고는 아무것도 없었다.

그러다가 깨진 유리가 발에 박혀 일어난다. 나는 그들이 들어와서 모든 걸 끝내고 이 무(無)를 몰아내주기를 바랐다. 그러나 그들이 그렇게 하지 않아서, 몸을 일으켜 절뚝이며 거실로 나간다. 손이 아프고, 무릎의 살갗이 쓸려 쓰라리고, 이마에는 멍이 들었다. 주위는 다시 어두워졌다. 지금까지 일어난 일이라고는 사진들이 책꽂이에서 밀려나 또 떨어진 것뿐이었다.

나는 앉았다. 유리에 베인 맨발에서 피가 흐른다.

개가 짖는다. 배가 아프다. 길 건너 집 대문 경첩이 삐걱거린다. 새들이 울부짖는다. 누군가 욕을 한다. 불빛이 보인다. 나는 일어나서 커튼을 닫는다. 아무도 오지 않는다. 텅 빈 선반에서 붉은 눈을 한 검은 무언가가 날 바라본다. 나는 고통에 몸을 웅크린다.

쾅. 쾅. 쾅. 탁. 탁. 탁. 탁. 탁. 창문 고리가 창문에 부딪치는 성가신 소리. 유리가 깨질 것 같다.

"빌어먹을 문 열어, 마크! 안에 있는 거 다 알아."

나는 간신히 몸을 일으켜 앉는다. 척추가 부서질 것 같다. 잠시 동안 여기가 어딘지 어리둥절했다. 창 위로 내려진 커튼이 희미한 불빛을 빨아들이고 나는 동굴 안에 있는 기분을 느낀다.

칼라가 창을 두드리며 다시 나를 불렀다. 나는 몸을 일으켜 휘청거리며 현관문으로 나간다.

문을 열자마자 그녀가 어깨로 문을 밀어젖힌다.

"맙소사. 이 냄새 좀 봐."

그녀가 말한다. 요란법석을 떨며 복도를 지나 부엌 조리대 위에 종이봉투를 내려놓는다.

"그리고 네 꼴도 거지같네. 가서 샤워 좀 해."

"뭐하러 왔어?"

손으로 머리카락과 얼굴을 쓸어내리며 정신을 차리려고 애쓴다.

"당신 부인이 전화했어. 걱정된다고. 어제부터 전화를 안 받는다고 하던데, 나도 전화했었고."

"전화?"

휴대폰이 어디 있는지도 모르겠다. 아마도 방전됐겠지. 모르겠다.

칼라는 부산스럽게 거실로 나가더니 커튼과 창문을 열어젖히고, 집 안의 악취를 내보내려는 듯 팔을 휘저었다. 칼라에게 다가가 바깥에서 흘러드는 신선한 밤공기를 마시니 칼라의 말이 옳다는 것을 깨닫게 된다. 정말로 샤워를 좀 해야겠다.

"좋아."

나는 방에서 깨끗한 청바지와 셔츠를 챙겨 욕실로 올라갔다.

물을 맞으니 기분이 나아졌다. 끈적한 땀 이상의 것이 씻겨 나가는 것을 느꼈다. 내가 미친놈처럼 굴었나 보다. 내가 무슨 생각으로 그랬는지 정말로 모르겠다. 헤이든의 머리카락을 자르려고 하다니. 스테프가 그런 반응을 보인 건 당연한 일이었다. 그리고 스테프가 나와 연락하려고 노력했다면 그녀도 이 문제를 해결하고자 하는 의지가 있다는 뜻이다. 이젠 이런 말도 안 되는 짓들을 모두 그만두고 다시 스테프의 남편과 헤이든의 아빠가 되어야지.

짧은 노크와 함께 칼라가 욕실 안으로 슬며시 들어오더니 내 더러운 옷들을 집어서 쏜살같이 나가버렸다.

며칠 전까지만 해도 그렇게 절박했던 것들을 기억할 수 없다는 게 이상했다. 죽은 동물을 모으고, 유령을 쫓아 도시를 떠돌아다니고. 어쩌면 내 영혼이 겪은 이 길고 어두운 밤은 어떤 균형감을 다시 찾고 내 안의 공포를 배출시키는 데 필요한 과정이었던 것 같다.

비누로 온몸을 구석구석 칠하고 살갗이 새빨개져 따끔거릴 때까지 문질렀다. 내가 새로워질 때까지. 몸을 말리고 깨끗한 옷을 입었다. 칼라는 부엌의 조리대를 닦고, 접시를 닦아 건조대에 늘어놓고 있었다. 식기세척기가 돌아가고 있었다.

"이건 그냥 주말에 어지를 수 있는 수준이 아닌데."

칼라가 나를 돌아보지도 않고 말했다. 그녀는 청바지와 캐주얼한 실크 블라우스 위에 후드 재킷을 입고 있었다. 분명히 서둘러 온 것이리라. 그러나 그럼에도 그녀가 보기 좋다는 생각이 들었다.

"마나님께서 아주 잘 돌봐주지는 않나 보네."

나는 혀를 찼다.

"난 누가 돌봐줄 필요가 없어. 그리고 그게 스테프가 할 일도 아니고."

칼라는 그게 그거라는 듯 어깨를 움츠렸다.

"싸우자는 건 아니지만 넌 하루 종일 나가서 일을 하잖아. 스테프는 집에 있고. 집에서 뭐 한대? 빨랫감은 넘쳐나고, 설거지도 안 하고."

"맙소사, 칼라. 사고방식이 약간 구식인 것 같은데."

"우스꽝스럽게 굴지 마. 이게 성 역할과는 상관없다는 거 너도 알잖아. 이건 그냥 일의 분담에 관한 얘기라고. 만일 스테프가 밖에서 하루 종일 일하고 네가 집에 있으면, 너도 접시는 깨끗이 닦아놓아야 한다는 걸 알겠지."

나도 그럴 거라고 생각한다. 그러나 이렇게 말했다.

"스테프는 헤이든을 보느라 바빠. 애 보는 일이 얼마나 진이 빠지는데. 특히 두 살배기는 더 심해. 끊임없이 뒤를 쫓아다녀야 하고, 위험한 짓을 하면 막아야 하고……."

얼어붙은 분위기. 나는 말을 멈춘다. 이 얘기는 더 하고 싶지 않은데 칼라가 놓아주지 않는다. 마침내 나를 돌아본 그녀의 뺨은 달아올라 있었다.

"그래, 나도 내가 엄마가 되는 특혜를 누리지 못했다는 거 잘 알아. 하지만 내가 보는 관점에서는 두 살배기를 돌본다고 집안일을 내팽개친다는 건 그냥 퍼져 잠이나 잔다는 뜻이야."

그녀는 싱크대에 행주를 철썩 소리가 나게 넣고 제풀에 놀란다. 그러더니 다시 냉정을 되찾고, 큼직한 유리컵을 식기 건조기에서 꺼내 들고는 창 옆에 서 있는 와인병 중 하나로 손을 뻗었다.

칼라는 괴로웠고 흔들리고 있었다. 나는 다가가서 내 잔을 집었다.

"나도 따라줘."

칼라는 부엌 조리대 앞에 스툴을 당겨 앉으며 한숨을 쉰다.

"내가 상관할 일은 아니지. 나도 알아. 하지만 넌 내 친구잖아. 그리고 난 스테프가 이렇게 네 사기를 꺾는 게 싫어."

나도 칼라와 함께 조리대 앞에 앉는다. 누군가 내 옆에 있다는 게 위안이 된다. 그래도 칼라에게 내가 헤이든에게 무슨 짓을 했는지, 왜 스테프가 헤이든을 데리고 떠나버렸는지 말할 수가 없다.

"아냐. 난 스테프에게 빚이 많아. 너도 알겠지만 헤이든은 꽤 까다로운 아기였어. 잔병치레도 심하고, 늘 칭얼대고, 잠도 거의 안 자고……. 난 스테프를 많이 도와주지도 않았어."

"네가 도와주도록 스테프가 놔두긴 했고?" 칼라가 쏘아붙였다. "아냐, 잠깐만. 나 말 좀 할게. 아니, 스테프는 네가 돕게 놔두지 않았어. 스테프가 헤이든이랑 같이 있을 때 어떤지 나도 봤다고. 스테프는 소유욕이 강해. 그러니 너로서는 그 사이에 끼어들 방법을 찾을 수가 없지."

"그런 게 아냐. 나는 죄책감을 느껴서……."

"네가 해야 할 일은, 마크." 그녀가 끼어들었다. "죄책감 좀 그만 느끼고 가족 안에서 네 자리를 주장하는 거야. 헤이든은 네 딸이야. 그리고 환영 받지 못하는 하숙생처럼 사는 것 좀 그만해. 맙소사, 넌 이 집에서 유일하게 돈을 벌어오는 사람이잖아. 네가 가장이란 말이야. 그런 식으로 굴지 좀 말라고."

기분이 상하거나 격하게 공감하거나 화를 내는 것 중 하나를 선택할 수 있었지만, 나는 그저 당황스러웠다. 나는 와인을 한 모금 마시고 손에 이마를 묻었다.

"남자답게 굴란 말이지. 젠장. 그것 참 난처한 주제네."

칼라는 한참을 입을 다물고 분위기가 가라앉길 기다렸다.

"아까도 말했다시피, 이건 내가 상관할 일은 아니야."

"집에 강도가 들었을 때 나는 움직일 수가 없었어. 스테프를 데리고 위층으로 올라가는데 나는 그냥 거기 가만히 앉아 있었다고. 나랑 같이 있던 남자를 쳐다보지도 못했어. 놈들이 우리 물건을 뒤지는 동안 그냥 내 발만 쳐다보고 있었지. 나한테 총이 있었다면, 그자들을 쐈을까?"

"마크."

칼라는 깜짝 놀랐다. 그녀는 다른 얘기를 하려고 애썼고, 자신의 마음을 털어놓은 것을 후회하고 있었다. 그러나 그때 그녀는 내가 화를 내거나 스스로를 방어하는 게 아니라 깊은 생각에 잠긴 것임을 깨달았다. 나는 이곳에서 오랜 친구에게 다른 누구와도 공유하지 않은 내밀한 생각을 소리 내어 말하고 있었다.

"그랬을 것 같지 않아."

나는 말을 이었고 이제는 칼라의 눈을 들여다보고 있었다.

"내 유일한 기능은, 내가 할 줄 아는 유일한 일은 애도뿐인 것 같아."

칼라가 내 손 위에 손을 얹는다.

"헤이든이 보고 싶어."

"곧 돌아올 거야. 그럼 다시 시작할 수 있어."

다시 시작할 기회를 놓쳤다는 걸 알고 있다. 그래서 아무 대꾸도 하지 않는다.

우리는 소파로 갔고 칼라는 무난한 요리 채널을 틀었다. 부서질 것 같은 유혹적인 미소와 슬픈 눈을 한 우아한 여인이 꿈의 집을 돌아보고 있고, 세월에 의해 빛바래고 유순해진 두 노인이 이탈리아를 차로 여행하고 있었다. 어느 순간 칼라는 머리를 내 어깨에 기댔다. 나는 그대로 둔다. 신선한 샴푸 냄새와 짭짤한 풀 냄새가 머리카락에서 풍긴다. 내 손은 그녀의 허리에 가 있다. 그냥 그러는 게 편안해서였다. 모든 게 잘 흘러가고 있다는 느낌이 든다. 이건 삶과 죽음의 문제와는 거리가 멀었다. 모든 게 잘 되어가겠지.

그녀의 손이 내 가슴 위에, 셔츠 아래에 와 있다. 거실이 점점 추워져서 그녀가 발을 내 종아리 아래에 댄다. 그녀의 입술이 내 입술에 포개지고, 내 손가락은 그녀의 등을 따라 움직인다. 나는 등을 대고 누웠고 칼라가 내 위를 덮는다. 그녀의 머리카락이 내 얼굴 위로 드리웠다. 그때 조이가 보였다. 거실 구석에 서서 우리를 지켜보는 조이가.

복도에 비치는 비스듬한 빛이 조이가 서 있는 곳에 각을 이루며 떨어진다. 빛이 얼굴을 갈라놓아 턱과 입만 볼 수 있다. 그리고 노란 머리카락이, 머리카락을 감는 나른한 손가락이 보인다. 입고 있는 청바지와 티셔츠는 빨아야 할 것 같다. 방 안의 공기에서는 고약한 냄새가 난다. 조이에게 무슨 말을 하려고 했지만, 조이는 미소를 지으며 미끄러지듯 혀로 입술을 핥는다. 그러면서 계속, 계속해서 손가락으로 머리카락을 꼰다.

칼라가 몸을 일으킨다.

"왜 그래?"

"아무것도 아냐. 그냥⋯⋯."

그러나 소녀의 미소가 너무 활짝 만개하고, 입술이 치아 위로 부자연스럽게 비틀어져 올라가면서 검게 깨진 구멍이 드러난다. 냄새는 딱딱한 고체처럼 나에게 다가왔고 나는 소파에서 뒤로 물러선다. 그러나 칼라의 무게가 나를 짓누른다.

"괜찮아, 자기."

칼라가 말한다. 그녀의 호흡이 가쁘다.

"다 갔어. 이제 다시는 그 무엇도 널 해치지 못해. 다 괜찮을
거야."

소녀는 손가락으로 머리카락을 꼬고, 꼬고, 또 꼬아 굵게 땋
은 머리를 만든다. 소녀가 한 발 앞으로 나서니 얼굴 전체가 빛
안에 드러난다. 회색 피부는 멍으로 얼룩져 있고, 눈 하나는 부
어서 감겨 있고, 다른 눈에는 핏발이 서 있다. 소녀가 갈라진 입
술을 핥고, 소녀의 혀는 점점 길어진다. 점점 길어져 입에서 뻗
어 나와, 피가 섞인 침 얼룩이 얼굴 전체에 뒤덮인다.

머리카락 한 덩어리를 또 잡아당겨 바닥에 떨어뜨린다. 소녀
의 두피와 아직도 미소 짓고 있는 알랑거리는 얼굴의 찢어진 상
처. 소녀의 얼굴은 애원하고 있다.

"Papa? Pourquoi tu ne m'aime pas(아빠? 왜 나를 사랑하지
않아요)?"

피부가 소녀의 얼굴에서 녹아내리면서 검은 살이 드러난다.

"Papa, Pourquoi(아빠, 왜)?"

나는 눈을 감으려고 힘을 주지만 소녀는 내가 보기를 원한다.
소녀는 녹아내려 검은 썩은 고기 무더기가 되어 바닥에 쌓인다.
그러더니 이제는 가늘고 뻣뻣한 털이 난 다리와 붉은 눈을 한
무언가로 바뀌어 벽 모서리를 따라 유령처럼 빛나고 있다.

"마크? 마크?"

칼라가 다가온다. 살아 있는 따뜻한 손이 내 뺨을 어루만지
고, 뜨겁고 달콤한 숨이 내 입안으로 들어온다. 마침내 보지 않
을 수 있게 되었다. 그녀는 내 눈물에 키스를 하고 나는 칼라가
날 구해줄 수 있을 것처럼 그녀를 붙잡는다.

칼라는 살아 있다. 그녀는 내가 보고 싶지 않은 모든 것으로부터 내 눈을 가려준다. 그녀는 나 자신으로부터 내 눈을 보호해준다. 나는 굴복한다. 수십 년의 세월이 나에게서 떨어져 나가고 잠시 동안 나는 해방감을 느낀다. 마치 이 모든 일이 일어난 적이 없었던 것처럼. 나는 대학으로 돌아와 있다. 인생이 가벼웠던 그때로, 기쁨이 죄악이나 죄책감으로 절대 더러워지지 않는 그때로, 여자 친구와 잘해나가던 그 시절로.

우리는 그렇게 밤을 보낸다. 서로에게 엉켜서. 그리고 모든 것은 용서받는다. 그러나 새벽이 방 안에 드리워지고 나는 그것을 냄새로 먼저 맡는다. 그리고 끈적하게 엉긴 피가 내 온몸에 휘감긴 것을 느낀다. 그러고 나서 비명을 지르는 모든 본능을 억누르고 눈을 뜬다.

2부
스테프

 나는 차에 앉아 있다. 운전석에 사설탐정처럼 몸을 숙이고 앉아, 고약한 맥도날드 커피컵을 대시보드에 올려 식히면서. 여기에서는 집이 한눈에 잘 보이지만, 지금까지는 아무런 생명의 징조도 보이지 않는다.
 여긴 두 달 만에 처음 온 것이다. 그날 밤 헤이든과 몬터규로 도망 온 이후로 감히 돌아올 생각도 하지 않았다. 범죄 현장 근처에 가는 것만으로도 우리 부모님의 정신과 의사가 처방해준, 마크에게 숨길 필요 없이 먹고 있는 안정제로 애써 누르고 있는 감정의 봇물이 터져버릴까 무서웠다. 그러나 지금, 새로 단 현관문을 바라보고 있는 지금은(아버지가 집 청소하기 위해 와서 단, 어울리지 않는 현대식 견목 문짝이다) 별다른 감정은 느껴지지 않는다. 슬픔도, 후회도, 동정도, 아니면 언제나 내 곁에 있던 분노도.
 문으로부터 시선을 떼지 않고 커피를 한 모금 마신다. 떨리는 손가락으로 쥔 컵의 떨림은 무시한다. 약물의 부작용이다. 카림의 사촌과 그의 아내가 저 안에서 지낸 지 이제 일주일이 되었다. 이 정도면 충분히 오랜 시간인가? 나는 그들에 대해 많이 알지 못한다. 알고 싶지도 않다. 그저 그들이 케이프타운으로 이사 오기로 결정했고 잠시 머물 집이 필요했다는 정도만 알고 있다. 나는 카림에게 집 열쇠를 부치고 집의 세부적인 것을 관리해달라고 부탁했다. 그들은 결국 그의 가족이니까. 아빠는 개인 물건들을 가지고 나오자고 했지만 나는 이사 비용을 아끼기 위해 가구 딸린 집을 빌리는 쪽을 택했다. 물론 부족한 가구들을 사느라 생각만큼 절약하진 못했지만. 첫 달 임대료와 보증금이 대출금 대부분을 잡아먹었고, 거기에 부동산 수수료까지 내고 나니 남는 게 거의 없었다.

카림의 친척들은 반색을 했다. 왜 아니겠는가? 그들에게는 좋은 기회였다. 이웃의 다른 집에 비해서는 한참 저렴하게 나온 물건이었다. 부동산 업자인 자이나브는 내가 받기를 원하는 보증금 액수를 말하자 경악했다. 그리고 특별한 세입자가 필요하다고는 말하기 어려워서 그저 카림의 가족이 딱 만족스러운 조건을 가지고 있다고만 말했다.

시간을 재차 확인한다. 놀이 그룹에 간 헤이든을 데리러 가려면 세 시간이 남았다. 차로 몬터규까지 가려면 두 시간 반이 걸린다. 그래서 밀어붙이기로 했다. 나는 차 문을 열고 식은 커피를 인도에 뿌렸다. 그러고는 자동차 키를 계속 만지작거렸다.

나는 여기 있으면 안 된다.

갑자기 문이 열리고 남자가 나와서 화들짝 놀랐다. 키가 땅딸막한 남자다. 입고 있는 라이온스 티셔츠는 반바지 위로 내어져 있다. 카림과는 전혀 닮지 않았다. 그는 몸을 떨며 담배를 꺼내 입에 물고는 똑바로 앞을 보며 담배를 피운다. 나는 그의 시선이 똑바로 닿는 곳에 있지만 그의 시선은 나를 피해 간다.

이곳에서 일어난 일에 대해 카림은 그에게 어디까지 얘기했을까? 그 일은 '케이프타운의 새 공포의 집'이라는 헤드라인으로 전국 신문과 뉴스 사이트, 결국은 IOL.com에까지 기사가 실렸다. 칼라의 부고 기사는 〈메일 앤 가디언〉지에 짧게 실렸다.

칼라가 봤다면 좋아했을 것이다.

무엇에 홀렸는지 모르겠지만 그녀의 추도식에 갔었다. 근처를 지나다가 충동적으로 차에서 내리기로 결심했던 것이다. 추도식은 그녀가 죽은 지 2주 후에 주교좌 교구 학교의 횅한 예배당에서 열렸다(그녀의 오빠 중 하나가 그곳 주교단의 일원이었다). 평소에 칼라가 주교단에 대해 욕을 많이 했었는데. 늦게 도착한 나는 뒤쪽에 빈자리를 찾아 앉았다. 예배당은 4분의 1 정도만 채워졌고, 텅 빈 자리는 추도식에 천박함을 더하고 있었다. 칼라의 동료들과 남아프리카 문학회 회원들이 한 사람씩 과도한 찬사와 낭독으로 자신의 교양을 과시하고 있었다. 나는 날 알아보는 사람이 없기를 바라며 추모객들의 뒤통수만 바라보았다. 만일 그들이 날 알아본다면 뭐라고 말했을지 쉽게 상상할 수 있었다.

쳐다보진 말고, 저기 그 아내가 와 있네. 알잖아. 그 남자 아내.

저 여잔 그 남자가 내내 미쳤다는 걸 알고 있었을까?

남자가 그랬을 때 집에 없었다잖아. 그러니 누가 알겠어?

그 남잔 지금 어딨대?

못 들었어? 볼켄버그. 정신병원 안전 병동에 갇혀 있대. 전기충격요법도 하고, 노동요법도 하고. 발견됐을 때는 막 횡설수설하고 완전히 맛이 가 있었대.

응. 그건 나도 들었어.

그래도 저 여잔 운이 좋았지. 자기가 당했을 수도 있었는데.

아, 맞아. 그리고 어린 딸도 있었다고 하지 않았나? 도대체 사람이 어떻게 그런 짓을 할 수 있을까?

글쎄, 그런데 그 남자는 자기가 그런 게 아니라고 한대. 무슨 갱단이 침입했다나.

　DNA 증거로 그 남자 짓이라고 판명되지 않았나?

　농담이지? DNA 증거? 이 나라에서? 사람들이 그런 거 신경이나 쓸 것 같아? 실험실이니 과학수사니 하는 건 다 헛소리야.

　알지. 너무 비극적이야. 예전에 전처 사이에서 낳은 딸이 하나더 있었다던데. 죽었대.

　딸도 그 남자가 죽인 거야?

　아니. 그건 사고였대.

　안됐다. 끔찍하네.

　그래도 그자가 칼라한테 한 짓은…….

　조각이 났지. 칼라를 토막 냈어.

　추도식이 종반으로 향하자, 몇 줄 앞에 앉아 있던 중년의 백인 여자가 갑자기 고개를 홱 돌려 나를 뚫어지게 바라보았다. 그녀는 보수적으로 검은 옷을 차려입고 있었지만, 손목에는 염소 가죽으로 만든 팔찌를 차고 있었다. 주술사였다. 나는 눈도 깜박이지 않고 그녀를 똑바로 노려보았고, 입으로 '뒈져버려'라고 또렷하게 말해주었다. 그러고는 몸을 떨며 일어서서 나왔다. 반쯤은 그 여자가 날 따라 나오기를 기다렸다. 왜 내가 그 여자에게 분노를 집중시켰는지 여전히 모르겠다. 아마도 나처럼, 그 여자도 마크를 구할 수 없었기 때문인 것 같다.

　마크가 한 짓이 신문 헤드라인을 화려하게 장식한 후 옛 친구들이 나에게 연락을 하려고 시도했지만, 나는 다 무시했다. 모든 관계를 끊고 헤이든과 함께 몬터규에 파묻혀 지내기로 결정했다. 그 사람들이 정말 우리를 염려한 건지, 아니면 단순히 그 유혈이 낭자한 이야기를 자세히 듣고 싶었던 건지, 별생각 없이

'네가 그 자리에 없던 게 정말 다행이야'라는 남아프리카식 격언을 읊조릴 기회를 간절히 원했던 건지 알 수 없었다. 그러다 한 달 전에 카림이 내 안부를 묻는 메시지를 보냈다. 나는 답장을 했다. 어쩌면 나는 그가 유용할 거란 사실을 알았던 것 같다. 우리는 매일 채팅을 했고, 그러다 그의 사촌이 요하네스버그에서 이사를 오는데 머물 곳이 필요하다는 얘기가 나왔다. 나는 일전에 그 사촌 가족이 잔인한 강도의 침입을 견뎌냈다는 얘기를 들은 기억이 났고, 그 집에 세를 들어오면 어떻겠느냐고 제안했다. 그리고 그 집을 그들에게 임대했다.

미레유의 목소리가 유령처럼 스며든다. 난 그게 마지막 사람들과 함께 떠났다고 생각했어요. 그들은 고통스러워했지만 충분하지 않았나 봐요. 이제 그건 당신과 함께 있어요.

커피컵을 들어 한 모금 마시는데 유령을 마시듯 아무것도 입 안에 들어오지 않아 놀랐다. 그러다 커피를 길에 부어버린 것이 기억났다. 카림의 사촌은 영화 속 갱스터처럼 눈을 가늘게 뜨고 맹렬히 담배를 빨았다. 그러고는 오래전 말라죽어 비쩍 마른 오데트의 등나무 줄기에 꽁초를 던져버리고는, 한 대를 더 꺼내 불을 붙였다. 그는 스스로를 통제할 수 있는 사람처럼 보인다. 강한 성격의 소유자. 마크보다 강한 사람인 것 같다. 아니면 그냥 내 상상인 건가? 그가 또 내 쪽을 똑바로 쳐다보는 것 같다. 그에게 나는 그냥 중고 미니를 타고 있는 땅딸막한 백인 여자일 뿐이다. 이 중고차는 미리 받은 원고료로 산 것이다. 5천 달러. 헤이든과 내가 자유로워지기에는 충분하지 않지만 랜드의 환율이 떨어지는 덕분에 일자리를 찾을 때까지는 그럭저럭 생활할 수 있는 돈이었다.

우리가 저 집에 다시 돌아갈 수 있을 때까지는 버티게 해줄 것이다.

칼라의 시신 대부분은 식품 저장실 안에 쑤셔 넣어져 있었다.

참사의 현장을 직접 보지는 않았지만 온갖 상상이 빈자리들을 채웠다. 사건 후 나를 조사하러 몬터규에 왔던 경찰은 친절하게도 '집을 모두 치우기 전까지' 돌아가지 말라고 충고해주었다. 마크는 체포됐을 때 날 만나겠다고 요청하지 않았고, 지금도 면회 요청은 하지 않고 있다. 부모님이 고용한 싸구려 변호사는 마크의 행동과 마음 상태로 보아 내가 그의 법적 대리인으로서 비용을 지불할 필요가 없다고 단호하게 말했다. 나는 집을 지키기 위해 끝까지 싸울 것이고, 그 집을 팔라는 은행의 요구에도 절대 굴복하지 않을 것이다. 그 집은 헤이든의 것이다. 은행의 것이 아니다. 오데트의 것도 아니다. 조이의 것도 아니다. 그 집은 헤이든 거다. 그 애가 자기 아빠로부터 물려받을 수 있는 전부다.

그러나 그 집을 지금 그대로 아이에게 물려줄 위험을 무릅쓸수는 없다. 다만…….

얼마나 오래 걸릴까? 우리는 그 아파트에 닷새나 엿새밖에 머물지 않았다. 무슈 르 크루와와 다시 연락하지는 않았지만 연락할 필요도 없었다. 인터넷에 모든 얘기가 다 있으니까. 우리가 파리를 떠난 후 그 건물의 아파트들은 모두, 우리가 머물렀던 3B호도 포함해서, 2주도 안 되어 전부 임대되었고 건물은 다시 매물로 나왔다. 그 벽돌과 모르타르를 더럽히고 있었던 것이 무엇이었든 간에, 그게 나쁜 주술이든, 초저주파든, 죽은 어린이들이든, 빌어먹을 곰팡이든, 무엇이든 간에 우리와 함께 그곳을 떠난 것이다. 아니면 미레유가 창밖으로 몸을 던졌을 때 그녀와 함께 가버렸든지.

아니면 그냥 파리의 부동산 시장이 이제서야 회복되고 있는 중이든지.

현관 앞에 선 남자가 배를 긁는다. 바비 인형을 든 작은 손이 방범창 창살 사이에서 나타난다. 나는 운전대를 잡고 몸을 앞으로 기울인다. 어린 여자아이. 헤이든보다 어려 보인다. 나는 이를 악물고 숨을 들이마신다. 사촌에게 아이가 있다고 카림이 말했던가?

그래. 그가 말했던 거 알고 있었잖아.

나는 몸을 구부리고 조수석 창문을 내린다. 어린 소녀가 남자에게 뭐라고 말하고 있다. 여기에서는 무슨 말인지까지는 알아들을 수 없다. 남자는 아이를 무시한다. 그의 표정은 멍했고, 자신에게 집중하고 있다.

마크가 전에 그랬던 것처럼…….

우리는 그 아파트에 갔고, 거기서 뭔가를 가지고 돌아왔다. 그리고 나는 그걸 없애버리기 위해 누군가를 우리 집에 들여야만 했다.

이제 그건 당신과 함께 있어요.

당신은 그런 걸 믿지도 않죠? 그렇죠?

임대 계약을 취소하고 너무 늦기 전에 그들을 집에서 내보낼 수도 있다. 지금 당장, 지금 바로 이 순간에 그들에게 경고할 수도 있다. 그들에게 내가 누구인지 말하고 이 집은 안전하지 않다고 설득할 수도 있다.

어쩌면 이미 시작되었는지도 몰라.

어쩌면 아닐지도.

나는 창문을 올렸다. 남자는 여전히 나에게 아무 관심을 보이지 않는다. 작은 손이 창살 사이로, 창문 너머 어둠 속으로 사라졌다.

고마워요. 나는 자동차의 시동을 걸며 차를 몰고 떠난다.

그리고 그게 당신이어서 미안해요.

옮긴이 배지은

서강대학교 물리학과와 동대학원을 졸업하고, 한동안 휴대전화를 만드는 엔지니어로 일했다. 그 후 이화여자대학교 통역번역대학원에서 번역학을 전공하고, 소설과 과학책을 번역하는 번역가로 활동하고 있다. 《샴쌍둥이 미스터리》《밤의 새가 말하다 1, 2》《전자부품 백과사전 1, 2, 3》《무니의 희귀본과 중고책 서점》《열흘간의 불가사의》《최후의 일격》《꼬리 많은 고양이》《퀸 수사국》《범죄 캘린더》《맹인탐정 맥스 캐러도스》《일상적이지만 절대적인 양자역학 지식 50》《수학 100 1, 2》《입자 동물원》《언더 그라운드》를 우리말로 옮겼다.

아
파
트
먼
트

2018년 2월 22일 초판 1쇄 발행
2018년 3월 28일 초판 2쇄 발행

지은이 | S. L. 그레이
옮긴이 | 배지은
발행인 | 이원주
책임편집 | 조예원
책임마케팅 | 조아라

발행처 | (주)시공사
출판등록 | 1989년 5월 10일(제3-248호)

주소 | 서울 서초구 사임당로 82(우편번호 06641)
전화 | 편집 (02)2046-2869 · 마케팅 (02)2046-2883
팩스 | 편집 · 마케팅 (02)585-1755
홈페이지 | www.sigongsa.com

ISBN 978-89-527-9001-9(04840)
ISBN 978-89-527-7621-1(set)

이 도서의 국립중앙도서관 출판예정도서목록(CIP)은 서지정보유통지원시스템 홈페이지(http://seoji.nl.go.kr)와 국가자료공동목록시스템(http://www.nl.go.kr/kolisnet)에서 이용하실 수 있습니다. (CIP제어번호: 2018004400)